ESPADAS CRUZADAS

FREYA MARSKE

ESPADAS CRUZADAS

Tradução
VITOR MARTINS

SEGUINTE

O selo Seguinte pertence à Editora Schwarcz S.A.

Grafia atualizada segundo o Acordo Ortográfico da Língua Portuguesa de 1990, que entrou em vigor no Brasil em 2009.

TÍTULO ORIGINAL Swordcrossed

CAPA Christine Foltzer

ILUSTRAÇÃO DE CAPA Cynthia Sheppard

PREPARAÇÃO Helena Mayrink

REVISÃO Marina Saraiva e Natália Mori

Dados Internacionais de Catalogação na Publicação (CIP)
(Câmara Brasileira do Livro, SP, Brasil)

Marske, Freya
Espadas cruzadas / Freya Marske ; tradução Vitor Martins. — 1ª ed. — São Paulo : Seguinte, 2025.

Título original : Swordcrossed.
ISBN 978-85-5534-417-6

1. Ficção australiana I. Título.

25-278524 CDD-A823

Índice para catálogo sistemático:
1. Ficção : Literatura australiana A823

Cibele Maria Dias — Bibliotecária — CRB-8/9427

EDITORA SCHWARCZ S.A.
Rua Bandeira Paulista, 702, cj. 32
04532-002 — São Paulo — SP
Telefone: (11) 3707-3500
www.seguinte.com.br
contato@seguinte.com.br

Este é para todos os filhos mais velhos, e também para Macey,
Alex e Jenn, por estarem aqui desde o começo.

1

Matti apoiou os dedos sobre a borda de madeira polida do balcão do bar e se forçou para deixar de contar ovelhas. E metros de lã. E teares que precisavam de conserto, e dívidas atrasadas.

Em vez disso, contou as manchas de tinta colecionadas ao longo do dia, pretas como hematomas sobre a pele marrom de suas mãos: seis. Contou o número de tinturas azuis usadas no tecido das saias sobrepostas da garçonete: quatro, possivelmente cinco se o tom mais claro fosse uma tintura natural e não apenas o tecido desbotando.

A dor pungente e forte, como se alguém tivesse agarrado seu cabelo, diminuiu a contragosto, até virar um leve incômodo. Suportável. Normal.

O bar estava lotado naquele horário depois do jantar, quando Matti na maioria das vezes voltava ao escritório para terminar os afazeres interrompidos por algum membro da sua família que o afastava de lá para que ele pudesse comer. Enquanto Audry acabava de atender um cliente, Matti contou o número de garrafas com licores de vários sabores na prateleira atrás do bar — quinze —, e só então ela rodopiou as saias cor do céu e parou na frente dele.

— Quem é vivo sempre aparece! Algo me diz que você está aqui para comemorar, sr. Jay.

Matti torceu para que o sorriso em seu rosto não tivesse o tamanho errado, ou o tom errado de vergonha.

— As notícias voam por aqui.

— Mattinesh Jay e Sofia Cooper. Esse casal não foi nenhuma surpresa.

Matti manteve o sorriso. Seguiu-se um silêncio que, por educação, Audry não preencheu com *Pena que ela está apaixonada por outra pessoa*, e, assim, Matti não precisou dizer: *Pena mesmo, né?*

— Espera um pouco. Tenho uma coisa lá nos fundos que você vai gostar — disse Audry.

Assim que Audry desapareceu, Matti deu uma olhada ao redor. Seu primo Roland soltou um suspiro extravagante e fingiu olhar o relógio quando os olhos de Matti pousaram em sua mesa. Uma mulher negra retinta que estava por perto soltou uma risada; ela usava um vestido acima do joelho, revelando uma camada de renda que parecia espuma do mar, uma vestimenta típica do norte que a mãe de Matti, vinda daquela região, já raramente usava.

Na mesa mais próxima, a Mestra da Guilda dos Alvanéis, Lysbette Martens, estava em uma conversa intensa com um membro sênior da Guilda dos Engenheiros. Martens cruzou o olhar com Matti e assentiu de leve. Ele tinha certeza de que ela estava avaliando a presença dele, assim como ele avaliava a dela. Aquele era um lugar para ser visto, afinal de contas.

— Aqui está. Vinho tinto para os jovens apaixonados.

Matti se virou mais uma vez. Audry anunciou o preço da garrafa enquanto sacava a rolha e colocava a bebida sobre o balcão. Matti pagou, ignorando a sensação lancinante de angústia ao ver a quantidade de cédulas que entregava a ela de forma tão casual. Mattinesh Jay, primogênito de sua respeitável Casa, não tinha motivos para não degustar uma das melhores garrafas de vinho do mercado.

Pelo menos nenhum motivo que alguém ali saberia.

Matti pegou a garrafa com uma das mãos e enganchou três taças com a outra. No caminho até a mesa, sua mente insistiu em repassar os números errados. O dinheiro na bolsa de Matti estava cuidadosamente contado: o suficiente para a primeira rodada de bebidas por causa do noivado e o bastante para que ele contratasse um duelista de alta categoria, que lutaria em seu nome caso alguém o desafiasse pela mão de Sofia durante o casamento — uma situação constrangedoramente provável.

Matti sentiu calafrios só de pensar no que poderia acontecer caso Adrean Vane quisesse lutar por Sofia e *vencesse*. Arruinaria a última esperança da sua família. Ele os decepcionaria, teria sido incapaz de colocar em prática a coisa mais útil que poderia fazer por todos eles.

Ele estava tão absorto naqueles pensamentos inquietos enquanto atravessava o salão que esbarrou com força no ombro de outra pessoa. Matti era alto e grande, não perdia o equilíbrio com facilidade; a infeliz vítima do esbarrão tentou agarrar o casaco dele, mas não conseguiu e caiu no chão com um contido:

— Ai, porr...

Matti tentou dar um passo para trás. Eles estavam espremidos num espaço pequeno entre as mesas, e algumas pessoas passavam ao redor. Em pânico, seu primeiro instinto foi tentar manter a garrafa de vinho virada para cima e as taças em segurança, então ele não tinha uma mão livre para se apoiar na cadeira a fim de recuperar o equilíbrio.

Ele não entendeu ao certo o que aconteceu depois, só acabou balançando e dando um passo à frente, no que sentiu sua bota pisar em algo que não era o chão. Um som agudo, patético, estridente e mecânico subiu pelos nervos de Matti, dos pés à cabeça, chegando em seus ouvidos em meio ao barulho do salão cheio.

— Desculpe! — disse ele, por fim. — Desculpe. Isso foi uma... Ah! Pelos dentes de Huna!

O homem no chão ergueu a cabeça, encarando Matti, que o encarou de volta.

Por um momento, Matti só conseguiu enxergar a boca do homem, que formava uma linha comprida e reta, abaixo de um nariz igualmente reto, e o volume que emoldurava tudo: fios de cabelo espessos, luminosos, de um tom de acobreado escuro, que pareciam crescer numas dez direções diferentes.

A língua do homem saltou para fora, num tique nervoso, umedecendo o lábio inferior. Algo na boca de Matti tentou replicar o movimento, num eco aflito.

— Dá pra *levantar* — disse o homem de forma decidida — o seu maldito *pé*?

O rosto de Matti corou a ponto de arder. Ele puxou o pé para trás com tanta força que bateu o calcanhar na perna de uma cadeira.

O homem ruivo se levantou, os dedos trêmulos segurando com força uma bolsinha de veludo. Seu casaco marrom estava esfarrapado e era feito de um tecido malcosturado, embora sua camisa fosse boa e a calça provavelmente também, antes de ter sido lavada em excesso.

— Porra, mas que merda… *porra* — disse o homem em desespero, com um sotaque de alguma região mais ao leste: Cienne ou, possivelmente, Sanoy.

Ele virou o conteúdo da bolsa na palma da mão, esbravejando uma nova série de insultos inapropriados.

Tantas pessoas testemunharam o tombo, ou viraram a cabeça depois da enxurrada de palavrões, que um bom número delas esticava o pescoço para espiar o que havia na mão do homem. O próprio Matti, ali tão perto dos dedos trêmulos do sujeito, não deixou de reparar na pilha bagunçada e brilhante de engrenagens, joias e vidro que surgiu na mão dele. Apenas a carcaça intacta — entalhada com um "H" espiralado — revelava o que antes existia ali: um relógio de bolso. Pela aparência, um relógio de bolso bem caro.

O homem soltou uma bufada.

— O Mestre da Guilda Havelot vai usar a porra dos ossos do meu braço como um *torno mecânico*! Ele acabou de encomendar e confiou apenas em mim para buscar, sabe? Duzentos ouros. Cacete do caralho.

— Desculpe — repetiu Matti. Ele reconheceu o nome: Havelot era o Mestre da Guilda dos Marceneiros de Cienne. — De verdade. Eu posso…

Ele parou. A ausência abrupta de palavras criou um silêncio que parecia sugar todo o barulho à medida que as conversas ao redor se tornavam murmúrios e os curiosos notavam algo interessante chegando.

O homem olhou diretamente para Matti, erguendo o queixo com certa teimosia. Suas sobrancelhas, da mesma cor absurda que o restante do cabelo, se arquearam com a possível esperança; enquanto o silêncio de Matti se prolongava, elas se abaixaram de novo. E continuaram se abaixando. Ele desceu o olhar e, lentamente, subiu de volta, analisando as vestimentas de Matti, uma mistura de orgulho e escárnio tomando conta daqueles lábios enlouquecedores, pressionados com força.

Matti ficou nauseado. Seu casaco era feito da melhor lã, azul intenso, sob medida, e o restante das suas roupas seguia o padrão de qualidade. Ele segurava uma garrafa de vinho extremamente sofisticado. Qualquer pessoa que olhasse para ele presumiria no mesmo instante a quantidade de dinheiro em espécie que Matti deveria ter e como seria fácil para ele reembolsar um pobre trabalhador, já que acabara de arruinar uma peça cara e artesanal que o chefe daquele homem havia confiado a ele para viajar até Glassport e coletar.

É claro que presumiriam aquilo. *Era esse o objetivo.*

Matti engoliu em seco e sentiu o peso da sua bolsa dobrar. Ele ainda teria dinheiro o bastante para contratar um duelista, sim, mas não um dos mais habilidosos. O que sobrasse não compraria para si e para sua família a segurança absoluta da qual precisavam.

Os amigos dele o encaravam. Parecia que todos os olhos do bar o encaravam, e em breve os murmúrios de curiosidade se tornariam murmúrios de desaprovação. *Achei que Matt Jay fosse um homem honrado*, uns diriam. *O que são duzentos ouros para alguém como ele?*

Além do mais, o grande cerne da questão era que Matti quebrara o relógio. E ele não conseguiria fingir que ele e o homem desbocado com seu casaco velho, remendado no cotovelo, estavam no mesmo nível. Mesmo se terminasse a noite sem um tostão, Matti ainda teria influência, contatos e o peso do seu sobrenome. Aquilo ainda valia de alguma coisa. Por enquanto.

Então, era isso.

— E-eu sinto muito mesmo. — Matti apoiou as taças no cantinho da mesa mais próxima e tirou a bolsa de dentro do casaco. Ele manteve o foco no rosto do homem, no par de olhos que eram cinza ou castanho, impossível dizer daquele ângulo, e desejou urgentemente que ele não desviasse o olhar. Por algum motivo irracional, queria banir a expressão crítica no rosto do homem. — É claro que vou cobrir os custos. Duzentos ouros. Quem fez esse trabalho?

O homem olhou para os destroços de metal na mão, como se a resposta estivesse escondida naquela pilha.

— Speck — respondeu, por fim. — Frans Speck, de Amber Lane.

— Ele é um homem justo. Explique o que aconteceu e ele fará os reparos logo — garantiu Matti, estendendo as cédulas centenárias.

O homem despejou o relógio destruído de volta na bolsa e recolheu o dinheiro devagar, com receio. A ponta áspera do seu dedo passou pela mão de Matti, deixando-o com o braço todo arrepiado.

— Obrigado — disse o homem. Ele tinha um ar menos frio agora, embora não estivesse nem perto de parecer caloroso. — Você salvou a minha vida. De verdade.

Matti se forçou a sorrir.

— Não foi nada — disse, mesmo tendo sido muita coisa.

O homem assentiu todo sem jeito enquanto guardava no bolso o dinheiro e a bolsinha. Depois deu meia-volta e se foi, a caminho da porta.

Apesar de tudo, Matti conseguiu chegar à sua mesa e se sentou. Seu coração batia tão alto que ele mal conseguia escutar qualquer outra coisa, e teve vontade de gritar com o próprio sangue para que se acalmasse e o deixasse *pensar.* Ele precisava ficar sozinho em seu escritório. Precisava analisar suas opções, fazer listas e revisar os registros de contabilidade pela milionésima vez, para o caso de eles magicamente terem se transformado num cenário de prosperidade, em vez da realidade terrível e desesperadora que ninguém além da família de Matti sabia.

— Duzentos ouros — disse ele, antes de conseguir se conter. — *Duzentos ouros.*

— Nós vimos. Baita azar — comentou seu primo Roland, fazendo careta.

Talvez fosse exagero chamar Roland e Wynn de amigos, mas eles eram o que Matti tinha de mais próximo na categoria e as únicas pessoas que Matti conseguiu pensar em convidar para participar do casamento. Pelo menos os três nunca pareciam ter dificuldades para se entrosar, mesmo se passassem meses sem conversar.

Wynn virou a garrafa de vinho para inspecionar a borboleta amarela no rótulo.

— Que apropriado estarmos bebendo vinho da vinícola da sua futura noiva.

— A Audry deve ter achado engraçado — disse Matti.

A palavra *noiva* chegou a seus ouvidos como uma música tocada num tom desconhecido; sua mente ainda estava inquieta, tentando decidir como se sentia em relação à melodia. Ele tremia ao servir a primeira taça, fazendo o vinho tinto cair num fluxo agitado e desengonçado. Firmou a mão para servir a segunda taça.

— Huna sorri! — disse ele, levantando sua taça para dar início aos brindes. — Obrigado por terem aceitado meu convite.

— Afoga as mágoas nesse aí, e quando abrirmos a segunda garrafa você já vai ter lembrado que estamos aqui para comemorar. E que, quando estiver casado com Sofia Cooper — continuou Roland, abaixando a voz em um tom solidário —, a Casa Jay estará nadando em dinheiro, pronta para pagar por uns cem relógios.

Só que, para isso, Matti precisava garantir que de fato conseguiria se casar, para começo de conversa. E ele acabara de perder a maior das suas garantias.

Ele deixou o vinho antigo e delicioso descer pela garganta até sumir com um terço da taça. Estava meio tonto — devia ser o pânico, já que o vinho não agia tão rápido assim. Pânico e a sensação de estar à deriva. E a lembrança do rosto daquele homem, pálido e profundamente lindo, olhando para cima quando estava ajoelhado aos pés de Matti.

— Um esforço justo — disse Wynn, quando Matti colocou a taça na mesa. — Mas vou mostrar a vocês, filhos de Huna, como é que se faz. — Ele ergueu a própria taça. — Que Agar encha seus pratos e cálices.

Matti sorriu e bebeu de novo, aceitando o brinde. Talvez o vinho estivesse funcionando, no fim das contas. Ele ainda sentia o pânico, a preocupação tiquetaqueando como um relógio, mas empurrou tudo para um cantinho em sua mente — sua própria bolsinha de veludo, pequena e escura. Ali, estaria a salvo. Daria para segurar até amanhã. A habilidade de Matti de se preocupar era indestrutível.

Por enquanto, ele iria beber.

O sol fazia questão de atingir com tudo os olhos de Matti enquanto ele caminhava pelas ruas de Glassport na manhã seguinte. Cada brecha entre marquises e chaminés era uma oportunidade para que os raios ofuscantes atingissem suas pálpebras. A cabeça dele parecia um dos globos de neve que vendiam nos mercadinhos de inverno — uma confusão frágil, agitada e bagunçada de água, óleo e pequenas lascas de metal. Propensa a quebrar. A luz do sol era uma fonte de rachaduras; o barulho de carroças e carruagens, as pessoas falando alto, o chiar dos maquinários — o dia a dia da vida na cidade, que Matti conseguiria ignorar facilmente num dia normal — era outra.

Via de regra, Matti não bebia. Vez ou outra, sua família aparecia com uma bebida, quando estavam prestes a fechar um bom negócio, ou se precisavam agradar alguém. Em tais ocasiões, Matti aprendera a se ater a uma só taça por horas, a degustar cada gole na boca, como forma de honrar o trabalho dos filhos de Maha, e, assim, se esqueceu de que o álcool tinha a habilidade de confundir os pensamentos.

Ele também conseguiu esquecer que o estado de existência conhecido como Vingança de Maha aguardava qualquer um que, por exemplo, dividira duas garrafas de vinho entre três pessoas na noite anterior, e depois ainda engatara taças de genebra de alecrim. Não que Matti se lembrasse da parte da noite que fora regada a genebra. Apenas supôs que aquilo tinha acontecido, ao acordar, com base no cheiro da sua camisa amarrotada.

Matti até que conseguiu sair de casa ileso de provocações relacionadas ao seu estado delicado. Sua família sabia aonde ele fora e o que estivera comemorando. A leve mudança nos ombros do pai, a nova e terrível onda de alívio nos olhares pesados que seus pais trocavam... eram formas de comemoração também. Uma luz que brilhava fraca no horizonte depois de uma caminhada bem longa, sussurrando a possibilidade de que, em breve, chegariam ao fim do túnel.

Matti acordara com os gêmeos pulando em seu corpo emaranhado nos lençóis, felizes ao encontrar o irmão mais velho na cama num horário do dia em que em geral já estaria acordado há horas. Joselyne os expulsou e levou chá de hortelã para ele, o que ajudou a aliviar sua queimação no estômago, mas não serviu de muita coisa para a dor de cabeça que sentia.

Por mais que Matti preferisse permanecer na cama, ou até mesmo se sentar no escritório com um prato de bolinhos de batata apimentados e gordurosos, havia algo que ele precisava fazer naquela manhã.

Então abaixou a cabeça para evitar mais um feixe perfurante de luz do sol e virou a esquina da rua onde ficava seu destino. A única agência de espadachins da cidade ficava escondida em cima de uma botica, ao fim de uma escadaria estreita. Matti entrou no local com o símbolo de Pata — padroeiro dos soldados, guardas e duelistas — em uma placa sobre o batente. A sala era pequena, com uma única janela com vista para a rua, e dominada por um par de armários de madeira na parede oposta. Um homem de cabelo loiro ralo estava sentado atrás de uma mesa, em frente aos armários, e se levantou assim que Matti entrou.

— Sr. Jay — disse ele. — Em que posso ajudar, senhor?

O rosto do homem era vagamente familiar, mas nem mesmo a memória treinada de Matti conseguia conectar o nome à pessoa.

— Infelizmente não recordo seu nome.

— Tolliver. — Ele estendeu a mão e Matti o cumprimentou. — Hardy Tolliver. Fui guarda de espadas na cerimônia de nomeação da sua irmã, alguns anos atrás. Esta agência era do meu pai. Agora é minha.

— Preciso contratar um padrinho.

— É claro. Existe algum motivo para esperar um desafio?

A voz de Hardy Tolliver era educada, a expressão impecavelmente neutra. Matti não tinha a energia necessária para tentar descobrir se o sujeito o estava provocando de propósito ou se estava apenas sendo profissional. Se ele conhecia Matti, provavelmente sabia mais a respeito dele, e não era como se Adrean Vane mantivesse em segredo seus sentimentos por Sofia ou seu entusiasmo pela espada. Ele até transformara tais sentimentos em música. Por um tempo no ano anterior, era praticamente impossível andar pelas ruas da cidade sem ouvir alguém assoviando "Flores silvestres debaixo do vidro" — a canção era do tipo que ficava dias grudada na cabeça.

— Sim, existe — disse Matti.

— Creio que alguns dos nossos agenciados possam servir perfeitamente.

Tolliver apontou uma cadeira para Matti e se virou para abrir um dos armários. Começou a procurar nas pastas.

— Já deixo avisado — acrescentou Matti — que posso pagar quatrocentos ouros e nem um bronze a mais.

Tolliver se virou para ele, a expressão tomada pela surpresa.

— Nós não temos, hum, o hábito de pechinchar... A Guilda estabelece valores tabelados...

— Não estou tentando pechinchar.

Tolliver permaneceu surpreso. Matti se enrijeceu e preparou sua voz de negócios. Era a voz de um homem que crescera num casarão em Rose Quarter, capaz de citar os registros de negócios das últimas oito gerações de sua Casa, e cujo pai estava, atualmente, em seu segundo mandato de três anos como Mestre da Guilda eleito.

Era a voz de Matti, embora ele mesmo viesse se atrapalhando na própria cadência, como um pé magro num sapato de couro laceado.

— A Casa Jay está passando por um trimestre complicado. Eu gostaria — disse ele — que este fato não se tornasse de conhecimento público.

Matti torcia para que o poder que ainda lhe restava fosse o suficiente para suprimir o anseio de Glassport por fofoca; caso contrário, *um trimestre complicado* ainda era melhor do que a verdade.

— Quatrocentos ouros?

— Quatrocentos.

— Isso exclui a maioria das nossas pessoas mais talentosas.

— Imaginei que seria o caso. — A lembrança das cédulas centenárias deixando suas mãos agitou o peito de Matti. — Ficarei satisfeito com qualquer oferta que se encaixe nesse orçamento.

Tolliver se sentou. Ele abriu uma pasta de couro e a folheou, passando cada página com cuidado. E então, levantou o rosto.

— Há uma pessoa. Ele é novo na cidade. Não possui histórico de duelos em seu nome aqui em Glassport, e só o coloquei nos meus catálogos há dois dias. Sendo assim, infelizmente não posso passar uma referência completa, mas eu o testei. Ele não é ruim; com certeza vale mais do que está cobrando. Talvez o melhor custo-benefício.

Matti levou um momento para identificar a generosidade implícita ali, independentemente de quão verdadeiro fosse o "benefício" que Tolliver estava oferecendo. Alguém novo na cidade e que não estivesse familiarizado com a sociedade de Glassport poderia não reconhecer Matti como alguém importante. Talvez não desse a mínima para o fato de que Matti estaria pagando um valor abaixo do esperado por um padrinho. Era outra forma de conter a fofoca. Não era uma garantia concreta do silêncio de Tolliver, mas era um gesto. Um voto de confiança de que, um dia, Matti estaria em posição de retribuir aquele favor.

Ele assentiu, tentando expressar tanto compreensão quanto gratidão.

— Posso conhecê-lo antes de decidir?

— Com certeza. — O sorriso de Tolliver relaxou, como o de alguém prestes a fechar negócio. — Agora mesmo, se quiser. Ele está alugando nosso sótão enquanto espera um quarto que vai vagar numa pensão no fim da semana. Moramos a algumas casas daqui. Posso buscá-lo num instante.

Não havia motivo para Matti recusar a oferta, e, no minuto seguinte, Tolliver já estava descendo as escadas. Na trégua repentina de pensamentos e conversas, a cabeça de Matti passou a lembrá-lo mais uma vez da genebra. Ele se levantou e caminhou pelo espaço pequeno, respirando fundo o ar com cheiro de poeira, couro e, vagamente, o aroma ácido de ervas que subia da botica. Quando escutou os pés de Tolliver subindo as escadas de novo, dessa vez acompanhados por mais um par de passos, já estava se sentindo mais tranquilo.

— Sr. Mattinesh Jay — anunciou Tolliver ao entrar. — Este é Luca Piere.

O primeiro pensamento de Matti foi puro desespero irracional: Huna decidira piorar a situação, porque além de já ter certeza de que Matti não era um rapaz de vida modesta, aquele homem agora iria achá-lo ainda *mais* mesquinho.

Então, a realidade lhe deu um golpe no cérebro, e ele sentiu sua expressão congelar.

Luca Piere não estava mais vestindo o casaco marrom com o cotovelo remendando. Ele estava vestindo uma camisa boa e uma calça fina, isso sim. Além disso, imóvel atrás dos ombros de Tolliver, exibia uma expressão de culpa tão descarada e óbvia que Matti lembrou, abruptamente, que o homem trabalhava para Havelot. Que estava na cidade para buscar um relógio.

Exceto que tudo era mentira.

O coração de Matti foi à boca e depois voltou com tudo. Ele foi tomado pela sensação de quem havia sido feito de bobo, que efervesceu rapidamente até virar fúria. Aquele era um truque dos mais antigos: "quebre" algo que já está quebrado e peça reembolso. E Matti caiu como um patinho, só porque o homem fora descarado a ponto de pedir duzentos ouros em frente à alta sociedade de Glassport.

Matti abriu a boca para dizer algo — o que, exatamente, ele não sabia —, mas, antes de conseguir, a expressão de culpa de Piere virou pânico, e o sujeito deu alguns passos à frente.

— Você disse ao sr. Jay que ele estaria se arriscando ao me contratar, Hardy — disse Piere. — Que tal nos levar à sala de treinamento para que eu dê uma palhinha e ele veja com os próprios olhos pelo que está pagando?

Matti o encarou. O homem virou a cabeça na direção da porta, um convite desesperado. Ele pressionava os lábios com tanta força que a pele já naturalmente pálida estava branca feito osso. Sentindo o poder na sala voltar palpavelmente para as suas mãos, Matti achou mais fácil respirar e pensar.

Tolliver parecia confuso.

— Já duelou alguma vez, sr. Jay?

Matti nunca levantara um dedo sequer num contexto violento em toda a sua vida. Mas agora, com as mãos coçando com aquela vontade incomum de *estrangular* outra pessoa, pegar em armas parecia uma ótima pedida. Mesmo sem ter a menor ideia do que fazer com elas. E ele sentia a curiosidade fermentando como o vinho na mais pura fúria.

— Vou testar as habilidades dele — disse, brevemente.

Então, seguiu Piere por um cômodo longo e apertado que levava para longe da rua, iluminado pela luz de uma única janela e uma série de claraboias. O chão estava todo marcado, e havia um suporte de espadas em uma das paredes.

Luca Piere parou no meio do ambiente. Assim que a porta se fechou, ele se virou, como se o clicar da maçaneta tivesse ativado um pequeno mecanismo dentro dele. Sob a luz do dia, seu cabelo era uma bagunça, num tom vibrante de cobre. Era como se ele tivesse parado na frente de um espelho e cuidadosamente cacheado cada mecha numa direção diferente. Ou como se tivesse acabado de se levantar de uma pilha de travesseiros e nem se dado ao trabalho de passar um pente, e a gravidade ficou tão feliz com a vista que preferiu não interferir.

As mãos de Matti, ainda coçando para torcer o pescoço pálido e exposto de Piere, começaram a demonstrar um interesse curioso no cabelo dele. Em como seria enterrar os dedos ali. Em como os fios tinham o comprimento ideal para serem *puxados*.

Matti fechou os punhos e os ignorou.

— Muito bem — disse Matti. — Desembucha.

2

Luca amaldiçoou o instinto que o levara até o meio daquela sala. Era uma resposta natural, depois de anos de treinamento, buscar um ponto de vantagem. Mas ele se esquecera de que estava desarmado, que não se dera ao trabalho de colocar o próprio cinto de espada antes de sair de casa para encontrar um cliente em potencial, e agora havia deixado o sr. Mattinesh Jay mais perto das espadas. Se o homem em quem Luca aplicara o golpe do relógio de bolso decidisse pegar uma arma e atacá-lo, ele estaria em desvantagem. E se o oponente estivesse furioso o bastante, o fato de as armas serem, em sua maioria, espadas de treino sem ponta, não faria muita diferença em termos do estrago que seriam capazes de causar.

— Muito bem — disse Jay. — Desembucha.

Ele não parecia estar prestes a pegar uma espada. Na verdade, o olhar que lançou para o suporte de armas sugeria que se sentia desconfortável só de estar no mesmo cômodo que tantas lâminas.

Então, é claro que Luca decidiu dizer:

— Pegue uma espada.

— O quê?

Luca se aproximou e escolheu uma para si. Os olhos escuros de Jay o seguiram com cautela enquanto ele testava a pegada e o peso. Luca se permitiu lançar um olhar demorado, tentando calcular o quão irritado o homem estava. Ele tentou adotar um tom neutro, tentou mesmo, mas ainda assim soou como um professor todo sarcástico explicando o óbvio ao repetir:

— Uma espada.

— Não sei como usar — respondeu Jay, seco.

— Sim, imaginei. Mas o Tolliver vai esperar o som de espadas duelando, e não estou disposto a lutar *contra mim mesmo*. — Ele completou: — Pode tirar esse casaco bacana, caso esteja com medo de acabar sendo furado.

O olhar de Jay brilhou de um jeito impossível de ler. Então, ele soltou um suspiro irritado, se virou e começou a balançar os ombros para tirar o casaco.

Luca aproveitou a oportunidade para dar uma avaliada em Jay enquanto o outro não estava olhando. Quando o casaco saiu e o homem arregaçou as mangas com timidez, Luca se deu conta de que ele era mais alto e forte do que aparentara na noite anterior. O casaco era quase preto e sob medida, de forma que se encaixava no corpo dele como um par de mãos possessivas, dando a ilusão de um corpo mais esguio, e os ombros caídos de Jay o puxavam para baixo. Luca se conteve para não se aproximar, apoiar as mãos sobre aqueles ombros largos, como seu próprio mestre de espadas fizera com ele, e puxá-los para trás, ajustando a postura. Ele poderia apoiar a mão entre as escápulas do homem, afundar os dedos e dizer *Agora, imagine um pedaço de corda*.

Luca balançou a cabeça e virou a espada em sua mão de um lado para o outro. Ele estava se deixando levar por aquela bobagem porque Jay... chamava a atenção, só isso, com sua pele marrom-clara e o cabelo preto, longo o suficiente para deixar uma promessa de cachos, caso ele ficasse sem cortar. Jay estava distante demais para que Luca conseguisse ver seus cílios igualmente escuros, mas de perto, no bar, eles causaram uma bela impressão.

Jay dobrou o casaco e o pendurou na borda do suporte. Ele pegou uma espada, claramente aleatória; dava para dizer que era curta demais para a altura dele, mas não era como se isso importasse. Era tudo uma fachada. Jay caminhou até o centro da sala, levantou a espada como uma pilha de pratos e encarou Luca por trás das duas lâminas com uma expressão renovada de ansiedade e teimosia.

Luca revirou os olhos.

— Calma. Eu não vou te machucar.

— Ah, então você não é um duelista, assim como não trabalha para o Mestre da Guilda Havelot?

— Não, eu *sou* um duelista.

— Então estava só fazendo uma renda extra como ladrãozinho?

Luca, sentindo aquela alfinetada mais do que gostaria, deu um toque com sua espada na lâmina que Jay segurava com os braços rígidos demais.

— Sim. Eu te enganei. Tá bom? Só precisava do dinheiro.

— E você acha que eu não precisava? — Jay tentou encostar com sua espada de volta na do outro, meio sem jeito.

Luca deixou seu punho absorver a força desproporcional.

— Olha, a agência do Tolliver exige um pagamento para quem quer entrar. Eu não estava esperando por isso, achei que ele me deixaria começar a trabalhar e receber as comissões. Então, acabei gastando a maior parte do dinheiro vivo que eu tinha, e eu precisava de mais um pouco para pagar comida e estadia.

— Enquanto isso, você ainda deu um jeito de conseguir um convite para morar com seu novo agente — disse Jay. — Você é bem rápido, não é?

— Hardy Tolliver é uma pessoa decente — disse Luca. — A maioria das pessoas é.

— E assim é mais fácil de se aproveitar?

— Não estou… Ai, dá pra parar de segurar essa espada como se estivesse tentando derrubar uma *árvore*? Pelo amor de Pata!

Obviamente, o pedido não resultou em nada além de fazer com que Jay fechasse ainda mais a expressão e batesse de novo com sua espada na de Luca.

— Não dou a mínima para as suas despesas, sua estadia ou qualquer outra desculpa — disse Jay. — O dinheiro era *meu*. O que você… Por que você *me* escolheu para dar seu golpe?

Luca lançou um olhar incrédulo para ele, dando um passo para trás e abaixando a ponta da espada.

— Tá de brincadeira? Você comprou uma garrafa de Cooper Ruby e era o mais bem-vestido do bar inteiro. Eu sei farejar dinheiro.

Jay baixou o braço que segurava a espada. Ele não parecia mais irritado, apenas desesperado. Aquilo não fazia sentido.

— Aqueles duzentos ouros eram para *isso*. Para um padrinho. Separei seiscentos, ao todo. E para juntar tudo aquilo foram semanas espremendo as economias da minha família, que já estão apertadas demais, coisa que é difícil pra caralho de explicar para meu irmão e minha irmã, que têm *cinco* anos e não entendem por que contratar um desconhecido com uma espada é mais importante do que comer doces depois do jantar. Eu não sou avarento. Estou desesperado.

O pulso de Luca acelerou, e ele não sabia que empolgação era aquela. Jay parecera a escolha óbvia na noite anterior: um rosto bonito, bolsos fundos. E ele estava tão ansioso para pedir desculpas; desesperado para agradar. *Esta* voz, grave e levemente rouca, cheia de emoções mal suprimidas, era algo diferente.

— Preciso de um padrinho capaz de vencer qualquer desafio. Com certeza — continuou Jay. — Então, ou você devolve meu dinheiro, ou vou mandar os guardas da cidade te levarem até as autoridades.

Luca mordeu o lábio, contendo uma risada histérica. Que *ironia* conseguir fugir da porra das consequências de suas ações em Cienne só para ser preso na sua primeira semana em Glassport.

— Ou eu posso chamá-los de qualquer forma — disse Jay.

— Não! Merda do cacete. Olha…

Luca fez a única coisa na qual conseguiu pensar: levantar a espada mais uma vez. Jay também levantou a sua, assustado. Luca parou de fingir; deu um passo à frente, cruzou as lâminas e torceu a espada, arrancando-a da mão de Jay em questão de segundos. A arma caiu no chão com um baque e quicou para a esquerda de Luca.

Jay deu um passo atrás. Luca o seguiu.

Ele apoiou a ponta cega da espada na garganta de Jay, observando a ondulação da pele ali, onde o pescoço surgia da gola larga da camisa do homem. Assim que o metal tocou sua pele, Jay paralisou. Agora sim

Luca era *capaz* de ver aqueles cílios, e os olhos também, arregalados. Os lábios de Jay se abriram no que parecia ser medo, mas que as terminações nervosas de Luca interpretaram como outra coisa. A excitação deixou Luca com um frio na barriga.

Durou alguns segundos, no máximo. Não havia motivo para Luca se sentir ofegante, além do fato de que Jay engolira em seco, e Luca não conseguia decidir se olhava para os olhos dele ou para o lugar onde a pele cor de bronze encontrava o branco da camisa.

— Me dá o resto do dinheiro — disse Luca.

Jay encarou a espada, depois subiu o olhar.

— Está tentando me roubar *de novo*? Como você acha que isso vai funcionar?

— *Me contrata* — explicou Luca. — Como seu padrinho.

— Te contratar? Ficou louco?

— Você já disse que estava planejando pagar seiscentos ouros. Paga pra mim.

— Sim, era o dinheiro que eu tinha. Para contratar alguém muito bom.

— Eu sou *extremamente* bom.

Luca olhou de maneira enfática para a espada caída de Jay, a uma boa distância dos pés dele. O outro não pareceu impressionado. Tudo bem. Desarmar um iniciante sem nenhuma habilidade não era grande coisa.

— Tolliver disse que você… não é ruim — disse Jay.

Luca abaixou a espada de novo.

— Tolliver é um espadachim mediano que, longe de mim julgar, decidiu ir pra trás de um balcão na primeira oportunidade que teve de se tornar um homem de negócios. Eu nem estava me esforçando quando ele me testou.

Ele estava exagerando, mas não muito. Jay semicerrou os olhos.

— Se você vale seiscentos ouros, como está dizendo, por que estava cobrando menos?

Luca não podia dizer *Porque estou tentando me manter na encolha.*

— Porque sou novo aqui. Não tenho nenhum registro que prove minhas habilidades; não faz sentido entrar nesse mercado pelo topo se ainda não fui testado. Preciso construir minha reputação. Quando tiver demanda, posso subir meu preço.

Aquele era o tipo de lógica de negócios que qualquer criança seria capaz de entender. Jay assentiu lentamente, mas a desconfiança ainda não havia sumido do seu rosto. Luca precisava ganhar vantagem antes que o outro começasse a encontrar buracos na sua história. Ou a falar sobre as autoridades de novo.

Com o sol já mais alto no céu, a sala estava quente por conta da luz que entrava pelas claraboias, porém não havia nenhuma janela aberta para que o ar pudesse circular. Luca secou a testa. Sua melhor ideia exigiria um pouco de esforço.

— Segura isso pra mim — disse ele de forma abrupta, e jogou a espada para o alto (se exibindo) para ajustar a pegada, segurando a arma pelo punho enquanto ela caía.

Ele a ofereceu a Jay, estendendo a empunhadura. Era um pequeno gesto de confiança nessa relação em que não havia confiança alguma ou sequer um motivo para que ela existisse. Jay pegou a espada provavelmente mais por educação do que por qualquer outra coisa.

Luca tirou a camisa, exalando de alívio quando o ar tocou sua pele úmida e começou a refrescá-lo. Ele pegou a espada de volta das mãos de Jay sem qualquer resistência, jogou para trás algumas mechas de cabelo que tentavam cair sobre a testa e voltou para sua posição no meio da sala. Assumiu a postura de guarda.

— O que você está fazendo? — perguntou Jay.

— Mostrando pelo que você está pagando — disse Luca antes de começar.

Considerando a total falta de conhecimento de Jay, Luca só poderia torcer para que fosse fácil identificar que o que estava fazendo exigia competência. Ele se sentia tentado a se exibir mais ainda, acrescentar algumas manobras e truques, como se estivesse lutando contra um grupo de oponentes imaginários. Mas conseguia escutar o Mestre Carriere dizendo, com sua voz firme e pesada, que aquilo não era brincadeira, que não havia atalhos e que ele precisava se lembrar de sempre respeitar a arma e o corpo. Luca acreditava que atitudes performáticas apimentavam várias áreas da vida, mas aquela não era uma delas.

Ele aplicou golpes simples para aquecer, depois partiu para os mais avançados. Executou tudo com perfeição. Muito, muito rápido.

O sol sobre o rosto o irritava, então ele fechou os olhos. O sangue pulsava em seus pés. E, depois de cinco minutos sem abaixar a lâmina, ele sentia o incômodo familiar no punho e nos ombros que não chegava a ser dor, mas um estresse tolerável.

Uma batida na porta ecoou pela sala.

Luca rodopiou, o som como um martelo ativando seus reflexos tensos. No silêncio, ele escutou a própria respiração ofegante.

Jay o encarava com uma das mãos agarrando o tecido justo da calça. Seus olhos se arrastaram pelo peito nu de Luca antes de se erguer, e Luca sentiu o calor daquele olhar, mesmo que sua pele já estivesse quente.

— Satisfeito, sr. Jay? — Era a voz de Hardy Tolliver.

Luca se manteve imóvel. Como se estivesse se equilibrando na ponta de uma faca, sem saber para qual lado cairia.

— Eu consigo fazer isso por você — disse Luca, num sussurro. — Você não é o único que está desesperado. *Por favor.*

Uma eternidade pareceu se passar antes que Jay assentisse e falasse:

— Tudo certo, sr. Tolliver. Estamos só conversando. Falo com o senhor em instantes, para assinar o contrato.

Luca expirou. O ritmo violento das batidas de seu coração foi diminuindo.

— Obrigado.

— Não tão rápido — disse Jay. — Tenho uma condição.

— Qual?

— Vou te pagar seiscentos ouros, como duelista contratado. E em troca por não contar a ninguém a verdade sobre o que aconteceu na noite de ontem... vou querer outra coisa.

Luca apertou e afrouxou os dedos na empunhadura da espada, em dúvida. Jay parecia envergonhado. Independentemente do que fosse, Luca precisaria de um bom motivo para recusar. O outro estava numa posição muito melhor para barganha, e os dois sabiam disso.

— Sim?

— Aulas de espada. Quero que você me ensine.

— Você acha que consegue ser seu *próprio*…

— Não, não seja estúpido. — Jay fez um gesto de desdém. — O casamento é daqui a alguns meses. É óbvio que nesse tempo não consigo aprender nada além do básico. Não espero que você me transforme num mestre. Mas… — A voz dele soava firme, o peito estufado. — É algo que eu gostaria de tentar.

Não era um pedido tão absurdo. Luca jamais conseguiria trabalho suficiente na agência de Tolliver para ocupar todos os seus dias. Dava, sim, para ele tirar algumas horas para ensinar aquele homem a segurar uma espada.

— Combinado — disse Luca. — Agora, uma dúvida: por que você precisa de um padrinho que valha seiscentos ouros?

— Minha noiva. Sofia. Ela tem… um amante inconvenientemente talentoso.

— Ah! — exclamou Luca. — E você quer garantir que não haja qualquer sugestão de que os deuses talvez não aprovem sua união com esta tal de Sofia.

Jay soltou uma gargalhada repentina e desequilibrada.

— Sabe de uma coisa? Estou começando a me questionar se eles não aprovam *mesmo*. Os deuses parecem estar fazendo todo o possível para tornar esse casamento impossível. Inclusive te colocando no meu caminho.

Luca sorriu e sentiu uma pontada inesperada de felicidade quando a boca do Jay estremeceu, apontando o início de um sorriso em resposta.

— Pense assim — disse Luca —: eles também te colocaram no meu caminho. E, olha só! Ainda assim você conseguiu o que precisava.

— Eu não *preciso* de aulas de espada. — O tom de vergonha escondido na voz de Jay já dizia muita coisa.

— Tudo bem, você conseguiu também algo que você quer, e pelo mesmo preço. Viu só? Uma baita sorte.

— Não força — disse Jay, mas dessa vez quase sorrindo de verdade.

Luca se sentia inebriado de alívio. Não sabia ao certo a qual deus agradecer o fato de que Jay estava concordando que fora quase *sorte* ter sido enganado por Luca na noite anterior, quando aquele encontro havia começado com Jay quase pronto para acertá-lo com o lado errado de uma espada. Mas Luca não iria testar a própria sorte. Ele esfregou os dedos na empunhadura da espada e na cintura da calça, agradecido, reforçando o sentimento com uma prece.

— Quando quer começar? — perguntou ele.

— Amanhã? Prefiro que seja de manhã bem cedo.

Luca fez cara feia.

— Que tal de noite? Depois do jantar?

— Sou *eu* quem está pagando — disse Jay.

Luca abriu um sorrisinho.

— Não pelas aulas. Tecnicamente.

Ah, Luca sabia muito bem seu papel naquilo tudo: o espadachim contratado, chamado para servir ao filho de uma grande Casa. Seu papel era se adequar. Cumprir ordens sem questionar.

Luca nunca fora muito bom em cumprir ordens.

— Eu estou pagando, e prefiro de manhã — disse Jay. — No nascer do sol. É meu único momento livre no dia.

— Tudo bem. Só não espere uma conversa muito animada.

Luca devolveu a espada ao suporte. Ele pegou sua camisa e se segurou para não usá-la como toalha para secar o suor do rosto e do pescoço; ele precisava vestir aquela peça, afinal de contas, e não tinha muitas roupas sobrando. Se contentou em secar uma das mãos no tecido da calça. Uma fagulha de malícia, um desejo de ir mais fundo, o fez caminhar na direção de Jay com a camisa ainda amassada nas mãos. Ele observou, só para ver se o olhar de Jay desceria até seu peitoral de novo.

E desceu.

— Vamos formalizar as coisas — disse Luca. — Foi um prazer fechar negócio com o senhor. Me chamo Luca Piere.

— Me chamo Mattinesh Jay.

Os dois se cumprimentaram. A mão de Jay — grande, macia e sem nenhum calo — envolveu a de Luca. Era uma mão que combinava com o casaco, com a garrafa de vinho, e não combinava com a urgência terrível no comportamento de Jay, ou com o tom de sua voz quando ele falava sobre a família. Toda Casa passava por momentos difíceis, mas Luca nunca vira alguém com um abismo tão grande entre a própria aparência e as coisas que dizia. Jay não tinha nenhum motivo óbvio para mentir. Ele era um homem quase sem dinheiro, que recorreu a uma agência de espadachins e estava pronto para apostar tudo em um novato que poderia ou não valer mais do que estava pedindo como pagamento, simplesmente porque...

Ah.

— Ela é rica. Essa sua noiva — declarou Luca, chegando a essa conclusão. — Você precisa do valor da união. É por isso que está disposto a gastar mais do que pode pagar em um padrinho.

Jay abriu a boca daquele jeito desconcertante de novo. Suas bochechas ficaram levemente coradas; Luca suspeitou que seria uma vermelhidão intensa em alguém com seu próprio tom de pele.

— Sim — disse ele, rígido.

— Bom, não precisa se preocupar — respondeu Luca. — Estarei ao seu lado no casamento, Mattinesh Jay. E vou vencer.

3

O MUNDO DECIDIU SER MAIS GENTIL com os sentidos de Matti na volta para casa. A luz do sol parecia menos agressiva, e mais como uma promessa dos deuses de que, talvez, as chances estivessem melhorando para o lado dele, afinal. O restante da Vingança de Maha deixou sua cabeça em algum momento entre o olhar de culpa no rosto do Piere e o momento em que deram o aperto de mão.

Matti já fizera muitas barganhas na vida, e estava satisfeito com a mais recente. Apesar das tendências criminosas, Piere obviamente sabia manusear a espada, e aquilo era tudo de que Matti precisava.

Ele certamente não *precisava* de aulas de duelo. Mas agora ele tinha, porque o comerciante dentro de si odiava perder uma oportunidade. Silêncio em troca de aulas de espada.

Duelar era uma mistura de atletismo e arte: para a maioria dos filhos de Casas bem-sucedidas, era considerado pura ostentação. Um hobby divertido, no máximo. Era esperado que Matti ocupasse seu tempo com coisas melhores do que brincar de espadas. Mas ele sempre amou assistir aos duelos formais nas nomeações e nas demais cerimônias, assim como às disputas teatrais que às vezes ocorriam em outras celebrações. Aquilo, porém, não tinha nada a ver com seu trabalho, e era ali que morava o apelo. A ansiedade para as aulas era como uma camiseta de baixo feita de seda, que não era feita para ser vista pelos outros, mas o enchia de satisfação a cada passo.

Fazia tempo que Matti não associava segredos a algo *bom*. Os outros segredos em sua vida eram os maiores, aqueles que provocavam dores de cabeça intensas, costurando uma sarja feia a partir de seus pensamentos à noite, quando ele se deitava, incapaz de dormir. Segredos que se tornaram tão naturais quanto respirar.

Matti encarou a palma da mão, abrindo e fechando os dedos. A espada lhe parecera estranha ali: pesada e desajeitada. Sem dúvidas ele parecera um completo idiota com a arma em punho.

Já Piere parecera o oposto de desajeitado. Ele tinha um torso esguio, cada músculo definido e visível sob a pele clara, como era esperado de uma pessoa que ganhava a vida com um trabalho tão físico. E o jeito como Piere *se movia*. Destemido, cada movimento preciso e gracioso, como se o ar soubesse que era melhor sair do caminho para não ser fatiado. Nem com cinquenta anos de aulas Matti aprenderia a se mover daquele jeito, que dirá em poucos meses, mas a vontade de tentar gritava dentro de si.

Matti estava a algumas portas de casa quando reconheceu um homem vindo da direção oposta, descendo a rua. Em poucos momentos, estariam frente a frente.

Matti se entreteve com a breve fantasia de subir os degraus de um vizinho e fingir que estava de visita, só para evitar o encontro. Mas aconteceria mais cedo ou mais tarde, e ele já havia se sentido desconcertado o suficiente naquela manhã. Poderia lidar com aquilo.

— Adrean — chamou. — Bom dia.

Os olhos de Adrean Vane passaram por Matti com uma velocidade que dava a entender que ele estava evitando encará-lo de propósito.

— Bom dia, sr. Jay — disse ele, e Matti grunhiu por dentro ao parar e afastar-se para o lado, liberando espaço no caminho para que as outras pessoas passassem por eles.

— Adrean, por favor. Pare com isso. Não vou aceitar essa formalidade de "sr. Jay" vinda logo de você.

Adrean era tão alto quanto Matti, apesar do porte mais esguio, e seu cabelo era mais liso e comprido do que a moda ditava, com uma tendência a cair sobre os olhos iguais às asas de um corvo. Ele suspirou como se aquela informalidade fosse um desafio, como se os anos que se conheciam não compensasse em nada a diferença de status social entre os dois.

Talvez não compensasse mesmo. Eles nunca foram amigos de fato, mas Matti sempre sentiu um tanto de admiração por Adrean Vane. Filho único do agente sênior da Casa Jay, Adrean não dava a mínima para relações comerciais e não tinha a menor intenção de seguir os passos do pai na Guilda dos Fiandeiros e Tecelões. Ele era músico e um duelista amador. Estava fazendo exatamente o que queria da vida.

Terminando seu suspiro melancólico, ele disse:

— Meus parabéns pelo noivado, Matti.

— Obrigado.

Matti tentou organizar uma resposta adequada na ponta da língua. *Desculpa por estar casando com a garota que você ama? Não é nada pessoal?*

Adrean não parecia disposto a interferir com qualquer coisa que tornasse aquele momento menos difícil. Matti não o culpava. Pela perspectiva de Adrean, ele era *de fato* o superior sr. Jay, que surgira e oferecera a Sofia o nome de uma Casa próspera, coisa que Adrean jamais poderia fazer.

— Espero te ver por lá. — Foram as palavras que saíram da boca de Matti, e ele quase sentiu a língua tremer de vontade de retirar o que disse. Parecia que ele estava esfregando o casamento na cara de Adrean.

— Pode ter certeza — respondeu Adrean. — Bom dia.

Ele deu então uma reverência longa — algo tão ruim quanto aquele negócio de "sr. Jay" —, desviou de Matti e continuou seu caminho.

— Fantástico — murmurou Matti para si mesmo. — Mandou bem.

Aquele momento de estupidez entre Adrean e Matti conseguiu dar uma boa rasteira no seu bom humor. Ele entrou em casa, pendurou o casaco ao lado da porta e subiu as escadas dois degraus de cada vez, se sentindo incomodado e irritado. A porta do escritório de seu pai estava entreaberta, e, ao entrar, Matti o encontrou atrás da mesa. Tomas Jay rodopiava uma taça com uma mão e, com a outra, penteava um ninho de cachos castanhos. As mechas grisalhas perto das têmporas estavam mais evidentes do que um ano antes.

De pé ao lado dele, e falando em voz baixa, estava Corus Vane. Os dois homens viraram a cabeça quando Matti entrou.

— Desculpe, não quis interromper.

Corus se aprumou. O administrador da Casa Jay tinha o mesmo rosto comprido do filho, parecendo ainda mais comprido por conta do cabelo bem cortado.

— Então temos boas notícias, finalmente — disse ele, de um jeito amigável.

— Sim — respondeu Matti.

— Meus parabéns, Matti. Huna sorri. — Corus se virou para o pai do rapaz. — Avisarei ao Matti se eu acabar pescando algo mais definitivo, Tomas. Mas podemos esperar o pior e começar a planejar levando isso em conta. Esse é um problema sério.

— Logo agora, quando estamos com tão poucos problemas... — disse Tomas, e dispensou Corus do escritório com um aceno.

— O que... — começou Matti, mas foi interrompido por uma pequena comoção atrás de si.

Era como se alguém, ou algo, tivesse conseguido colidir com os dois lados do batente da porta ao mesmo tempo.

— Ah não, pelo choro de Huna...

— *Mayanesh* — disse Thomas, em um tom de uma só vez permissivo e reprovador.

Uma pilha ambulante de tecido passou por Matti e entrou no escritório, onde colocou um pedaço grande de lã para o lado, revelando o rosto da irmã de Matti. O cabelo de Maya estava trançado para trás, e o contato com o tecido dera a ela uma auréola felpuda de mechas escuras soltas ao redor do rosto.

— Ainda bem que você voltou. Alguém precisa ter uma conversa séria com os supervisores da oficina em East Quarter — disse Maya para Matti. — A nova fórmula de tintura funcionou bem, mas este rolo de lã aqui não passou nem perto de uma espinçadeira.

— Nós demitimos parte da equipe de controle de qualidade dois meses atrás — respondeu Matti. — Mas isso não deveria estar... meus deuses, espero que ninguém tenha tido a brilhante ideia de começar a cortar custos por conta própria. Posso dar uma olhada n…

— Temos questões mais urgentes — interrompeu Tomas.

Maya lançou um olhar para Matti, e depois um olhar ainda mais incisivo para o pai.

— O que foi, pai? O que o Corus estava fazendo aqui?

— Ele sabe que não deve te perturbar com assuntos da Casa — disse Matti. — É algo relacionado à Guilda?

— Ele veio falar com *você*, Matti, mas você estava fora e eu estava livre. — Tomas levou mais tempo do que de costume para ajustar os óculos no rosto, e, durante aqueles poucos segundos, o que restava de bom humor em Matti evaporou.

— Pai — disse ele.

— É apenas um rumor por enquanto — alertou Tomas.

— *O quê?* — questionou Maya.

— A Casa Harte está começando a trabalhar com lã.

— Q-quê? — Desta vez, Maya soava bem mais balançada.

Com as pernas como se tivesse corrido de Rose Quarter até as docas sem parar para respirar, Matti se apoiou no canto da mesa do pai. Ele abriu a mão sobre a superfície de couro para se equilibrar, e seus dedos encontraram as marcas de arranhão que ele mesmo havia feito ali quando era mais novo, uma criança empolgada brincando de homem de negócios com uma caneta tinteiro vazia.

— Que tipo de lã? Qual é o rumor? — perguntou.

— Há uma série de rumores. — Tomas começou a contar nos dedos. — Eles conversaram com um dos melhores construtores de teares que conheço, solicitando algo diferente do que os maquinários que estão acostumados a fazer. Para tear um novo tipo de material. Estão também procurando um armazém vago aqui em Glassport; esse rumor já foi confirmado. Enris Harte mencionou de passagem na reunião da Guilda semana passada e depois tentou disfarçar. Na hora, eu não entendi do que se tratava, mas agora faz sentido.

— Um armazém vago? — questionou Matti.

Os Harte produziam seda, gerenciando todo o processo, da criação dos bichos-da-seda até o rolo de tecido completo estar pronto. Suas fazendas e oficinas ficavam no interior, e não havia demanda de seda thesperana no exterior; o país de Ashfah, vizinho mais próximo de Thesper do outro lado do oceano, produzia mais do que o suficiente. Não havia nada para os Harte em Glassport, exceto um mercado para seu produto final.

— Além disso — continuou Tomas, adotando o tom de quem está chegando na parte ruim da história —, estão perguntando sobre a contratação de navios para fazer a travessia até Fataf.

— Então, já sabemos muito bem qual tipo de lã — afirmou Matti. A sensação em sua garganta era a de que tinha engolido uma água muito gelada. — Libelza negra.

— Harte já é um nome de luxo — disse Maya, ecoando os pensamentos de Matti. — Eles têm seus contatos. Se focarem no comércio de libelza e outros materiais de altíssima qualidade, se concentrarem os esforços nesse nicho de mercado...

— Eles vão nos dar muito trabalho — completou Tomas, com pesar. — Eles não conhecem esse mercado como nós, mas acredito que a curva de aprendizado seja bem rápida para alguém com a reputação de Jacquelle Harte. Eles não têm o conhecimento específico dos processos, mas isso é possível comprar quando se é rico o bastante.

Não era preciso dizer que, nos últimos anos, a Casa Jay fora forçada a demitir uma quantidade suficiente de trabalhadores capacitados que seria capaz de compor uma oficina de porte moderado. Alguém com interesse em entrar no mercado teria facilidade para encontrá-los e contratá-los.

— Se a gente pudesse pelo menos... — começou Matti, mas não concluiu.

Era inútil ir por aquele caminho. Se Matti tivesse pelo menos se preparado melhor, trabalhado mais, se esforçado para encontrar em seu caminho mais oportunidades escondidas pela deusa... Se pudessem *pelo menos* equipar outro navio — para comprar lã pura de libelza nas casas de leilão do outro lado do oceano, em Draka — e pagar os altos impostos quando o material chegasse em Glassport...

Se *pelo menos* o último navio, que fora a última chance deles, tivesse conseguido chegar lá...

— Você vai — afirmou Tomas. — Você *vai* conseguir, Matti. Sei que você dará um jeito. O noivado...

— Eu sei — disse Matti.

Ele olhou para Maya, que se livrara dos rolos de tecido e estava torcendo as saias com as mãos. Ela o encarou de volta e abriu um sorriso encorajador. Matti forçou sua boca a sorrir de volta, e forçou sua garganta a engolir o nó de ansiedade e culpa — tudo ficaria *bem*, ele *consertaria* a situação. Ele daria um jeito. Tudo o que precisava era se casar.

Uma voz ecoou do andar de baixo.

— Oi? Maya, cadê você?

— Estamos aqui em cima, mamãe — gritou Maya por cima do ombro. — No escritório do pai.

Após o som dos passos escada acima, veio mais um farfalhar de tecidos, e então a mãe de Matti entrou no escritório. No geral, ela era uma versão mais baixinha de Maya, embora ainda fosse mais alta do que a média. A trança de Nessanesh era mais lisa, não aquela batalha para manter os cachos sob controle, e suas linhas de expressão eram mais profundas. A moda de usar túnicas longas sem manga e com cinto por cima da combinação básica de camisa-e-saia ou camisa-e-calça estava começando a incorporar influências de jaquetas mais curtas e masculinas. Nessanesh vestia uma jaqueta de brocado verde e vermelho com mangas largas e rígidas sobre uma saia preta com bordados florais dourados na barra.

— Nessa, como você está linda, meu amor — disse Tomas.

Nessanesh levou a mão até o ombro e deu um peteleco no ar, um gesto de resignação comum na família.

— O homem me chamou de linda! Devo ser uma ratazana nos outros dias em que vivo debaixo deste teto. Acho que não sei mesmo me vestir.

Tomas lançou um olhar de súplica para os dois filhos mais velhos.

— Vinte e cinco anos de casamento e olha só como ela me trata!

— Vinte e cinco anos de casamento com um Jay, e ele fica surpreso quando eu consigo me vestir para sair de casa — disse Nessa com arrogância. Tomas empurrou a cadeira para trás, para que a esposa pudesse se sentar em um dos seus joelhos. — Eu saí para espalhar a notícia do noivado do nosso filho. Espalhei por toda a parte. Como manteiga no pão. Matti, Gerta Lourde tem a língua solta quando as notícias podem acabar mudando a estrutura de taxas no banco da tia dela. Falaremos sobre isso no jantar. Como foi sua ida ao Tolliver?

— Tudo certo — disse Matti. Ele colocou as taxas do banco da Casa Lourde em sua lista mental de coisas para se preocupar naquela noite. — Agora tenho um padrinho.

— Quem você contratou? — perguntou Maya. — Aren Rowell estava disponível? Ele foi o padrinho da Ellen Jessamy, lembra? Quando todo mundo *sabia* que a Nicoletta Picia ia tentar o desafio pela mão da Jacinda, e ele fez um excelente trabalho. Ellen e Jacinda até contrataram ele de novo como guarda da cerimônia de nomeação do sobrinho da Ellen como herdeiro delas.

Matti passou a língua pelos lábios.

— Contratei um rapaz novo na cidade — disse. — Ele ainda não trabalhou em Glassport.

A mãe o encarou. Seu tom era gentil, mas os olhos escuros traziam todo o peso de julgamento necessário.

— Seiscentos ouros, Matti — lembrou ela. Como se Matti pudesse ter esquecido.

— Não se preocupe, amor — disse Tomas. Ele passou o braço ao redor da cintura da esposa. — Seria necessário um truque espetacular para passarem a perna no nosso Matti.

De alguma forma, Matti conseguiu se segurar para não fazer nenhuma expressão reveladora.

— Eu jamais gastaria sem ver uma amostra antes, mamãe — garantiu ele. — Hardy Tolliver testemunhou as habilidades do rapaz, e ele me deu uma demonstração. Ele é... ele é muito bom. — Matti sentiu o rosto queimar.

— Qual é o nome dele? — perguntou Maya. — Onde ele trabalhava antes? Se ele já teve alguma vitória interessante, sobretudo num casamento, deve haver alguma fofoca. Acho que consigo escrever para alguém e descobrir.

— Luca Piere — disse Matti. — E eu não sei. Não perguntei.

No fim das contas, o fato de Piere ter mencionado o nome do Mestre da Guilda Havelot não significava nada. E Matti não estava inclinado a acreditar no sotaque de Piere, ou em todo o resto; o homem era um golpista assumido, independentemente do que mais ele fosse.

— Aliás — comentou Matti, tentando parecer casual —, Wynn Amberden me deu de presente de noivado aulas de dança com um professor. É para o Baile da Meia-Lua. Segredo.

— Que ótima ideia — disse a mãe. — Uma surpresa para Sofia.

— Vou fazer as aulas de manhã, em vez de nadar — continuou Matti.

Ele inventara a história na caminhada para casa; não era perfeita, mas foi o melhor que conseguiu. Talvez ninguém nem chegasse a reparar, mas, de vez em quando, sua mãe acordava cedo o suficiente para acompanhá-lo no caminho até a piscina, a fim de passar na sua padaria favorita e sentir o cheiro das primeiras bandejas de pães recém-saídos do forno. Agora, ele tinha uma boa desculpa para ir numa direção diferente.

— Preciso ir à sede do conselho. — Tomas levantou Nessa, depois ficou de pé. — O comitê de saúde vai se reunir com os líderes da Guilda dos Médicos para discutir as mudanças nos processos de credenciamento e registro de queixas. E depois tenho uma tarde inteira de gritos de Lysbette Martens e seus aliados me esperando.

Como Mestre da Guilda de Fiandeiros e Tecelões, Tomas dividia seu tempo entre questões da Guilda e seu trabalho no conselho municipal, além de representar Glassport no encontro anual das Guildas de todos os Nove Estados Livres de Thesper.

— Eles continuam insistindo no projeto do canal? — perguntou Maya.

Tomas assentiu com pesar.

— Lysbette fez mais um lindo discurso, usando a boca de Henry Penseil, e acho que eles estão vencendo pelo cansaço alguns dos que votaram comigo na última vez que a proposta foi levantada. Desta vez estão vendendo como uma possibilidade de gerar empregos. *Imagina só quantas vagas!*

— Não dá para culpar o Penseil, pai — disse Matti. — Um canal construído que vá até a fronteira com Barlow seria incrível para a Guilda dele. É claro que ele topou.

— Dá para culpar o Henry sim, e é isso que vou fazer — respondeu Tomas. — Os interesses egoístas da Lysbette são a raiz dessa proposta. Me recuso a aplaudir só porque ela conseguiu apontar outros bolsos que vão se beneficiar com isso, além dos da sua própria Casa, às custas de dinheiro público. Ano que vem é nossa vez de sediar o Negenhal. Não podemos comprometer ainda mais o orçamento. E se precisamos gerar empregos para engenheiros, que tal consertarmos o encanamento em Ash Quarter? Que tal dar um jeito nas *estradas*?

— As estradas daquela vizinhança são mesmo uma desgraça — concordou Nessa. — Já tive que consertar a roda da carruagem duas vezes só este ano, como se pudéssemos arcar com um gasto desses! Agora eu vou andando do lado sul da Ponte de Ash até a barraca de Kupa, e no dia que eu quebrar o tornozelo nos mesmos buracos de sempre da estrada, nunca mais teremos *japetas* na mesa de jantar. — As pequenas panquecas feitas com purê de vegetais e temperadas com alho e especiarias defumadas eram um prato típico de Yaghali, e apenas uma pessoa em toda a cidade sabia prepará-las, como dizia Nessa, do jeito certo.

Maya fez um som de dor exagerado, apertando o peito, e sorriu.

— Até parece, mamãe. Só mesmo um abismo entre a nossa casa e o mercado de Ash para te fazer parar de comprar aquelas *japetas*.

— Acho que, mesmo se isso acontecesse, ela aprenderia a voar — comentou Tomas de forma carinhosa.

— Pelo menos as *japetas* são baratas — disse Maya.

O silêncio que se deu foi curto e desgastado, cheio de trocas de olhares suficientemente longas para que os quatro percebessem que o que foi dito no escritório não importava. Já estavam tão acostumados a não dizer algumas coisas que aquelas palavras ainda soavam novas e estranhas.

— Sim. E não confie nos meus tornozelos, por mais fortes que eles sejam — disse Nessa. — Você ouviu o que o irmão de Kupa disse quando os recebemos para jantar. As estradas são perigosas. Nunca trocaram os canos desde que instalaram o encanamento. Crianças foram contaminadas pelo vazamento de esgoto.

— Isso mesmo. — Tomas segurou uma expressão que Matti conhecia e amava (e até temia um pouco) desde que era garoto. — Glassport poderia facilmente engolir todo o dinheiro necessário para o projeto do canal, dado o crescimento da população. Isso sem considerar a distância entre os hospitais e…

— Sim! Já chega! — Nessa deu um tapa no braço dele. — Somos uma plateia fácil demais para os seus discursos. Melhor falar isso tudo para pessoas que *não* concordam com você.

Tomas beijou a têmpora da esposa e deu mais um passo na direção da porta do escritório.

— Por falar em Barlow, teve alguma sorte com Alain Collins, Matti?

— Ele ainda não confirmou — respondeu Matti. — Vou escrever para ele de novo, mais tarde.

Tomas assentiu.

— A lista de pagamentos dos tecelões vai chegar ao meio-dia, e eu sei que prometi ler aquele relatório de vinte páginas explicando por que todos decidiram cobrar o dobro do preço pelo pigmento escarlate-marinho em relação ao ano passado, mas tive tanta coisa para resolver que…

— Tudo bem. Pode ir. Eu cuido de tudo — afirmou Matti.

— Sim, sim. — Tomas apoiou a mão no ombro do filho por um momento antes de sair. — Você sempre dá conta.

Luca se perdeu duas vezes até encontrar a pensão.

Na primeira vez, aconteceu porque ele parou de se concentrar nos próprios pés e começou a escrever mentalmente cartas para a mãe e para Perse. Era uma tarefa difícil. Luca tinha dificuldades em manter um tom pacífico ao se comunicar com seu irmão mais velho pessoalmente, e não tinha muita sorte por escrito, até mesmo no campo das ideias.

Estou bem. Vou levando. Homens muito menos espertos do que eu conseguem ganhar a vida como espadachins; não há motivos para acreditar que eu não serei capaz.

Muito na defensiva? Talvez.

Então eu apliquei um golpe de duzentos ouros num dos homens mais atraentes que já conheci, e agora faço parte da comitiva do casamento dele, porque a deusa tem um senso de humor do caralho.

Ele jamais escreveria aquilo. Jamais enviaria de fato. Então, de que importava? Se decidisse ser sincero — haha! —, o resultado da carta seria bem mais feio.

Sim, eu sei que fiz merda e, sim, se eu fosse uma pessoa melhor estaria na primeira carruagem de volta para casa e encararia as consequências, mas, mesmo se me livrasse da sentença de prisão, eu ainda teria que encarar o resto da minha vida, e não posso, não quero, não consigo...

Só então Luca percebeu que fora parar numa pequena praça, onde havia um mercado de alimentos desconhecido, e não tinha mais a menor ideia de qual era o caminho até o porto. Cheiros gloriosos invadiram suas narinas: nozes tostadas, uma vaga fragrância de ervas, pão quentinho, frutos do mar temperados em vinagre e sal. Luca parou em frente a uma barraca que vendia uma das comidas que ele nunca vira antes: pequenas bolinhas de massa fritas no óleo e enroladas no açúcar escuro. Elas tinham um tom de verde que beiravam o repugnante.

— O que dá essa cor aos bolinhos? — perguntou Luca à mulher da barraca.

Sua faixa de cabelo e sua calça eram de um tecido com uma estampa de retalhos chamativa e fora de moda, cuja leveza o levou a crer que devia ser feito de algodão em vez de lã.

— Folhas de lascari. — Percebendo o interesse, ela já estava colocando várias bolinhas em um saco de papel encerado.

Luca pegou a bolsa e aproveitou para pedir a ela indicação sobre como chegar aonde queria. Quando a mulher respondeu, ele percebeu que seu sotaque tinha o toque musical do extremo-sul de Elizen. Luca conseguiu fugir da conversa antes de começar a imitar o jeito de falar da moça, mas passou alguns minutos murmurando para si mesmo com aquela cadência do sul, enquanto ocupava os dedos com os doces quentes e se perdia de novo.

Essa segunda vez acontecera simplesmente porque o senso de direção dele em lugares desconhecidos era medíocre num dia bom e, num dia ruim, tão pavoroso que ele já havia sido acusado de estar fingindo só para bancar o irritante. Embora o cérebro fosse inútil quando se tratava de mapear novos lugares, pelo menos seus músculos já sabiam o que fazer. Seu jeito de conhecer um lugar era caminhando por ele. E Luca estava agitado demais, curioso demais, tomado demais por aquela sensação de novidade e o que ainda havia de culpa, medo e alívio para ficar no sótão de Tolliver o dia inteiro.

As bolinhas de lascari eram deliciosas. Luca lambeu o restante do açúcar na ponta dos dedos engordurados enquanto atravessava uma ponte lotada, se mantendo perto do corrimão de ferro, onde diversas fitas estavam ali amarradas, em vários estados de conservação, desde novas até podres. Era uma tradição comum nas semanas de prova dos estudantes destinados a Guildas mais acadêmicas. Talvez houvesse uma faculdade de direito por perto.

A ponte dava em uma rua principal larga, ladeada por prédios de aparências tão variadas quanto as oferendas em forma de fitas. O Negenhal atualmente podia até ser um evento de encontro dos conselhos governamentais dos Nove Estados Livres — uma reunião que acontecia a cada dois anos, toda vez sediada em uma capital diferente —, mas a primeira edição não passara de uma série de negociações de paz que deram uma boa chacoalhada em Thesper, na época devastada pela guerra, assim chegando ao acordo atual das cidades-Estados. Antes disso, a cidade de Glassport fora um tipo de campo de batalhas passivo de influências culturais, já que ficava em um ponto bem no meio das cidades de Barlow e Harbeke.

Agora já fazia quase duzentos anos que ela era a capital de seu Estado e controlava os próprios territórios. Ainda assim, para os olhos, ouvidos e nariz de Luca, Glassport ainda dava a impressão de ser como *duas* cidades que existiam... não lado a lado, mas empilhadas de forma desafiadora, uma em cima da outra, como duas pessoas no teatro que se recusam a ceder o melhor assento da plateia. Um telhado de arquitetura barlowana aqui, uma placa de rua escrita em harbekês antigo ali, as palavras gravadas nas pedras desgastadas quase a ponto de ficarem indecifráveis de tão antigas.

Independentemente das origens entrelaçadas, Glassport possuía o maior porto da costa oeste, que, como qualquer centro comercial, era uma mistura cultural toda caótica e barulhenta. A vendedora do mercado não fora o último sotaque de Elizen que Luca escutou, e em pouco tempo ele acreditava que seu ouvido já havia coletado quase todos os sotaques das cidades-Estados thesperanas. Ele até mesmo escutou o idioma delicado e obscuro de Ashfah ao passar pelas portas de um prédio enorme, que, pelo cheiro forte, parecia ser um mercado de cavalos.

Pessoas do norte, como Jay, eram mais raras, mas Luca identificava algumas características típicas aqui e ali — tecidos puxados com anáguas de renda à mostra, chapéus de feltro bordado (usados tanto por homens quanto por mulheres), pele negra — ou escutava um sotaque carregado, sinalizando que a pessoa em questão era de Manisi ou cidadã do reino de Narama, mais ao norte. Já se alguém vinha do extremo norte, ficava quase impossível dizer se era de um lado da fronteira ou do outro.

Luca passou a mão pelo cabelo. Se perguntou se deveria pintá-los, mas ruivo não era uma cor incomum ali; parecia não haver *nenhuma* cor incomum. E ele *gostava* do próprio cabelo. Outras pessoas também gostavam. Mattinesh Jay ficou um bom tempo olhando para ele.

Luca atraía, sim, alguns olhares na rua, mas a maioria era voltada para sua cintura. O peso da espada, sua total consciência da bainha e seu movimento enquanto andava eram familiares e desconhecidos ao mesmo tempo. Luca passou horas demais em sua vida portando armas, de forma que o peso delas se tornara um conforto amigável, mas ele nunca tivera motivo para usá-las na rua. A espada nunca fora seu trabalho antes. Aquilo lhe causava calafrios e lhe fazia andar como se seus pés pudessem provocar faíscas nas pedras da rua.

No fim das contas, ele chegou à pensão que havia encontrado em sua primeira tarde na cidade. Havia quartos disponíveis em todas as faixas de preço, mas infelizmente Luca se apaixonou pelo primeiro lugar onde pisara, e não conseguiu se convencer a ir para outra estalagem mais barata ou a ficar em algum dos quartos mais simples que acabou encontrando depois. Ele não se importava em esperar uma semana no sótão de Tolliver. Não ligava se o aluguel lhe custaria boa parte do dinheiro que ele roubara — e que, agora, seria seu de forma legítima — de Mattinesh Jay.

A pensão era como a maioria das outras casas na rua, encaixada entre as vizinhas, e com um telhado pontudo laranja. O batente azul da porta era entalhado e pintado com os símbolos do deus guardião das chamas, Osta. Mas era um quarto específico que lhe interessava, porque tinha vista para a água. O canal de água salgada em questão era apenas um dos muitos que passavam pela cidade de Glassport, ramificações que vinham direto do porto principal, mas era, de certa forma, água do *mar*. A cidade natal de Luca, Cienne, ficava próxima de um lago cheio de pequenas ilhas, mas o horizonte era composto de montanhas irregulares, para qualquer lado que se olhasse. Glassport tinha o oceano em seu horizonte: reto e vasto, como uma linha desenhada pelos deuses.

Os detalhes eram importantes quando a pessoa decidia se reinventar. Luca Piere vivia perto do mar. Luca Piere carregava uma espada. Luca Piere não *precisava* ter uma família para quem escrever, se não quisesse.

— Posso aju… Ah, você de novo — disse a srta. Vaunt, ao atender a porta. Seus olhos varreram Luca de cima a baixo, e sua postura mudou. Um sorrisinho atrevido surgiu em suas feições; o rosto dela, num tom de marrom mais claro que o de Mattinesh Jay, era coberto de sardas, e o cabelo, uma nuvem de cachos. — Veio dizer que não quer mais ficar com o quarto, é?

Luca ajustou a própria postura em resposta, deixando seu sorriso flertar com as bochechas dela, até a garota sorrir por completo.

— Não tema, minha doçura — respondeu ele. — Ainda há de ser inventada por mentes perversas uma tortura capaz de me fazer quebrar minha palavra.

— Que bom — disse ela. Luca queria se lembrar de seu primeiro nome. — Porque nenhuma dessas torturas seria capaz de fazer minha mãe devolver o pagamento pela reserva do quarto.

Luca riu.

— Eu só vim perguntar se, por acaso, o hóspede atual planejou sair mais cedo do que havia falado.

— Sinto muito. Teremos que ficar sem o prazer da sua companhia no café da manhã por mais um tempo.

— Ah, tudo bem. Pata recompensa os pacientes. Obrigado pelo seu tempo, srta. Vaunt.

Ela arqueou as sobrancelhas.

— É Dinah — disse, lançando outro sorriso antes de fechar a porta na cara dele.

Ainda sem se sentir pronto para voltar para a casa dos Tolliver, Luca caminhou da pensão até o porto, seguindo o aroma de sal marinho, que foi ficando mais forte e abrangente, acumulando-se a ele o cheiro de peixe, de umidade, com o odor intenso de impermeabilizante de madeira, o de piche, de fumaça e centenas de outras camadas por trás. O cheiro de tudo o que poderia ser carregado num navio e levado de um lugar a outro, que poderia ser vendido ou transformado em algo novo.

A empolgação em seus pés e em sua coluna se acalmou, virando um sussurro suave que ameaçava se transformar em palavras caso Luca não as silenciasse. Ele esperava ter esmagado aquele sussurro embaixo das rodas da carruagem quando deixou Cienne. Não deu certo. Agora ele tinha distância e tempo. Um dia, venceria o sussurro pelo cansaço.

Ele passeou devagar, serpenteando pelas docas, sem procurar nada específico, mas reparando em tudo o que conseguia. Passou por um navio após outro e esticou o pescoço para ver se havia marinheiros trabalhando no içamento, ou para observar as velas fechadas balançando gentilmente contra as nuvens. Ele notou quais carrancas precisavam de uma nova demão de tinta e quais haviam perdido alguns detalhes devido a batalhas ou pela decomposição. Muitas delas seguravam cordas com nós de marinheiro e tinham a coroa de algas de Itsa, deusa padroeira da Guilda dos Marinheiros e Construtores Navais. Outras divindades apareciam também; aqueles navios provavelmente pertenciam ou eram contratados por grandes Casas, dedicadas a diferentes áreas de comércio.

Os nomes dos navios apareciam em pergaminhos segurados pelas carrancas, ou eram pintados na altura do nível da água, com uma caligrafia delicada. LADY JENNY. MANHÃ BRILHANTE. INDOMÁVEL.

A uma rua de distância da orla, Luca parou e entrou na loja de um vidraceiro, que curiosamente ficava entre um bar e o escritório de uma companhia de transporte de carga. Seus olhos se fixaram em uma das peças na vitrine, uma linda escultura de lagarta, em que cada segmento do corpo era feito a partir de uma bolha de vidro transparente decorada com espirais, pintas e estilhaços. Era o tipo de coisa que Luca teria comprado sem pensar duas vezes e dado de presente para a mãe.

Ele estava quase pegando a lagarta na prateleira quando lembrou que não tinha mais aquele dinheiro, e também que sua mãe...

Bom. Ele não tinha o dinheiro.

Os dedos de Luca começaram a formigar conforme deslizavam por uma gavinha verde no vidro. Ele sempre poderia *roubar*. Aquilo era parte de quem ele era agora, certo?

O comerciante, um homem velho com o bigode mais cuidadosamente aparado e excessivamente encerado que Luca já vira, estava em um debate com outro cliente a respeito de uma caixa em cima do balcão. Ele olhara quando Luca entrou na loja, mas sua atenção estava, no mínimo, dividida. O casaco de Luca, por mais esfarrapado que fosse, tinha bolsos fundos na parte de dentro. Seria rapidíssimo.

Luca mordeu a bochecha com tanta força que quase gritou de dor, enquanto um calafrio desceu por sua espinha e a lembrança do som de vidro quebrando ressoou em seus ouvidos, aquelas notas agudas e frias. Pelos deuses, como ele conseguia ser *tão* estúpido? Parado em uma loja comandada por um dos filhos de Kusi, pensando em *roubar*, como se já não tivesse feito mais do que o suficiente em sua cidade natal para merecer a ira da deusa dos Artesãos.

Ele murmurou uma prece de perdão num sussurro, prometendo outro punhado de moedas para o Salão da Guilda de Kusi, apesar da doação que ele fizera num surto de culpa assim que chegara em Glassport fosse um dos motivos pelos quais estava pobre o bastante para começar a aplicar pequenos golpes.

O outro cliente saiu, e o senhor da loja fez contato visual com Luca enquanto guardava a caixa.

— Que lindo trabalho — disse Luca educadamente, indicando a loja com a cabeça. O sotaque de Elizen continuava em sua boca, e acabou escapando antes que ele pudesse segurar. — É seu? Da sua família?

— Sim e sim. Está procurando algo em específico?

— Apenas matando tempo. Tenho uma entrevista daqui a pouco. Procurando trabalho.

Os olhos azuis por cima do bigode pairaram sobre a espada de Luca.

— Vai escoltar uma viagem, é?

— Ah, sim — respondeu Luca, satisfeito por já ter até uma história. — Vou, sim.

Cinco minutos depois, ele já sabia tudo sobre a família de Rubin Nyfaert, tendo aprendido algumas novas palavras e expressões que poderiam vir a calhar caso precisasse fingir ser alguém que sabia alguma coisa sobre vidro. Ele escutara uma história sobre a fundação de Glassport — embora Nyfaert se referisse à cidade como Glashaven, um sinal de descendência enraizada de Harbeke — que Luca tivera quase certeza de que não passava de um belo mito, mas, de qualquer forma, tinha sido uma boa história.

Da parte dele, Nyfaert descobrira que Luca era um órfão chamado Kal, que fora criado por um mestre espadachim aposentado e precisava sair da cidade numa missão de exploração marítima devido a circunstâncias delicadas que poderiam ou não envolver a sedução de um membro proeminente da Guilda dos Advogados enquanto o próprio marido do homem dormia no quarto ao lado.

Não era difícil. Bastava o sorriso certo, a *conversa* certa. E se tinha uma coisa que Luca sabia fazer bem, era conversar.

Os Tolliver acreditaram que ele era um jovem duelista talentoso tentando a sorte numa cidade nova. Quando Luca aplicou o golpe do relógio de bolso em Jay, todos no bar acreditaram que ele era um funcionário que havia sido enviado pelo chefe em uma missão. Apesar de aquele ser o motivo que o pusera em apuros para começo de conversa, apesar de ser o motivo que o levara até uma nova cidade com um novo nome nos lábios, Luca não conseguia se conter. Algo dentro dele ansiava pela expressão radiante e tranquila que surgia no rosto de cada um que acreditava em suas histórias. Algo nele se aquietava ao vestir as fantasias daquelas outras pessoas inventadas. Essas pessoas, cujas fantasias Luca usava com a mesma facilidade que seu cinturão de espada, poderiam até ter pequenas preocupações, mas não possuíam um rastro de desastres. Muito menos um futuro indesejado pairando sobre a cabeça.

Ser *ele mesmo* era um experimento fracassado. Luca já havia aprendido aquela lição.

4

Luca precisou de três tentativas até conseguir abrir a porta da agência de Tolliver na manhã seguinte. Para ele, a culpa era tanto do sereno gelado pairando no ar quanto do fato de que, se o mundo fosse justo, ele ainda estaria dormindo — sem intenção de acordar nas próximas horas —, mas também dos olhos quase pretos de Mattinesh Jay que o observavam enquanto tentava.

Jay já estava recostado na porta quando Luca chegou, às pressas. Agora sua presença era imponente, e Luca estava com os dedos todos sem jeito sob seu olhar.

— Que bom que o Tolliver nos emprestou a sala.

— Hum.

O som era mais um grunhido, honestamente. As pálpebras de Luca estavam grudentas e ressecadas.

Tolliver não questionara o fato de Luca ter concordado em dar aulas de espadachim para Jay, além do já comum contrato de padrinho. Mesmo assim, Luca tinha a sensação de que se houvesse qualquer dinheiro no escritório, ou se as espadas na sala de treino fossem algo além de apenas funcionais, Tolliver não confiaria nele para abrir a agência duas horas antes de sua chegada.

Ou talvez confiasse, considerando quem era o aluno daquelas aulas. A mudança no comportamento de Tolliver quando interagia com Jay era algo… interessante. Outra peça do quebra-cabeça que não encaixava.

No andar de cima, eles tiraram os casacos em silêncio, e Luca ficou aliviado ao ver que Jay estava usando uma calça desgastada e fora de moda. A moda atual era calça mais justa, coisa que Luca apreciaria em alguém com o porte físico de Jay, no geral, mas uma peça mais folgada era melhor para uma atividade física como aquela, já que suas costuras não correriam risco de ceder.

Jay estava subindo e descendo na ponta dos pés, passando uma das mãos no cabelo, quando prendeu os dedos em um nó e precisou puxá-los de forma desajeitada para desfazer. Luca, cujo cabelo já derrotara mais de um pente em combate, sabia bem como era aquilo.

— Então, Piere. Aqui estamos nós.

— Exatamente, sr. Jay.

Luca fez uma pequena reverência. Apesar de seu cansaço matinal de sempre, sentia uma pontada de empolgação na nuca. Ele nunca fora um funcionário contratado antes. Conseguia imaginar a voz de Perse em sua cabeça, a surpresa indiferente misturada com julgamento. *Nossa família não chegou neste nível para que você saísse por aí brincando de serviçal.*

Serviçal, Luca pensou, se erguendo. E não dava mais para brincar: ele estava ali e tinha um trabalho a fazer.

— Será que você pode... não me chamar assim?

— Não te chamar de sr. Jay?

— Isso.

— Você mentiu seu próprio nome para mim? — perguntou Luca.

— Não é isso. Quero que essas aulas sejam algo que estou fazendo por mim mesmo, não como um representante da minha família. Eu não...

Jay parecia desconfortável. Luca pensou em todo o cuidado, todo o desejo suprimido e toda a vergonha daquele desejo que o homem demonstrara com a mera ideia de fazer aulas de espadachim de que nem precisava. Luca podia apostar que aquela frase completa era: *Eu não faço muitas coisas por mim mesmo.*

— Prefere Mattinesh?

Mattinesh Jay não franziu o nariz exatamente, mas entortou a boca para o lado de um jeito que carregava seu nariz junto e revelava uma covinha na bochecha.

— Prefiro Matti. Só Matti.

— Bom, assim não vai dar.

— Não?

— Não posso te chamar de Matti, como um dos seus queridos amigos, enquanto você me chama de *Piere*. Não é assim que funciona.

— Não? — Matti voltou a fazer aquela expressão torta. — Eu chamava meus professores pelo sobrenome.

— E imagino que eles fossem homens velhos de cabelo grisalho e voz rouca, e não jovens e bonitões como eu.

Luca não sabia ao certo aonde queria chegar com aquilo. Não, era mentira. Ele sabia. Em troca, recebeu uma pausa e uma passada rápida dos olhos de Matti em seu corpo.

— Eu também tinha professoras — argumentou o outro.

— Não me importo. Você vai ter que me chamar de Luca.

Matti mudou de expressão tão rápido quanto uma truta prateada, e sua cauda farpada tirou o fôlego de Luca. Ele aguardou com uma ansiedade infundada para ouvir seu nome sair dos lábios de Matti, mas, em vez disso, o rapaz apenas observou Luca, na expectativa.

Só então Luca cogitou que talvez devesse ter criado um *plano* para as aulas. Ele havia pegado numa espada pela primeira vez quinze anos antes e quase não tinha lembranças de como foram suas primeiras aulas.

Não devia ser tão complicado. Luca sabia o que fazer. Matti não sabia. Seria apenas uma questão de apontar o que ele estava fazendo de errado.

O Mestre Carriere insistia para que Luca, mesmo depois de quinze anos, começasse todas as aulas com os ataques básicos. O que lhe parecia um bom lugar para começar.

Pelo menos foi o que Luca pensou, até que Matti foi pegar uma espada, hesitou e disse:

— Posso pegar qualquer uma?

— Quê? Não, claro que não, não seja estúpido — respondeu Luca, recalculando a rota.

Primeiro, entregou um par de luvas de couro para Matti. Luca só vira um ou dois iniciantes que haviam machucado a mão durante o treinamento, mas já eram mais do que o suficiente. Ele guiou Matti com firmeza para longe das espadas maiores e mais clássicas, que poderiam ser utilizadas num duelo formal, e o levou para perto das espadas curtas, com lâminas flexíveis e guardas mais simples. Ele mostrou a Matti — rapidamente sacando a própria espada, para lembrar a si mesmo das proporções — como medir o comprimento de uma lâmina simples de treino levando em conta a própria altura e pegar a espada certa.

Depois, mostrou-lhe como segurá-la. E depois, mostrou mais uma vez. E mais uma. Sempre que achava que Matti havia acertado a pegada, ele comparava com a própria pegada instintiva e descobria algo diferente no jeito como os dedos estavam posicionados.

— Precisa ser exatamente assim? — perguntou Matti, depois da terceira vez que havia estendido o braço na direção de Luca, e o outro gritara: "Não, agora seu punho está todo errado e a espada está *tombando*. Vem cá".

Luca não confessaria que não sabia quais das diferenças eram vitais e quais eram uma variação perdoável.

— Sim — disse ele, com toda a confiança que conseguia projetar apesar do jeito como suas têmporas começaram a pulsar.

Felizmente, Matti assentiu e cedeu.

Até ali, já havia se passado meia hora; eles nem sequer tinham conseguido chegar na parte sobre como se posicionar, e Luca estava convencido de que Matti iria perder a paciência. O homem parecia seguir calmo e interessado, mas com certeza era uma fachada que poderia ruir a qualquer momento. Luca se sentia nervoso e cansado.

— Aqui — disse, tentando melhorar o humor. — Deixa eu te mostrar um truque.

Ele demonstrou como encontrar o centro de gravidade de uma lâmina, apoiando-a sobre os dois dedos indicadores, com as mãos separadas, e depois deslizando os dedos lentamente, um na direção do outro.

Matti o imitou.

— Qual é a utilidade disso?

— Nenhuma — respondeu Luca.

Ele lançou a espada para o alto, e a pegou pelo cabo.

Em seguida, tentou mostrar a Matti como se posicionar. O que, por incrível que pareça, foi ainda pior. Ele revirou o cérebro em busca de todos os truques que conhecia — como o do barbante unindo as duas escápulas. Ou imaginar uma luz brilhando do antebraço até o teto. Cada um parecia funcionar por um instante, separadamente, mas quando Matti tentava combiná-los, dava tudo errado.

De dentes cerrados, Luca explicou a Matti o que ele estava fazendo de errado. E de novo. E de novo.

Matti aceitou cada correção como um lago parado recebendo as pedrinhas que jogavam sobre a água, uma após a outra. Depois de um tempo, ele começou a se encolher e balançar a cabeça toda vez que Luca abria a boca, como se estivesse irritado consigo mesmo.

Luca se sentiu ainda pior.

— Certo. Acho que estou colocando meu peso mais para baixo — disse Matti. — Está certo?

— Hum... nada mal — disse Luca, em dúvida. Na verdade, algo na postura do homem parecia desesperadamente errado, mas não conseguia identificar o quê. — Tenta dar um passo à frente.

Matti respirou fundo, moveu o pé direito com a leveza de um ferro de passar deslizando sobre o tecido e quase caiu.

— Eu *te avisei* para não ficar tão duro. Como você consegue... ai, pelo amor de... não tem jeito. Você *não tem jeito* — explodiu Luca. Ele apoiou as costas na parede mais próxima e deslizou até ficar de cócoras. Jogou a espada de treino no chão com um baque barulhento. — *Porra!* — disse ele, com vontade.

Um silêncio complicado tomou conta do ambiente. Luca não queria olhar para cima para descobrir se Matti parecia furioso, magoado, rejeitado ou enojado. Luca ia apenas encarar a janela e pensar no cochilo que tiraria em breve. Feixes pálidos de luz da manhã invadiam a sala, e a cidade, que nunca ficava em silêncio total, começava a fazer mais barulho.

— Acho que você exagerou um pouco — disse Matti depois de um tempo.

Luca esfregou a testa nos joelhos, passando a mão pelo cabelo, que estava embaraçado e suado perto da nuca. Matti tinha razão, mas sua brandura não estava acalmando Luca. Muito pelo contrário.

— Você tinha que insistir em fazer essa porra logo de manhã — disse ele.

— Ressaca?

— *Ha-ha.* — Luca jogou a cabeça para trás de novo, e se puniu batendo com ela na parede. — Até que seria um bom motivo. Mas, não. Com certeza você já se deparou com o conceito de pessoas que simplesmente não gostam de acordar tão cedo, né? Todos os integrantes da sua maldita família levantam cheios de empolgação e boa vontade assim que amanhece?

— Mais ou menos — respondeu Matti. — Como dois dos integrantes têm cinco anos de idade, isso ajuda. Quando eles acordam, todo mundo acorda.

— Por favor, diz que tem pelo menos uma pessoa incapaz de formar uma frase sequer antes que o café esteja servido. Ou vou ser obrigado a achar que você vem de uma família de aberrações.

Matti não chegou a rir, mas a risada aparecera no cantinho dos seus olhos, e ele abriu um sorriso. Ele ficava injustamente lindo quando sorria. E não tinha apenas uma covinha, tinha duas.

— Minha irmã é assim — disse ele. — Maya. Não importa o quão apertado esteja o dinheiro, sempre temos o suficiente para a Maya tomar seu café da manhã. Mamãe chama de taxa de prevenção de assassinato.

— Ela não é a que tem cinco anos, imagino.

— Maya? Não, ela é só dois anos mais nova que eu. — Matti lançou para Luca um olhar que deu uma segurada na pergunta seguinte, que já estava na ponta da língua dele. — E, sim, antes que você pergunte: todos somos filhos da mesma mãe. Os gêmeos foram… uma surpresa.

Pelo ritmo da conversa, aquele seria o momento em que Luca ofereceria algo em troca, como pedido de desculpas por ter exagerado. Alguma informação sobre a própria família. Ele poderia contar a verdade, não faria mal algum. *Sou o caçula. Somos só eu e meu irmão.* Ou poderia inventar uma família vasta para Luca Piere, o espadachim de aluguel, cheia de irmãos de várias idades. Poderia dar caraterísticas imaginárias elaboradas para cada um, e pintá-los com sardas.

Luca olhou para Matti, algo incerto e selvagem rodopiando em seu peito, e sentiu uma vontade profundamente estranha de não querer mentir. Mas também não queria arrancar a máscara e revelar algo verdadeiro. Os dois impulsos contrários pareciam surgir do mesmo turbilhão de pensamentos, como troncos idênticos nascidos da mesma semente.

Não importava. Histórias eram divertidas, entreter era divertido, mas as pessoas nunca queriam escutar *de verdade* sobre você, especialmente quando podiam falar sobre si mesmas.

— Já que vou ser o padrinho do seu casamento — disse ele —, preciso aprender sobre qualquer ritual de que eu precise participar. A cerimônia acontecerá sob os auspícios de quem?

— Maha, da parte da Sofia. Huna, da minha parte.

— Huna.

— Padroeira dos tecelões e fiandeiros.

— Eu… sim — disse Luca, antes de conseguir pensar melhor. — Já ouvi falar dela.

Matti havia jurado por Huna na primeira vez que se encontraram, e as palavras passaram despercebidas pelos ouvidos de Luca. Ele era um homem pobre que agia como rico e usava um casaco — um casaco de lã — que valia no mínimo quarenta ouros.

Em algum lugar nas profundezas das informações retidas durante as aulas que Luca mal frequentara, o nome *Jay* finalmente se encaixou.

— Jay. Sua família produz lã?

— Ovelhas produzem lã — disse Matti, zombando. — Mas, sim. Minha família extrai das ovelhas.

— E o que você faz, Mattinesh, para a Casa Jay?

Matti sorriu. Dessa vez, nenhuma covinha veio à tona. Era a junção de movimentos musculares que não possuíam nenhum tipo de alegria.

— Não o bastante — respondeu ele.

— Eu quis dizer...

— Eu sei o que você quis dizer — afirmou Matti. — Faço um pouco de tudo. Meu pai é o Mestre da Guilda aqui — acrescentou ele, com um orgulho meticuloso. — Não se pode esperar que ele consiga supervisionar os feitos da nossa Casa com tanta minúcia como fazia. — A voz de Matti ficou ainda mais firme. — Fico feliz que ele confie em mim para isso.

Lá estava: a peça do quebra-cabeça. Mestres da Guilda eram políticos; se este era também um Chefe da Casa, seu mandato exigiria uns bons anos ocupado demais para o restante da família. Fazer um pouco de tudo, naquele contexto, significava que o homem em frente a Luca — que se vestia e se portava como se tivesse vergonha do próprio tamanho, e que ainda não havia levantado seu tom de voz para um volume mais alto do que o de uma conversa casual — provavelmente estava gerenciando sozinho os negócios de uma das Casas mais proeminentes no mercado de lã em Thesper. Ele não era um membro qualquer da Casa Jay. Ele era Chefe em todos os aspectos, menos no nome. Ele era o *herdeiro*.

E ele estava observando Luca com o tipo de olhar que era bem mais apropriado para alguém em uma luta de espadas do que qualquer outro olhar que já lançara antes. Era o olhar de alguém que esperava ser atacado, se preparando para absorver o golpe. Fascinado, Luca observou aquele olhar até ele sumir.

— Obrigado — disse Matti, finalmente.

— Pelo quê?

— Por não comentar que eu não devo ser muito bom nisso — respondeu ele baixinho.

Luca em um instante se lembrou de que os negócios da família de Matti estavam indo mal; *não o bastante*, dissera Matti. Estavam mal a ponto de o descendente da Casa estar se casando com a filha rica de outra Casa, e eles mal tinham dinheiro para um padrinho. Auspícios de Maha. A padroeira dos viticultores e cervejeiros, mas aquilo poderia representar um grande número de Casas, e... agora eles estavam mergulhando ainda mais fundo nas águas vastas e agitadas da ignorância de Luca quando o assunto eram negócios.

Luca não se considerava ignorante quando a questão eram *pessoas* — longe disso, na verdade —, mas estava ficando intrigado com aquele monte de contradições numa embalagem bonita chamada Mattinesh Jay. Ele queria testar alguns ataques em cada canto das defesas de Matti e usá-los para descobrir a verdade sobre ele.

Poderia ter feito isso sutilmente. Mas geralmente se obtinha o mesmo resultado de um golpe surpreendentemente direto.

— Você é ruim nos negócios, Matti?

— Eu. Não. — O jeito como Matti respondeu fez Luca pensar em uma pedra da sorte jogada em um bolso por décadas: desgastada e pequena, reluzente e dura.

— Não?

— Apesar das evidências... — Matti passou a mão pelo cabelo. Dessa vez, nenhum nó atrapalhou o gesto. Os dedos de Luca coçaram só de ver. — Sei o que estou fazendo. Mas Huna joga suas moedas, e às vezes elas caem no pó.

Ou seja, Luca interpretou, algo muito infeliz havia acontecido. Algum investimento que deu errado, algumas especulações que fracassaram e levaram a fortuna da Casa Jay embora. Não era como se as pessoas tivessem parado de vestir lã, ou de usá-la para cobrir os assoalhos e as camas.

— Imagino que se a situação estivesse tão ruim assim, seu pai não teria aceitado a posição de Mestre da Guilda pra começo de conversa. Dividir a atenção pela merreca de salário como conselheiro municipal...

— Ele acredita em dar sempre o melhor que pode, pela Guilda e pela cidade. Por todo mundo. Ele é o melhor homem para ocupar o cargo, então aceitou.

— E, enquanto isso, sua Casa está com muito mais problemas do que a população imagina. — Luca sabia que não deveria fazer a pergunta seguinte. Ele fez mesmo assim. — Você não tem medo de que eu conte tudo isso para alguém?

— Para quem? E por quê? Você teria que explicar como ficou sabendo — respondeu Matti com calma. — Além do mais, tenho testemunhas de quando você me contou uma mentira fácil de provar só para extorquir dinheiro de mim. Acredito que você não queira ser preso.

— Mas se eu fosse preso, você não me teria como padrinho.

— Mas receberia meu dinheiro de volta e poderia contratar outro padrinho, com a reputação bem melhor.

— Ah, mas ele não colocaria aulas de espadachim no pacote.

O sorriso de Matti, de verdade dessa vez, apareceu e desapareceu rápido, como se algum curioso houvesse resolvido dar uma espiadinha por trás da cortina e depois logo a soltado. Cuidadosamente, ele encontrou o ponto gravitacional da espada e a segurou sobre os dois dedos.

— Então, a situação está assim — disse Matti. — Perfeitamente equilibrada. Não, no momento eu não tenho medo de que você desequilibre arruinando o nome da minha família. O que você ganharia com isso?

— Nada — respondeu Luca. — Você tem razão.

E ele não estava mentindo, disse a si mesmo. Não havia motivo para dar importância àquilo. O duelista Luca Piere não tinha Casa alguma para quem trabalhar, ou para salvar com um casamento arranjado. Ou para decepcionar com seus fracassos pessoais. Luca Piere oferecia um serviço. Seu único interesse era fazer bem o trabalho e ser pago. Além disso, ele não deveria saber, nem se importar, sobre o balanço financeiro das pessoas para quem trabalhava.

Luca ensinaria aquele homem a usar a espada, ficaria ao lado dele no casamento que restauraria a fortuna da Casa Jay e talvez tivesse a chance de demonstrar suas habilidades, se o desafio esperado de fato acontecesse.

Era tudo muito simples.

Mesmo assim, Luca sentia que o chão — que, para qualquer duelista, precisaria ser sólido e liso, sem nenhum desnível traiçoeiro — começou a mostrar uma pequena porém notável inclinação.

— Matti! — chamou Maya. — É você perambulando por aí? Estamos na sala.

Matti jogou um punhado de tomates secos dentro de um pão e lambeu rápido o azeite que começava a escorrer pelo punho. Ele lançou um olhar arrependido para Joselyne, a única funcionária em tempo integral na casa, e levou seu almoço para o cômodo de onde saíra a voz da irmã.

Almoço talvez não fosse a melhor palavra para descrever a refeição. Já era meio da tarde. Matti passara a manhã inteira revisando as contas com Corus Vane, depois de ler e reler o relatório de vinte páginas sobre uma espécie de efeito dominó que estava afetando os fornecedores e, consequentemente, o custo das conchas escarlate. Ficara com uma enxaqueca e, na vã tentativa de fazer a dor passar, contou todas as canetas em sua mesa. Além disso, de tantos bilhetes que trocou em um curto período de tempo — enquanto negociava uma data para encontrar os membros veteranos de três guildas que não caísse num feriado ou num dia de azar nos calendários dos deuses de cada um —, acabou exaurindo uma mensageira. A coisa toda era parte dos negócios, mas, em momentos mais cheios do ano, a sensação era a de estar tentando assentar ladrilhos em um pântano.

Ele tinha ido a uma reunião com um dos compradores de um negociante de tecidos de Sanoy numa cafeteria, onde o café e a comida caíram que nem pedra em seu estômago ansioso, e autorizou um pedido de reembolso por uma parte da última remessa do comerciante, que havia chegado com alguns rolos de tecido superfino mofados. Depois, se encaminhara para a oficina na periferia de East Quarter, para conversar com cinco pessoas que queriam contar a ele em detalhes, indignados, por que os problemas com o arremate dos tecidos era culpa de qualquer um, menos deles. Ele provavelmente deveria ter delegado essa última tarefa a um supervisor, mas seus veteranos mais experientes estavam quase tão ocupados quanto o próprio Matti.

Só de pensar na pilha de papéis que ainda o esperava na mesa, Matti já se sentia tonto. Era um daqueles dias em que ele ficava beliscando a pele entre os dedos, se punindo, só para manter o foco. Se fechasse os olhos por mais que alguns segundos, começava a sonhar com uma queda — não como se estivesse caindo em algum lugar específico, ou por qualquer motivo, apenas com o *ato* de cair. Sem parar, numa escuridão aveludada que não demandava nada e não esperava nada — e era assim que Matti imaginava que seria a sensação de dormir direto por nove horas.

Pelo menos a tontura poderia passar se ele comesse alguma coisa. Matti estava com a boca cheia quando entrou na sala de estar e descobriu que o *nós* de Maya não estava se referindo apenas à família.

Matti engasgou com a comida, sofreu para engolir e tossiu algumas vezes com o punho na frente da boca antes de conseguir falar.

— Sofia! Me desculpe.

— Ele deve ter passado o dia inteiro sem comer, imagino — disse Maya.

Sofia Cooper balançou a mão, indicando uma poltrona.

— Não se preocupe comigo. Sente-se e termine de comer.

— Sofia veio planejar os eventos pré-casamento — comentou Maya, enquanto Matti se sentava, agradecido, e enfiava mais um quarto do pão na boca.

— E o casamento em si — completou Sofia. — Se você não se importar em conversar sobre outro tipo de compra, Matti.

Matti balançou a cabeça, e Sofia sorriu para ele. Era a primeira vez que se falavam desde que o noivado fora concluído, e Matti já estaria esperando por um momento constrangedor se soubesse que ela apareceria naquele dia. Se houvesse tido a chance de se preparar e se preocupar. Ele olhou para Maya, se perguntando se ela já sabia e havia decidido esconder a informação por aquele exato motivo.

Sofia e Matti costumavam ter contato durante a infância, como geralmente acontece quando os pais são amigos; a mãe de Sofia conhecia Tomas desde que *eles* eram crianças. Os dois se afastaram conforme foram crescendo, e, por anos, trocavam apenas cumprimentos educados. Era profundamente estranho, Matti estava descobrindo, olhar para uma pessoa que você sempre enxergou como uma parte distante da sua vida e perceber que em breve estaria casado com ela.

A beleza de Sofia era impossível de negar. Ela tinha curvas delicadas e herdara a mesma cor de pele de sua mãe otescana, incluindo o cabelo volumoso cor de avelã, hoje preso num coque no topo da cabeça. Suas feições, desde o nariz empinado até os olhos castanhos, proclamavam uma delicadeza que suas sobrancelhas quebravam completamente. Estas eram grossas, cortes retos sobre sua pele marrom-clara, fortes e expressivas, e basicamente o único sinal de personalidade que existia no rosto dela.

— Eu estava falando para a Sofia que amei a roupa dela. Se ela continuar drapeando lenços com cores de joias desse jeito, metade da cidade vai começar a copiar até o fim do mês que vem — disse Maya.

Era uma tentativa descarada de fazer Matti elogiar sua noiva, e Matti até teria entrado na brincadeira se não estivesse com a boca cheia de pão e tomates. Sofia, graças a Huna, direcionou seu olhar e o sorriso caloroso imediatamente para Maya.

— Gostou? Foi um acidente. Ou um chilique, melhor dizendo. Estava tentando aprender a fazer um nó que vi num retrato da avó da minha mãe e desisti quando me enrolei na coisa toda. Mas depois decidi que gostei do visual e saí assim mesmo.

Maya se aproximou de Sofia no sofá e ajustou um dos nós no lenço.

— Deixa a assimetria mais acentuada. Fica mais impactante assim.

Sofia se vestia muito bem; Matti sabia disso mesmo sem o olhar aguçado de Maya para questões de estilo. Ele poderia precificar com margem de erro de apenas algumas pratas a saia que ia da cintura até os tornozelos, de sarja azul-marinho entremeada com branco, e, por cima da camisa branca, ela usava uma túnica cor de laranja queimada que parecia ser feita com um tipo de seda rústica geralmente usada em vestidos de festa. Matti também sabia que o lenço verde em que o pescoço e os ombros de Sofia estavam envoltos não seguia a moda em vigência, mas, diferentemente da irmã, ele não saberia avaliar com tanta confiança que aquilo tinha chance de virar tendência, e não apenas de ser classificado — fosse em comentários maldosos ou não — como uma charmosa expressão de estilo.

Os comentários maldosos sumiriam completamente quando Sofia trocasse o nome de sua Casa por outra. Os Cooper precisavam daquela aliança; talvez não tanto quanto os Jay precisavam do valor da união, mas ainda assim. Dinheiro e sucesso contavam muito, mas *um bom nome* contava tanto quanto, e o casamento ainda era uma das uniões mais fortes. Os Jay eram um nome antigo em seu segmento. O casamento seria como um pincel espalhando uma camada de respeito incontestável sobre a Casa Cooper também.

Enquanto sua irmã e sua noiva continuavam bolando planos para que Sofia dominasse a moda de Glassport, Matti terminou de comer seu pãozinho num ritmo menos provável de causar uma indigestão. Quando ele já estava espanando as migalhas, a conversa das duas partiu para como a casa de campo dos Cooper seria o lugar perfeito para o Baile da Meia-Lua, e Matti entrou na discussão também. O baile, uma tradição comum da maioria das Guildas e de suas divindades padroeiras, era realizado duas semanas antes do casamento — e um evento maior do que a cerimônia de casamento em si.

— Matti contratou um padrinho — informou Maya, quando a conversa voltou para as celebrações do casamento.

— Que rápido — comentou Sofia.

— Bom — disse Matti. — Eu… sim.

Assim como com Adrean, ele não sabia muito bem de que forma tratar aquele assunto. Obviamente, a reação pragmática de Sofia em relação àquilo era bem melhor do que a alternativa. Matti não *queria* que ela ficasse ali segurando o choro.

Mas mesmo assim.

— Você parece muito animada com tudo isso — disse Matti. — Não precisa fingir. Todo mundo sabe que, você sabe...

— Todo mundo sabe o quê? — questionou Sofia.

Atrás de Sofia, Maya fez cara feia para o irmão, mas Matti jogou a cautela para o alto. Eles iriam se casar. Precisavam conseguir conversar sobre assuntos difíceis.

— Todos sabem que você e Adrean são... que ele é...

— Todos — respondeu Sofia — podem estar errados. E geralmente estão.

— Não precisa proteger meus sentimentos, se é isso que está tentando fazer.

— Proteger? — Sofia franziu a testa. — Matti, não estou mentindo para você.

— Mas ele é tão... — Matti fez um gesto para ilustrar a figura que era Adrean Vane, com seus olhos grandes e tristes, seu talento com a espada e sua habilidade de compor músicas e poesia. Matti não iria fingir que tinha qualquer tipo de vantagem sobre Adrean quando o assunto era romance. Se um dia tentasse escrever um poema, imaginaria as palavras escritas fugindo do papel em forma de protesto. — E, bem. Sinto muito, Sofia, mas todo mundo já ouviu aquela música.

— Ah, pelo fígado sangrento de Maha! — explodiu Sofia. — Se num estalar de dedos eu pudesse apagar do mundo "Flores silvestres debaixo do vidro", eu faria isso. Graças à única canção decente que Adrean conseguiu produzir na vida, metade de Glassport começa a assoviar quando eu passo pela rua, e a outra metade me olha com pena. — A voz dela assumiu um tom ácido. — Claro, a música é *tão legal*. E claro que a versão *dele* da história é muito mais confiável do que a *minha*.

— Não! — Matti olhou para Maya, em parte suplicando para que ela desse um jeito na situação, e em parte envergonhado por ela estar ali, o observando piorar aquela conversa até que não tivesse mais como consertar.

Maya estava recostada no sofá, como se abrisse espaço na sala para a força da irritação de Sofia. Ela tocou o braço da outra.

— Certo, ignore o Matti sendo idiota. Nós nunca acreditaríamos mais nele do que em você em relação aos seus sentimentos, não é, Matti?

— Isso — disse Matti. — Mas, ao mesmo tempo, imagino que devemos acreditar no Adrean em relação aos sentimentos *dele*.

— Eu… ah, eu sei. Sei disso. — Um pouco da fúria de Sofia pareceu ter ido embora. — Queria que aquele *babaca* colocasse naquele cabeção penteado que eu não estou secretamente apaixonada por ele!

— Quer dizer que você já o rejeitou na cara?

Aquilo pegou Matti de surpresa. Ele até poderia acreditar num mal-entendido, na possibilidade de que Adrean tivesse entendido errado que seu amor era correspondido, talvez. Bandeiras de cores indistintas vistas sobre um vasto oceano. O oceano, no caso, sendo o fato de que Sofia era filha da Casa Cooper, e Adrean não carregava nome de Casa alguma, nem tinha qualquer inclinação particular em trabalhar para enriquecer uma.

— Isso mesmo — afirmou Sofia, em um tom sério. — Acredite, não há nada romântico em uma pessoa que escuta um *não* e usa as próprias ilusões e três livros de poemas de amor para traduzir isso de forma que signifique *por favor, continue correndo atrás de mim*.

Matti não sabia como responder.

— Adrean te falou que planeja te desafiar no casamento? — perguntou Sofia.

— Não explicitamente — admitiu Matti. — Mas deu pistas. Pistas bem claras.

— Agora está explicada a rapidez em contratar um padrinho. — Sofia suspirou. Suas sobrancelhas pareceram tomar uma decisão e se arquearam com um ar prático. — Um *bom* padrinho?

— O melhor que pude pagar — disse Matti em resposta, mais ou menos sincero.

Aquilo não mudava a necessidade da contratação de Luca, porém colocava a situação sob uma nova perspectiva. Desafiar um casamento contra a vontade da noiva não era algo inédito, porém inacreditavelmente rude. E tão raro que Matti nunca ouvira falar de uma situação daquelas que tivesse resultado em um duelo de sucesso. O padrinho em qualquer casamento era considerado o braço mortal das divindades que abençoavam a união; se ele perdesse, era sinal de que o casamento estava fadado ao fracasso e não terminaria bem, se não em tragédia. Um desafiante que vencesse não tinha direito algum de reivindicar a noiva caso ela não o quisesse, mas se tornava a prova de que, independentemente das vontades dos mortais, às vezes os deuses tinham outros planos.

Um casamento desafiado à espada seria comentado por meses.

Um casamento perdido na espada *não iria adiante.*

É claro, o senso comum dizia que se a pessoa já tinha atravessado metade da ponte, os deuses estariam mais inclinados a ajudá-la a finalizar a travessia. Contratar o duelista mais habilidoso possível era um bom negócio. Os deuses respeitavam aquilo acima de qualquer coisa.

— Então não há nada mais a ser feito. — Sofia pareceu se livrar de toda aquela questão sobre Adrean Vane com um suspiro. — Podemos focar nas coisas mais divertidas, como as nossas roupas. Já escolheu uma cor, Matti? Precisamos decidir juntos, mas, sendo sincera: pro meu lado da festa, eu queria dourado.

Um leque de opções se abriu na mente de Matti. Ele descartou o escarlate-marinho que ocupara toda a sua manhã. Até ficaria bonito com seu tom de pele, mas era berrante demais, e o seu lado da comitiva de casamento deveria se vestir com o mesmo tom.

De repente, ele vislumbrou Luca, que estaria a seu lado, pronto para responder a qualquer desafio, aprovado pela noiva ou não. Luca usava suas roupas surradas com o que Matti acreditava ser uma insegurança inconsciente; ele tentava não se importar com aquilo, mas se importava mesmo assim. Luca ficaria incrível vestindo tecidos bons, cortados sob medida.

— Verde — disse Matti, vestindo o rapaz em sua mente. — Não tão brilhante. Um verde-floresta mais escuro?

Sofia sorriu em aprovação.

— Verde e dourado, que lindo. Ainda tenho bastante tempo para decidir os tecidos das roupas, mas serão Harte ou Duvay, óbvio. — Ela sorriu para Maya. — Mas nem te conto quantos dedos eu cortaria para me casar vestindo seda de Gália. Já chegou a ver uma amostra?

— Huna, *sim!* — Maya arregalou os olhos com empolgação, e as duas começaram a conversar de novo.

Os dedos de Sofia provavelmente estariam em segurança. Os bichos-da-seda de Gália eram notoriamente difíceis de cultivar, e o monopólio do cultivo era em Ashfah, país nativo do inseto. Nenhum produtor concordava em vender os bichos-da-seda ou o fio cru para qualquer um fora daquele país, e as tarifas tanto de exportação quanto de importação do tecido pronto eram excessivamente altas.

Ah, pelos olhos de Huna, Matti pensou de repente. Ele acabara mesmo de tomar uma decisão para o casamento baseado no cabelo de Luca?

— Matti?

Ele piscou.

— Desculpe. Era para eu estar... — *Escutando?*, quase disse, a língua distraída, mas engoliu a última palavra. No entanto, ficou bem óbvio como aquela frase iria terminar.

Sofia caiu na gargalhada, um som grave e gorgolejante, como um canal fechado, e, depois de um segundo, Maya riu também.

— Não — disse Sofia. — Não é isso. Mas eu gostaria de discutir outro assunto, Matti, se não se importar.

Matti pensou na papelada que o esperava de novo, mas disse:

— É claro.

— Maya, poderia nos dar alguns minutos?

Maya se levantou, depois se inclinou e tocou o ombro de Sofia; o gesto era curiosamente hesitante.

— Que bom que é você — disse ela. — Isso é algo estranho de se falar?

— Você não pode me dizer que sempre quis uma irmã, Mayanesh. Porque sei que você já tem uma.

Maya tinha a pele mais escura que a de Matti, então era quase impossível ver quando ela corava, mas algo a entregava: sua expressão ficava neutra, os lábios cheios formando, momentaneamente, uma linha reta. E depois, se curvando num sorriso tímido.

— Não odeio meu irmão a ponto de desejar que ele se case com alguém desagradável — respondeu antes de sair da sala.

Foi como se um pouco da leveza entre Matti e Sofia tivesse partido com ela. Maya era assim. Óleo de rosa, como o pai a chamava. Amaciando as conversas e tornando tudo mais agradável. O óleo de rosa de Maya já contivera devedores nervosos, persuadira clientes antigos a não cortarem relações de negócios e acalmara conversas antes que tomassem um rumo agitado. Sem ela na sala, Matti sentiu a estranheza da situação voltando aos poucos. Ele olhou para Sofia e pensou na palavra *esposa*, só para experimentar. Era como tentar segurar um pedaço de sabão molhado.

— Só queria esclarecer as coisas — disse Sofia. Ela alisou um vinco na túnica com a mão. — Queria saber se tem algum motivo para você estar tão disposto a acreditar que este noivado está atrapalhando algum romance secreto e desesperado de minha parte.

Matti levou um tempo para entender o que ela estava perguntando.

— Não! — respondeu. — Não. Não estou apaixonado por ninguém. Não tenho nenhuma... esperança, de ninguém.

— Sério?

— Huna me morda, Sofia! — exclamou Matti. — Onde eu arrumaria *tempo*?

A risada molhada escapou dos lábios dela de novo, e Matti soltou o ar. Ele já tivera alguns romancezinhos antes, mas nada a longo prazo e nada em... Pelos deuses, ele nem lembrava quantos anos haviam se passado desde a última vez. A questão simplesmente não lhe parecia importante o bastante. Não tendo em vista todo o resto.

Mas ele não podia culpar Sofia por pensar naquilo. Ele já estava envergonhado por ter aceitado tão rápido uma música popular e os pronunciamentos demorados de Adrean como um retrato verdadeiro de um amor trágico que desafiava as barreiras de classe. A satisfação de Sofia com o noivado mudava tudo. Ao contrário de suas suposições, a futura noiva de Matti *não estava* apaixonada por outra pessoa.

— Muito bem — disse Sofia. — Só queria saber se nós dois estamos na mesma página. E... — Ela tocou seu lenço de novo, com um sorriso rápido. — Eu quero *mesmo* aprender sobre moda e entender como as roupas são feitas. Se tenho que me casar, fico feliz que seja a serviço de Huna.

— Fico contente.

E ele estava mesmo. Os dois ficariam bem. Não havia motivo para o gosto amargo na boca de Matti, ou para aquela aceleração irracional de seu pulso. Ele se lembrou, como um beijo fantasma nos dedos, da sensação da espada quando ele havia feito a demonstração para Luca. *Equilibrada.* Era só uma questão de manter as coisas daquele jeito.

— Então, ficamos assim. Meus pais compraram seu nome para mim e seu prestígio para a Casa Cooper.

Alguém bateu à porta da sala de estar e Joselyne entrou com um semblante de quem pede desculpas, trazendo um monte de cartas na mão.

— Chegaram as entregas da tarde, Matti — anunciou ela. — Eu até deixaria na sua mesa, mas há duas com o olho de Sally na pilha, e outra vermelha também.

Matti aceitou os papéis e os virou, confirmando que duas das cartas traziam um selo de cera vermelha com uma gota de cera branca no centro, imitando a flor que dava nome ao selo, um sinal de que não apenas o remetente considerava o assunto urgente, mas que também esperava uma resposta em menos de um dia.

— Preciso resolver isso.

— Não vou mentir e dizer que já estava de saída — disse Sofia. — Mas já ocupei muito do seu tempo.

— Obrigado — respondeu Matti. — Por...

Por tudo. Por dizer sim. Por facilitar as coisas para Matti mais do que poderia ser o caso. Por *ser* mais fácil do que poderia ser o caso. Matti já vira diversos casamentos por negócios meio difíceis, o bastante para saber que deveria se sentir grato por algo assim, por alguém fácil de gostar, com quem, se os dois tivessem mais sorte do que mereciam, talvez pudesse até mesmo construir uma relação de amor.

Sofia ergueu o queixo, elegante sobre a cor vibrante do lenço, mas fazendo Matti lembrar a proa firme de um navio. Ela era capaz de partir ondas e multidões.

— A gente faz o que precisa ser feito, né? — Ela sorriu para ele. — Vamos fazer o melhor possível.

5

Com ou sem chantagem, empregado ou não, Luca desejava de verdade ter insistido em dar as aulas de noite. O toque do despertador que ele pegara emprestado com os Tolliver estava programado para um horário da manhã que Luca só conhecia por outro lado, depois de uma noite ou outra de dança, flertes e bebedeira, até que os primeiros raios de sol cruzassem o céu.

Pelo menos estava *claro*. Luca se estremecia só de pensar em como seria horrível acordar assim nos meses mais frios, quando as noites eram mais longas.

— Você vai se acostumar — disse Matti, enquanto tirava o casaco.

— Se não se importa, prefiro não me acostumar.

Luca alongou os pés e girou os punhos e ombros para começar a aquecer. Em paralelo, Matti fez todo o processo de escolher a espada e depois parou em frente a ele. Luca não sabia se sentia raiva ou inveja do jeito como Matti se portava: calmo e firme, como se esperasse que a atenção da sala se voltasse para ele, com uma tranquilidade inconsciente, sabendo que não precisaria levantar um dedo sequer para que isso acontecesse. E não precisava *mesmo*. Eles poderiam estar em uma Guilda lotada, ou no mercado mais cheio de Glassport, e Luca não iria querer olhar para mais ninguém.

— Muito bem. Me mostre uma postura de guarda — disse Luca.

Matti ergueu a espada. Passou alguns segundos trocando os pés e se arrumando, mas a posição em que acabou já foi bem melhor do que qualquer coisa que tentara fazer no dia anterior.

— Isso… não é um completo desastre, na verdade.

— Eu treinei. Antes de dormir.

— Imagino que você não tenha nenhuma espada.

— Usei minha escova de cabelo.

A imagem se formou na cabeça de Luca: Matti todo sério, vestindo seu pijama e brandindo a escova na frente do armário, como uma garotinha indignada tentando se defender de ataques indesejados.

— Sua *escova de cabelo* — repetiu ele, se segurando para não rir.

— Sim, tá bem, mas eu não tenho *outra coisa.* O cabo é mais ou menos da mesma largura — disse Matti, baixinho, relaxando e saindo da postura.

— Não, segura aí — ordenou Luca, olhando melhor a pegada de Matti. — Assim funciona. Vamos tentar os movimentos básicos. O primeiro é se mover da postura de prontidão para a uma de guarda, dentro do quadrante. Não se preocupe, a gente vai ajustando tudo aos poucos.

No fim das contas, falar foi muito mais fácil do que fazer. O otimismo de Luca se estilhaçou completamente depois de dez minutos tentando explicar como manter uma posição de guarda relaxada, assim permitindo uma defesa no meio.

— Então, se eu entrar no seu quadrante *assim* — disse ele, demonstrando um ataque lento direcionado para o alto. — E sua defesa estiver baixa, vou ter tempo de ajustar o golpe e entrar na sua guarda. Com a defesa mais ampla, você vai ficar longe demais para fazer seu próximo movimento.

— Você está… dando voltas. — Matti olhava os pés de Luca, em vez de se preocupar com a própria guarda.

— Hã?

— Nos duelos que já vi, tudo acontece numa linha reta. Mais ou menos.

— Estou te ensinando o estilo informal — explicou Luca. — Porque, bom… sei lá. É o modo usado em duelos de casamentos.

— Tem mais de um estilo?

Luca se segurou para não correr e bater com a cabeça na parede.

— Os duelos thesperanos têm três. Os que acontecem na maioria das cerimônias são do estilo formal, seguindo um plano mais linear porque são feitos para uma plateia. O estilo formal real tem movimentos ainda mais extravagantes e usa espadas maiores. Se você está tentando imitar o que viu alguém fazer numa cerimônia, por favor, *não fode*. — Ele demonstrou a postura de novo. — Tem que ser mais contida. Tipo isso. Tá vendo?

— Tô.

O pescoço de Luca começou a queimar com o olhar atento que Matti lançava para o corpo dele. Ele sabia como era ser olhado, e sabia muito bem diferenciar olhares de *olhares*. Luca sentiu sua língua escapar e umedecer os lábios.

— Só que — continuou Matti — *ver* as coisas não está me ajudando a *fazer* nada do jeito certo.

— Não, não está — disse Luca, distraído demais com o olhar quente de Matti para ser educado. — Não está ficando frustrado?

Àquela altura, ele deveria estar, claro. Com certeza Matti não conseguiria manter a banca de tranquilão para sempre. Mas o outro apenas deu de ombros. A fúria que Luca vira no dia em que Matti o contratou claramente fora guardada em algum bolso interno bem fundo onde ele escondia... o que quer que estivesse sentindo ou pensando quando seus olhos se demoravam demais nas coxas ou punhos do Luca.

— É esperado que eu não seja bom nisso. Sou principiante. E se você acha que eu deveria estar aprendendo as coisas mais rápido, está na cara que não tenho um dom natural.

— Quer parar?

Matti franziu a testa.

— Não foi isso que eu disse.

Luca franziu a testa de volta.

— Como você ressaltou quando me pediu estas aulas, sr. Jay...

— Matti — interrompeu ele imediatamente.

— Como você ressaltou, *Matti*, o propósito aqui não é te transformar num duelista. Você deveria estar se *divertindo*, a não ser que esteja desenvolvendo uma paixão por sofrimento e ainda não tenha me contado.

— Sim — concordou Matti.

— Sim para a parte do sofrimento? Se esse for o caso, posso começar a te bater de vez em quando com as costas da lâmina. Tudo incluso no serviço.

Aquilo lhe rendeu o vislumbre de um sorriso.

— Sim para a parte da diversão.

Luca o encarou com um semblante de dúvida.

— Tem certeza?

— Sim.

Luca engoliu a vontade de se desculpar. Ele não sabia ao certo pelo quê estaria se desculpando.

— Tudo bem.

Matti suspirou.

— Preciso prestar mais atenção. Minha mente está em outras coisas. Desculpe.

Aquilo, ao menos, era algo que Luca poderia consertar. O Mestre Carriere tinha uma técnica simples para os dias em que Luca levava qualquer coisa além de si mesmo para a sala de treino e deixava suas preocupações e temperamento invadirem a aula.

— Me conta sobre essas coisas — disse ele.

— Quê?

— Fala. Põe pra fora, o que quer que seja, e finge que está empilhando tudo pelo chão, para que essas coisas não consigam voltar para a sua cabeça. Daí você chuta tudo para o canto, e nós tentamos de novo.

Era tão irracional quanto o barbante entre os ombros, mas havia algo naquelas imagens ridículas que grudava na cabeça e as tornavam mais efetivas.

— É um problema nos negócios. — Matti abriu um dos seus sorrisos breves e neutros. — É tudo problema nos negócios. Mas esse em específico me acordou à meia-noite e não me deixou voltar a dormir. Você entende alguma coisa sobre leis locais em relação a fornecimento de produtos? Legislações que digam que, por exemplo, somente a lã cultivada e processada nos territórios de Barlow pode ser vendida na cidade de Barlow?

— Não importa o que sei. — Luca apontou para o chão. — Lá.

— Já faz alguns meses que a Guilda dos Fiandeiros e Tecelões de Barlow está flertando com a ideia de afrouxar as leis locais e deixar as Casas de Glassport entrarem no mercado deles. O inverno lá é mais gelado que o nosso, e muitas terras que eram usadas para a criação de ovelhas foram compradas durante o boom do plantio de canola. Os fornecedores de lá não conseguem suprir a demanda das alfaiatarias durante os meses mais frios. Mas eles têm medo de que, se nos deixarem entrar no mercado, iremos sufocá-los, e não faz sentido limitar as leis por datas, porque as coleções de inverno começam a aparecer nas lojas no começo do outono, e já estamos produzindo e vendendo desde muito antes, e... — Matti inspirou, fazendo barulho. Ele estava encarando o chão, pelo menos, como se pudesse ver toda aquela bagunça se empilhando ali. — Collins, o Mestre da Guilda, está enrolando para resolver a situação. Em parte porque ele não gosta de uma coisa que meu pai está fazendo no conselho municipal de Glassport.

Luca assentiu, o encorajando, quando Matti levantou o olhar para ver se ele ainda estava na sala.

— Seu pai, o Mestre da Guilda.

— É uma longa história. — Matti esfregou a nuca. Parecia um gesto inconsciente, um que liberava uma pequena fração da tensão em seus ombros. — A Casa da Mestre da Guilda dos Alvanéis possui parte de uma pedreira de mármore vermelho próxima à fronteira com Barlow e está forçando o conselho a aprovar a construção de um novo canal naquela direção. O que pouparia semanas de transporte por parte da Casa Martens. Meu pai está usando o voto dele para bloquear a aprovação.

As peças estavam começando a se encaixar, até mesmo para alguém com um mapa mental de Thesper tão embaçado quanto o de Luca.

— E imagino que metade das Casas com sedes em Barlow estão amando a ideia — disse ele. — Incluindo esse tal de Collins.

Matti assentiu.

— Um canal direto para um porto importante, e um pelo qual eles mal teriam que pagar, já que a maior parte ficaria dentro do território de Glassport? Sim. Mas meu pai não vai mudar seu voto. Acho que o Collins *sabe* disso, mas ele está irritado, então fica segurando as negociações. Ele quer uma colher de chá. Algum tipo de garantia que a demanda no mercado de lã de Barlow ao longo do ano irá apoiar o aumento de fornecimento da Casa Jay, e... nós não temos nada a oferecer.

O Mestre Carriere sempre ficava em silêncio e demonstrava indiferença quando fazia Luca desabafar. A plateia não deveria participar. A questão não era encontrar uma solução.

— Vocês precisam de uma terceira via nessa negociação — disse Luca, incapaz de se segurar. — A demanda não aparece do nada.

— Sei disso — respondeu Matti, impaciente. — Mas não há muito que se possa fazer dentro da moda de verão numa cidade em que...

— Esquece a moda. — Luca hesitou. Mais uma vez, ele sentia aquele impulso dúbio: ser verdadeiro e evitar a verdade. Ele encontrou uma verdade que não era o primeiro exemplo em que pensara, mas que funcionaria da mesma forma. — Eu liderei um golpe em outra cidade — contou ele. — Comprei penas baratas e lavanda no atacado, consegui que um amigo fizesse penduricalhos inúteis com eles e depois enviei cópias de um decreto falso da Guilda do Guardião das Chamas dizendo que aquele era um novo elemento na celebração do mês da Dança de Osta. Cada pousada, hotel e pensão na cidade comprou os enfeites por um preço ridículo na barraca do meu amigo e pendurou na porta. — Ele não mencionou que ele doara todos os lucros como oferenda para a Guilda do Guardião das Chamas. Não queria ofender Osta e não precisava do dinheiro. Só estava entediado e tentando provar algo a si mesmo. — O ponto é: você consegue legislar uma demanda — disse ele. — De forma legítima. Use a voz de um Mestre da Guilda específico no conselho municipal de Barlow. Só precisa encontrar um grupo que...

— Advogados — exclamou Matti de repente.

Luca, perdendo o fio da meada, examinou os olhos agora iluminados de Matti por um momento antes de a ficha cair.

— Vestimentas de tribunais?

— Sim. Eles precisam vesti-las de qualquer forma e compram mantos novos o ano inteiro porque a cor depende do calendário religioso de Katu, e se houver um mandato na porcentagem de lã no tecido, e se *aquela* lã precisar vir do território de Barlow, para proteger a indústria local… Acho que vale a pena tentar. A Mestre da Guilda dos Advogados em Barlow é… Joan Murtagh, acho? Ela certamente não se importará que uma Guilda comercial lhe fique devendo um favor.

— Pronto — disse Luca, a satisfação vibrando pelo corpo. — Melhor agora?

— Eu… obrigado. — Matti sorriu para ele: um sorriso de verdade, desta vez. — Sabe, talvez você seja um desperdício nisso aqui — completou ele, gesticulando com a espada.

A felicidade voraz de Luca depois de ver o sorriso de Matti cessou num instante. Foi como se as palavras tivessem cutucado forte um hematoma, próximas demais da versão de Perse que Luca sempre escutava quando cometia o erro de desacelerar, de deixar seus pensamentos se assentarem. Matti conseguira furar sua defesa e golpeá-lo porque Luca se esquecera de que ele não deveria ser ele mesmo. Porque Matti o fizera se esquecer de mentir.

Irritadiço, ele respondeu:

— Se é assim, permita-me jogar minha espada pela janela *agora mesmo…*

— Eu não…

— … e arrumar um emprego olhando para números num escritório, que tal? E você pode ser seu próprio maldito padrinho. Boa sorte com isso.

Houve uma longa pausa. Uma corda apertava o pescoço de Luca, e ele precisou respirar fundo para afrouxá-la. Matti tocou a própria boca com o polegar, esfregando como se houvesse um machucado ali, sem tirar seu olhar cuidadoso de Luca.

— Eu falei como um elogio — disse Matti. — Sinto muito. Se serve de consolo, daqui a pouco você já vai estar me batendo com as costas da lâmina, levando em conta como eu sou horrível nisso aqui.

Droga. Luca era péssimo em manter a raiva nos melhores dos cenários, e o nó na garganta já estava se desfazendo diante do calor inesperado da provocação de Matti. Ele sentiu sua boca ser repuxada.

— Estou contando com isso.

— Agora. Levantar guarda — disse Matti com firmeza, erguendo a espada. — Vou tentar de novo.

Não era como se a escova de cabelo fosse a solução ideal.

Porém, mesmo se Matti pudesse comprar uma espada cega e barata para treinar, suas chances de entrar com ela em casa sem que ninguém notasse e fizesse perguntas eram aproximadamente nulas. Então, ele praticava com a escova todas as noites antes de dormir. Apesar da exaustão, os treinos nunca lhe pareceram trabalho. Não era como encarar números, ou forçar a mente a pensar em diversos resultados possíveis, ou escrever cartas para devedores, compradores ou para costureiros e casas de moda que estavam fazendo pedidos que não poderiam ser entregues naquela estação. *Ano que vem*, escreveu Matti, várias e várias vezes. Estavam tendo problemas temporários com os fornecedores. Nada com que se preocupar. Ano que vem a Casa Jay estaria de volta com força total.

Matti não conseguia cuspir tudo aquilo no chão e esquecer. Assim, ele não ia para a cama até sentir que havia conseguido recriar pelo menos uma versão desengonçada do que Luca o ensinara naquele dia.

Agora, depois de quinze aulas e quinze noites, ele tinha uma leve esperança de que estava começando a melhorar.

Luca nunca parou de reclamar do horário tão cedo, mas a cada dia parecia mais desperto ao abrir a porta. E ele estava obviamente tentando conter o temperamento — o que nem sempre dava certo. Era nítido que conforme a paciência de Luca ia se esgotando, seus pés ficavam mais agitados, e ele passava a mexer com uma constância cada vez maior no cabelo ou nas roupas quando estava observando Matti.

E Luca o observava. Bastante. Ninguém na vida de Matti nunca prestara tanta atenção nele, por qualquer motivo que fosse. Geralmente era desconfortável, e algumas vezes simplesmente irritante. Até porque, se Matti conseguira desvendar os trejeitos inconscientes do corpo de Luca, ele se perguntava o que Luca conseguira ler nos dele.

Porque Matti também nunca prestara tanta atenção assim em outras pessoas. Quando fechava os olhos na cama, se preparando para um sono rápido ou horas terríveis de insônia — raramente ele conseguia encontrar um meio-termo —, visualizava os tendões do punho de Luca durante a demonstração de uma esquiva. O cabelo de Luca refletindo a luz do sol nascente, ou assumindo a cor de uma moeda manchada quando o dia estava nublado.

Naquele dia, Luca estava tentando ensinar a Matti outro movimento básico: uma simples troca de golpes que, aparentemente, gravaria aquilo na memória muscular de Matti tal qual um selo na cera. Matti já sabia que aquilo requereria muito mais repetições do que tinha tempo para fazer, mas estava feliz de ver até onde conseguiria chegar.

Só precisava entender como fazer o movimento, para começo de conversa.

Matti se encolheu quando o cabo da espada sacudiu em seus dedos enluvados, provocando um choque, e sua lâmina raspou a de Luca com um *ching* patético, balançando na direção errada. A espada de Luca tocou a lateral do pescoço de Matti e se levantou de novo, absurdamente rápida, depois se abaixou.

— Qual é a dificuldade de colocar a porra do cotovelo *pra fora*, e a lâmina *cruzada*? — esbravejou Luca.

Matti secou o suor da testa com a manga da camisa.

— Me mostra de novo.

— Já te mostrei dez vezes e você não consegue fazer direito.

— Então me mostra de outro jeito! — replicou Matti, ofendido. — Se não estou aprendendo, de quem é a culpa? Você nunca ensinou nada para ninguém?

Luca abriu a boca. Fechou.

— Não — respondeu, por fim, e lhe pareceu custoso dizer aquilo.

Matti pensou em tudo o que ensinara a Maya, desde como fazer biscoitos com especiarias até ler relatórios de casas de leilões. Pensou em como ele gostava da leveza no sorriso de Merri, do som da risada de Marko quando tirava um tempo para ensiná-los qualquer coisa.

Como se vive uma vida inteira sem passar nada adiante, apenas absorvendo para si?

Apenas roubando, pensou Matti, se lembrando do relógio de bolso.

— Bom, você precisa se esforçar mais — disse ele.

Luca ergueu o tom de voz.

— Acha que não estou me esforçando?

Matti gostava de pensar que era um homem sensato. Mas se havia uma coisa para a qual não tinha paciência era para pessoas que tentavam fugir das próprias responsabilidades, e, de repente, ele começou a achar o drama de Luca mais cansativo do que divertido.

— Não foi isso que eu disse.

Algo feio surgiu na expressão de Luca.

— Sou bom nisso — disse ele baixinho. — Sou muito bom nisso. E duas semanas atrás você mal conseguia diferenciar uma ponta da espada da outra. E você, porra? O que você sabe?

A injustiça da acusação se cristalizou. Matti ficou mais sério.

— Eu sei que, quando uma aula está indo tão mal assim, você pode jogar a culpa em mim ou no horário o quanto quiser, mas uma hora ou outra vai ter que admitir que parte do problema é *você*.

Luca soltou uma risada que mais parecia um latido. Ele puxou a espada das mãos de Matti e a devolveu para o suporte.

— Beleza. Oficialmente, isso aqui parou de ser divertido. Vou pensar em outra coisa para você treinar amanhã, mas, por hoje, é hora de parar.

Uma onda desconhecida de raiva foi subindo pelo peito de Matti. Ele não conseguiu engolir tanto quanto queria antes de abrir a boca. Para sua surpresa, o que saiu foi:

— Não. Eu paguei pelo seu tempo, então *eu* decido a hora de parar.

Luca se virou com uma elegância predatória que parecia zombar dos esforços de Matti. Aquilo só deixou Matti ainda mais irritado.

— Sério, sr. Jay? — disse Luca, com uma pontada ácida em seu tom.

— Não estou te pagando para se divertir. Estou te pagando para ficar aqui.

— Mesmo quando nós dois concordamos que isso aqui não está levando a lugar nenhum?

— Sim — respondeu Matti. — Mesmo se eu te mandar ficar parado ali fazendo *nada*.

— Isso seria um desperdício. — A acidez estava virando sarcasmo. — Eu não sou um *desperdício* como duelista? Bem, você não me parece alguém que gosta de desperdícios, sr. Jay. Já que seu tempo é tão precioso, tem certeza de que não quer exigir alguma outra coisa?

— Para de me chamar assim.

— Não sou nada além de um humilde servo, *sr. Jay* — disse Luca, a voz aveludada e irritante.

— Luca.

— Você disse para sua família que está fazendo aulas de dança pela manhã, certo? Podemos virar essa mentira de ponta-cabeça. Transformá-la numa verdade.

Matti perdeu o fôlego quando Luca chegou mais perto, invadindo seu espaço. Luca repousou uma das mãos no ombro dele e, com a outra, segurou, sem jeito, os dedos de Matti, que sentiu os dois pontos de contato como respingos de água quente e foi incapaz de controlar o balanço do próprio corpo na direção de Luca.

Ele sentiu a reação, o aperto repentino no toque das mãos, na mesma hora que Luca.

— Você me comprou? — disse Luca. Seus olhos estavam próximos e insolentes. — Você é meu dono? Vai me mandar te mostrar uma dança?

— Não — respondeu Matti, embora sua mão livre estivesse queimando de vontade de tocar a cintura de Luca.

Seria fácil. O peito de Luca subia e descia desritmado, e seu olhar sempre voltava para a boca de Matti.

— Você pode me mandar fazer todo tipo de coisa — insistiu Luca.

A fúria sarcástica se tornara apenas uma casca em volta das palavras, transformando-as em algo que flutuava entre uma pergunta e uma promessa.

Na mente de Matti, acontecia uma explosão vívida e explícita de possibilidades impossíveis. As mãos talentosas de Luca sob as roupas de Matti. Luca se ajoelhando. Luca em seus braços, pele contra pele; Luca se contorcendo, incansável e exigente. Matti mal conseguiu reprimir o tremor que se espalhou por todo o corpo. Conseguia sentir a respiração de Luca próxima ao seu maxilar. O polegar de Luca deslizando minuciosamente pela lateral do dedo de Matti, que sentia vontade de implorar para que ele continuasse. Matti mordeu a língua.

— Mas, não — disse Luca. — Você prefere que eu não faça nada.

Matti não confiava em si mesmo. Manteve o contato visual com Luca através de uma pequena fresta de ar que parecia seca e perigosa: grama seca e alta no verão, esperando um incêndio. Finalmente, ele conseguiu dizer:

— Sim.

Em parte, era mentira. Ele *preferiria* ceder àquela piada que não era piada, puxar Luca em sua direção e beijar aquela boca cheia de comentários espertinhos até que não saísse mais nada dali além de gemidos.

Em parte, era verdade. Matti não entendia de espadas, mas sabia como seguir com um blefe até que não fosse mais um blefe. Ele não iria se mover, e queria ver se a correnteza de Luca se abriria ao redor dele.

Luca afastou as duas mãos. Deu dois passos para trás e depois se sentou no chão, como uma criança esperando uma história, de pernas cruzadas, todo casual. Ele estendeu uma das pernas. Dobrou de novo. Tamborilou os dedos no chão. Seu olhar era baixo e irritado.

— Bom, se você já cansou dessa palhaçada...

— Não terminamos — disse Matti.

Ele não disse: *Foi você quem sentou. Não te mandei sentar.*

— Isso que você está fazendo está... frustrando nós dois. A troco de nada.

— Sim.

— Então, por que...

Porque você não quer.

— Você pegou meu dinheiro. Hoje, é isso que eu quero.

Luca coçou a nuca. Mexeu num vinco empoeirado da calça. Girou os ombros, uniu as mãos.

A excitação de Matti estava se acalmando, mas se recusava a sumir por completo. Ele observou a contração tensa do corpo de Luca e se sentiu quase tão tenso quanto ele. Era ridículo. Mas Matti pagara pelo tempo, e ele não iria fazer nada, *nada*, porque ele *podia*. O prazer naquilo era quase tão forte e vergonhoso quanto o prazer de forçar ociosidade em alguém tão inquieto quanto Luca.

E não era uma completa perda de tempo. Matti sabia; Luca sabia. Algo estava entrando em equilíbrio.

Quando Luca se acalmou, foi como ver o ponteiro de um relógio de corda finalmente se estagnando. Ele suspirou com um tremor, abaixou um pouco os ombros e... parou. Não baixou a cabeça, mas seu queixo caiu um pouquinho conforme os músculos do pescoço relaxavam.

Matti precisou respirar fundo para controlar o impulso repentino e absurdo de tocar o cabelo de Luca. Ele nem sabia o que aquele gesto indicaria. Gratidão? Admiração? Perdão?

Ou era apenas o que ele queria fazer desde o primeiro instante em que pôs os olhos naquele homem, e aquele era o primeiro momento em que o ato lhe parecia seguro?

Luca apoiou as mãos nos joelhos. Ele tinha dedos delicados, nós dos dedos ressecados.

Eu fiz isso, pensou Matti, e foi como uma chama subindo dos seus pés e passando pela barriga até chegar no peito. *É meu.* Seu pulso acelerou e sua boca ficou quente. *Medo*, pensou Matti, a percepção chegando logo depois daquela possessividade. *Estou com medo.*

Quando Matti tinha mais ou menos a idade dos gêmeos, ele e a mãe viajaram até o norte para que ele pudesse conhecer sua avó, mãe de Nessanesh. Lailanesh não estava bem de saúde, embora Matti não soubesse na época, e falecera pouco tempo depois da visita.

Parte da viagem foi feita por mar. Matti se lembrava de alguém o levantando, mãos firmes em sua cintura, para que ele pudesse se sentar bem na frente do navio, onde o gurupés se projetava sobre as ondas quebradas. Matti sentira o vento respingando água em seus olhos, e seu coraçãozinho assustado o deixava surdo, balançado e extasiado, tudo ao mesmo tempo. Um medo *limpo*, empolgante. Muito diferente do medo imundo e desgastante que se arrastava sobre ele desde o dia em que aprendera a ler as preocupações do pai nas sobrancelhas cerradas de Tomas; o mesmo dia em que aquelas preocupações sussurraram nos ouvidos de Matti pela primeira vez e começaram a roubar seu sono.

Só os olhos de Luca ainda se moviam, de um lado para outro. E então, estes também se acalmaram, até encararem o horizonte, na altura dos joelhos de Matti.

A maior parte de Matti tremia e se encolhia diante dos sentimentos que se afloravam nele ao ver Luca se acalmar. Mas parte dele abria os olhos, fechados já havia um bom tempo, e esta parte insistia: *Não, se apegue a isso.*

Pode até doer, mas vai te limpar.

Matti foi até seu casaco, jogado na mesa, e conferiu o horário no relógio de bolso. Era uma desculpa. Era algo para fazer enquanto domava as batidas do próprio coração e se certificava de que estava com a expressão serena. Seus ouvidos estavam atentos a qualquer som vindo de Luca, mas não escutou nada.

Ele devolveu o relógio ao bolso do casaco, se virou e estendeu a mão para ajudar Luca a se levantar. Ele se preparou, mas ainda assim não estava pronto o bastante para o eco que o atingiu e balançou seus ossos quando Luca o encarou, sem piscar e sem sorrir, sentado no chão. Eles estavam numa sala de treino vazia, não em um bar lotado, e Matti não fora enganado a pisar em nada. Mas sentiu parte daquela desorientação, a mesma sensação de ser jogado no desconhecido.

Luca segurou a mão de Matti e se pôs de pé. Ele pigarreou.

— Me mostra aquele terceiro golpe — disse Luca. — Você já fez antes, e vai precisar passar por aquela postura que estava com dificuldade em fazer. Eu não tinha percebido. Faz devagar e eu te digo quando pausar.

Matti não confiava em si mesmo para sorrir sem rir.

— Tá bom — respondeu.

E o momento passou.

6

A TÚNICA DE VELUDO ERA NOVA O BASTANTE para que a gola pinicasse o pescoço de Luca.

— Aleit — disse sua empregadora do momento. — Está quase na hora de entrar. Pare de brincar, meu amor, vai sujar o vestido.

Aleit Martens emanava a empolgação insolente de quem tem treze anos e é o centro das atenções, e estava de olhos arregalados conforme Ilse, a outra guarda espadachim, a guiava solenemente pelo saguão do salão da Guilda dos Alvanéis, indo e voltando como se ela fosse uma criança muito menor, os sapatos de cetim de Aleit apoiados sobre as botas de Ilse. Assim que a mãe indicou, Aleit soltou as mãos de Ilse. Luca flagrou a tentativa de Ilse em conter uma careta quando a garota saltou cheia de energia dos pés da guarda.

Uma pequena procissão foi organizada em frente às grandes portas duplas que levavam ao salão da Guilda propriamente dito. Na frente, os pais da família Martens e seus dois outros filhos: um garoto mal-humorado e arrumadinho e uma garota cuja própria nomeação devia ter sido poucos anos antes, que parecia superior e calma sempre que se lembrava de não externalizar sua inveja. Atrás deles, vinha Aleit, o cabelo castanho liso brotando de dois grampos com flores de cristal brilhantes. Ela estava murmurando para si mesma, ensaiando suas respostas.

Fechando a retaguarda, vinham Luca e Ilse, guardas cerimoniais, ambos vestindo as malditas túnicas de gola alta dos duelistas e calça também nova. Luca não sabia se o veludo marrom o favorecia, considerando que ele deveria estar cor-de-rosa devido ao calor do verão. Pelo menos não estava vestindo roupas antigas, e ele poderia ficar com as peças depois da cerimônia.

O tilintar claro de um metalofone soou e as portas se abriram, revelando um corredor cheio de pessoas bem-vestidas, todas se virando com sorrisos.

Ilse encarou Luca e mexeu a boca dizendo "Casas", quase revirando os olhos.

Luca contraiu a boca em resposta, e eles seguiram adiante, logo atrás de Aleit.

Ilse era alta, com cabelo loiro-escuro trançado, e devia ter dezenove anos, no máximo. Era seu primeiro trabalho oficial como duelista pela agência do Tolliver. E, até onde sabia, ela e Luca estavam numa situação similar: confortavelmente Sem Casa, capazes de olhar para aquele tipo de ritual de elite como algo pertencente a uma esfera de existência que só era relevante porque oferecia emprego e entretenimento. A maioria das pessoas, Ilse ressaltara, conseguia jurar serviço a uma Guilda sem toda aquela pompa. Os deuses só esperavam aquele tipo de performance das pessoas que tinham dinheiro para pagar por ela.

Luca se perguntou se deveria parecer impressionado só para constar. Não seria difícil. O salão da Guilda dos Alvanéis tinha um desenho detalhado no chão, com tons diferentes de mármore, e o ambiente era dominado por um enorme relógio de vidro, pendurado entre janelas altíssimas, mostrando cada detalhe das engrenagens brilhantes e uma gota grande de quartzo como pêndulo. Abaixo do relógio, o Vice-Mestre da Guilda se posicionava em um palco largo e levemente alto.

Luca conseguiu trocar olhares rapidamente com o irmão mais novo da família Martens enquanto ele tomava seu lugar no palco, e deu uma piscadinha solene para o menino. Luca tinha nove anos na cerimônia de nomeação de Persemaine. A mãe passou o evento com um dos braços ao redor do ombro dele — enquanto tentava, sem muito sucesso, acalmar a agitação do menino —, e Luca, admirando o cabelo de Perse, que fora cortado bem curtinho para combinar com seu novo nome.

Por um tempo, Luca presumira que todo mundo recebia um nome novo na própria cerimônia de nomeação, até quem não passava a usar novos pronomes. E embora não culpasse Perse por ter abandonado o nome *Persemella*, tinha medo de não conseguir inventar algo melhor para si.

Ele não se lembrava de estar nervoso em sua cerimônia de nomeação; não levou o evento muito a sério. Aproveitou os presentes, a atenção e a performance.

— Aleit Martens, filha de sangue da Casa Martens — disse o Vice-Mestre da Guilda. Sua voz se sobrepunha aos sussurros do salão. — Chegou aqui com seus próprios pés e oferece seu serviço por vontade própria?

— S-sim — respondeu Aleit. — Sim, ofereço.

Performar não era o forte da garota. Sua empolgação dera espaço a respostas gaguejadas enquanto ela aceitava a proteção e os direitos de sua Casa e jurava servir Arri. O Chefe da Casa Martens deu um passo à frente. Luca, se lembrando das questões comerciais de Matti, estava esperando ouvir o nome "Lysbette". Mas aquele era um homem, velho o bastante para ser avô ou tio-avô de Aleit. Ele piscou carinhosamente para a garota ao lhe entregar uma vela acesa — lindamente esculpida e retorcida para mostrar as camadas de cera colorida, como uma pedra preciosa partida —, a recepcionando na proteção e no serviço do padroeiro.

Luca mantinha a mão na empunhadura da espada, tentando canalizar sua energia em batidinhas discretas com o dedo no metal envolto em couro, para que não acabasse fazendo uma inquietação se manifestar em seus pés, o que seria antiprofissional. Ele não tinha mais nove anos. *Sabia* ficar quieto, caso precisasse.

O pensamento trouxe à tona uma lembrança, e a lembrança espalhou uma agitação diferente por todo o seu corpo, como água encontrando fendas numa pedra.

Você pegou meu dinheiro. É isso que eu quero.

Depois daquele dia, quase duas semanas antes, Matti não forçara mais. Luca continuava notando os olhares dele, mais íntimos do que o ato de ensinar exigia. Mas Matti não *dissera* mais nada, e embora estivesse tentado a forçar mais um pouco, Luca deixou a poeira baixar. Ele se perguntava se Matti se assustara com aquela coisa extasiante que se insinuara entre eles, como duas pedras se batendo até nascer uma fagulha.

Você pegou meu dinheiro.

O tesão que se espalhava por Luca toda vez que ele pensava naquilo era, sinceramente, desconcertante. Não era apenas que achasse Matti atraente — a questão era que o tesão vinha com um toque de vergonha, apesar de Luca se esforçar para se convencer racionalmente de que não havia nada de vergonhoso em prestar serviços. *Duelar está a dois passos de atuar*, dissera Perse uma vez, sabendo muito bem que Luca passara por alguns meses difíceis na infância, antes de entender as implicações, ao tentar convencer sua mãe a deixá-lo entrar numa companhia de teatro.

Luca não conseguia conter aquela humilhação ardente, a sensação de inferioridade, que as palavras de Perse plantaram em seu peito. Ele ignorava, mas não conseguia se livrar dela.

Ainda assim. Algum tipo de desejo se libertou dentro dele, liberado por sua raiva e pelo momento em que percebera que estava tentando responder na mesma moeda ao desafio na voz de Matti. Parecia um jogo, e um dos emocionantes. Luca queria jogar, queria *mais*, e estava usando todo o seu autocontrole para não ceder.

Ele precisava se lembrar da espada equilibrada nos dedos de Matti. Agitar o equilíbrio que eles criaram para si mesmos seria arriscado. Alguém poderia acabar sangrando.

Pelo menos aquela faísca que deixaram implícita adicionara certo tempero às aulas, que estavam progredindo como um cavalo teimoso sendo guiado por um caminho amplo. Dois passos para a frente envolviam um passo para o lado, e também um retorno de vez em quando, em momentos em que Matti parecia não apenas ter esquecido todas as técnicas e práticas ensinadas por Luca como também inventado movimentos novos e terríveis de um dia para o outro.

Os golpes básicos estavam melhorando por pura repetição. Mas Luca se sentia como um pano de chão ao final de cada aula, depois de tanto se torcer na tentativa de encontrar novas maneiras de explicar coisas que lhe pareciam óbvias e claras. Ele não era a melhor versão de si, naquela sala de treino, se jogando em cima das limitações de outra pessoa e parecendo receber todo o dano sozinho. Matti dava duro, tinha uma rotina cheia e era de uma responsabilidade desumana, mas Luca queria mostrar para ele que o rapaz também podia se divertir, podia *relaxar*, podia *rir*.

E talvez até tivesse conseguido fazer isso com facilidade se a situação fosse outra. Se os dois tivessem se conhecido ao acaso naquele bar, se Luca tivesse pagado uma bebida para aquele homem lindo, como fizera em muitas outras noites em sua vida, se sentado ao lado dele, brilhado, jogado seu charme e feito aquelas covinhas brotarem, até chegar mais perto, pressionando os dedos nas bochechas dele, sussurrando *vamos sair daqui* contra a boca de Matti.

Era só uma fantasia melancólica. Matti ainda estaria lá comemorando seu noivado. E o jeito desastroso como os dois começaram as coisas era culpa do próprio Luca.

E aquele era o problema, pensou Luca, passando os olhos por alto pelo público no salão da Guilda dos Alvanéis. Ele nunca estivera na posição de achar que estava gostando muito mais de alguém do que a pessoa gostava dele. A questão não era o *desejo* — isso havia de sobra, sem dúvida. O que ele não sabia era se Matti tinha opiniões sobre ele enquanto *pessoa*, e aquilo o irritava. As pessoas gostavam de Luca. Era algo com o que ele sempre contara.

Luca se forçou a sair daquela contemplação deprimente. A cerimônia estava perto do fim. Aleit assoprou a vela e abriu um sorrisão agora que a parte em que precisava falar havia acabado. O silêncio que se instalou era cheio de expectativa.

Luca pigarreou e desceu para a área livre do salão, em frente ao palco.

— Eu desafio o mérito de Aleit Martens de tomar seu lugar como membro integral da Guilda dos Alvanéis, sob a proteção de Arri. Alguém defenderá sua reivindicação?

— Eu defenderei — disse Ilse, desembainhando sua espada e dando um passo à frente.

Alguns aplaudiram educadamente. Luca lançou mais um olhar de esguelha para o garoto da família Martens, que parecia ter se animado. *Finalmente*, sua expressão dizia, *eles chegaram na parte boa*.

Diferentemente do trabalho como padrinho, não era esperado que ser guarda de espadas numa cerimônia de nomeação envolvesse qualquer risco de um combate sério. Talvez até houvesse, no passado, quando os deuses vigiavam seus seguidores com mais ciúmes e as Guildas eram mais parecidas com clãs. Quando um duelista era o braço direito dos deuses e da lei, travando disputas reais, enfrentando desafios verdadeiros, em que o destino de algo muito maior do que um casamento poderia estar em jogo.

Atualmente, a maior parte do trabalho era mais simbólica, embora em um duelo formal existisse pelo menos a oportunidade garantida de se exibir.

Luca ajeitou os ombros, focou sua atenção e atacou.

Ele avançou em um ataque ousado por cima do ombro, desacelerando no último instante quando percebeu que talvez Ilse não tivesse entendido os sinais do ataque a tempo para desviar com sucesso. Aquilo lhe rendeu um olhar frustrado de Ilse, e Luca sorriu de volta para ela. No segundo golpe, ele não desacelerou. Depois de semanas se equiparando ao nível de iniciante de Matti, aquilo era como um bom alongamento para os músculos. Luca não percebera como era fácil ficar enferrujado, mesmo fazendo seus exercícios todos os dias.

Não era esperado que o desafio se prolongasse. Depois de alguns minutos, Luca arqueou as sobrancelhas para Ilse, que assentiu com muita discrição, e ele fez questão de girar o corpo de forma exagerada no golpe seguinte, deixando a guarda aberta. Ela avançou e se aproveitou do espaço com tanta velocidade que Luca escutou murmúrios de aprovação, e então Luca se viu com a lâmina de Ilse ao lado do pescoço.

— Retire seu desafio — disse Ilse.

— Retirado — respondeu Luca, animado.

— Pelo sorriso de Arri! — exclamou o Vice-Mestre da Guilda, e suas palavras ecoaram pela plateia.

Luca se retirou com uma reverência. Ilse assoprou um beijo para Aleit, que parecia tão empolgada quanto o irmão e quase esquecera de levar a mão ao peito em agradecimento. Os aplausos ficaram altos e calorosos. Provavelmente todos estavam ansiosos para comer. Um cheiro delicioso já havia começado a infiltrar o salão da Guilda, e Luca avistou pratos sendo colocados sobre as mesas compridas na parede dos fundos.

Com a missão cumprida, os guardas trocaram um olhar e caminharam num acordo silencioso até a margem da multidão, onde estava a comida. Ilse foi rapidamente emboscada por uma garota cuja altura não chegava em sua cintura que lançava para sua espada um olhar encantado e teimoso. Estava cada vez mais comum encontrar duelistas mulheres, mas elas ainda eram minoria. Ilse enchera Luca com uma ladainha de reclamações sobre ainda ser chamada de *padrinho* quando trabalhava em algum casamento, e sobre sempre ser esperado que os duelistas defendessem reivindicações sobre a noiva. Isso quando havia uma noiva. Casamentos entre pessoas do mesmo gênero já eram legais em Thesper havia quase trinta anos. Luca sempre presumira que, na falta da expectativa de qualquer desafio, o casal simplesmente tirava no cara ou coroa para decidir quem levaria um padrinho ao altar.

— Você é mesmo uma espadachim? É seu *trabalho*? — Luca ouviu antes de, descaradamente, deixar Ilse com sua pequena admiradora e seguir seu nariz.

Ele encheu um prato com peixe temperado e pão cozido no vapor, depois não conseguiu pegar uma tigela do que parecia ser queijo de cabra batido com xarope de lacha por conta de um velho com uma voz que rangia como um assoalho empenado. Balançando uma colher no ar para ilustrar suas palavras, o homem fazia questão de contar a Luca que, quando era jovem, foi a uma cerimônia de nomeação onde os dois membros da guarda de espadas eram *rivais notórios* e o duelo terminou com o defensor perfurando o desafiante entre as costelas. O sujeito não chegou a dizer em voz alta que a luta mais moderna de Luca e Ilse fora terrivelmente sem graça em comparação com aquilo, mas o sentimento estava bem implícito.

Luca observava respingos de queijo voando até o chão enquanto o homem demonstrava o golpe fatal em questão.

— Fascinante — comentou ele, animado.

— Ah, era para uma Casa da Guilda dos Ferreiros, e todos concordaram que Buri não ligaria para um pouquinho de sangue numa nomeação.

— Luca Piere, ao seu dispor — disse Luca, estendendo a mão que no momento não estava ocupada com um prato. O homem encarou, cerrando as sobrancelhas. Luca suspirou. — Lembre-se de mim se alguém da sua família precisar de um espadachim. — Ele desistiu do queijo, pegou uns pedaços de frutas secas e escapou para um canto do corredor onde pequenos grupos de pessoas o esconderiam. Recostou na parede, empurrando com o cotovelo o punho da espada até que ela ficasse num ângulo mais confortável.

— ... competir com a Casa Jay em termos de qualidade, mas uma boa reputação também depende de cortesia e negociações justas.

Luca virou a cabeça. Um homem de barba, cabelo escuro e boa postura estava ouvindo um homem mais baixinho, que tinha um nariz quebrado e um topete que lhe dava um ar juvenil. Eles estavam vestidos a caráter e não pareciam nem um pouco diferentes do restante dos convidados da cerimônia de nomeação, exceto pelo fato de estarem com a cabeça próxima uma da outra e o corpo virado num ângulo que sugeria uma conversa particular. Nada de mais. Poderiam estar fofocando — era o que se fazia naquele tipo de evento. Mas os olhos do homem mais baixo se moviam de um lado para outro, como se estivessem à procura de bisbilhoteiros.

Luca teve o cuidado de olhar para o prato de comida antes que fosse flagrado os observando. *Maçã desidratada*, disse com sua expressão. *Que interessante!* E cubos secos de uma fruta amarela que Luca não reconhecera. Ele virou um dos cubos com a ponta dos dedos e manteve os ouvidos atentos.

— Hum. Os Jay não têm conexões aqui, mas todo o cuidado é pouco — disse o homem mais alto depois de um momento. — Há alguns escritórios da Guilda no final do corredor. Podemos conversar com mais privacidade lá.

Os dois homens, ainda com seus pratos na mão, atravessaram uma cortina no canto do corredor e sumiram.

Aquilo parecia um teste. Luca encarou os desenhos sob seus pés, uma maravilha feita de mármore verde, branco e amarelo. Ele seguiu a espiral com os olhos, num agradecimento educado a Arri, e depois olhou para as cortinas. Os deuses não davam presentes de mão beijada. Eles lançavam oportunidades no caminho, e cabia a cada um aproveitá-las.

Mas aquela era uma oportunidade para se comportar ou para agir? *Você quer acreditar na segunda opção*, sussurrou uma voz dentro dele. *Você quer algo para oferecer a Matti Jay. Quer que ele fique te devendo uma, ou que você deva menos a ele.*

Outra voz, mais suave e emocionada, acrescentou: *Você quer deixar um presente aos pés dele. Quer ver se ele vai sorrir para você.*

— Foda-se — decidiu Luca num murmúrio abafado.

Ainda segurando seu prato de comida só para disfarçar, ele atravessou a cortina e se arrastou pelo corredor ladeado de retratos e quadros com listas de nomes proclamando vários Mestres da Guilda e prêmios. Ele ouviu as duas vozes novamente, agora vindo do outro lado de uma porta entreaberta.

— … negócios com Donna e Jenny.

— E *foi* um sucesso — disse a voz do homem mais alto. — Só vai levar mais tempo do que nossa anfitriã queria.

— Sim disse que ela está perdendo a esperança. — O companheiro tinha uma voz nasalada, como se estivesse com o nariz entupido. — Ela não confia que iremos acabar com eles.

— Ela não confia em ninguém — respondeu o outro. — É o jeito dela. Mas, em algum momento, ela receberá a parte dela, desde que você e sua turma mantenham as traças longe e a boca fechada.

— Ainda não entendo por que não podemos apressar as coisas. Basta dizer algumas palavras nos ouvidos certos sobre os cofres vazios, e…

— Não — replicou o alto, direto. — A família Jay mantém seus segredos como barris de água. Conseguiriam contar nos dedos de uma mão os possíveis responsáveis por um vazamento. É arriscado demais.

— Como aquele casamento? Toda a grana da família Cooper sendo despejada nos mesmíssimos cofres?

Uma pausa.

— Te disse que era um risco. Na pior das hipóteses, é um… contratempo.

Luca olhou para baixo e notou seu joelho tremendo. Um pedaço de maçã desidratada estava quase caindo do prato; ele colocou a fruta na boca. Olhou para os dois lados do corredor, mas ninguém parecia inclinado a deixar a festa.

— Pode ser o suficiente para eles ficarem bem de novo — argumentou o Nasalado.

— Eles estavam bem antes.

Um calafrio percorreu a espinha de Luca ao notar a leve malícia naquelas palavras, como espuma numa bacia de água de água com sabão.

— Verdade — disse o outro. — Verdade. Agora, você tem os meus termos?

— Seis pratas pela sarja pesada para uniformes, caindo para cinco depois de três anos de exclusividade. Cobertores a preço de custo se eles aceitarem sem tintura e se mantiverem o contrato de exclusividade dos uniformes por dez anos.

Nasalado assoviou.

— Se eu abaixar mais o preço, vai dar briga. Mas consigo aceitar, se for para tirá-los do negócio. Tem certeza de que essa é a proposta final? Eles não virão com uma contraproposta?

— Aqui. Por escrito.

— Passarei adiante.

Luca considerou se aproximar mais da porta para dar uma espiada lá dentro. Mas escutou movimentos, como se os dois homens estivessem se preparando para sair, e embora a conversa não parecesse ter chegado ao fim, Luca não estava no clima para se arriscar como de costume. Não ali, onde ele estava *mantendo a discrição.* Ele pôs-se a andar, grato pelos pés silenciosos de tanto treino, e retornou ao salão da Guilda.

Os convidados e a comida quente aumentaram a temperatura do salão, e já estava começando a ficar sufocante com aquela túnica de veludo. Luca experimentou algumas das frutas desconhecidas — eram deliciosas, uma explosão de sabor — e localizou a cabeça loira de Ilse com facilidade, no meio de um grupo de crianças. Crianças eram uma boa camuflagem. Luca caminhou na direção delas com a outra mão no punho da espada, como uma isca sendo jogada aos peixes.

O que ele tinha, afinal? Uma conversa sem contexto, opaca como aço. Pistas. E nenhum motivo para dar de presente a Matti aquelas informações dúbias e mal embrulhadas, além do fato de que a boca de Luca doía toda vez que Matti franzia o nariz e abria os lábios lentamente, rumando para um sorriso.

Era uma carta para manter na manga, decidiu Luca. Seria assim, por hora.

7

— Pare! — A voz de Luca falhou.

Por um momento, Matti acreditou ter feito o homem *chorar* com sua incompetência, e pensou o que significava ele não se sentir particularmente mal em relação àquilo. Será que era possível se tornar imune à vergonha pela própria incompetência? Mas, então, Luca esfregou a boca e fez uma careta.

— Estou morrendo de sede. Preciso beber alguma coisa. Segura aí. Na verdade, não segura, não. Pega o pensamento que estava motivando *isso aí*... — Ele gesticulou de cima a baixo, apontando para o corpo de Matti. — E destrói em pedacinhos. Depois joga os pedacinhos ao vento.

— Que poético — disse Matti.

— Ficar sem dormir me deixa mais eloquente — respondeu Luca, com uma leve irritação. Ele foi até a mesa buscar água.

Matti se pegou enfiando a ponta cega da espada na própria bota e precisou puxar a lâmina depressa, antes que ela perfurasse o couro maleável. Ele carregava aquela vigilância tensa e ranzinza que surgia quando se jogava um balde de café sobre as chamas do cansaço, e já estava prevendo o desastre que viria no meio da manhã.

O que Luca sabia sobre ficar sem dormir? Provavelmente passara a noite bebendo e jogando, ou acabou indo para a cama num horário razoável e ficou choramingando para ouvir o som da própria voz. Matti passou seis horas na cama e só conseguiu dormir por quatro, sua mente segurando o corpo exausto sobre as ondas do sono, como uma boia sobre um anzol de pesca. Não era à toa que suas mãos e pés estavam particularmente estúpidos naquela manhã. Não era à toa que Luca estava descobrindo novos níveis de impaciência insuportável.

Luca ainda estava *tentando*, Matti se forçou a lembrar; Matti via o esforço estampado naquele rosto envolvente. Ele repetia a mesma coisa de novo e de novo, irritado, algo que Matti estava aprendendo a não levar tão a sério, mas ainda assim Luca ia devagar. Explicava os quatro quadrantes da guarda e como cada ataque ou esquiva era baseado em um deles. Mostrava a Matti quantas vezes fossem necessárias.

E como Luca estava se dando ao trabalho de se esforçar, porque Matti havia parado de acreditar que Luca não o considerava *digno* do esforço, Matti estava preparado para fazer sua parte. Não tinha medo de insistir quando Luca pulava um passo ou sete, ou quando ele próprio não entendia algo. Matti estava pronto para pedir que ele simplificasse as explicações de novo e de novo.

Os pais de Matti o encorajaram a fazer perguntas desde quando ele começara a se comunicar. Deixavam que o menino participasse de reuniões e conversas, revisando tudo com ele depois, um passo de cada vez. Durante as tardes, ele se sentia um adulto sério, caminhando pelas casas de cardagem, passando os dedos pequenos pelas amostras de tecido nos leilões e chegando a ficar com dor de cabeça com o cheiro ardente dos tanques de tingimento. Ele adorava seguir a ponta brilhante da caneta descendo por uma coluna de números enquanto seu pai fazia cálculos com paciência e compartilhava com Matti um sorriso que dizia que ele estava perdoado por fingir estar entendendo, porque, quando chegasse o momento, ele entenderia de verdade. E foi o que aconteceu.

Não havia vergonha alguma em questionar. Não havia vergonha em aprender devagar, independentemente do que Luca pensava.

E Matti precisava daquelas manhãs. Eram seu paraíso, um espaço com limites tão bem definidos que o tornavam seguro. Sempre ali, na sala de treino, sob a luz da manhã, enquanto o dia se iniciava. Ali, onde Matti estava decorando as marcas e os arranhões do chão, como já decorara os da mesa de seu pai.

Ali, onde dava para ver a reta final, uma linha que poderia ser desenhada no calendário, na data em que Matti se casaria e as aulas chegariam ao fim.

O que era *algo bom*. Matti estava noivo de uma garota cujo dinheiro seria capaz de levar sua Casa de volta à prosperidade. Ele tinha um padrinho que provaria que os deuses abençoavam o casamento de Matti e depois desapareceria em fosse lá qual correnteza de luta de espadas e atividades criminais ele se encontrava antes de decidir puxar Matti para suas águas.

Um padrinho que Matti desejava com uma fome lenta e ardente, que ignorava como se fosse a fome que batia quando estava trabalhando durante o almoço, ou quando pegava seu pão com azeite durante o jantar e colocava no prato de Merri, porque precisava fazê-la sorrir. Não era uma fome desesperadora; não se comparava com a fome dos pedintes que ficavam nas pontes durante o dia e deitados nas calçadas durante a noite. Era suportável. Iria passar.

Vai passar, disse Matti a si mesmo, enquanto Luca bebia um gole d'água no cantil de couro. O pescoço exposto de Luca se movia enquanto ele engolia, e seu cabelo impossível estava mais escuro de suor, nas partes em que encontrava a pele.

Matti passou a espada para a mão esquerda e secou a palma, usando a fricção na coxa para colocar a cabeça no lugar e, assim, não fazer nada estúpido como... perguntar. Sugerir. Ou, que seja: fazer seu dinheiro valer e simplesmente *mandar*, pelo prazer de observar Luca ficar imóvel.

— Vamos tentar outra coisa — disse Luca, secando a boca molhada e oferecendo o cantil para Matti, que balançou a cabeça. — Levanta a guarda.

Luca provavelmente dava sinais inconscientes que um espadachim experiente seria capaz de perceber, mas Matti sabia que só notava um sinal quando Luca fazia questão de que ele percebesse. Ele conseguiu se esquivar de um ataque limpo e ficou orgulhoso da velocidade com a qual conseguiu contra-atacar, embora Luca tenha empurrado a espada para o lado num gesto equivalente a um revirar de olhos. No ataque seguinte, Matti já não foi tão bem.

— Ah, puta que pariu! Isso foi só um ataque alto cruzado! Te ensinei a bloquear na semana passada! Você tinha *aprendido*!

— Faz de novo, vou acertar desta vez — disse Matti, mas a segunda vez foi ainda pior.

Àquela altura, ele já sabia que aquele tipo de coisa era como mofo. Começava com ele sendo incapaz de realizar um movimento novo, daí se espalhava para trás, mofando seu repertório escasso, infectando tudo, o fazendo questionar até mesmo as posturas mais simples.

Pelo menos Luca já sabia que sugerir que parassem não ajudaria em nada.

— Aqui — rosnou Luca, dando um passo para trás. — Pela décima vez. O pé da frente aponta cruzado para dar estabilidade, a perna de trás fica flexionada, para conseguir se mover mais fácil. O objetivo é pegar e parar a lâmina do adversário no terceiro ponto da sua, e aí você *segura*.

Matti respirou fundo, soltou o ar e fez o que Luca havia feito. Pelo menos era o que achava.

— Pelas mãos feridas de Pata, seu idiota, essa foi ainda *pior*. O que você quer que eu faça? Fale em outro idioma? Desenhe com o dedo na poeira da janela? Não, sério, o que você *quer* de mim quando...

— Quero que você fique *quieto*!

A resposta saiu de Matti como cerveja de uma torneira, e ele ficou em choque. Raramente aumentava o tom de voz daquele jeito.

Luca o encarou, os olhos arregalados. Enquanto Matti abria a boca — fosse para se desculpar pelo grito ou para complementar o insulto, ele não sabia —, Luca levantou o dedo indicador: espera. Ele levou a mão até a boca e fez uma mímica como se estivesse costurando os lábios, dando um nó no final e jogando a agulha invisível para longe.

— Sim, tudo bem — disse Matti. — Obrigado. Agora *pensa* direito. O que eu estou fazendo de errado? Como posso consertar?

Luca apontou para a boca fechada, indignado.

Uma fagulha de alguma coisa, uma vibração inconveniente de poder, percorreu a pele de Matti ao ver aquilo. Era absurdo. Só porque Luca estava parado ali com os lábios fechados, todo arrogante, mostrando sua obediência, mas fazendo o maior show. Matti queria enfiar a língua na boca de Luca, abri-la à força, sentir a costura invisível cedendo. Ele quase esperaria sentir gosto de sangue. Só de pensar, os músculos de sua nuca se tensionaram.

— Já provou seu ponto — disse.

Luca deu de ombros.

— Me mostra de novo — pediu Matti.

Luca tomou a posição. Era estranho não escutar imediatamente uma descrição fluida sobre como os pés deveriam ficar, como o peso deveria ser distribuído, os ângulos precisos dos cotovelos e ombros. Matti o observou com incerteza. Luca usou a ponta da espada para comunicar um "vai, sua vez".

Matti o copiou, tentando memorizar tudo ao mesmo tempo. Se concentrou com força na pegada, mas, no momento em que corrigiu, percebeu que o ângulo do quadril estava errado.

Luca bateu o pé no chão e olhou para a própria bota até que Matti olhasse para baixo também. Luca moveu o pé alguns centímetros para fora e depois flexionou um pouco mais o joelho. Matti fez o mesmo. E, quando levantou o olhar, viu um sorriso no rosto de Luca. Matti retribuiu o gesto sem nem pensar, os músculos do rosto tão em sintonia com o corpo de Luca quanto todo o resto de si.

Luca foi ajustando cada pedaço da anatomia, e Matti o copiava. A cada pequena mudança, eles esperavam um tempo para que o corpo de Matti se acostumasse antes de partirem para a próxima. Entre um movimento e outro, os olhos de Matti voltavam constantemente para os olhos de Luca. Depois de alguns minutos, ele sentiu que, se lhe dessem uma caixa de lápis ao sair dali, seria capaz de desenhar cada detalhe da íris de Luca de cabeça. Ela possuía um tom diferente de castanho. O círculo central âmbar-amarronzado ficava frio e acinzentado nas bordas, com um leve toque de verde no meio.

Finalmente, Luca respirou fundo. Matti o imitou antes mesmo de perguntar se deveria. Imitou quando Luca prendeu a respiração. Imitou a expiração longa, quase verbal, que ele soltou.

De alguma forma, Matti esquecera que Luca era o único em voto de silêncio; sua garganta também havia se silenciado. Ainda mais do que de costume, o mundo se tornou aquela sala, o olhar insistente de Luca, os momentos entre cada batida do coração de Matti.

Luca fez um gesto de *fica* com a mão e saiu da posição. Matti ficou. Luca caminhou ao redor dele lentamente. As pernas e os ombros de Matti estavam quentes, uma dor implacável, mas que também não era insuportável. Ele sustentou.

No final da primeira volta, Luca estendeu a mão. O toque de seus dedos sob o maxilar de Matti quase deu um choque. Luca levantou o queixo dele uma fração de centímetro e abriu um sorriso deslumbrante. Depois, assentiu.

Matti se soltou, sacudindo com gratidão para aliviar as dores nos braços e pernas. Suas mãos suavam dentro das luvas.

— E agora? — A voz de Matti estava rouca, como se ele houvesse gritado, em vez de ficado em silêncio.

Luca franziu os lábios e fez um movimento com a cabeça como quem diz "deixa eu pensar". Então, girou os ombros e assumiu uma posição diferente, uma que Matti nunca vira antes. Parecia outra defesa alta, esta com um giro no tronco e os pés estranhamente firmes no chão.

Obediente, Matti imitou da melhor maneira possível, esperando que Luca, mais uma vez, ajustasse os detalhes um por um, membro por membro. Mas, desta vez, Luca desfez a posição, embainhou a espada e se aproximou, como se fosse dar mais uma volta ao redor de Matti.

Matti poderia jurar que nada mais deixaria seus nervos tão musicais, nada mais o colocaria numa tensão tão perigosa de percepção sensorial quanto a dança espelhada que os dois estavam fazendo.

Ele estava errado.

O toque de Luca começou em seu cotovelo, deslizando pelo antebraço, arrepiando os pelos escuros ali, até Matti sentir a pele em si estremecendo sobre os músculos tensos. No punho, perto da luva, Luca empurrou o braço de Matti para um alinhamento levemente diferente. Matti engoliu em seco e manteve o olhar no contraste entre os dedos brancos de Luca e sua própria pele. Tinha a sensação de que fitar os olhos de Luca naquele momento seria como acender um fósforo.

Ele se manteve parado. Luca o tocou de novo, desta vez com as duas mãos, uma na lombar e a outra na base do abdômen. Matti precisou fechar os olhos. Ele se entregou à pressão gentil que ajustava a inclinação de seu torso. Quando a mão em suas costas foi subindo pela coluna — em um movimento gloriosamente lento —, ele soube o que estava por vir.

Luca juntou os dedos entre as escápulas de Matti. *Imagine um barbante.*

Matti subiu e desceu os ombros. O toque se suavizou, o carinho da mão de Luca tal qual um prêmio, e então foi até o quadril de Matti.

Quanto tempo fazia desde a última vez em que alguém o tocara com tanto propósito? *Uma eternidade*, cantou o corpo de Matti. Sua respiração parecia muito alta.

No fim do circuito, Luca tocou o maxilar de Matti de novo, exatamente onde havia tocado ao final do exercício de espelhar seus movimentos. Como um golpe numa área já machucada, o contato foi pior — melhor? — do que todos os anteriores. Lançou faíscas pelo pescoço de Matti, que desciam cada vez mais, e ele sentiu o ar saindo dos pulmões, impotente.

Luca deu um passo para trás, e Matti finalmente olhou para o rosto dele. Na boca de Luca, uma curva que parecia quase perversa extinguiu qualquer dúvida restante que Matti poderia ter sobre Luca não saber exatamente o que estava fazendo. Qualquer dúvida sobre ele não estar aproveitando aquela tortura gostosa tanto quanto Matti.

Matti percebeu que estava se movendo. Havia transferido a espada para a mão esquerda e levantado a direita. Por algum motivo, era de importância vital que ele satisfizesse sua curiosidade, que explorasse aquele sorriso perverso, e apenas olhar não parecia o bastante. Ele precisava tocar.

Os lábios de Luca eram macios e secos, e, sob o toque de Matti, se abriram numa fresta. Os dedos de Matti estavam quase tocando os dentes de Luca. Ele precisou se concentrar para respirar fundo, como se aquela ação que fora fácil e instintiva durante toda a sua vida tivesse se tornado, de repente, algo que exigia tanto esforço quanto uma nova defesa com a espada. Ele não tinha ideia do que estava fazendo, mas sabia que não queria fazer sozinho.

— Fala comigo — pediu Matti.

Luca respirou, estremecendo. Sua língua passou pelo lábio em um movimento nervoso e acabou encontrando os dedos de Matti. Os dois congelaram.

Depois de um instante, Luca levantou a própria mão, pegou Matti pelo pulso e... não o afastou. Não o moveu de forma alguma.

Matti era um homem em transe. Dois dos seus dedos deslizaram pelo lábio inferior de Luca, entrando na boca aberta até as juntas. Só conseguia pensar em procurar as palavras na boca de Luca, enganchá-las com os dedos e puxá-las para fora. Mas, em vez disso, Luca prendeu os dedos de Matti com os dentes, mordendo-os gentilmente, apenas um lembrete de que estava permitindo aquela intrusão. Ele desenhou pequenos círculos com a língua, que Matti sentiu como o calor inebriante e delicado de caramelo sendo despejado com uma colher. Os olhos daquele verde diferente de Luca fitaram os seus, e os dedos de Luca em seu punho pareciam uma algema de ferro, dadas as possibilidades que Matti teria de se libertar.

— Fala comigo — repetiu ele, quase incapaz de ouvir a própria voz.

Luca cravou os dentes com mais força nos dedos de Matti. Não eram afiados o bastante para perfurarem a pele ou para arrancarem as unhas de Matti, mas era doloroso. Matti soltou um barulho alto e Luca puxou o punho dele para baixo; arrancou os dedos da sua boca. Luca umedeceu os lábios, parecendo devastado e receoso. Ele soltou a mão de Matti. Deu um passo abrupto para trás e parou.

Os dois se encararam. Matti se sentia atordoado. Atingido por um raio. Seus dedos estavam molhados. Ele estava mais do que excitado.

Era como se todo o sangue em seu corpo tivesse se dividido entre seu pau e a pulsação em seu pescoço, que se agitava com urgência. Seus lábios estavam abertos; ele queria beber um oceano.

O peito de Luca subia e descia rápido e ele mordeu o lábio, uma ação que espalhou mais um pico de desejo pelo peito de Matti, depois balançou a cabeça no que parecia uma tentativa de clarear os pensamentos.

— Acho que já chega de brincar de espadas por hoje — disse Luca.

Matti se confortou com a extrema rouquidão na voz dele.

— Certo — respondeu, e então inspirou e segurou o ar.

Matti se forçou a racionalizar para fazer a tontura do desejo passar. Parte dele gritava por uma conversa (*fala comigo*), mas ele não tinha ideia de por onde começar, do que poderia dizer para puxar aquele assunto. E a linguagem corporal de Luca parecia sinalizar que ele estava buscando uma saída. Se Matti forçasse, ou se dissesse a coisa errada, poderia arruinar tudo. As aulas. O flerte. A leveza em seu peito quando subia as escadas todos os dias, ansioso pelo momento em que seria recebido com um sorriso de Luca.

Com a voz fraca, Matti disse apenas:

— Mesmo horário amanhã?

Ele começou a se virar.

— Espera. Matti. — Luca estava com as pálpebras mais caídas agora, um olhar morno em vez de quente. Ele parecia em dúvida. — Saia comigo para beber hoje à noite.

— Beber? — Matti se sentiu tonto de novo. — Num bar?

— Ou em qualquer outro lugar — respondeu Luca. — Eu não... Quer dizer, você provavelmente está atolado de tanto trabalho, mas eu estava pensando e... Você não quer ver se a gente poderia se dar melhor se não estivermos apontando espadas um para o outro?

Aquilo não estava incluído no contrato que Matti assinara, nem no acordo de quase-chantagem que ele e Luca fizeram. Ele não tinha ideia do que Luca queria dizer exatamente com "se dar melhor". Mas queria descobrir.

— Eu não… — Matti odiava, *odiava* aquele gosto amargo na língua, agora mais do que nunca. — Não tenho dinheiro. Meu valor da união não é uma linha de crédito, sabe? O dinheiro só chega depois que eu me casar.

— Eu estava pensando… — disse Luca, como se estivesse se equilibrando em um muro. — Você pode ir até a minha pensão. Acho que consigo arrumar uma garrafa de qualquer coisa medíocre.

Matti teria que inventar outra mentira para a família. Teria que deixar o trabalho inacabado. Aquela era, provavelmente, uma péssima ideia.

— Sim — disse no impulso. — Sim, eu adoraria. Vou jantar com Sofia hoje à noite, mas… pode ser depois do jantar?

— Certo. — Luca tocou a própria boca, no lugar onde Matti havia tocado. O sorriso de Luca foi repentino. — Que bom.

— Me diz o endereço.

Uma guerra acontecia na cabeça de Matti enquanto ele batia na porta da casa da família Cooper.

Ou talvez não fosse algo tão grandioso quanto uma guerra. Uma briga, ou um tumulto. Independentemente do que fosse, estava durando o dia inteiro, desde que ele deixara a sala de treino de Tolliver com a lembrança do calor da boca de Luca em seus dedos. A ansiedade pelo que a noite reservava estava batalhando contra tudo que tentava roubar a atenção de Matti. Ele quase fez papel de bobo em mais de uma reunião, os pensamentos girando em círculos incansáveis ao redor da ideia de estar num quarto com Luca e, como Luca dissera, sem nenhuma espada entre os dois. Nada de bom vinha ao se desejar tanto alguma coisa, mas, pelos deuses: aquele pensamento estava deixando Matti em chamas mesmo assim.

O valor da união não era a única coisa que só viria depois do casamento. Matti cortaria o próprio pé antes de ser infiel a uma *esposa*, mas, entre parceiros de negócios, um noivado não passava de uma declaração de intenção, e ele e Sofia já haviam estabelecido que não havia expectativas românticas entre os dois. Ninguém se importaria se Matti dormisse com uma pessoa diferente a cada noite até o dia em que estivesse de fato casado. Poderiam até *comentar*, mas isso não afetaria Sofia.

Ninguém se importaria se Matti… se Luca…

Matti fez o que pôde para esmagar os pensamentos quando a porta se abriu. Sofia carregava uma bolsa de couro no ombro, junto com um lenço dourado que absorvia o tom mais rosado da luz do crepúsculo. Para o alívio de Matti, ela não o convidou para entrar. Ele não sabia se, com sua concentração esfarrapada, seria capaz de manter uma conversa educada com seus futuros sogros enquanto fantasiava sobre outra pessoa completamente diferente.

— Você realmente não precisava ser tão alto assim, Matti. — Sofia enganchou o braço no dele. — Já te disseram isso? Imagino que não. Parece que isso é normal na sua casa. Vocês, Jay, são uma família de gigantes.

— Tem suas vantagens. Pegar objetos no fundo das prateleiras mais altas, por exemplo.

— Bom saber — respondeu Sofia com leveza.

Um silêncio não tão confortável se estabeleceu. Matti se perguntou se Sofia estava, como ele, tentando criar uma imagem mental da vida doméstica que teriam. Pouca coisa mudaria para Matti, materialmente falando. A casa fora feita para abrigar múltiplas gerações; grande demais para a família Jay atual, e se os tempos fossem mais prósperos, eles até poderiam abrir um dos quartos empoeirados e convidar alguns dos primos mais próximos para morarem lá.

Depois do casamento, ele e Sofia se mudariam para um dos quartos maiores. Matti estava começando a imaginar melhor. Sofia seria uma adição valiosa para sua Casa, com aquele olhar afiado para moda. Ela se encaixaria na vida da família. Eles gostavam dela. *Ele* gostava dela.

Mas ao fitar as sobrancelhas firmes dela e sua linda trança no cabelo, nada se acendeu dentro dele. A pressão da mão dela enroscada em seu braço não o fazia se sentir quente e gelado ao mesmo tempo. Ele conseguia se imaginar beijando Sofia, mas a ideia não o revirava como uma chave em seu maxilar, deixando os lábios abertos e sedentos.

O que, de certa forma, seria até tranquilo, esperado, reconfortante, até, se seu corpo não tivesse lembranças tão recentes de todas aquelas sensações.

A caminhada da casa dos Cooper até a casa de Matti não era longa. Rose Quarter era circundado perfeitamente pelo braço do rio Rozen, que inspirou o nome do bairro, incapacitado de expandir conforme a cidade crescia; ele permanecia com as mesmas poucas e prestigiosas ruas, ocupadas por casas residenciais construídas lado a lado com elegância, como uma fila de espectadores em uma corrida de cavalos, todos educados demais para permitirem que qualquer tipo de confusão invadisse o espaço da vizinhança. Sofia precisava de escolta tanto quanto precisava de conselhos de moda. Ainda assim, Matti estava fazendo o que era esperado. Era uma oportunidade de serem vistos juntos, para que os donos dos olhares lembrassem que as Casas de Matti Jay e Sofia Cooper estavam prestes a se tornar aliadas.

— Encontrei o Adrean ontem — disse Sofia.

— Como… como foi?

— Ah, eu fui a florzinha selvagem e linda e preciosa e delicada como sempre, e ele continua decidido a me resgatar do destino cruel de um casamento mercenário sem amor.

Por muito tempo, Matti cultivou a suposição de que Adrean conhecia Sofia muito melhor do que ele. Matti estava mais errado do que imaginava. Sofia *parecia* delicada, à primeira vista, mas bastava uma única conversa sob a força daquelas sobrancelhas para perceber que havia pelo menos uns vinte adjetivos que combinavam melhor com ela só na letra *D* do dicionário.

Matti se preparou e perguntou:

— Ele comentou alguma coisa sobre o casamento? Sobre o desafio?

Sofia alisou o lenço com certa irritação onde a brisa acabou desfazendo o drapeado perfeito. Ela não respondeu. Matti retribuiu o aceno de uma funcionária do gabinete do conselho municipal por quem passaram no caminho. Depois, viraram na rua dele. Um dos acendedores de lampiões já havia feito seu trabalho em um lado da rua, mas não havia terminado o outro, dando um rubor desequilibrado à vista.

— Me sinto um pouco fracassada — disse Sofia, por fim. — Sinceramente, acho que não consigo ser mais clara, mas é como se tudo o que eu dissesse para ele fosse traduzido de um jeito errado, e ele só ouvisse *Estou me fazendo de difícil, mas na verdade te amo*. Então fico irritada e ele diz que sou maravilhosa, e, bom, geralmente saio andando antes de dar um tapa nele. Espero que seu padrinho *destrua* ele — completou ela, cruelmente.

— Sim. — Matti tossiu. — Também espero.

— Se Maha quiser.

Sofia tocou o punho com os dedos num gesto de reflexão. A corrente dourada pendurada ali era um fio delicado. Matti nunca vira Sofia sem a corrente, mas não havia percebido que poderia ter um significado religioso.

Sofia acompanhou o olhar dele e começou uma explicação bem versada: a joia fora comprada quando ela nasceu e jogada numa garrafa de água de lua, onde ficou durante um ano. No seu primeiro aniversário, a pulseira foi removida da garrafa, e tanto a pulseira quanto a garrafa ficaram guardadas até sua cerimônia de nomeação, onde ela colocou uma e bebeu da outra.

— Você bebeu água de lua na sua nomeação? — Matti balançou a cabeça, imaginando a cena. Ele gostava de genebra, mas nunca fora masoquista o suficiente para pegar gosto pelo destilado de batata conhecido por ser bem forte.

— Bebi — disse Sofia com orgulho. — Mamãe me deu o sermão mais elaborado de todos sobre como manter minha expressão serena durante o ritual, mas, mesmo assim, fiquei com cara de quem tinha acabado de sentar em esterco de cavalo.

— Tive a mesma conversa antes da minha nomeação. Minha mãe não acredita em deuses, mas acredita em cerimônias. Ela diz que um comportamento compartilhado *é* poder, e que, apesar dos rituais, em sua maioria, serem versões mais fracas de coisas antigas e mais fortes, contanto que mantenham a sociedade unida, eles devem ser seguidos.

Matti sorriu. Nessanesh Jay vivia na margem cética do grande leque de crenças que abrangia Glassport, mas ainda assim adorava rituais. Só parecia paradoxal até que se entendia o quanto ela gostava de observar as correntes da sociedade, como um barqueiro calculando a melhor maneira de navegar um rio. Na cidade, a fé de cada um era uma questão individual. O importante era como a pessoa agia.

Sofia olhou para Matti.

— Você nunca me pareceu o tipo de criança que levava bronca por mau comportamento.

— Isso me deixava todo desengonçado e nervoso. Derrubar o tecido-da-promessa durante uma nomeação de Huna não era tão ruim quanto ter seu casamento desafiado a espada, mas não é um bom sinal.

— Sua mãe tem um ponto — comentou Sofia, pensativa. — Algumas Guildas já tendem a não levar os desafios tão a sério quanto outras, e, um dia, haverá alguém que vai rir na cara do desafiante no meio da cerimônia e continuar com o casamento de qualquer forma. Alguém só precisa ser o primeiro. — Sofia desviou de uma poça, e deu para ouvir um som metálico baixinho vindo de sua bolsa. Ela abaixou o tom de voz. — Mas acho que não será você, Matti. E enquanto eu estiver pronta para tomar o nome da sua Casa, não serei eu também. Nenhum de nós dois pode bancar sermos vistos como desafortunados.

— Às vezes, tudo o que eu quero é passar um dia inteiro sem pensar nas coisas que eu posso *bancar*.

Matti se percebeu tropeçando, o pânico na garganta se comunicando de alguma forma com seus pés; ele sentiu o momento em que a pegada de Sofia em seu braço o equilibrou e o puxou para a frente. Foi um momento meio "óleo de rosa", e ele se sentiu grato, mas seus ombros ficaram tensos ao se dar conta de que uma coisa daquelas poderia acabar escapando de seus lábios.

— É bem pior do que vocês falaram para qualquer um, não é? — perguntou Sofia abruptamente.

O silêncio de Matti durou tempo o bastante para que os dois parassem de supetão em frente à sua casa — não porque ele estava prestes a negar, mas porque se surpreendeu por ela precisar fazer aquela pergunta. A negociação do noivado deles fora a única parte dos negócios da Casa que ele ficara feliz em deixar por completo nas mãos dos pais, a ponto de nem saber o quão honestos eles haviam sido com Daniela e Raufe Cooper.

Porém, ele sabia o preço que fora negociado. Por um momento, ele conseguiu escutar a voz de Luca. *Você me comprou? Você é meu dono?*

Matti engoliu aquela sensação amarga e desagradável.

— É ruim pra caralho — disse ele com franqueza, observando as sobrancelhas dela.

Elas se franziram, mas não como se estivessem insultadas.

— Se é assim, fico feliz em ajudar — afirmou Sofia, e depois, curiosamente, caiu no riso, o tipo de gargalhada que balançava todo o seu corpo.

— Você está tilintando! — comentou Matti, porque não sabia o que dizer sobre a risada.

— Ai, Maha, olha só para mim. Não sei qual o problema. Essa situação toda é tão… — Sofia respirou rápido algumas vezes e se acalmou. Ela deu um tapinha na bolsa volumosa. — Presentes para a sua mesa. Tem todo um discurso que vem junto, mas terei que guardar para quando estivermos lá dentro.

Vestígios da risada iluminaram os olhos de Sofia, e sua boca adotou um formato vivaz do qual Matti gostava. De repente, lhe pareceu importante que ele *de fato gostasse*, que se provasse capaz de sentir o que deveria sentir, sobre a pessoa por quem deveria sentir. No degrau mais alto da entrada da casa, ele apoiou uma das mãos no ombro de Sofia e a virou, se sentindo tão incapaz quanto se ela fosse uma espada, e procurou desesperadamente nos olhos dela por aquelas fagulhas.

Sofia inclinou a cabeça para o encarar por completo. Ela parecia surpresa, mas não desconfortável, e Matti se inclinou e a beijou antes que desistisse da ideia.

Perto assim, Sofia tinha cheiro de cravo e flor-de-júbilo. Sua boca era suave e acolhedora, e depois de um momento ela colocou a mão no rosto de Matti e retribuiu o beijo.

Era bom. Perfeitamente bom.

Quando o beijo terminou, Matti respirou fundo, furioso consigo mesmo sem saber o porquê, e ajeitou a postura de novo.

— Por essa eu não esperava — disse Sofia.

— Desculpe — respondeu Matti imediatamente.

— Não, não precisa se desculpar. — Suas sobrancelhas cerraram, pensativas, e então ela sorriu. — Precisamos nos acostumar com a ideia.

De alguma forma, seu tom apressado era muito melhor do que se ela houvesse tentado reconfortá-lo dizendo que foi *bom*. A irritação de Matti virou gratidão.

— Mesmo assim — disse ele. — Eu deveria ter esperado até depois do jantar.

Sofia riu e balançou a bolsa, fazendo-a tilintar ainda mais.

— Vou encarar como um elogio você não ter precisado da coragem de Maha para me considerar digna de um beijo.

Matti esfregou dois dedos da mão direita na lateral da perna enquanto abria a porta com a outra. Depois do jantar não teria dado certo, de qualquer forma.

Ele tinha planos.

8

Dinah Vaunt olhava com admiração para as costas de Matti quando Luca apareceu para buscá-lo no saguão da pensão. Ela lançou para Luca um olhar que lhe prometia bolinhos-margarida extras no café da manhã se ele contasse todos os detalhes sobre o visitante bonitão no dia seguinte. Dinah estava sempre sedenta por fofocas, até mesmo para os padrões de Glassport, e claramente não se importava com quais das histórias de Luca eram verdadeiras, desde que lhe parecessem plausíveis, assim ela poderia repassar tudo para seus amigos.

Ele não a culpava por olhar. Luca se acostumara a ver Matti com as roupas de treino, calça larga e camisa velha enfiada para dentro da calça, e agora que já estavam na segunda metade do verão, havia poucas oportunidades de vê-lo naquele casaco de lã de cair o queixo.

Ali, naquele exato momento, na casa dos Vaunt, estava Mattinesh Jay, herdeiro da Casa Jay, com a aparência luxuosa e contida que chamara a atenção de Luca na noite em que se conheceram. Sua bota estava polida. O casaco era simples, mas brilhava num âmbar-amarronzado, como um copo de aguardente, sussurrando a canção do barril de carvalho de onde viera. Os quase-cachos do cabelo de Matti estavam mais penteados do que jamais estiveram na sala de treino. Ele parecia ter se arrumado. E trazia uma garrafa de vinho na mão.

Não era à toa que Dinah se demorava na porta, piscando rapidamente e se embebedando dele. Os olhos de Luca doíam, como se tivesse saído de um beco escuro para uma praça iluminada. Ele queria olhar e olhar. E depois de olhar o bastante, queria testar toda a velocidade e o talento das suas mãos para ver em que estado de *des*arrumação conseguiria deixar a aparência impecável de Matti.

— Meu quarto é lá em cima — anunciou Luca.

— Prazer em conhecê-la, sra. Vaunt — disse Matti, e seguiu o outro escada acima.

Luca se concentrou na suavidade do corrimão sob seu toque, no lugar familiar em que a gata mimada da família Vaunt gostava de se sentar, onde batia um feixe de luz de sol, afiando as garras na passadeira que protegia as escadas, deixando um pedaço do tapete de lã todo desfiado. Nem ele nem Matti falaram nada até que a penumbra do corredor longo desse espaço ao interior do quarto de Luca, iluminado por uma lamparina. Havia três outros quartos alugados no andar, e embora não existisse uma regra que proibisse visitantes, perturbar os outros hóspedes pagantes era falta de educação.

Sob a luz amarelada, o quarto parecia menor do que de costume. Mais aconchegante. Mais íntimo. Um tremor de ansiedade se espalhou pela nuca de Luca.

— E aí… — disse ele, depois que Matti entrou. — Os negócios da família te deixaram fugir por uma noite?

Assim que falou isso, ele teve vontade de enfiar uma faca na própria perna, porque a última coisa que queria era que o outro se sentisse culpado por tirar uma folga, uma vez que estava fazendo aquilo a convite de Luca.

— Sim — respondeu Matti.

— Qual foi a desculpa? Você disse a eles que dança tão mal que eu acabei exigindo aulas de reforço? Tarde da noite? Porque, nesse caso, *talvez* eles suspeitem que seu professor de dança tem segundas intenções.

— É isso que você tem? — murmurou Matti.

— Segundas intenções? — Luca levou a mão ao peito. Ele precisava fazer alguma coisa com as mãos. Caso contrário, iria puxar Matti pela camisa e colar sua boca na dele. — Como ousa pensar uma coisa dessas, sr. Jay?

— No fim das contas, acabei dizendo a verdade. Disse que me ofereci para conhecer melhor o meu padrinho, que íamos beber juntos. — Matti parecia triste. — Minha mãe pareceu bem esperançosa com a possibilidade de eu estar fazendo um amigo. Nunca fui muito bom nisso.

Luca respondeu com a expressão dúbia que um comentário daqueles merecia. Matti era tão *carismático*. Alguém poderia cortá-lo ao meio como um pão fresquinho e ele continuaria sendo simpático o tempo todo. Embora tivesse também outras camadas mais complexas e menos certinhas, de grande interesse de Luca, o qual em parte seguia pensando naquele brilho incrédulo e satisfeito que tomou os olhos de Matti quando Luca passou a língua pelos dedos dele.

Ele indicou para Matti a única cadeira no quarto, que pelo menos tinha um assento acolchoado.

— Eu disse que providenciaria a bebida — disse Luca. — Medíocre ou não. Então, sou obrigado a supor que ou você assaltou uma vinícola, ou reutilizou uma garrafa de vinho para trazer água, o que seria bom para a nossa cabeça, considerando a qualidade da bebida que eu consegui pegar.

— Na verdade… — Matti estendeu a garrafa.

Assim que olhou o rótulo, Luca agradeceu fervorosamente tanto a Huna quanto a Pata por não ter deixado a garrafa cair ao pegá-la das mãos de Matti.

— Não fode, tá de brincadeira comigo? O próximo Diamond Blend só começa a ser vendido daqui a três anos.

— Você entende de vinhos.

— É difícil fugir do entusiasmo do meu irmão. Ele conseguiria andar vendado pela adega do Mestre da Guilda dos Vinicultores. Não que ele pudesse pagar uma garrafa dessas — acrescentou Luca, cobrindo a verdade com uma mentira como se fosse manteiga. — Ele provavelmente daria uma facada nos meus rins sem remorso algum e passaria por cima do meu cadáver para pegar uma taça limpa, se soubesse que eu estou prestes a beber algo tão bom assim.

— Essa é do último lançamento. Foi um presente. Benefícios do noivado.

Luca colocou a garrafa na mesa cuidadosamente. Olhou para trás, se dirigindo a Matti.

— Um presente como esse… não seria melhor dividir com a pessoa que te presenteou?

— Eu sugeri isso! — exclamou Matti. — Sofia riu e disse que já provou esse até não aguentar mais antes de envasarem, e meus pais insistiram que eu trouxesse uma das garrafas comigo quando ficaram sabendo que eu iria sair hoje à noite.

— Uau, sua família não é mesmo do tipo que esfaqueia rins! — comentou Luca, maravilhado.

Matti observou o quarto pequeno e apertado, mas não havia julgamento em seu olhar.

— Minha mãe apontou que o herdeiro da Casa Jay não deveria esperar que um serviçal pagasse pelas bebidas.

— Mantendo a fachada.

— Exato.

Luca se encolheu com o tom amargurado de Matti. Ele pegara um saca-rolhas na cozinha, junto com um par de taças de vidro, e serviu os dois. O vinho era de um roxo tão escuro que não dava nem para comparar a sangue.

Seus dedos tocaram os de Matti ao entregar o copo. Ele não conseguiu resistir à tentação de prolongar o toque, que durou tempo o bastante para ser incontestavelmente proposital, e depois encarou aquele homem nos olhos.

Matti parou, com a taça de vinho a poucos centímetros da boca. Em seguida, bebeu um gole, possivelmente pressionando os lábios e a língua na borda de vidro por mais tempo do que era necessário. Manteve contato visual com Luca o tempo todo e depois, finalmente, olhou para o vinho e girou a taça.

— Precisa de um tempinho para respirar — comentou Matti.

— Eu também preciso — disse Luca, sem pensar.

A boca de Matti — molhada de vinho, pelo amor dos deuses! — se curvou em um daqueles meio-sorrisos incrédulos. Luca se perguntou o que aconteceria se ele se aproximasse. Se subisse no colo de Matti, apoiando um joelho entre as coxas daquele homem, e começasse o processo de desarrumação.

Ele passara metade do dia amaldiçoando o impulso que o fizera se afastar na sala de treino, em vez de chupar os dedos de Matti um por um. Aqueles dedos teimosos e sujos de tinta, que agora seguravam uma taça com a facilidade refinada e sem esforço que tanto lhe faltava quando estava segurando uma espada.

Porém agora, com Matti ali em seu quarto, Luca se sentia uma criança tirando com cuidado a flor de glacê de cima de um bolo, mantendo os olhos nela enquanto comia o resto, salivando em antecipação. E a espera lhe parecia mais segura. Luca não queria ir longe demais, rápido demais, contra a vontade de Matti. Ele procederia com cuidado.

Luca iria devagar.

Ele tirou as botas, se sentou de pernas cruzadas na beirada da cama e bebeu um gole de vinho. Matti tinha razão: a bebida se beneficiaria de um pouco de ar. Era um sabor frutado e agressivo que precisava se suavizar, e isso era tudo o que Luca tinha em seu vocabulário de vinhos. Perse estaria disparando comentários sobre cerejas, e taninos, e chocolate, tentando adivinhar as porcentagens das variadas uvas usadas no blend famosamente secreto que era o Diamond.

— Ele também é duelista? Seu irmão? — perguntou Matti.

Luca conseguiu conter o susto com o fato de que Matti parecia estar lendo sua mente. Na verdade, Matti devia ter feito exatamente o que Luca fez, voltando para um tópico de conversa mais seguro.

— Não. Não, ele… serve a uma Casa.

Luca também girou a taça de vinho. Ao mesmo tempo, deu uma editada e uma embelezada em sua narrativa pessoal. Reconheceu o perigo de como estava se sentindo: afetuoso e determinado a impressionar. Ele não poderia se dar ao luxo de ser verdadeiro demais.

— Meu pai era duelista, mas minha mãe queria que nós subíssemos na vida. Ela tem alguns primos que estão a uma geração de distância de serem votados para receber o status de Casa, todo mundo acha, e ela queria que eu trabalhasse como contador para eles. Cumprisse minha missão ao lado da família.

Cuidado aí. Era ele quem soava amargo agora.

— Você disse "era" — ressaltou Matti, parecendo interessado. — Seu pai morreu em um duelo?

— Ninguém morre em duelos atualmente. — Era verdade, a não ser que o sujeito fosse azarado, pouco habilidoso ou tivesse o infortúnio de se tornar alvo de uma rixa pessoal. Assassinato por espada ainda era assassinato, e julgado como tal. — Ele ficou doente e morreu. Bem sem graça — acrescentou, brincando.

— Sinto muito.

— Eu tinha cinco anos. Não lembro muita coisa a respeito dele. — Mais um pouquinho de verdade.

— E você decidiu que preferia se tornar golpista — disse Matti.

O protesto estava na ponta da língua de Luca, mas ele deixou morrer ali mesmo. Matti parecia composto. Ele estava cutucando o temperamento de Luca, o lembrando. Ali, Luca tinha a vantagem de estar em casa, mas não tinha a autoridade de professor, e Matti claramente estava ciente daquilo.

Luca bebeu outro gole e ficou aliviado ao ver que Matti fez o mesmo. O vinho era incrível.

— Um golpista *e* um duelista — respondeu Luca, impertinente. — Sim, tá bom. Eu… eu cometi alguns erros. Irritei pessoas que não deveria ter irritado.

Irritar era uma palavra bem fraca para descrever o que ele de fato fizera, que foi provocar a ira de uma Guilda inteira e da deusa deles, sem contar o abuso contra as leis da cidade. Mas nunca que ele iria admitir aquilo.

— Você? Irritante? — implicou Matti.

Luca sorriu.

— Enfim, eu queria ir embora de Cienne, então vim para cá.

— Queria poder fazer isso. Simplesmente decidir que quero conhecer um lugar novo, por um tempo, e ir. Não viajo desde que eu era criança.

— Não foi exatamente uma viagem a lazer, foi mais uma… fuga — disse Luca com franqueza. — Mesmo tirando as pessoas irritadas, o trabalho de contador não era para mim. Não gosto de números.

Matti soltou um longo suspiro, esticando as pernas para a frente e encarando as botas.

— Também não gosto. Não dos números que passo a maior parte dos meus dias encarando. Aposto que gostaria mais se eles se movessem para outra coluna.

— Ha! Eu já não faço distinção. Odeio todos eles. Nunca gostei de somar e subtrair, que dirá fazer algo mais complicado. Nunca me interessei em aprender como… ser um contador. O que, de acordo com a minha família, me torna egoísta. Preguiçoso. — Luca deu de ombros. — Não tenho como negar.

— Acho que um preguiçoso não seria tão bom como você é com a espada.

— Isso não conta. Eu *gosto* disso.

Matti dobrou os joelhos de novo e apoiou os cotovelos sobre eles, observando Luca como se estivesse tentando aprender um novo ataque.

— Eu também gosto — disse. — Mas não sou iludido a ponto de achar que tenho o dom para isso. Você tem.

— Você não é *tão*… — começou Luca, heroicamente, mas não conseguiu continuar. Ele afastou a taça do corpo e riu. — Pelos deuses, Matti, você é *tão ruim*. Me desculpa.

— Eu sei — respondeu Matti, encarando o fundo da taça, com uma expressão meio presunçosa, meio trágica, até os dois começarem a rir juntos.

Luca recuperou o fôlego primeiro.

— Nem sei por que você continua tentando. Eu tentei aprender a tocar piano, anos atrás, e desisti depois de dois meses. Dava para ver que eu nunca seria bom.

Matti apontou o dedo para ele.

— Você não tem paciência *nenhuma*.

Aquilo doeu, a ferroada de uma verdade dita sem rodeios.

— Não gosto de perder meu tempo.

— Não é perda de tempo se você estiver gostando.

Luca deixou o silêncio se arrastar, para que Matti pudesse ouvir o que acabara de dizer. Para que pudesse processar. Aquela afirmação estava alguns passos à frente do Matti Jay que lutara tanto contra a própria culpa para pedir a Luca por aulas das quais ele não precisava.

— Eu não gosto de ser ruim nas coisas — disse Luca, por fim. — Quem gosta?

— Hum… — Agora, era Matti quem deixava o silêncio se arrastar, como se *ele* tivesse marcado um ponto, embora Luca não entendesse que ponto era aquele. Depois de um tempo, continuou: — Não sei. É tão bom quando acerto alguma coisa, quando sinto que estou fazendo algo do jeito que você faz. E é divertido. Comparado com todo o resto das coisas que faço no meu dia. É…

— Diferente?

— Uma fuga.

Matti encarou Luca, os olhos enigmáticos e escuros, a luz da lamparina o deixando tão brutalmente lindo que Luca sentiu seu peito vibrar, com as asas de um inseto batendo ali dentro. Então, Matti olhou para baixo, encarando o vinho como se a bebida o tivesse traído.

A garganta de Luca se encheu de possibilidades, de sede, de uma vontade inesperada de manter o ritmo da conversa. Ele ainda queria enterrar os dedos no cabelo de Matti, transformar os passos cuidadosos numa dança com um destino final bem nítido. Mas, ao mesmo tempo, crescia o desejo estranho de se abrir e sussurrar algo verdadeiro no ar que pairava entre os dois. Luca queria arrancar todos os segredos de Matti e pegá-los com as mãos; queria mostrar os próprios segredos a ele.

Curiosamente, a pergunta que emergiu de toda aquela confusão mental foi:

— O que aconteceu? *Por que* sua Casa está com tantos problemas?

Matti se levantou em vez de responder imediatamente, e estendeu a mão para a taça de Luca. Depois de encher novamente as duas taças e se recuperar, ele disse num tom sombrio:

— O que não aconteceu, sabe? Há dez anos, teve a seca, que afetou muito mais os fazendeiros do que a gente, é claro, mas dois dos nossos maiores fornecedores acabaram vendendo suas terras e trocando seus rebanhos por carne, e os preços dos outros fornecedores foram às alturas nos leilões. Tivemos uma sequência de vendas baixas. Continuamos perdendo contratos quando chegava a hora de renovar. Uma coisa seguida da outra, e fomos caindo mais e mais, até chegarmos num ponto em que foi impossível sairmos dali.

— Mas, de alguma forma, vocês conseguiram esconder isso. — Essa era a parte que mais intrigava Luca. — Isso não acaba se tornando desonestidade, em certo ponto?

— Nós mantivemos nosso nome. — Matti fechou os olhos e bebeu. — No fundo do poço, com Huna ainda nos chutando por sabe-se lá qual ofensa cometemos, mas mantivemos nosso nome. A Casa Jay ainda significava alguma coisa. Negócios justos. Boa qualidade. Depois de um tempo, o nome era basicamente tudo o que nos restava, então...

— Vocês sustentaram as aparências.

— Não é mentira — disse Matti, delicadamente. — E agora saímos da pior. Ou vamos sair, pelo menos. Um casamento é a melhor solução. Meu pai ia se casar com a mãe da Sofia, sabe? Na época em que o dinheiro da união ainda poderia impedir tudo o que acabou acontecendo, para começo de conversa.

— E por que ele não casou?

— Ele foi para o norte — respondeu Matti. — Visitou a família da mãe dele em Cantala e passou por Manisi também, procurando oportunidades para abrir um escritório da Casa Jay por lá. E quando voltou, ele estava casado com a minha mãe. Ele não se arrepende, mas talvez se sinta culpado. Não sei. Ele nunca fala sobre possibilidades perdidas. Sempre diz que o que está feito está feito. — Outro gole. A voz controlada de Matti ia ganhando novas notas de expressão. — Por um tempo, me perguntei se foi por isso que ele acabou se arriscando tanto pela libelza negra.

Luca franziu os lábios, respirou fundo e se lembrou de quem estava fingindo ser.

— O que é isso?

— Lã — disse Matti. — Lã das boas. As ovelhas libelza não são criadas ou vendidas fora de Draka. Elas produzem lã com uma ondulação mais fina do que qualquer uma das raças de Thesper, e são chamadas de negras, mas não possuem quase nenhuma cor natural, e seguram o pigmento como... — Ele soltou uma risada silenciosa nas costas da mão. — Você não se importa. Não precisa se importar. É lã. E um dos nossos agentes comprou cinco dos melhores lotes de lã já vistos em anos, num leilão em Hazan, mas o navio que iria trazê-los para cá de Fataf se perdeu com toda a tripulação em algum lugar nos Estreitos.

A rota comercial mais fácil de Glassport para Draka, que ficava diretamente ao norte de Ashfah, passava por Fataf, porto ashfahano ao sul. A dificuldade usual de Luca com geografia mental quase o fez se perder naquela história.

— Pelos deuses — sussurrou. — Mas com certeza o seguro...

— Não tinha seguro — explicou Matti. — Erro administrativo. Papéis empilhados numa pilha errada, ou entregues para o escritório errado. Algo assim.

Luca mordeu o lábio. Era preciso ter uma cabeça muito dura ou nenhum tipo de fé para achar quem uma onda de infortúnio tão grande não representava *algum tipo* de julgamento por parte da deusa. Ainda assim, ele não conseguia culpar os Jay por tentarem esconder a questão toda. Ele provavelmente teria feito o mesmo.

Matti continuou:

— Talvez nem tivesse feito diferença. Depois do custo da lã, só poderíamos pagar metade do valor para o seguro. Temos outros empreendimentos encaminhados agora. Já escrevi para Murtagh e Collins com a sugestão dos mantos, e vamos dar um lance num contrato com o exército daqui também. Mas, para segurar as pontas por enquanto, vendemos tudo fora da cidade que não está nos terrenos das fábricas, e está chegando o prazo de um empréstimo com a Casa Lourde que não podemos mais prorrogar. Então, quando perdemos o navio... foi isso, sabe? — O sorriso dele não parecia em nada com os sorrisos de verdade de Matti. — Foi quando meus pais decidiram conversar com os Cooper.

Luca se puxou para fora da culpa sufocante que tentava esmagá-lo ao se lembrar da seriedade com a qual Matti encarava suas responsabilidades. Ninguém jamais poderia acusar *Matti* de não cumprir seus deveres pela família. Ele estava prestes a se comprometer num casamento arranjado. Luca queria pegá-lo pelos ombros e sacudi-lo.

— Eles chegaram a te consultar primeiro?

— Não seja estúpido — respondeu Matti. — Eu que pedi para eles fazerem isso.

— Você *pediu*?

— Eu sabia o que estava prestes a acontecer. Era a única opção. Não temos um dia sequer a perder. Há boatos de que a Casa Harte está expandindo para o mercado de lã, e só Huna sabe como não podemos competir com eles no mercado de luxo enquanto concorremos com os Kesey nos outros mercados.

Com muito cuidado, Luca apoiou a taça vazia no chão, ao lado da cama. Uma tensão como a corda de um varal sendo puxada se espalhou pelos braços dele, ou pelo menos tentou; o vinho estava combatendo. O efeito da bebida o deixou momentaneamente enjoado. Ele controlou o rosto ao encarar Matti novamente.

— Casa Harte. Os comerciantes de seda.

— Eles estão comprando um armazém e reservando navios de Fataf. — Matti suspirou. — Era só questão de tempo até que alguém com capital suficiente decidisse trazer libelza para Glassport.

Luca mudou de ideia quanto à taça. Ele estendeu a mão para pegar a de Matti também e foi até a mesa enchê-las. O líquido roxo estremeceu ao sair da boca da garrafa. *Muito bem,* disse Luca a si mesmo brutalmente. *Não faz sentido ser honesto agora. Seriam muito mais que segundas intenções.*

— Parece que alguém deveria contar aos Harte que eles não estão guardando seus segredos tão bem quanto deveriam — disse Luca.

— Agora a gente está falando sobre trabalho por minha culpa. Desculpa. É como um pombo que não tira as garras dos meus ombros. E passa metade do tempo cagando nas minhas costas — acrescentou Matti, com o tom irônico e arrastado de quem já estava começando a ficar bêbado. — Decidiu sequestrar minha taça, sr. Piere?

— Sim — respondeu Luca de imediato. — O valor do resgate é a cadeira.

O olhar de Matti varreu o chão e permaneceu ali por tempo o bastante para que Luca tivesse uma lembrança atordoante de quando ficou sentado de pernas cruzadas no chão da sala de treino. Então, Matti se levantou, girando facilmente em um pé só e assumindo o lugar onde Luca estivera sentado, na ponta da cama.

Como de costume, Luca falara sem pensar e não havia decidido o que faria, mas lhe parecia óbvio. Ele levantou a cadeira pelo encosto e a colocou no lugar de sempre, em frente à mesa.

Então, se sentou no meio da cama, entre Matti e a cabeceira.

Matti olhou para ele, rígido de repente, como se estivesse controlando o equilíbrio entre os dois. Luca retribuiu o olhar.

— Eu cumpri minha parte do acordo — disse Matti.

Luca entregou a taça rapidamente. Enquanto ele estava servindo o vinho, Matti havia desabotoado os punhos da camisa e arregaçado as mangas. Luca via os braços dele todos os dias, mas não daquele jeito, emergindo do tecido imaculado de uma camisa tão boa. Ele os encarou, tentando desesperadamente se convencer de que o que queria ainda era o mesmo de quando convidou Matti para beberem juntos.

Não funcionou. De alguma forma, Luca conseguira passar cuidadosamente pela possibilidade de um simples prazer físico e seguiu direto, até acabar num espaço de intimidade silenciosa, estranha e muito mais devastadora.

Matti havia confiado em Luca. Mostrara uma parte de si que não tinha nada a ver com a forma dos seus braços, e Luca se sentiu incapaz de resistir a fazer o mesmo. Era como jogar a espada de lado e rir de um convite para atacar; de um jeito único, era tão emocionante e delicioso quanto todas as outras coisas idiotas e impulsivas que Luca fizera em sua vida em busca de prazer. Mas ele ainda tinha alguma astúcia sobrando para arrumar uma verdade que não fosse estragar tudo.

E encontrou uma, bem na manga.

— Preciso te contar uma coisa — disse Luca.

— Parece ser coisa séria.

— Pode ser. Provavelmente é.

Então, Luca contou a ele o que viu e ouviu na nomeação de Aleit Martens. Matti escutou sem interromper. Ele cerrou as sobrancelhas e todo seu corpo ficou tenso quando ouviu os termos do contrato, embora Luca não conseguisse se lembrar dos números exatos em questão, nem se sua vida dependesse daquilo.

— Tem certeza? — Foi tudo o que Matti disse quando Luca terminou. — Você ouviu mesmo tudo isso?

— Por que eu mentiria? — Luca conseguiu engolir a ironia com outra golada de vinho.

— Sarja e cobertores.

— Sim.

As sobrancelhas de Matti foram ficando ainda mais cerradas. Não era à toa, já que Luca acabara de provar a existência de um buraco enorme no tão preciso sigilo da Casa Jay.

— Quase ninguém sabe esses termos — explicou Matti. — Nós que decidimos, eu e meu pai. É nosso ponto de vantagem nas negociações com o intendente da cidade. Essas negociações só devem *começar* na próxima semana. O homem alto, sabe me dizer mais alguma coisa sobre ele?

Luca fechou os olhos, tentando lembrar.

— Acho que ele não respeitava o outro, a quem estava reportando. Era algo no jeito como falava. Mas ele ainda estava conseguindo ser educado. Hum. Cabelo preto, penteado para trás. Testa grande. Pele clara. E barba.

— Barba?

— Isso é estranho?

Depois de pensar por um momento, Luca percebeu que era. Pelos faciais ainda eram incomuns em Glassport. Em Cienne, aquele visual já estava na moda havia quase dois anos. Era irritante para Luca, que se recusava a tolerar a textura áspera de uma barba que não melhoraria em nada sua aparência, e, é claro, era uma grande inconveniência para seu irmão; Persemaine tinha tantas chances de ter uma barba quanto de crescer um par de asas.

— Era mais grisalha do que o cabelo dele. Bem-feita — acrescentou Luca, demonstrando o formato em *V* arredondado com os dedos.

Matti ficou em silêncio, encarando o vinho como se o retrato falado do homem tivesse aparecido ali.

— Repete o que eles disseram. Desde o começo. Você deve ter escutado alguma coisa errada.

— Olha, eu sei que sou só um *contador fracassado* — disse Luca, as palavras cheias de um sarcasmo bêbado —, mas não sou um idiota.

— Não pode ser... — Matti parecia desnorteado.

— Você sabe quem é ele.

Matti bebeu o restante da taça em dois longos goles, e então fez uma careta.

— Corus Vane. Se tem alguém que sabe os termos, é ele. E ele é como você descreveu.

— Peraí. — Luca pelejou com suas memórias escorregadias. O vinho estava soprando um bafo por sua corrente sanguínea, fazendo com que se sentisse leve e brincalhão. — Vane? Não é essa a pessoa que eu devo... você sabe. — Ele fez movimentos de espada com o braço.

— É o pai dele — respondeu Matti. — *Corus Vane.* Não faz sentido. Ele é um dos agentes seniores que trabalham para a nossa Casa. A fortuna dele sempre esteve associada à nossa; por que ele estaria trabalhando para acabar com nosso sucesso?

— Se ele está fazendo isso, o motivo importa?

— O motivo sempre importa.

Luca suspirou.

— Eu sei. Sei disso.

— Ele pode estar comprometido — disse Matti. — Estar sendo chantageado. E você disse que eles mencionaram a anfitriã?

— Não pelo nome. — Luca podia quase enxergar os pensamentos agitados de Matti, como lanternas de papel espalhadas no céu escuro durante uma feira de inverno. — Mas estávamos na Guilda dos Alvanéis, e eu acho que…

— Lysbette Martens.

Luca deu de ombros.

— Existe algum outro motivo para o agente da sua Casa estar numa nomeação da Guilda dos Alvanéis?

— Não sei. Mas Lysbette não se importaria com os detalhes do nosso contrato com o exército. Ela não gosta do meu pai, mas por que ela faria… e se o Corus… ai, foda-se tudo! Já bebi demais para pensar direito nisso. Esse vinho tinha que ser tão bom?

Luca soltou uma risadinha com o tom resmungão na voz de Matti.

— A culpa é da sua noiva, Mattinesh.

— Corus conhece meu pai há muito tempo. Praticamente desde que Maya nasceu. Sempre achei que, se ele estivesse com problemas, nos procuraria.

— Talvez tenha se endividado em jogos de azar — sugeriu Luca. — Ou foi subornado. Vocês não teriam muito como ajudar nesse caso. Se o problema for dinheiro. Desculpa — acrescentou ele, após perceber tarde demais que aquela não era lá uma coisa muito sensível de se dizer.

— Não, você tem razão. — Matti estava prestes a passar a mão pelo cabelo, Luca tinha certeza. Sim! Dito e feito. — A Casa Martens tem dinheiro de sobra. Porra! Pelas tetas de Huna! Desculpa.

— Que se foda, Matti — disse Luca, todo feliz. — Não peça *desculpas.* Isso é demais. Pode xingar à vontade.

Ele terminou a própria taça e a colocou pela última vez no chão, obedecendo o desejo sutil do seu corpo de ficar na horizontal. Ele não percebeu todas as implicações daquilo até seus pés tocarem a cabeceira (ele flexionou os joelhos para compensar) e suas bochechas repousarem numa superfície quentinha da altura de um travesseiro que ele descobriu ser, depois de se aninhar só para investigar, a perna de Matti.

A perna em questão se tensionou por um breve momento. Luca não achou que estivesse imaginando aquele instante em que Matti prendeu a respiração. Ele se virou até olhar diretamente para cima e juntou as mãos sobre a barriga. Eles não haviam terminado de falar sobre negócios, afinal. Parte dele sofria pela oportunidade perdida, mas ele não poderia jogar aquela informação de presente no colo do Matti e esperar que o clima continuasse de flerte. Ele sabia disso. E fez mesmo assim.

O fato de Luca também ter *se* jogado no colo do Matti, e ter desejado explorar as possibilidades daquela posição, era difícil de controlar. Ele fizera aquela escolha, e não se arrependia nem um pouco.

Matti piscou, olhando de cima para ele.

— Espero que não se importe — disse Luca, com uma voz de companhia digna.

Como esperado, a educação natural de Matti veio à tona.

— Não, fique à vontade.

Luca relaxou os ombros com um suspiro.

— Então, por favor, continue com suas obscenidades.

Uma pausa.

— Vai se foder — disse Matti, lenta e educadamente, e Luca riu. — O problema é: o que eu faço agora? Se… se você estiver certo…

— *Se*?

— Não seria esperto da minha parte simplesmente confrontar ele. — Matti falava ainda mais devagar, como se estivesse arrastando seus pensamentos num pântano lamacento. — Se eu sei e ele não sabe que eu sei…

No meio da pausa, Luca bocejou. O bocejo subiu e infectou Matti, que levantou a mão para cobrir a boca.

— E se eu contar para a minha família, sua palavra não vai ser o suficiente para… ah! Eu acredito em você — garantiu Matti, sorrindo para Luca. — Mas preciso de evidências mais concretas. Provas. Saber exatamente com quem ele está trabalhando, e como a Casa Martens está envolvida, se é que está. Ter uma noção do que ele fará em seguida.

— Não vou perseguir ele por você — disse Luca. — Você não está me pagando o bastante para eu dar uma de detetive particular, além de tudo o que já faço, e, por mais que minha gama de habilidades seja tão grande e gloriosa, não sou exatamente um…

— Eu não ia te pedir para…

— Eu *poderia* invadir a casa dele. Procurar por provas.

Uma pausa. Luca sorriu para Matti, radiante com sua inteligência potencializada pelo vinho.

— Você poderia o quê?

— Tenho muitos talentos. — Uma voz baixinha na cabeça de Luca tentava dizer alguma coisa sobre o fato de que ele estava *mantendo a discrição*, de que aquele era o *ponto*.

Mas Matti parecia pensativo, e uma de suas mãos tocou o cabelo de Luca, o levando a uma erupção repentina de calor e desejo. A voz baixinha saiu perdendo.

— E quanto isso me custaria? — perguntou Matti.

Aquilo foi como um tapa. Não deveria ter doído, disse Luca para si; a culpa era apenas dele mesmo. Aquela era a natureza do relacionamento dos dois, ainda que o fato lhe parecesse tão escorregadio quanto sua memória, deitado ali após uma dose incomum de honestidade, sentindo a coxa de Matti quentinha sob seu rosto. Luca mordeu a bochecha.

— Eu te pedi alguma coisa em troca de tudo o que te contei? — questionou ele. A pergunta soou agressiva.

— Você queria alguma coisa?

O que mais doía era saber que ele queria *sim* uma coisa em troca, mesmo se aquela coisa fosse… intangível, delicada e indefinida. Algo como o fato de que Matti não moveu um dedo para afastar Luca dali, mesmo quando ele perguntou o preço.

— Não — mentiu Luca. — Não há nada que eu queira.

— Você só está me fazendo um favor.

— Eu… — De repente, Luca sentiu uma exaustão fora do comum. Ele estava tonto e em apuros. Deveria se sentar, se afastar. Ele deixou seus olhos se fecharem. — Matti, eu descobri essas informações pela sorte dos deuses e achei que você deveria saber, então te contei. E agora eu quero mesmo saber o *motivo*, então vou te ajudar a descobrir. Pronto. É isso que eu quero.

Um longo silêncio. Luca manteve a respiração tranquila, os músculos relaxando sobre a cama. A sensação de perigo passou.

O toque ao lado de sua pálpebra fechada era tão delicado que parecia uma mecha de cabelo. Mas quando Luca estava tentando convencer seus braços moles a se levantarem para tirar o cabelo dali, o toque se firmou, virando o contato reconhecível das pontas dos dedos. Um suspiro escapou da boca de Matti.

— Tudo bem. Obrigado. Então foi por isso que você me chamou para beber. Para me contar isso. Eu achei que… — A mão de Matti deslizou pela lateral do rosto de Luca, e subiu de novo, se enroscando devagar no cabelo dele.

Luca se ouviu soltando um gemido vergonhoso de êxtase. A escuridão por trás das pálpebras era aconchegante e a cabeça dele estava pesada. O movimento lento dos dedos de Matti era hipnotizante. Ele não queria que aquilo acabasse nunca.

— Você achou que… — murmurou Luca. — Hum? O que você ia dizer?

Houve uma risada suave. Luca pensou em abrir os olhos só para olhar o dono da risada, mas ele estava tão confortável… As pálpebras mais pesadas do que o restante da sua cabeça inteira.

— Nada em particular.

Se os dedos tivessem parado, Luca teria reclamado, mas eles continuaram. Ele soltou o ar lentamente. E se sentiu engolido por ondas.

Depois de um tempo, escutou Matti falar, baixinho e distante, como se estivesse do outro lado de uma parede:

— O que você está fazendo com a minha vida, Luca Piere?

Deixando tudo mais interessante, disse Luca, ou pensou em dizer. Mas não conseguiu expressar em voz alta. No meio do caminho entre o pensamento e a ação, ele já estava caindo no sono.

9

Acontece que todas as casas que Luca invadira antes ficavam em um terreno exclusivo, com pelo menos um vão de espaço em cada lado, onde havia pelo menos uma janela bastante conveniente ou um modo de acessar a porta dos fundos. Aquele era o jeito certo de se construir casas, Luca declarou.

Já na opinião de Matti, aquilo era um desperdício de bons imóveis no centro da cidade.

Em Glassport, até mesmo as casas grandes eram enfiadas uma entre as outras, e Corus e Adrean Vanc não moravam numa rua grande. O imóvel deles era pequeno, com fachada de tijolos opacos, e ficava entre diversos outros iguais, sem sequer uma esperança de um jardim nos fundos. Ficava de costas para uma fileira de lojas na rua de trás, e qualquer um que tentasse acessar o segundo andar teria que dançar no telhado de uma das lojas.

— Coisa que, *na teoria*, não me oponho a fazer — disse Luca, pensativo. — Mas é difícil pensar em como fazer isso sem levantar suspeitas.

No geral, Luca parecera aliviado quando Matti mencionou que seu pai tinha uma chave reserva da casa dos Vane. Era algo normal entre amigos: um gesto pequeno e comum de confiança. A ironia não passou despercebida por Matti.

Ele estava ofegante ao encontrar Luca no local combinado. Havia sido emboscado pela mãe no caminho até a casa, que quis retomar uma conversa que tiveram sobre um novo aditivo químico para decatização de tecido, que ela ficou sabendo por uma carta que um amigo da universidade de Manisi lhe escrevera. Matti havia quase se esquecido da chave importantíssima, e precisou pedir licença e voltar até o escritório de Tomas para pegá-la no cofre.

Sua mente estava uma bagunça. Ele não havia dormido bem, ansioso para a reunião de negócios que sempre tinha com os agentes mais antigos, incluindo Corus Vane. A reunião acontecera naquela manhã. Na cabeça, Matti ficava puxando as memórias da reunião, todo preocupado, como se seus dedos estivessem sensíveis e aquele fosse um fio áspero, se perguntando se de alguma forma ele deixara transparecer o que sabia. Estava mais do que habituado a esconder suas emoções e pensamentos, mas nunca precisou manter a guarda contra aquele tipo de ressentimento antes. Era quase *ódio*, uma palavra cheia de espinhos quentes. Matti não estava acostumado com espinhos.

Em breve ele saberia se o ódio seria justificado.

— A gente *precisa* parar de se encontrar nesses horários esquisitos — disse Luca assim que Matti chegou, revirando os olhos. — Vou começar a suspeitar que é você quem está cheio de segundas intenções.

— Meio-dia não é um horário esquisito — respondeu Matti, embora fosse, um pouquinho.

Dificilmente se pensava em crimes sendo cometidos no meio do dia. O céu estava cheio de nuvens espalhadas e extremamente brilhante. Da janela aberta acima deles, alguém dava instruções num tom cansado e ranzinza. Um homem carregando um bebê passou se arrastando pela rua, na direção oposta a eles, e cruzou com outro homem, que empurrava com dificuldade um carrinho de mão e pausava a todo instante para secar os dedos na calça e encarar com raiva as alças do carrinho.

Matti estava bem-vestido demais para a vizinhança. Já Luca, não, de camisa lisa e sem casaco, jogado contra a parede numa postura casual que não combinava com ele.

— Você preferiria ao alvorecer? — perguntou Matti.

— Eu estava acordado no alvorecer por sua causa, *aliás*. Aulas de espadachim e espionagem no mesmo dia, tudo por você. Sou um profissional, sabia? Eu poderia estar procurando um emprego com um salário de verdade.

— Acho que você gosta do entretenimento.

Luca abriu um sorriso para ele, com as pontas afiadas.

— E você? Qual desculpa usou dessa vez?

— Inventei uma reunião.

— Que comportamento escandaloso, sr. Jay!

Luca ajustou a postura e pareceu contente, como ficava a qualquer sugestão de que Matti pudesse estar inflexível. Luca achava que o senso de responsabilidade de Matti o tornava irremediavelmente rígido e sem graça, e não havia como contornar aquilo. Fazer coisas só porque elas traziam uma alegria flamejante aos olhos castanho-acinzentados de Luca era uma péssima ideia.

Matti se sentia numa espécie de ladeira escorregadia. Ele tentava lutar contra o declínio o caminho inteiro, mas o chão era liso e traiçoeiro, como neve sobre a grama alta. Ele passara dos limites quando se permitiu ficar no quarto da pensão por um tempo precioso a mais depois que Luca caíra no sono, relutando em mover a perna e apoiar a cabeça de Luca na cama. De início, ele só ficou respirando fundo para lidar com aquele humor instável que alternava entre alívio e decepção. Ele estava esperando... bom, *alguma coisa.* O gelo na ladeira era o jeito como Luca admirava os dedos de Matti; o jeito como Matti ficava tenso sempre que Luca estava por perto, inundado de desejo.

Mas depois de um curto período de tempo sentado lá, com o cabelo macio e bagunçado do Luca sob suas mãos, Luca cedeu ao sono. Matti apenas observou. Ele deixou seus olhos passearem pelas pálpebras fechadas de Luca e pela constelação de sardas pálidas, que ele quase já conhecia de cor. Ele se sentiu como uma criança se esgueirando pelo salão depois de uma festa, enfiando sobras dos docinhos na boca.

Ele sentira que não havia nada de decepcionante na oportunidade de ficar ali, numa cama estreita de um quarto alugado, com Luca Piere adormecido em seu colo, por uma longa e agridoce hora antes de se render à realidade da própria vida e ir embora da pensão.

Aquela era a angulação da ladeira. Matti não sabia o que fazer com aquilo. Mas que era perigoso, isso era.

— Eu nem precisava ter vindo. Poderia só ter te dado a chave hoje de manhã — disse ele, se virando para guiar o caminho até a casa dos Vane.

— Sem chance — replicou Luca. — Tudo nessa abordagem funcionará melhor se for o sr. Mattinesh Jay manejando a chave.

— Mas e os vizinhos? O que vamos dizer se alguém perguntar o que estamos fazendo?

— Ninguém vai *perguntar* porque você tem uma *chave*. E mesmo se perguntarem, já consigo pensar em pelo menos umas cinco boas desculpas!

— Escolha uma — disse Matti.

— Podemos nos ater à verdade. Seu pai é o patrão desse homem, e você tem uma chave da casa. As pessoas podem presumir o que quiserem. Ou, se você quiser mesmo ter uma mentira na ponta da língua… Seu pai quer fazer uma surpresa para o sr. Vane no próximo banquete de Huna o presenteando com um novo móvel, ou um conjunto de tapeçarias, como forma de agradecer por tantos anos de serviço e lealdade. Você entrou escondido para tirar as medidas e decidir qual seria o melhor presente.

Tantos anos de serviço e lealdade. Sim. O ressentimento apertou o peito de Matti de novo.

— E você é… — questionou ele.

— Um prestador se serviços. — Luca afundou os ombros, numa posição parecida com sua imitação debochada da postura habitual de Matti, que, aparentemente, era só uma das muitas dores de cabeça que Matti oferecia enquanto aluno.

A rua estava deserta quando eles bateram na porta da casa dos Vane, tirando o leve som que vinha de dentro das habitações e flutuava pelo ar. Ninguém atendeu. Eles não esperavam que alguém atendesse; Corus saíra para uma viagem até a cidade de Loford para tentar colocar algum juízo na cabeça da empresa que cobrava os pedágios, que, ilegalmente, aumentara os impostos sobre mercadorias comerciais que passavam pela eclusa do canal. Corus era bom em apagar aqueles tipos de incêndio.

Quanto a Adrean, Matti sabia que ele passava o mínimo de tempo possível em casa. Ele ficava entre o clube de duelos em um canto igualmente sujo da cidade e os fundos de uma cafeteria, onde interagia com artistas de mentalidade similar e compunha homenagens à beleza da noiva dos outros.

A batida na porta permaneceu sem resposta. Matti os colocou para dentro da casa. Se pudesse escolher, ele também não gostaria de passar muito tempo lá. O lugar era limpo, mas havia um cheiro pungente, como o de um mofo que se espalhou e nunca foi exterminado de verdade, e a falta de janelas deixava o interior escuro.

— Para um cara que aceita subornos, imaginei que ele moraria num lugar melhor do que esse — comentou Luca.

— Nem todo mundo se importa com essas coisas — respondeu Matti, apesar de ter pensado a mesma coisa. — Se você não faz negócios dentro de casa, não há motivo para ostentar, principalmente se você se importa mais com… sei lá. Coisas passageiras. Comida. Experiências.

— Aulas de espada — disse Luca, abrindo um sorriso para ele.

— Aposto que ele está pagando aulas para o Adrean. Enfim. Por onde começamos?

— Não sei. Os únicos itens que já peguei nas casas que invadi eram os de valor, não os secretos. Ele é seu funcionário. Você decide.

Eles exploraram. As escadas rangeram alto quando subiram, mandando uma onda de tensão pela coluna de Matti. A casa tinha dois andares e era estreita, e o terceiro quarto era um escritório pouco maior do que a lavanderia da casa de Matti. O papel de parede do escritório era de um azul-acinzentado que um dia talvez tivesse possuído listras, desbotado e manchado, e a mesa organizada ficava logo abaixo da janela, que, do lado de fora, tinha tanta sujeira e teias de aranha que a luz formava um padrão irregular sobre a superfície da mesa.

— Que os deuses sorriam — disse Luca suavemente. Ele estava agachado num canto do escritório, passando as mãos por um baú de documentos que trazia um cadeado na frente. — Não tem outras chaves nesse chaveiro aí, tem? Não. Seria fácil demais.

Ele não pareceu desencorajado. Puxou um rolo de tecido do bolso. Matti sentiu uma vontade absurda de rir.

— Ah, sim — disse ele. — A gama de habilidades que você mencionou.

— Vira de costas, ó filho respeitável de uma Casa respeitável! — entoou Luca.

Matti preferiria agachar e ver Luca trabalhando, meio por pura curiosidade, meio pelo desejo de observar as mãos habilidosas do outro fazendo algo novo. Mas, em vez disso, virou sua atenção para a escrivaninha. Ele hesitou, se sentindo tão sujo quanto a janela. Estava prestes a mexer nos documentos privados de outra pessoa.

— Dá para ouvir sua crise moral daqui — disse Luca.

— É só que…

— Ele é seu *inimigo*, Matti. Você não está fazendo nada que ele não faria com você.

Matti era capaz de lembrar de diversas ocasiões em que Corus Vane esteve ao lado da mesa de Matti, ou da mesa de Tomas, e mexera nos papéis casualmente com o dedo, lançando olhares atentos ao conteúdo dos documentos como se tivesse todo o direito de fazer aquilo. Porque ele *tinha* todo o direito. Ele era de confiança.

Aquilo foi o bastante para que a convicção de Matti se solidificasse dentro dele, conforme o ressentimento tomava lugar entre as camadas de dúvidas. As poucas folhas soltas na mesa não continham nada em particular, cada uma um emaranhado de abreviações rabiscadas, horários e listas de nomes e lugares, todas na caligrafia estreita de Corus. Matti leu tudo com cuidado, mas não conseguiu encontrar nada incomum ou que lhe chamasse a atenção no meio das referências que ele reconhecia. Eram anotações típicas que pessoas ocupadas escreviam para si mesmas, como lembretes ou pensamentos que surgiam em meio ao trabalho.

As gavetas continham canetas e cartuchos de tinta, tubos de cera de selo, barbantes e tesouras e botões e rolhas de vinho perdidas. Uma régua de madeira com o nome VANE entalhado numa letra tremida. Jornais dobrados. Uma pilha de cartas amareladas, com as bordas dos papéis enroladas, que, com uma pontada de culpa, Matti percebeu estarem assinadas como *Isabeau*. Isabeau Vane. Mãe de Adrean, esposa de Corus, e falecida já havia muito anos. Matti rapidamente devolveu as cartas para a gaveta e arrumou o laço que as amarrava.

Assim que terminou de vasculhar cada canto de cada gaveta, ele fechou a última.

— Não tem muita coisa aqui. Será que ele guardaria provas físicas que fossem incriminadoras?

— Cadeados geralmente são usados para proteger alguma coisa — disse Luca.

Matti se virou na cadeira e olhou para ele. Luca estava sentado no chão, bem perto do baú, uma perna esticada e a outra dobrada, batendo o pé depressa, com um braço enroscado no joelho enquanto sacudia dois pedaços de metal no cadeado.

— Algum progresso? — perguntou Matti.

Luca o encarou.

— Paciência, *senhor*.

O rosto de Matti queimou. A pergunta saíra com sua voz seca de negócios, a que usava com os funcionários da Casa Jay. A papelada de Corus o colocara naquele clima.

Ele passou a mão pelo cabelo, mas não tinha mais desculpas para se virar para a mesa. Viu Luca inclinar a cabeça e voltar ao trabalho. Uma das gazuas retornou para o rolo de tecido e outra foi selecionada.

Matti se aproximou e se ajoelhou, segurando o cadeado com firmeza contra o baú de cabeça para baixo. Ele sentia o trabalho delicado dos pedaços de metal, os pequenos arranhões e vibrações como as cordas de um violino, acompanhando as batidas irregulares do pé de Luca e uma bufada ou outra que ele soltava, com a testa franzida para o cadeado.

Matti sentiu o momento em que a fechadura cedeu. Ele levantou a mão.

— Ahá! — exclamou Luca, todo metido, enquanto girava o cadeado e o removia para que pudesse virar o baú de cabeça para cima e abrir a tampa.

Matti havia diminuído suas expectativas durante a busca inútil pela mesa, dizendo a si mesmo para não esperar por nada. Era um tiro no escuro. A vida nem sempre dava o que a pessoa queria, que dirá o que precisava. A deusa pode olhar para você no pó e nem hesitar em agravar sua desgraça.

O maço de papéis ali dentro estava mais para uma pilha bagunçada, depois de Luca ter virado e desvirado o baú. Sem cerimônias, ele dividiu os papéis em dois, dando metade para Matti e apoiando sua metade nos joelhos, onde começou a folhear com o ar de um professor esperando ser surpreendido pela qualidade de uma redação.

Parte de Matti ainda não conseguia acreditar que ele estava fazendo aquilo, mas a eficiência impulsiva de Luca o empurrava como um vento forte. E, sinceramente, Matti não conseguia pensar em outra opção. Se eles não encontrassem nada que apontasse uma traição, Matti poderia ao menos dizer a si mesmo que não ignorou a possibilidade, e lidaria com a culpa de ter duvidado de um dos agentes seniores de sua Casa.

Ele passou os olhos pelos documentos pessoais de Corus um por um. Alguns relacionados ao aluguel da casa, ou às contas bancárias dele. Um pedaço de papel com a borda em relevo era o certificado de casamento de Corus Vane e Isabeau Perrault, assinado com tinta roxa.

Quando Matti encontrou o que estava procurando, levou um tempo para reconhecer o documento como tal. Eram cinco folhas de papel presas juntas, quase como um diário: uma coluna para a data, e depois um breve registro por escrito. A tinta de cada registro tinha um tom levemente diferente, devido às diferentes datas, às vezes mudando de azul para preta, e as datas em si tinham meses de diferença.

Cada registro era curto, e embora alguns fossem enigmáticos o bastante para que Matti não entendesse de imediato sobre o que se tratavam, aqueles que ele entendia eram incriminatórios. Variavam de *Cobrança extra do cáustico de Haxbridge permitida* a *Atraso na contratação de mão de obra para mover mercadorias do transporte.*

O químico de Haxbridge que fornecia cáustico para os Jay vinha aumentando os preços gradualmente ao longo dos últimos anos, mas aquilo não era incomum. E sempre havia alguns fardos de lã crua ou rolos de tecido pronto que se perdiam devido à umidade quando uma grande quantidade precisava ser movida de um lugar para outro. Nada ali aparecia por conta própria. Nada *de fato* aparecera. Eram pequenos descuidos, pequenos ajustes, pequenos erros que não seriam reconhecidos como erros, afetando todos os aspectos do negócio dos Jay, da cardagem à fiação, da decatização ao tingimento, da tecelagem às vendas. Juntos, eles eram uma série de pequenos furos no fundo de um barril, deixando a água vazar lentamente.

O último registro dizia: *Passei adiante os detalhes do plano de neg. com IM sobre o novo contrato.* Estava datado de algumas semanas antes.

Intendente municipal, pensou Matti. Ele se sentiu paralisado.

— Sua cara ficou estranha — disse Luca, atravessando o oceano gelado de seus pensamentos. — Encontrou alguma coisa, imagino?

Matti passou as páginas para ele.

— É como se ele estivesse fazendo uma conta. Algo que será somado.

Somado e pago, de uma forma ou de outra. Aquilo não era o tipo de desfalque simples, ou até mesmo complexo, a que toda Casa já estava acostumada e em que sabia muito bem como ficar de olho. Nenhuma daquelas ações por si só garantiriam algo a Corus, ou permitiriam que ele se aproveitasse dos lucros da Casa. Elas *diminuíam* os lucros, cada uma delas. Considerando como os ganhos e o status de Corus tendiam a cair com a derrocada da Casa Jay, aquelas eram as ações de um homem que, embora se equilibrasse numa corda bamba, ainda assim tentava cortá-la com uma faca. Perigosas e incompreensíveis.

A não ser se ele soubesse que tinha uma rede de segurança onde cair.

— Pelas tetas inchadas de Huna! — disse Luca, virando uma página.

Mesmo sem estar muito familiarizado com os negócios da Casa Jay, Luca não pareceu ter dificuldades em compreender aquelas implicações. A história que aqueles registros contavam não era nem um pouco complicada. Qualquer criança com alguns anos de estudo poderia desenhar um diagrama com as palavras *aumento de custo dos materiais* dentro de um círculo e *diminuição da quota de mercado* em outro, com uma seta ligando os dois, desenhada ao redor das palavras *puta merda*. Ou uma versão do termo apropriada para crianças.

— Nem me fale — disse Matti. — E na sua pilha? Achou alguma coisa que conecte Corus com Lysbette Martens?

— Não, mas... o nome Kesey significa alguma coisa pra você?

— Sim. — Matti sentiu uma pontada aguda no coração. — Eles são nosso principal concorrente local. Casa Kesey. Eles se beneficiariam, ou *já* se beneficiaram, com algumas dessas ações, quase certo, e estão na corrida pelo contrato com o exército de Glassport.

Eles eram uma das únicas duas Casas que teriam interesse em minar os Jay naquele mercado, de fato. Não deveria ser uma surpresa. A fúria nauseante que Matti sentiu no fundo da garganta era inesperada.

— Simeon Kesey?

— Ele é o Chefe da Casa. Por quê?

— Simeon. Sim — disse Luca, pensativo. — *Esse* era o nome. Eu tinha esquecido. Faz realmente muito mais sentido que uma Casa local de lã esteja por trás disso, e não os Martens.

Ele devolveu as páginas de Matti e pegou um envelope sem selo, de onde tirou uma única folha de papel dobrada. Não tinha a caligrafia de Corus: era a letra feia de uma pessoa que não precisava escrever muitos documentos como parte de sua rotina diária. Matti olhou para a assinatura. O nome lhe era vagamente familiar, mas Rivers era um sobrenome comum em Glassport, e Rob poderia ser o diminutivo de muitos nomes diferentes.

Rob Rivers, conforme admitira por escrito, era um funcionário de cardagem na Casa Kesey. A família de Matti empregava diversos cardadores; era um trabalho que requeria mãos fortes, paciência e nenhuma imaginação. O documento era uma declaração concisa. Dizia que, como supervisor de cardagem em seu turno, Rivers recebera sacos do que, claramente, era uma combinação de fibras de resíduos duros e lã puxada. Ele e o time foram instruídos a cardar aquelas fibras junto com as lãs de alta qualidade com a qual estavam trabalhando e a enviá-las para os fiandeiros sem nenhuma alteração no rótulo de classificação.

Rivers concluíra sua declaração com uma confissão construída de um jeito desengonçado, porém condenatório, afirmando que aquela prática fora introduzida após o advento da rotulagem obrigatória de tecidos acabados, e que a maioria dos tecidos produzidos pela Casa Kesey continha um rótulo de classificação que exagerava a porcentagem de fibras longas e de alta ondulação em pelo menos vinte por cento.

— O que é lã puxada? — Luca perguntou.

— É a lã de animais mortos para o consumo da carne — explicou Matti. — Puxada, como o oposto de tosquiada. Ela é usada em… tapetes, talvez. Mas não em tecidos. — Ele encarou o papel, tentando processar. Sua mente estava fervilhando na tentativa de assimilar tudo aquilo, junto com o choque anterior. — O Corus está trabalhando para os Kesey ou contra eles?

— É colateral, eu diria — respondeu Luca friamente. — O tipo de homem com o cérebro e os colhões para virar espião de um rival, numa posição de tanto prestígio, seria esperto o bastante para garantir alguma vantagem sobre seu verdadeiro empregador. Só para o caso de não cumprirem com a parte deles do acordo.

— Essa ordem da rotulagem obrigatória é recente — disse Matti. — Veio da Guilda dois anos atrás. Todos os Mestres da Guilda em delegação votaram nela, então os mesmos padrões se aplicam em todo o continente. — Ficava a cargo das Guildas aplicar individualmente, a nível municipal, a maioria das regulamentações, e os mesmos padrões valiam por toda Thesper. — Algumas das outras fábricas de tecidos começaram a aceitar bem. Mas foi ideia do meu pai — acrescentou Matti, com uma pontada patética e agridoce de orgulho.

— Há algum tipo de teste objetivo? — perguntou Luca. — Como se prova esse tipo de fraude?

— É difícil — admitiu Matti. — Depois da decatização, não dá para saber exatamente o comprimento médio da fibra que foi usada, a ponto de que tentar fazer isso chega a ser inútil, se as porcentagens forem nesse nível. Isso tem a ver com o... entrelaçamento — disse ele para o olhar confuso de Luca. Ele entrelaçou os dedos e os esticou até que tocassem as costas da mão oposta. — A decatização é um processo em que a gente molha o tecido no calor, mantendo uma tensão constante enquanto o puxa nos rolos. As fibras ficam mais firmes e a estampa não distorce nas etapas seguintes de processamento do tecido.

— Por mais fascinante que isso seja, se não dá para *detectar* uma coisa dessas, todo o sistema de rotulagem acaba virando um código de honra, certo?

Matti deu de ombros, desconfortável.

— A investigação seria feita com base em relatos de clientes, se o tecido não aguentasse e se desgastasse com o tempo. Mas as multas são muito estritas. E eu não... — Ele teve dificuldade para falar. — Não produzir um tecido pobre não é só questão de honra. Isso acaba degradando toda a Casa.

A maioria dos negociantes iria preferir encarar uma multa do conselho municipal a ir contra a lei da Guilda. O governo não teria mais nada contra a pessoa depois que ela pagasse por seus crimes. Mas uma reputação suja com a Guilda podia acabar com uma Casa ou destruir os sonhos de um mercador independente de alcançar o status de Casa.

Luca estava olhando para ele de um jeito que Matti não conseguia interpretar.

— Então, a questão é: se eles estão dispostos a se rebaixarem a espionagem e sabotagem, você acha mesmo que os Kesey teriam problema em cometer fraudes? Que esse seria o limite deles? Especialmente se for tão difícil de serem descobertos?

— Não sei — disse Matti. — Mas seria fácil descobrir se esse tal de River ainda...

— O que você está fazendo?

— Tinha mais alguma coisa na sua pilha que vale a pena eu ver?

— Aquele era o único papel importante — respondeu Luca. — E, de novo, o que você está fazendo?

Matti estava organizando os papéis de novo numa única pilha, e depois a colocou no que parecia um lugar provável para estar dentro do baú. Ele ficara absorto na grandiosidade daquelas descobertas, mas agora queria ir para outro lugar, onde pudesse processar tudo aquilo.

— Corus não pode saber o que vimos. Além do mais, não é como se pudéssemos levar qualquer coisa daqui.

— Por que não?

— Porque seria *roubo* — disse Matti. — Porque qualquer autoridade judicial perguntaria onde arrumamos os documentos, e nós só conseguimos depois de invadir uma propriedade e arrombar um cadeado!

— Não vai nem mostrar para os seus pais, então?

— Eles vão acreditar em mim.

Luca olhou para ele de um jeito que fez o peito de Matti se apertar. Luca estava surpreso. Sempre transparente, ele não poderia contar com o fato de que acreditariam nele, nem mesmo a própria família.

Matti precisou lembrar a si mesmo, num esforço que lhe parecia com o de levantar a espada ao final de uma hora exaustiva, que *ele* não confiava no Luca. Ele embarcara naquela missão bem consciente daquele fato. E manter aquilo em mente agora... bom, parecia lhe exigir o mesmo esforço. Era erguer algo pesado sem motivo. Um monte de palavras sem nenhuma emoção por trás delas.

— Nós... *Eu* preciso pensar nisso antes de fazer qualquer coisa — declarou Matti.

— Nunca foi minha especialidade. — A expressão de Luca ganhou um brilho. — Você mesmo disse, Matti. Se você sabe que ele é um espião, mas ele não sabe que você sabe, dá para usar isso de vários jeitos, e...

— Para.

— Estou falando sério, o que... — Os olhos de Luca se arregalaram quando Matti cobriu a boca dele com a mão.

Matti ergueu a outra mão, aguçando o ouvido.

— Achei que...

No silêncio, o barulho surgiu de novo. Desta vez, não era o som metálico das chaves na porta que Matti escutara antes, mas o ranger distante da porta se abrindo, junto com o som abrupto de uma conversa em andamento. Não era possível discernir as palavras. A voz de quem estava falando, porém, sim.

— É o Adrean — sussurrou Matti.

Luca segurou o punho de Matti e tirou a mão dele do rosto. O coração de Matti parecia ter ido morar na garganta, ameaçando sufocá-lo com uma onda de pânico.

— Vamos — disse Luca baixinho. Ele fechou o baú e pegou o cadeado, o fechando de novo. — Não podemos ficar aqui. Anda, Matti.

Matti se levantou, esfregando as mãos nas coxas, tentando focar. Luca tinha razão. O pequeno escritório não seria um bom esconderijo nem sequer para uma criança, que dirá para dois homens adultos.

Luca colocou o baú na posição em que o encontraram, deu uma olhada na mesa como se estivesse se assegurando de que Matti não havia deixado nenhum papel cair no chão e, então, guiou o caminho, na ponta dos pés, saindo do escritório e voltando para o corredor escuro no andar de cima. Ele segurava com força o antebraço de Matti.

A voz de Adrean se misturava com a de outro rapaz. Os dois andavam pela casa.

— Aqui — disse Luca, no menor dos sussurros. — Eu vi… *sim*.

Ele puxou Matti para dentro de um dos quartos maiores. Havia folhas de papel espalhadas tanto na cama quanto na mesa de canto, e um violão surrado recostado na parede, junto com uma coleção de armas que, claramente, já tinham visto dias melhores.

— Esse é o quarto do Adrean — sussurrou Matti. — Melhor a gente tentar…

— Não. Temos que arriscar. O do outro quarto não é grande o bastante. — Luca os levou diretamente para o armário de madeira escura e arranhada. Ele fez um gesto, e o significado era óbvio.

— Você só pode estar brincando. — Matti não sabia ao certo contra o que ele estava protestando. O quão ridícula era toda aquela ideia, provavelmente.

— Tem uma ideia melhor?

— Você está adorando isso, né? — acusou Matti, mas ele *não tinha* uma ideia melhor, e os passos na escada estavam ficando mais altos e mais próximos.

Ele rezou para que as dobradiças não rangessem, abriu a porta do armário e entrou no meio das poucas roupas penduradas ali.

Não era um espaço grande, Matti se enfiou para o fundo e para o lado a fim de abrir espaço, mas a velocidade com a qual Luca entrou logo depois dele causou um infeliz efeito rebote, como maçãs jogadas num barril de água. O início de um xingamento chiado escapou da boca de Luca enquanto ele recuperava o equilíbrio fora do armário, se agarrando nos casacos. A pulsação de Matti acelerava em suas têmporas. Ele fez a única coisa na qual conseguiu pensar e enganchou o braço ao redor do peito de Luca, o puxando de volta contra o próprio corpo.

— Porta — disse Matti num sussurro contido no ouvido de Luca.

Luca se moveu para enganchar o pé na base da porta do armário e puxou com força o suficiente para que ela se fechasse. Uma escuridão repentina e abafada os envolveu. O armário cheirava a tecido, nem todos limpos, e havia um toque de naftalina no ar.

Silêncio. Matti ficou atento ao som de passos e vozes. A respiração dele e de Luca parecia extremamente alta, rápida e sem sincronia. A mão dele estava pressionada sobre o coração de Luca, e deva para senti-lo empurrando sua palma através da carne, dos ossos, da pele e da camisa.

Matti quase mordeu a língua quando algo tocou as costas da mão dele, mas era apenas Luca, puxando-o para que ele pressionasse ainda mais forte a mão em seu peito. Matti respirou fundo, o que talvez tivesse sido um erro. Seu nariz e seus pulmões se encheram com o cheiro do cabelo de Luca.

Os passos definitivamente chegaram ao corredor do segundo andar. A conversa ainda era difícil de entender.

A pressão da mão de Luca se aliviou, e os dedos dele passaram a se mover pelas costas da mão de Matti, fazendo movimentos circulares lentos. Por um instante, Matti se perguntou se Luca estava desenhando letras, tentando se comunicar, mas os movimentos eram sem propósito.

Ou talvez *com* propósito. Matti se deu conta de que aquilo era o escape de Luca — a inquietude de Luca estava começando a borbulhar, trancado daquele jeito num espaço tão pequeno. Luca já estava trocando o peso de um pé para o outro, movimentos pequenos que não ajudavam nem um pouco Matti a manter a compostura, nem amenizavam a chama que começava a se alastrar por todo o corpo dele.

Antes que pudesse se conter, Matti levou a outra mão até a cintura de Luca, apoiando dois dedos no osso do seu quadril.

Ele queria que Luca ficasse parado; em vez disso, um tremor atravessou todo o corpo de seu padrinho e ele se afundou ainda mais contra o corpo de Matti. Não havia a menor chance de que não percebesse como Matti estava ficando duro dentro da calça. Ou como ficou ainda mais duro, sem que conseguisse controlar, ao sentir a bunda de Luca deslizando contra ele.

Agora não é hora, Matti quis gritar para sua própria anatomia. Mas Luca era puro músculo, e não havia ar entre os dois corpos, mal dava para passar um abridor de cartas ali, e o cabelo de fugitivo de Luca estava no rosto de Matti, fazendo cócegas no seu nariz e na boca. Se Matti inclinasse a cabeça, poderia encaixar o nariz no pescoço de Luca. Poderia mexer no cabelo da nuca dele, imaginando a sensação para Luca, o ar quente sobre a pele. Pronto, aquele era o topo da ladeira escorregadia, e Matti estava se movendo rápido demais para parar.

A pequena chama se tornou um fogo incontrolável. Luca ficou ofegante. Se Matti movesse a mão no quadril de Luca só um pouquinho, poderia descobrir se Luca estava tão duro quanto ele. Luca estaria preso entre a mão e o corpo de Matti. Poderia tentar se mover, mas Matti o deixaria imóvel e poderia fazê-lo tremer de novo e de novo…

O pau de Matti pulsou. Luca se enrijeceu e depois se derreteu ainda mais sobre seu corpo, num encorajamento silencioso.

Matti ia perder a cabeça naquele armário com cheiro de suor e naftalina. Ele nunca se sentira tão excitado em toda a sua vida. Ele estava…

— … um tapa na cara, ainda por cima.

— Mas você vai mesmo assim?

— Não vou desperdiçar a chance de vê-la. De conversar com ela.

As unhas de Luca fincaram na mão de Matti, num alerta desnecessário. As vozes de Adrean e seu companheiro de repente ficaram altas e compreensíveis. Eles estavam no quarto.

— Precisa de ajuda? — O homem que não era Adrean soava entediado.

— Não, está aqui, em algum lugar.

Papéis farfalharam; alguém estava andando de um lado para outro. Da mesa para a cama, presumiu Matti, procurando o que quer que fosse. Ele não tinha ideia do que faria caso Adrean abrisse o armário. Tentou imaginar, e sua mente ficou num branco total, de puro terror.

— Além do mais — acrescentou Adrean —, vou conhecer esse tal padrinho de quem ninguém nunca ouviu falar.

A cabeça de Luca se moveu como que num espasmo, batendo contra o queixo de Matti, que fez uma careta.

— Ainda não sei por que ele não escolheu o melhor que a cidade tem a oferecer — disse o amigo de Adrean.

— Eu te disse, é um insulto — respondeu Adrean. — Um insulto calculado. Ele teria como bancar o melhor, mas escolheu alguém inferior. Está dizendo que eu não valho nada. Bom, é aí que ele se engana. Ele nunca nem me viu lutar. Não sabe nada sobre duelos. Vou destruir esse novato, quem quer que seja.

Luca passou a tremer, contendo o que Matti imaginou ser uma risada. Matti pressionou os dedos no quadril de Luca num alerta. Não era tão engraçado assim.

Porém Matti estava aliviado, apesar de tudo, de saber que Adrean não suspeitava de como a Casa Jay andava mal. De que Corus mantinha segredo até do próprio filho.

— *Cadê* essa merda… Ai, lá vamos nós. — Mais papéis farfalhando.

— Sem pressa — disse o amigo de Adrean, com um toque de sarcasmo. — Eu não o conheço, mas, pelo que dizem, Mattinesh não me parece esse tipo de pessoa.

— Os Jay são bons em fingir — comentou Adrean, mordaz, e, por um breve momento de pânico, Matti se perguntou se estava errado sobre o que Adrean sabia. Mas ele continuou: — Eles são tão esnobes quanto os outros. Acham que a merda deles tem cheiro de rosas. Tomas me ofereceu um trabalho, alguns anos atrás, te contei? *Ah!* Encontrei. É só um rascunho, mas acho que é o melhor que fiz esse ano. Melhor do que aquela música bagunçada e sem sentido da Hattie; não acredito que ela encontrou alguém disposto a colocar melodia naquela palhaçada.

O outro homem soltou um murmúrio desinteressado.

— Que tipo de trabalho?

— Quê? Ah, algo no escritório de logística em troca de um punhado de bronze — respondeu Adrean. — Depois de tudo o que meu pai fez por aquela família, isso foi o melhor que eles puderam oferecer. Parecia até que o homem estava me fazendo um favor. Babaca condescendente. E o Matti não está muito atrás, não. Ele nunca gostou de mim. Aquele otário insuportável que adora bancar o certinho. É um invejoso, isso sim.

A risada silenciosa de Luca se acalmou. Agora ele deslizava os dedos entre os de Matti, para a frente e para trás.

— Não me surpreende — disse o outro. — Considerando a situação toda.

— Não é só pela Sofia. Ele não suporta a ideia de que alguns de nós temos talentos e interesses fora da Casa preciosa dele, ou de que a Sofia possa preferir alguém com *personalidade* em vez de alguém que acha que o próprio nome basta para conseguir tudo o que quer.

Matti sentiu como se tivesse levado um soco na cara. A fúria por toda aquela injustiça, misturada com uma pontada de culpa — ele *tivera* inveja, de certa forma, Adrean estava certo sobre aquilo —, queria explodir de dentro dele. Quanto ao trabalho, Adrean nunca havia expressado nenhum interesse no comércio; ele ainda parecia não ter nenhum. *Qualquer pessoa* sem experiência começaria numa função mais de base. Matti queria abrir a porta do armário e defender seu pai, defender a si mesmo.

Ele se perguntou se era aquilo que Luca sentia o tempo todo: aquela necessidade insuportável de se mexer.

Os carinhos reconfortantes cessaram. As unhas de Luca se fincaram nele de novo. Desta vez, Matti se ateve ao alerta, se forçando a focar apenas na dor. Parte de sua fúria evaporou quando o assunto mudou para o poema que Adrean havia escrito, e a possibilidade do outro homem o ajudar a compor uma melodia para a letra. Matti temeu que a discussão fosse longa, mas parecia que a visita à casa fora apenas para buscar o papel, e os dois já estavam de saída.

Seus músculos começavam a ficar com câimbra, porém ele se forçou a continuar parado enquanto os dois homens se retiravam do quarto e os passos sumiam escada abaixo. Em dado momento, a porta da casa se fechou numa batida forte.

Luca soltou a mão de Matti e empurrou a porta do armário. Matti semicerrou os olhos com a luz repentina. Luca desceu com um passo delicado, depois outro, a cabeça virada. Matti escutou com afinco até se convencer de que não havia mais ninguém se movendo ou conversando lá embaixo.

Então, seguiu Luca para fora do armário, e os dois ficaram parados a um braço de distância no meio do quarto de Adrean. A ausência do calor de Luca no corpo de Matti foi momentaneamente desconfortável, assim como a luz fora.

— Que vermezinho nojento e insuportável — disse Luca, num tom seco de desdém que Matti nunca ouvira antes. — Que babaca prepotente.

Agora Matti conseguia identificar que aquela arrogância controlada era apenas uma camada em cima de outra emoção. Luca se abaixou, com as mãos nos joelhos, e soltou uma gargalhada que parecia estar sendo arrancada dele. Por um instante, Matti se lembrou de Sofia, meio culpada, rindo de se balançar em sua rua.

— Essa foi por pouco — acrescentou Luca.

— Você *adorou* mesmo — acusou Matti, mas com a voz fraca. Ainda conseguia sentir o zumbido delirante de raiva, desejo e alerta em suas veias.

— Ah, com certeza. Afinal, eu vivo pela emoção do perigo. Eu me *delicio* com a ideia de ser descoberto cometendo atos criminosos em propriedades privadas. — Luca riu mais um pouco daquele jeito que parecia vir de seu âmago, arrebentando a garganta.

— Imagino que foi bem inconveniente para você ter que lidar comigo também — comentou Matti.

Ele não sabia o que pensar. Aquela era a carreira que Luca escolhera, ou ao menos uma parte de um quebra-cabeça maior que compreendia aquela carreira. Luca havia tomado decisões rápidas, de forma decisiva, e os escondera no único lugar possível, onde não foram pegos no flagra. Não parecia algo que exigia uma reação daquelas.

Luca se endireitou. Sua boca estava solta de tanto rir quando encarou Matti, aquele olhar direto e despojado que encontrava todos os defeitos de Matti. Agora só estava fazendo Matti se lembrar, com uma nitidez perfeita, do cheiro do cabelo de Luca, da sensação dos dedos dele sobre a sua mão.

Luca engoliu em seco. Matti observou aquele movimento.

— Lidar com você — disse Luca. — Eu nem me atrevo. Vamos. Essa parte agora é conhecida como *fuga*.

O pulso e a ereção de Matti já haviam se acalmado quando o plano de fuga foi colocado em prática. Eles saíram pela porta da frente, a trancaram e caminharam por duas ruas, num ritmo casual que demandava toda a concentração de Matti.

Luca entrou num pequeno pátio entre duas casas. O mesmo tipo de quintal comum em toda a cidade, pequenos espaços para que as crianças da vizinhança pudessem brincar de pique e ralar os joelhos, gastando energia depois da escola. O pátio era protegido da rua por um muro com detalhes em ferro. Era um espaço vazio, caindo aos pedaços, com a grama alta e seca chegando na altura dos joelhos. O que antes fora uma área pavimentada agora era um campo de guerra de pedras quebradas pelas raízes de uma árvore, que abriram espaço à força.

Matti estava tranquilo. De fato, Matti se sentia calmo em relação a tudo, ao se sentar no pequeno banco do quintal, de madeira acinzentada com manchas brancas de cocô de pombos e gaivotas. Agora ele podia pensar. Fazer planos. Decidir o próximo passo.

— Matti — disse Luca.

Ele soava inquieto. Não precisava. Matti estava calmo.

Matti estava... olhando para as raízes da árvore, para a turbulência daquela imagem, o jeito como as pedras lisas cediam espaço para a simples brutalidade da natureza, rachadas e mostrando seu interior empoeirado para o céu, e...

Então era Matti cedendo, como se uma força enterrada e insistente viesse empurrando por horas, talvez anos, a rocha que *ele era*. Sua visão ficou turva. Ele ouvia o ar entrando rápido pelas narinas. Apoiou os cotovelos nos joelhos enquanto tentava encontrar alguma normalidade, mas se sentia frágil e quebradiço, e aquilo ali, algo tão pequeno e idiota, seria o que o faria quebrar. Que piada.

— Matti? — Luca parecia assustado de verdade.

— Não é só por causa de mim. — A frase saiu entre um suspiro e uma risada. Soava pior, muito mais descompensada e estranha do que a risada de Luca no quarto do Adrean. — Não é... minha culpa. Ai, Huna. Ai, porra.

A pausa pareceu se arrastar por diversos minutos, enquanto Matti estremecia com um alívio tão tangível que era como ser atingido por uma onda quebrando. Primeiro, ela refrescava, depois derrubava a pessoa e enchia sua boca de sal.

Finalmente, Luca disse, incrédulo:

— Você está falando da sua família... da sua Casa? Você achou que era tudo culpa *sua*? Mas você me disse... disse que sabia o que estava fazendo. Disse que era um acúmulo de má sorte.

Matti não sabia o que dizer. Nem se soubesse ele poderia dizer. Seus braços balançavam, tremiam, e seu peito parecia cheio, como um par de foles sendo inflados, e inflados sem nunca poderem fechar e soprar. Estrelas dançavam atrás dos olhos dele. Seu coração iria explodir. Ele iria morrer ali naquele banco coberto de merda de passarinho enquanto Luca Piere observava seu último suspiro.

— Matti Jay, responsável pra caralho — disse Luca, com uma tensão estranha na voz. — Você não faz as coisas pela metade, faz?

Então, veio um ponto de calor contra a testa de Matti, e mais dois em seus ombros. Luca se aproximou e estava apertando Matti contra o próprio corpo.

O primeiro instinto de Matti foi se afastar — tentar mais, tentar *melhor*. Foi se recompor, retomar o controle e ser a pessoa que deveria ser. Ele poderia lidar com aquilo. Era o que sempre fazia.

— Tudo bem. Hum... — disse Luca. — Acho que... respirar fundo? Provavelmente? Respira, Matti. Ninguém está te vendo, leve o tempo que for.

Luca apertou os ombros de Matti, o guiando, apoiando a testa de Matti em seu tronco. Um dos botões da camisa de Luca era um ponto focal pequeno e duro contra a cabeça de Matti. Sentiu dedos passando pelo seu cabelo, polegares nas suas têmporas, reconfortantes.

Aquilo estava muito longe da proximidade agoniante que compartilharam na casa dos Vane. Era um toque que não oferecia um aumento de tensão, mas, sim, que parecia ser planejado apenas para acalmar, para aquecer e para ser um pequeno paraíso onde Matti podia pressionar seu nariz contra o tecido e inspirar com a pressão exata para sentir seus pulmões assustados se tranquilizando.

Ele sabia, racionalmente ele *sabia*, que não poderia ser o único responsável pelos problemas da Casa. Parte dele tinha certeza daquilo, enraizada no fato de que ele era amado incondicionalmente, de que era respeitado.

Matti acabou percebendo que aquela parte estivera em guerra, por muito tempo, com a parte dele que não era nada racional e só pensava na preocupação de décadas dos pais, sabendo que ele faria toda e qualquer coisa para ajudá-los a sair daquela situação. Era uma parte de si que tinha consciência de que tudo o que ele poderia fazer, tudo o que *já tinha feito*, não fora o bastante. O amor era uma espada de dois gumes.

Leve o tempo que for.

Matti não sabia quanto tempo passara ali, respirando, com o rosto colado na barriga de Luca, recebendo cafuné. Quando se sentiu normal de novo, estava com uma leve dor de cabeça. Ele sentia o cheiro do corpo de Luca através da camisa. Matti levantou a cabeça e a afastou, esperando ver as manchas molhadas onde seus olhos estiveram, mas a camisa estava seca.

Luca deu um passo para trás, dando espaço para Matti, que passou a mão pelo cabelo uma vez, depois outra. Ele se preparou para o contato visual.

— Eu…

— Se você vier com a porra de um pedido de desculpas agora — soltou Luca —, vou quebrar seu nariz com meu joelho.

No susto, Matti começou a rir. Então, de um segundo para outro, tomou uma decisão. Luca fizera muito por ele naquele dia. Ele iria retribuir, mesmo se a importância daquilo tivesse passado despercebida para Luca. Iria equilibrar as colunas de obrigação, remover um pouco do peso.

— Em vez de irmos ao Tolliver, me encontre em outro lugar amanhã de manhã — disse.

— Entendi, entendi. É isso que eu sou agora? Arrombe um cadeado para um homem e, de repente, ele já chega com uma lista. — Mas Luca estava sorrindo, o provocando.

— Não vai ter nenhum cadeado para arrombar. Prometo.

Ele estava apostando na mesma curiosidade que alimentara Luca naquela missão. A necessidade de saber *por que*, e *o que*, e *como*.

— Tudo bem — disse Luca, todo fácil. — Me fala onde.

10

A BRISA DO OCEANO NO AMANHECER era como o sopro gelado de uma fera generosa, tocando as bochechas de Luca enquanto ele se aproximava da encosta. Era bom. O verão parecia agarrar-se à terra com garras ciumentas conforme as últimas semanas da estação chegavam.

A noite anterior fora tão quente que Luca não conseguiu dormir, mesmo com a janela aberta. Ele acabou indo buscar água na cozinha, molhando os dedos no copo e criando uma corrente gelada pelo rosto e pescoço, na esperança de que aquilo o refrescasse o bastante. Mesmo assim, permaneceu deitado ali por um tempo, movendo os ombros doloridos sobre o travesseiro. Ele e Ilse haviam sido contratados para um duelo performático formal no jantar da Guilda dos Marceneiros, e Ilse claramente vinha treinando para se aproveitar ao máximo de sua altura e extensão.

Não ajudava o fato de que toda vez que Luca fechava os olhos na cama, ele voltava à escuridão íntima no armário de Adrean Vane, equilibrado sobre as mãos de Matti como uma espada sobre dois dedos. E o de que toda vez que Luca deslizava os dedos molhados pela própria pele, imaginava Matti fazendo a mesma coisa, e se sentia mais quente e ofegante do que nunca.

Agora, como se a imaginação de Luca precisasse de ainda mais combustível, Matti estava sentado sem camisa em um banco de pedra, os pés pairando sobre a água esverdeada e inquieta.

A banheira de água salgada claramente já fora uma bacia natural na rocha, que havia sido moldada e influenciada por mãos humanas. Agora era basicamente uma piscina retangular, comprida o suficiente para dar algumas voltas respeitáveis nela, e ladeada por pedras achatadas onde vigas de madeira foram colocadas. Ondas lentas e esbranquiçadas batiam na lateral que dava para o oceano, entrando na piscina, mas o movimento da água era fraco, e uma rede fora pendurada entre as vigas. Mesmo sob a meia-luz do amanhecer, seria seguro nadar sem medo de ser arrastado para o mar.

Depois da banheira, rochedos maiores formavam uma barreira acidentada que dividia as piscinas de pedra da curva mais calma e larga na encosta, onde ficava o porto de Glassport. Do outro lado, a margem lavada pelas ondas se estendia por uns bons noventa metros até dar em um trecho estreito e sem graça de uma praia de pedrinhas. A apenas meia hora de caminhada da parte mais movimentada do porto, aquele era um pedacinho estranho e escondido da cidade, que mal parecia ser da cidade propriamente dita. As pessoas mais próximas de Matti e Luca eram os pescadores, seus barcos já eram pontinhos navegando rumo ao horizonte, e os trabalhadores das docas e os marinheiros, cujos gritos vindos do porto, que nem se via dali, pareciam o canto abafado de pássaros.

— Esse não era o tipo de piscina que eu estava esperando — disse Luca.

Matti estava olhando para baixo, encarando os próprios pés. Quando Luca falou, ele levantou a cabeça e o sorriso que se abriu em seu rosto foi como o momento em que um cadeado se rendia às cutucadas de Luca. Algo cedeu diante daquilo. Um pedacinho de maquinário caiu dentro do peito de Luca com um clique audível, dobradiças escondidas se abriram, e uma felicidade suave e desconhecida passou pela fresta.

Antes, a percepção de Luca sobre os sorrisos de Matti era que eles sempre chegavam de soslaio, inconscientes, relutantes ou difíceis de serem conquistados. Agora, Matti estava presenteando Luca com um sorriso, permitindo que iluminasse seus traços de forma extraordinária, como se Luca merecesse. Como se Luca não precisasse fazer nada além de existir para que Matti ficasse feliz em vê-lo.

Luca parou e sorriu de volta. A brisa do oceano tocou suas bochechas de novo e ele pensou: *Ah*.

E então, deixando as palavras ganharem um espaço grande e proposital em sua mente, pensou: *Isso não é real. A pessoa que ele pensa que eu sou não é* real.

O que era a parte divertida, o motivo de tudo aquilo. Luca precisava lembrar a si mesmo.

Matti se levantou e caminhou até a borda da piscina. Seu calção de banho começava logo abaixo da cintura e terminava pouco acima dos joelhos. O olhar interessado de Luca teve tempo o bastante para passear pelos ombros largos de Matti, descendo pela linha sólida do torso e seguindo a trilha de pelos escuros abaixo do umbigo. Então, Matti girou os ombros e relaxou o pescoço, um movimento despreocupado, e mergulhou suavemente na água.

— Muito bem — disse Luca para a brisa e para a silhueta escura de Matti sob a superfície, resignado. — Que... ótimo.

Matti voltou à tona com o cabelo grudado nas laterais do rosto. Ele soltou o ar com satisfação.

— Está gelada! — gritou. — Mas você se acostuma rápido. Entra!

— Pelo menos é verão — disse Luca, começando a se despir. Ele encontrou a pequena pilha de roupas do Matti, junto com uma bolsa de pano que continha toalhas, e colocou suas coisas ao lado.

Matti nadou para mais perto.

— Sim, no inverno é bem mais revigorante.

Luca pausou no meio do ato de tirar as roupas. Quando Matti dissera onde eles iriam se encontrar, ele saiu e comprou um calção de banho barato. Que estava pinicando suas pernas embaixo da calça.

— Você nada aqui no *inverno*? — perguntou Luca, em choque.

— Eu nado aqui todos os dias — respondeu Matti, como se não estivesse confessando uma forma profunda de insanidade humana. — Antes de te conhecer, claro — completou. — Em alguns dias fica perigoso demais, mas em geral não é tão ruim assim. — Ele apoiou os braços em uma das margens de pedra. Um Matti molhado era ainda pior para a compostura de Luca do que um Matti seco. — Aqui na costa não faz tanto frio quanto mais para dentro.

Luca se imaginou tirando a roupa e mergulhando nos lagos congelantes nas manhãs mais frias do inverno de Cienne. Sua pele tentou fugir do próprio corpo de pavor. Lentamente, ele terminou de se despir e testou a água com a ponta dos dedos do pé. Não estava tão frio quanto a sensação de molhar as mãos em uma fonte.

Matti riu.

— Só mergulha, Luca!

Luca balançou o pé molhado e tirou um tempo para engolir a troca de papéis irônica, onde agora era Matti quem o incentivava a cair de cabeça numa nova experiência. Ele se sentiu desafiado, e Luca nunca fora muito sábio frente a desafios.

A água era como um tapinha de leve, e Luca prendeu o ar para conter a vontade de grunhir com o choque gelado. Ele subiu por tempo suficiente para recuperar o fôlego, depois submergiu por completo de novo, de olhos fechados, forçando o corpo a se acostumar com a temperatura. O fundo da piscina era uma rocha lisa com uma fina camada de areia. Luca mal conseguiu tocá-lo com a ponta do pé antes de se pegar voltando à superfície, balançando os pés e os braços sem jeito na água. Fazia muito tempo desde a última vez que ele nadara, e ele nunca aprendeu muito mais do que o mínimo necessário para boiar. Músculos que ele considerava fortes e em forma já estavam começando a protestar, desacostumados a se moverem daquela forma específica.

— Naquela ponta é mais raso — disse Matti.

— Entendi — respondeu Luca. — Você queria *me* ver todo desengonçado, só para variar. Hilário. Por favor, imagine que eu estou com uma mão livre para fazer o gesto que quero fazer.

Matti sorriu para ele e deu braçadas tranquilas até a ponta mais rasa que havia indicado. Luca o seguiu com menos velocidade e menos dignidade. Ele se sentiu melhor ao conseguir pisar no fundo, apesar de seu corpo já ter se acostumado com a temperatura da água e o ar parecer agora o mais gelado dos dois ambientes, fazendo o pescoço de Luca formigar enquanto a água do mar escorria por ele.

Ele se juntou a Matti na borda da piscina, olhando para o horizonte. O céu claro estava azul-acinzentado, com nuvens douradas, estreitas e pálidas que pareciam fumaça saindo do fogo cravejado do sol. De canto de olho, Luca observou Matti, que estava com a expressão calma, mas não o tipo de calma que escondia coisas. Ele parecia quase em paz.

Luca passou os dedos numa poça rasa que se formou na barreira de pedras, cruzando de novo e de novo as ondas que ele mesmo formava. Foi sentindo a intimidade daquele momento, a generosidade de estarem compartilhando aquela coisa tão pessoal.

— Você fazia isso todos os dias? — perguntou Luca. — Antes de começar as aulas de espada?

— Meu médico me mandou fazer.

— Sério?

Matti começou a passar os dedos pelo cabelo, fez uma careta quando eles ficaram presos nas mechas molhadas e se ateve a apenas jogar os fios para trás.

— Eu costumava ter tanta náusea de manhã que não conseguia nem comer. Então, comecei a ter tonturas. O médico mandou eu me exercitar todos os dias. Ele disse que melhoraria a circulação sanguínea na minha cabeça, e ela ficaria mais firme. Isso aqui era o exercício mais fácil. — Matti olhou para o mar de novo. — É de graça. E dá para fazer sem ninguém por perto, antes de o dia começar de verdade.

Luca fez menção de perguntar algo, parou, depois decidiu fazer mesmo assim.

— Você gosta?

Matti olhou para ele, as sobrancelhas arqueadas.

— Não sei. Gosto do silêncio. E me ajudou muito com a náusea e a tontura. Eu não fazia para gostar.

— Não. — O coração de Luca se encolheu como um limão sendo espremido para fazer suco. — Não, não fazia. — Ele pensou no jeito como os ombros de Matti balançaram no dia anterior: a queda silenciosa e violenta de um muro que, por anos e anos, Matti usara para esconder a culpa e a preocupação. Forçando um tom de brincadeira, Luca acrescentou: — E, em vez de seguir as orientações médicas, você vem me ouvindo falar sem parar sobre posições dos pés e sobre ler os sinais do seu oponente. Acho que não está ajudando em muita coisa, né?

— Não! Quer dizer, sim, está... tudo bem. É diferente, só isso. Não foco mais nada quando estou nadando, e preciso focar *o tempo todo* quando estou com você. Mas é tão bom quanto, acho. Cada coisa de um jeito.

— Que bom. Eu odiaria pensar que estou jogando *mais coisas* nessa bagunça que está rolando aí dentro.

A intenção de Luca era cutucar a testa de Matti, mas, de alguma forma, o gesto acabou ficando mais gentil. Ele se pegou encostando os dedos com delicadeza na têmpora de Matti, a mão quase pairando sobre a bochecha dele.

Matti se apoiou nos dedos de Luca. Depois de um instante, fechou os olhos: não foi um tremor das pálpebras, mas uma queda definitiva, assim como ele caiu naquele banco quando deixaram a casa dos Vane. Tinha o mesmo ar de exaustão. A bochecha de Matti estava molhada. A garganta de Luca parecia apertada.

— Você está. Você joga — disse Matti, bem de leve. — Você me bagunça todinho.

Luca afastou a mão. Ou, pelo menos, planejou afastar. O plano não havia sido comunicado direito para seu corpo quando a mão de Matti se levantou, encurralando a de Luca, assim como a de Luca tinha feito com a dele no dia anterior. Matti abriu os olhos. Seus cílios tinham gotículas de água.

E aquela foi a gota d'água para Luca. Havia semanas que ele estava querendo aquilo, e o desejo agora era tão grande e tão insuportável que ele se sentiu incapaz de fazer qualquer coisa além de agarrar o que queria, assim como agarrava a maioria das coisas que desejava, no fim das contas.

Ele se aproximou ainda mais, usou a mão para inclinar a cabeça de

Matti levemente para baixo e beijou o caminho do rastro de água salgada até o calor da boca de Matti.

Se Luca tentasse contar o número de pessoas que já beijara na vida, não sobrariam dedos nas mãos e nos pés, com uma boa parte representando aqueles cujos nomes Luca não lembrava. Ele certamente não fora para a cama com todos. Mas raramente se segurava, caso houvesse uma pequena fagulha de atração, e algumas de suas memórias favoritas eram das noites em que flertara com algum homem até parar no colo dele, dando todos os beijos que queria e depois desaparecendo, vibrando e satisfeito, antes da meia-noite.

Em resumo: ele dera muitos beijos. Alguns decepcionantes, mas a maioria agradável, caso contrário Luca teria abandonado a atividade; ele não se prendia a coisas que não lhe ofereciam nada em troca.

Luca se perguntava, agora, quem Matti Jay havia beijado nos anos antes de ele invadir sua vida. De tanto que vinha pensando no assunto — e *como* ele pensava! —, presumira que Matti devia ser ocupado demais, abnegado demais para ser particularmente proficiente naquela área.

Matti beijava de um jeito voraz e curioso, sem dúvida, de um jeito que Luca nunca soube que gostaria de ser beijado. Luca se perguntou se agora estaria condenado a passar o resto da vida buscando um beijo como aquele, tentando replicá-lo.

Luca mantinha uma das mãos no maxilar de Matti e a outra na nuca. Eles estavam com água até cintura, mas Luca se sentiu submerso mais uma vez: flutuando, ofegante e alerta sobre os limites da própria pele. O calor do desejo de Luca e o calor do corpo de Matti, seus braços enroscados nas costas de Luca, batalhavam contra o frio da pele quase seca, e o ataque era duplo e mortal. Matti não estava mais com gosto de sal.

— Espera — disse Matti quando pararam para respirar.

Luca já havia esperado demais, obrigado. Ele tentou comunicar isso com um grunhido de reclamação contra o maxilar de Matti, áspero por conta da barba por fazer, que sombreava seu rosto de um jeito que, francamente, não tinha o direito de deixá-lo mais bonito do que nunca e, ainda assim, conseguia.

Gentilmente, Matti o empurrou para trás, com as mãos nos ombros de Luca. Ele não estava fazendo contato visual.

— Para — disse Matti baixinho. — Só para.

— Nós *já* paramos — respondeu Luca, com mais acidez do que pretendia.

Matti soltou algo que não era exatamente uma risada.

— Não... não é você.

— Lembra ontem, quando eu ameacei quebrar seu nariz? — alertou Luca. — Não estou dizendo que não vai ser mais difícil, já que agora você está em pé e não sentado, e eu provavelmente sou mais inútil com meus punhos do que você com uma espada, mas se as palavras "sou eu" forem as próximas a saírem da sua boca, juro que vou me esforçar ao máximo para empurrá-las de novo para dentro com um soco.

Matti abriu um sorriso radiante repentino e tocou a boca de Luca. Foi um gesto distraído, como se sua mão agisse em paralelo ao resto do corpo: um toque que parecia a exploração da textura de um novo tecido, como um dedo entre as páginas, marcando um trecho de um livro. O corpo inteiro de Luca ameaçou balançar com aquele movimento mínimo. Ele teria dado cada bronze que já ganhara na vida, cada ouro no cofre de sua Casa, para ouvir Matti dizendo *fique quieto* ou *fique parado* e para continuar vendo Matti observá-lo daquele jeito enquanto esperava que Luca o obedecesse.

— Quer dizer, eu estava falando comigo mesmo — disse Matti.

O sorriso dele se abriu quando Luca, percebendo que não tinha mais nada a perder, abriu os lábios o suficiente para que não houvesse dúvida de que aquilo era um convite.

— Eu não quero que você pare. — A língua de Luca deslizou pelo dedo de Matti junto com as palavras. *Anda logo*, ele implorou em silêncio. *Se permita.* — Se ainda não ficou óbvio.

— Luca. — Matti abaixou a mão. — Nós não... eu não...

Luca não sabia como a frase iria terminar, mas decidiu tentar a sorte.

— Matti. Eu já roubei muitas coisas, mas *nunca* roubaria marido dos outros. Só que você não é casado ainda, é? E não precisa ser nada sério. Acredito que nem eu nem você estamos procurando algo sério. Nem precisamos fazer nada além... disso aqui.

Ele levou a boca à de Matti de novo, e o outro não resistiu. Luca controlou a ação desta vez, se certificando de que estava mostrando seus pontos fortes: deu beijos que eram como mordidinhas provocantes, muito leves, muito rápidas, prometendo algo mais intenso, porém sem entregar. Ele foi recompensado com um gemido, uma vibração na garganta de Matti, onde a mão de Luca estava apoiada.

— Você quer — disse Luca, deixando as palavras unirem seus lábios aos de Matti. — Eu quero. Não é complicado.

— Você é tão mentiroso, Luca Piere — acusou Matti, com um afeto tão desamparado que a ansiedade de Luca se dissipou antes mesmo de dar as caras.

Ah, claro, ele sentia que de certa forma estava atraindo Matti para mais um golpe, mas nada do que estava dizendo era mentira. *Poderia* ser simples. A dor quente e penetrante no peito de Luca era um problema só dele.

— Não sou — mentiu.

— É claro que é complicado. Você é... complicado. Um fator complicador.

— Me sinto lisonjeado.

O olhar de Matti mudou de arrependido para sarcástico.

— Sim, eu sei. Mas... ai, Huna, eu queria que as coisas fossem diferentes, mas não é só o noivado. É todo o resto. Eu já estou mentindo para a minha família, e agora ainda tem toda a situação com Corus e os Kesey.

— Então quer dizer que você já teria me comido se eu tivesse mantido minha maldita boca calada?

Matti arregalou os olhos e cerrou os lábios. Luca levou a mão do pescoço dele até a bochecha, para ver se conseguia sentir o rubor. Matti afastou sua mão, mas continuou segurando-a, o que parecia um bom sinal.

— Se você tivesse mantido a boca calada sobre o Corus naquela noite na pensão, nós não teríamos nos escondido num armário no dia seguinte — disse Matti, seco.

— A gente tinha uma garrafa de vinho caro e você estava *na minha cama*, Matti. Acho que eu teria sido capaz de improvisar.

Matti apertou a mão dele.

— Estou falando sério. Tem muita coisa acontecendo. Eu não… não fico bem quando sinto que as coisas estão fora de controle.

— Complicado *e* descontrolado? — disse Luca. — Amei. Vai ser meu novo bordão. Vou mandar bordar no meu…

O beijo foi repentino, uma inundação. A mão de Matti na nuca de Luca criou tanta força que ele quase esmagou uma boca na outra. Luca sentiu um dos seus pés escorregando, a areia na pedra, e se perguntou se Matti acreditaria ter sido um acidente quando o escorregão o aproximou do corpo do outro. Os dois estavam grudados, da boca até a virilha. Uma onda quente de desejo persuadia Luca a se abaixar, até ficar de joelhos, nem aí para a profundidade da piscina. Ele conseguia sentir Matti roçando nele.

E então, sentiu um empurrão firme quando Matti o soltou e o afastou, a água impedindo-o de perder o equilíbrio.

— Sim — disse Matti num ganido. — Descontrolado.

Luca não sabia que estava preparando seu próximo ataque até as palavras saírem, se agarrando nas pontas afiadas do seu desespero.

— Você poderia ter abaixado minha calça e me fodido naquele armário, sabia? Eu me aliviei ontem à noite pensando nisso.

— *Luca.* — O tom de Matti estava no meio do caminho entre uma ordem e uma súplica. Como Luca já esperava, Matti ficou sem resposta. — Isso não é justo.

Luca abriu a boca para lembrar que ele era um traidor e um golpista e nunca fingiu jogar de maneira justa; que injusto era Matti colocar as mãos nele, o beijar como se quisesse devorá-lo por inteiro, e depois *dar para trás*. Mas ali estava Matti, decentemente dizendo a verdade, apesar de nenhum dos dois querer escutar.

E Luca teria que ser decente também, não teria?

— Pelos deuses, Mattinesh! — disse ele. — Eu sei. Sinto muito.

— Também sinto muito. De verdade.

— Mas e aí? O que vamos fazer agora? — Luca fez um sinal amplo com o braço, englobando a piscina, a revoada de pássaros no céu e eles dois, de pé, sem camisa, excitados e molhados. Ele torceu para que seu gesto fosse capaz de comunicar o que estava pensando, que, no caso, era: *Que desperdício da porra!*

— Podemos dar umas voltas na piscina? Esse era meu plano original.

Luca pesou suas péssimas habilidades de nado e sua necessidade urgente de apagar aquele fogo. Ele queria se jogar de novo em Matti e retomar a discussão. Ele venceria, o que era péssimo. Ele *sabia* que venceria. Ele conseguia falar mais rápido do que Matti conseguia negar, e dava para *sentir* o esforço com o qual Matti tentava não olhar o corpo de Luca de cima a baixo.

Tudo o que ele precisaria fazer era segurar o pau de Matti, escolher uma de suas expressões faciais provocativas e implorar. Sem vergonha, explicitamente. Implorar.

— Dar umas voltas — disse Luca, a boca seca de sal. — Por que não?

11

A PENSÃO DE LUCA FICAVA NO CAMINHO da casa de Matti. Saindo da piscina, a rota os levou pela borda do porto, onde o sol estava convidativo, batendo forte entre os mastros e casas, de forma que o cabelo de Luca secou rápido e sua pele coçava de leve por causa do sal. Seria um dia quente.

As ruas já estavam bem movimentadas: hordas de pessoas entravam e saíam de cafeterias, algumas carregando pastas de couro, a caminho dos estabelecimentos em que geralmente se marcavam reuniões durante o café da manhã. Lojas estavam sendo abertas, a poeira era tirada das vitrines, placas, cadeiras e mesas eram carregadas para fora. Os lojistas eram iguais em todo lugar — Luca conseguia ver as marcas gravadas ou feitas com giz no chão de pedra, delimitando o espaço de cada loja, e as trocas de olhares conforme as pessoas encaixavam seus utensílios bem no limite de seu território.

Certa vez, o Mestre Carriere contara a Luca a história de um famoso duelo entre dois mestres, no século anterior, quando contratar espadachins ainda era uma forma legal de se resolver disputas na maioria das cidades-Estados. O duelo ficou famoso pela sequência brilhante de golpes com os quais foi encerrado — a Finta de Galfi, nomeada em homenagem ao vencedor —, mas o que provocou o duelo, para começo de conversa, foi que o dono de uma loja de cerâmica, que tinha uma posição sênior em sua Guilda, passara um ano inteiro numa guerra implícita e furiosa com o entalhador de madeira, também de posição sênior, que possuía a loja adjacente. O motivo da disputa fora a lenta invasão do território do ceramista por uma perna da mesa do entalhador de madeira.

Era uma boa história, do jeito como o Mestre Carriere contava, embora Luca a associasse à sua incapacidade de conseguir levantar os braços acima dos ombros e aos hematomas nos dois joelhos depois da semana implacável que levou para aprender a Finta de Galfi.

A expressão de Matti estava serena, com os olhos vivos, observando as coisas. Não era a primeira vez que Luca se perguntava se Matti nascera com aquela expressão descansada — tão branda, prazerosamente indecifrável — ou se fora algo que ele aprendera a cultivar.

Nenhum dos dois abordou aquilo, o fato de que Matti estava levando Luca de volta até a pensão. O fato de que estavam ali, juntos, em público, e não chorando em quintais ou brincando de arrombar casas. Matti simplesmente acompanhou os passos de Luca quando eles deixaram a piscina, e Luca não estranhou até se perceber no meio de outras pessoas. Tudo o que haviam feito juntos até então fora, de uma forma ou de outra, secreto. Havia algo perturbadoramente descarado naquilo, em andar como amigos andavam. Um choque cauteloso, como o da pele fresca exposta à luz. Luca meio que esperava sentir os olhares acompanhando os dois. Foi uma sensação *extraordinária*. As pessoas deveriam estar falando sobre isso.

A luz do sol pulsava junto com os nervos de Luca, e sua mente repassava a sensação dos braços de Matti ao redor de seu corpo, da boca de Matti na dele — meio como um devaneio prazeroso e meio como arrancar a casquinha de uma ferida para observar o sangue escorrer.

— Matti!

O descendente dos Jay parou de supetão. A culpa surgiu por um breve momento em seu rosto, antes de ele se virar.

A jovem que o chamara estava apoiada no batente de uma porta, o cabelo preto ondulado e a saia bufante balançando com seus movimentos abruptos. Ela falou com alguém dentro da loja e desceu para a calçada.

— Maya — disse Matti. — O que você está fazendo aqui?

Mesmo sem a confirmação, Luca teria identificado que Maya Jay era parente de Matti. Ela era um tantinho mais alta que Luca, com pernas longas que por pouco não lhe davam um ar desengonçado, e sua camisa perfeita estava para dentro de uma saia vermelha brilhante, com a bainha dourada. Sua pele era mais escura que a de Matti, o rosto mais comprido e oval, com alguns dos mesmos traços. Luca se perguntou de quem eles haviam herdado aquela boca exigente que tanto o distraía. Do pai ou da mãe?

A boca de Maya estava iluminada com o sorriso raro de Matti, como se ela tivesse um estoque infinito deles na bolsa e ficasse feliz de distribuí-los de graça. Ela ofereceu um para Luca, junto com o levantar curioso de suas sobrancelhas, depois voltou a olhar para o irmão.

— Estou visitando Joyce Amberden. Ela sabe que Marko gosta das cerejas daqui, então separou algumas para mim. Não vai me apresentar para o seu amigo, Matti?

— Hum — murmurou Matti, olhando para Luca.

Luca, se lembrando de como Matti congelara ao ouvir o som da porta se abrindo na casa dos Vane, decidiu que algum tipo de intervenção se fazia necessária. Ele elaborou um sorriso — que, com sorte, era ao mesmo tempo conquistador e profissional —, o lançou para Maya e disse:

— Sou o padrinho dele.

Ao mesmíssimo tempo, Matti disse:

— Ele é meu professor de dança.

— Nossa — disse Maya, depois de uns segundos. — Interessante.

Matti lançou para Luca um olhar de onde pura traição e pânico tentavam escapar.

— Desculpe — disse Luca —, mas sua irmã não vai estar *presente* no casamento?

— Eu… — Matti abriu a boca. Fechou. — Eu não pensei nisso — completou ele, tão envergonhado que Luca começou a rir.

— *Muito* interessante — disse Maya.

Ela lançou um olhar afiado para a bolsa de pano na mão de Matti, onde ele carregava a toalha molhada. Luca o deixaria lidar com a situação. Claramente, a família de Matti era tudo para ele, e observá-lo interagir com a irmã seria esclarecedor. Luca se sentiu um crítico no teatro, papel e caneta em mãos, ansioso para anotar suas percepções.

— Luca é meu padrinho — admitiu Matti. — Estávamos nadando.

— Ah! — exclamou Maya. — O novato misterioso.

— Esse sou eu — disse Luca.

— Luca, essa é minha irmã, Maya.

— Meu nome é Luca Piere.

Ele estendeu a mão. Era o cumprimento tradicional em transações de negócios, e ele estava gostando demais daquilo tudo para parar com a atuação.

Os olhos escuros de Maya brilharam com interesse. Houve uma pausa um pouco longa demais para os bons modos antes que ela estendesse a própria mão. Suas unhas estavam pintadas de amarelo, com as bordas vermelhas.

— Mayanesh Jay — ela se apresentou. E, assim que soltou a mão de Luca, se voltou de novo para o irmão. — Seu padrinho também te dá aulas de dança?

— Aulas de espada, na verdade — disse Matti. — Longa história.

Maya passou as mãos na saia e ajustou a gola perfeitamente simétrica da camisa.

— Vocês dois já tomaram café?

— Eu estava indo para casa — disse Matti. — Preciso…

— Não — interrompeu Luca. Ele tentou mais um dos seus sorrisos com Maya. A estranheza da manhã só aumentava, e ele sentia um desejo eufórico, quase pungente, de ver onde aquilo terminaria. Era como se ele e Matti estivessem, até então, vivendo numa bolha de vidro que agora fora estilhaçada, deixando o mundo entrar. — Ainda não tomamos café.

— Que bom — respondeu Maya. — Eu quero ouvir essa longa história. A Erneska fica aqui perto e eles fazem ótimos *raskils*.

— Nos leve, então — disse Luca.

Maya voltou a desaparecer dentro da loja para se despedir da amiga e Matti agarrou o braço de Luca, o puxando para mais perto. Uma sensação rápida e empolgante se espalhou pela pele de Luca.

— Você pode me deixar lidar com isso sozinho?

— Sem chances — respondeu Luca. — Quero conversar com sua irmã, ela parece divertida.

— Luca…

— O que você vai fazer, Matti? — Luca removeu a mão do Matti de seu braço. — Me arrastar até as autoridades da cidade? Achei que a fase da chantagem mútua na nossa relação já tinha passado.

— Não. Não vou fazer isso. Mas se vamos contar a história para Maya, não vou deixar aquela parte de fora.

— Claro que não. — Luca sorriu. — Ainda não acredito que você esqueceu que em algum momento vou conhecer sua família inteira.

— Eu estava… distraído — replicou Matti, baixando o olhar de forma bem óbvia para a boca dele.

Luca, se esticando sobre os limites do que era justo e injusto e refletindo sobre como Matti não tinha ninguém a culpar além de si mesmo — o homem poderia ter tido *pelo menos* dois orgasmos antes do café da manhã, se não fosse tão teimoso —, deixou a língua umedecer os lábios.

— O quanto você vai contar para ela? — perguntou, gesticulando com os dedos para indicar toda a situação envolvendo Corus Vane.

— Acho que…

— Vamos? — Maya saiu da loja de novo com uma pequena cesta apoiada no punho, enganchou o braço no do irmão e saiu.

Luca foi caminhando atrás dos Jay. A dupla andava rápido, com suas pernas compridas. Mais que isso: eles compartilhavam uma confiança irracional que beirava a arrogância, e, por dominarem boa parte da calçada lotada, atraíam olhares de admiração ou indignação de pessoas que precisavam desviar dos dois.

Ao pararem para esperar duas carretas passarem antes de atravessarem a rua, Maya se virou e ofereceu a pequena cesta para Luca.

— Cerejas? São muito gostosas.

Luca pegou uma.

— Obrigado.

— Matti?

— Não quero — respondeu ele.

Maya lançou outro olhar para Luca, que provavelmente era para ter um ar tão causal quanto aquele em sua voz ao acrescentar:

— Pedi a Joyce para mandar lá para casa o pedido dos gêmeos. Essas foram presente.

Depois de um instante, Matti pegou uma cereja. Luca mordeu a dele, rolando o conteúdo doce em sua boca com mais cuidado do que jamais tivera ao comer uma fruta antes. Cerejas eram caras, mas não tão caras a ponto de Luca já ter hesitado antes de comprá-las. Ele tentou se imaginar negando a si mesmo algo tão comum, a ponto de se tornar uma ameaça. Queria marchar de volta até a loja, comprar todo o estoque e jogar nas mãos largas de Matti até elas estarem transbordando.

Erneska, no fim das contas, era uma padaria próxima à agência de Tolliver, e cujas mesas estavam lotadas. Maya comprou três *raskils* e os guiou até o parque ali perto. Ela os acomodou sobre a grama, num trecho coberto precariamente pela sombra de uma árvore — que passaria a sombrear um lago, caso eles ficassem ali por tempo demais —, e lhes entregou o café da manhã.

Luca já havia comido *raskils* em Cienne, mas, desde sua chegada a Glassport, havia descoberto que ninguém na cidade portuária considerava os quitutes de queijo e ervas, no formato espiralado da casca de um caracol, *raskils de verdade* se não fossem feitos localmente. O *raskil* da Erneska era, certamente, o melhor que já provara, com bordas tostadas, amanteigadas e crocantes e fios derretidos de queijo tão quente que Luca queimou a língua na primeira mordida. Ele soltou o rolinho para esfriar.

— Então, Mattinesh e Mayanesh — disse. — Quais os nomes dos gêmeos?

Maya limpou as migalhas da boca e lançou um olhar pensativo para Matti.

— Marko e Merri — respondeu ela. — Sim, os dois também têm o *nesh* no final.

— É um costume entre os povos das montanhas nos arredores de

Manisi — explicou Matti. — Onde nossa mãe nasceu. Ela decidiu manter a tradição quando se casou e entrou na Casa Jay.

— E de onde você é, Luca Piere? — perguntou Maya.

Aquele sorriso Jay realmente desarmava qualquer um, e o fato de Luca já estar sintonizado com ele não ajudava em muita coisa. Ele queria sorrir de volta. Queria que ela *gostasse* dele, e aconteceu muito rápido.

Luca engoliu a vontade de perguntar à irmã de Matti se ela já havia pensado em seguir carreira no ramo dos golpes e deu mais uma mordida no *raskil*. Por alguns segundos, com a mente adormecida pelos raios de sol, a comida quente e os resquícios da euforia ainda ali pelo fim daquela bolha de vidro de antes, ele não conseguiu lembrar se mentira sobre aquilo para Matti. Ou se contara a verdade. Ou mesmo se os dois já tinham tocado naquele assunto.

— Cienne — disse, depois de não poder mais usar a boca cheia como desculpa.

— E o que te trouxe aqui?

— O de sempre — respondeu Matti. — Ele veio atrás da fortuna dele. Da fortuna de outras pessoas.

Luca suspirou.

— Vou ter a chance de me defender nessa história?

— Não. — Matti lambeu a gordura nos dedos, o que já era um abuso.

Luca levantou as mãos em rendição, pegou seu *raskil* e começou a comer enquanto Matti contava a história para Maya, tudo desde quando se encontraram pela primeira vez no bar da Audry. Ele não mencionou a tensão desconcertante pelo fato de Matti ter comprado o tempo de Luca, nem entrou nas minúcias do quão apertado e excruciante fora aquele momento do armário, nem falou sobre aqueles instantes em que a língua de Matti estivera na boca de Luca, os dedos de Matti terrivelmente gostosos na coluna dele, naquela manhã mesmo, na piscina.

Todo o resto Matti incluiu. Luca conseguiu se conter e fez apenas as interrupções mais importantes e divertidas, quando Matti começava a contar alguma parte errada, ou quando ele lhe pedia ajuda com os detalhes sobre o que Luca escutara entre Corus e o agente da Casa Kesey.

Maya inspirou forte quando Matti descreveu exatamente o que eles encontraram no baú de documentos de Vane, mas não interrompeu. Ela esperou até Matti parar de falar.

— Corus — disse, então, como uma pedra lançada num poço.

— Pois é — respondeu Matti. Eles trocaram um olhar. — Vou começar a reverter tudo o que ele fez, pelo menos as partes que consigo resolver silenciosamente. A questão do cáustico será fácil; sei que você vem dizendo que devíamos fazer negócios com os químicos de Manisi.

— Comece apenas ameaçando fazer — sugeriu Maya. — Assim você talvez assuste o pessoal de Haxbridge o suficiente a ponto de eles abaixarem o próprio preço. — Ela fez uma pausa. — Você… ainda não contou pro papai e pra mamãe?

— Isso tudo foi ontem. E… estou com medo. — Matti falou aquilo tão baixinho que as palavras quase se perderam no som dos trotes e rodas das carruagens passando na rua mais próxima. — Não posso chegar com mais um problema. Meu trabalho é justamente dar menos trabalho para eles.

Luca esperou um protesto por parte de Maya, algo como: *Eles merecem saber. Eles* precisam *saber.* Em vez disso, ela assentiu.

— Você quer contar quando já tiver uma solução — disse ela.

— Existe uma solução fácil — interveio Luca. — *Demitir* aquele desgraçado. Chutar ele da Casa de vocês.

Maya ignorou a sugestão.

— Existe alguma prova real que conecte Lysbette Martens com o que Corus e os Kesey vêm fazendo?

— Tirando o fato de que ele estava reunido com alguém na Guilda dela? — disse Luca. — Não. Não diretamente.

Aquilo o irritava. Era uma ponta solta que ele não se aguentava de vontade de puxar, embora não soubesse como fazer isso, além de bisbilhotar mais. E entrar pela porta da frente de uma casa vazia e decadente da qual se tinha a chave era bem diferente de arrombar a casa de uma Mestra da Guilda.

Ah, sim. Luca era intimamente familiarizado com aquela diferença. Seu estômago se revirou com a lembrança, e a mordida seguinte no *raskil* deixou um gosto amargo em sua boca.

— Deixando isso de lado, e a carta sobre as rotulagens fraudulentas? — perguntou Maya.

Matti assentiu com firmeza.

— Preciso de provas antes. Vou tentar rastrear esse tal de Rob Rivers e arrancar mais informações dele. Ver se ele poderia depor em frente às autoridades da Guilda. E depois nós podemos…

— Ou nós podemos simplesmente ver os processos por nossa conta — disse Maya.

Luca se sentiu perdido. Os irmãos Jay tinham um ritmo de conversa, um jeito de virarem o corpo um para o outro, que o enchia de uma inveja terrível em pelo menos três direções diferentes. O rosto de Maya estava animado, seu sorriso cintilante.

— E por *nós* — acrescentou ela —, estou falando de mim e desse seu padrinho golpista, Matti.

— Oi? — disse Luca.

— Quê? — disse Matti ao mesmo tempo.

— Por favor. — Maya virou seu brilho para Luca. — Vai me dizer que não consegue se virar com um pouquinho de trabalho braçal? Posso te dar uma aulinha do básico. Um dia com a equipe de cardagem já seria o suficiente para descobrirmos o que precisamos.

Uma parte teimosa de Luca não estava certa quanto a aquilo, mas ela foi imediatamente afogada pela parte dele que não sabia negar um desafio.

— Eu topo — disse ele de prontidão.

— Mas… — protestou Matti.

Luca arqueou as sobrancelhas para ele. Pelo jeito como a expressão de Matti mudou e seu olhar passeou ente Luca e Maya, a irmã estava fazendo a mesma coisa.

— Tem certeza? — perguntou Matti.

— Sei que você não teria esse tempo — disse Maya.

— Além do mais — completou Luca —, assim que você abrisse a boca, iria soar como se viesse dando ordens educadas a vida inteira, não daria nem um pouco certo.

Apenas um sutilíssimo tremor no maxilar de Matti indicou que ele estava pensando exatamente nas mesmas *ordens educadas* que Luca.

— Tudo bem — disse Matti.

— Acabei de pensar numa coisa. — Maya balançou os dedos na direção de Luca. — Isso quer dizer que você *não está* fazendo aulas de dança?

— Nenhuma sequer — respondeu Matti.

Ele abriu um sorriso envergonhado, e Luca sentiu sua boca fazendo o mesmo.

— Pelo pulmão de Huna, Matti! — Maya levou a mão à altura da cabeça e balançou os dedos esparramados, como se estivesse tentando secá-los. — Seu Baile da Meia-Lua é daqui a algumas semanas. Você está lembrado disso, não está? Mamãe e papai acham que você esteve esse tempo todo aprendendo como girar a Sofia no salão. O que você vai fazer? Cutucar ela com uma espada?

Matti parecia tão comicamente assustado, tão completamente *traído* pelo fato de que conseguira esquecer algo vital em sua vida meticulosamente planejada, que Luca soltou uma gargalhada. Ele deixou a risada o derrubar de costas na grama, protegendo os olhos do sol. Um parte da tensão que vinha dando nós ressentidos em seu coração desde que Matti o rejeitara na piscina finalmente estava se desfazendo.

Matti olhou feio para ele.

— Isso não está ajudando.

— Só estou te imaginando fazendo sua versão péssima daqueles golpes intermediários no meio do salão do baile — comentou Luca. — Enquanto sua pobre noiva chora largada no cantinho.

A risada de Maya, alta e rica, se misturou com a de Luca.

— *Continua* não ajudando. — Os ombros de Matti estavam rígidos.

— Vou ajudar — disse Maya. — Você não estará tão bem quanto

deveria, mas posso te ensinar o básico. Vamos só fingir que você é um péssimo dançarino mesmo. Impossível de ensinar.

Uma pontada de humor finalmente apareceu, enquanto Matti olhava para Luca.

Luca não iria decepcioná-lo.

— Não precisa nem fingir. Ele é um desastre — afirmou para Maya. — Melhor procurar um par daqueles sapatos de madeira que eles usavam em Harbeke.

— Um desastre? Matti? — Ela olhou para o irmão com uma admiração natural. A imagem deixou Luca balançado. — Difícil de acreditar.

— É verdade — confirmou Matti. — Sou péssimo.

Maya recolheu algumas migalhas de *raskil* e as comeu.

— Bom. Vamos pelo menos nos certificar de que pareça que você viu os passos antes.

— Preciso ir para casa. — Matti se levantou, limpando as migalhas da calça, e os outros dois fizeram o mesmo. — Já estou atrasado com o trabalho.

— Depois do jantar — disse Maya. — Vou até o seu escritório. Você pode separar uma horinha só para não fazer papel de bobo na frente de todos os seus amigos e de membros ilustres de duas Guildas.

— Não tenho como negar. — Matti beijou o polegar e deu um peteleco na orelha dela, o que provavelmente foi a coisa mais fofa que Luca já tinha visto.

— Eu não ganho um desses? — pediu ele.

— Só pra família — disse Matti. — Desculpa.

— Vai logo, Mattinesh — replicou Luca. — Te vejo amanhã de manhã.

O olhar de Matti passeou entre Luca e Maya, mas ele assentiu e foi embora.

— Eu também preciso ir — disse Maya. — Uma amiga de Otesca está na cidade e preciso arrancar dela todos os detalhes sobre as tendências de moda da próxima estação para que Matti possa alertar os compradores de tintura. Vamos pegar uma carruagem amanhã, aliás.

— Vamos... o quê?

— As casas de cardagem dos Kesey ficam praticamente fora da cidade. Te envio um bilhete. — Ela enfiou a mão na bolsa de ombro e tirou um caderno e alguns lápis soltos. — Onde você está morando?

Mergulhando na verdade antes que pudesse arrumar uma desculpa para negar, Luca deu a ela o endereço da pensão. Maya anotou e foi embora, com a luz do sol iluminando os tons mais leves de um marrom intenso no cabelo preto que caía sobre suas costas.

— Eu me lembro desse — disse Maya. — *Contos da Fonte do Sol*. O papai costumava ler pra gente antes de dormir.

Matti esfregou os olhos, só depois se preocupando se algum daqueles respingos de tinta em sua mão ainda devia estar fresco o bastante para manchar seu rosto, e então decidiu que não se importava. Ele estava acostumado com aquela sensação, mas se sentiu grato por ter uma desculpa para tirar os olhos cansados da papelada à sua frente e pousá-los no canto do escritório, onde Maya estava passando o dedo pelas lombadas dos livros, pensativa. A estante era da largura dos dois braços abertos e ia do teto ao chão. O perfil de Maya estava marcado pelas sombras criadas pela luz dourada das luminárias.

— Eu não leio nenhum desses livros há anos — comentou Matti, melancólico. Ele nunca fora um leitor voraz, mas vez ou outra se pegava pensando em alguns de seus favoritos da infância, como *Contos da Fonte do Sol*, as histórias se embaralhando com as colunas de números e seu medo do estresse que seria o dia seguinte.

Havia espaços vazios em todos os quartos da casa dos Jay, de onde itens desapareceram ao longo dos cinco anos anteriores, vendidos para cobrir algum buraco financeiro. Os livros continuavam ali: não eram valiosos o bastante para vender, mas lindos o bastante para encherem os olhos quando a língua sentia saudade das cerejas.

— Se você está se perguntando onde estão uns dez deles, há uma pilha ao lado da minha cama que eu chuto sem querer uma duas vezes por semana. — Maya se aproximou da mesa, observou os papéis em que Matti estava trabalhando e depois encaixou a mão no cotovelo dele e o encorajou a sair da cadeira. — Você já bocejou duas vezes e disse *só mais um minuto* três vezes. Temos que começar antes que você corra um risco real de pegar no sono em pé mesmo na metade da aula.

— Quando *você* aprendeu a dançar?

— Joyce e Verity amam dançar, e elas nunca conseguiam convencer os irmãos a praticarem com elas, então elas costumavam me mostrar o que fazer.

Matti apertou as mãos dela e se preparou para mais uma sessão de inaptidão física.

— Vou tentar não pisar muito no seu pé — disse. — Por onde começamos?

Apesar dos medos dele, depois de quase uma hora de aula, Maya afirmou que o irmão não estava indo nem um pouco mal.

— Você aprende rápido — disse ela, depois de persuadi-lo a tentar um *wissel*, uma *catskill* e as voltas mais lentas, pomposas e românticas de uma *sehassa*. Eles não tinham música para guiá-los, mas Maya contava as batidas com palmas na coxa, ou as ditava em voz alta enquanto eles se moviam.

Matti também surpreendera a si mesmo. Maya era uma professora mais paciente que Luca e tinha a habilidade de ajustar suas explicações quando necessário. Mas as aulas de Luca *ajudaram* Matti. Ele já estava acostumado a ajustarem sua posição ou a se concentrar numa sequência de movimentos. Sabia como mandar seu corpo fazer algo de novo e de novo, esforçando-se para chegar ao ponto onde tudo pareceria correto.

— Acho que Luca tem me ensinado a dançar também — disse ele, num tom seco. — De certa forma.

Maya soltou as mãos dele e afastou o cabelo do rosto. Ela já tinha prendido, mas, como sempre, algumas mechas escaparam, e a situação não ajudava muito, considerando a quantidade de vezes em que ela rodopiou nos braços de Matti.

— Eu não sabia que você tinha interesse em aprender a duelar. Você nunca disse nada.

— Só aproveitei a oportunidade quando ela surgiu.

— Você *criou* a oportunidade botando pressão no momento certo — comentou ela, num tom de aprovação. — Mamãe e papai ficariam orgulhosos.

— Eu não sabia que você gostava de dançar — rebateu ele.

— Não é o que eu escolheria entre todas as atividades do mundo — disse ela com leveza. — Mas é divertido. E não importa quanto tempo você passe falando sobre todas as vantagens, eu *não vou* aprender a nadar.

A aversão de Maya à água fez seus pais a chamarem de *gatinha* até o dia da sua nomeação, onde ela se virou bruscamente e proclamou que seu nome adequado fora aprovado diante de Huna e, a partir de então, ela pediria a Huna que se vingasse de qualquer pessoa que insistisse em chamá-la por apelidos bobos de animais. Ela ainda odiava ficar presa na chuva e declarava sua intenção de cortar o cabelo curto pelo menos uma vez por estação — ainda mais no verão —, para que não demorasse tanto para secar.

— O que você escolheria, então? Entre todas as atividades do mundo.

— Sinceramente?

— Claro.

— Queria que a gente tivesse cavalos. Lógico que é impossível na cidade. Mas quando eu tinha uns sete anos, mamãe me levou para visitar a casa de campo dos Cooper, onde o baile vai acontecer, e Daniela me ensinou a cavalgar no pônei da Sofia, e eu amei. Sempre pedia para que me levassem lá de novo.

Matti tentou imaginar sua irmã, toda urbana e elegante, montada em um cavalo, saltando obstáculos e galopando por campos lamacentos. Não parecia encaixar. Mas a imagem de Matti segurando uma espada também não encaixava muito.

— Queria poder tornar isso possível — disse ele.

Maya desviou o olhar. O momento beirou o desconfortável, e Maya raramente ficava desconfortável. A irmã sempre sabia o que dizer.

Matti se sentiu ainda pior por ter, de alguma forma, transferido seu desconforto para ela ao dizer em voz alta o tipo de coisa que os dois geralmente deixavam implícito.

— Nem ouse ficar remoendo isso — afirmou Maya. — Já tenho muitas coisas. Gosto de desenhar, e não é como se os lápis custassem muito caro, e você sabe que eu amo escolher as tinturas e trabalhar com os estilistas nos nossos tecidos.

— Sim — disse Matti, embora não soubesse daquilo.

Ele nunca a escutara dizer que *amava* qualquer coisa sobre os negócios da Casa Jay. Sempre soube que Maya era dez vezes mais artística do que ele, e aquilo era mais uma coisa com que Matti se preocupava, que ela tivesse espaço para explorar seus talentos. Ele sempre considerava aquilo quando lhe pedia para fazer alguma visita às fábricas ou responder a cartas de alfaiatarias. Não importava se Matti não tinha tempo para mais nada além do trabalho. *Ele* não tinha talentos artísticos, não estaria desperdiçando nada.

Poderia dizer qualquer coisa sobre Corus Vane, mas pelo menos ele conseguia dar ao filho aquele tipo de liberdade.

— Um dia — prometeu à irmã —, vou te comprar um cavalo.

— Eu também sou membra da Casa. Um dia vou comprar *três* cavalos. — Seu sorriso largo e familiar apareceu, como que detrás de uma nuvem. — Mas posso deixar você e Sofia comprarem a casa de campo onde vai ficar o estábulo deles, então.

O lembrete do noivado atingiu Matti como um pequeno susto, como alguém sacudindo de leve sua cabeça. A proximidade do Baile da Meia-Lua realmente o surpreendera. Sofia aparecia na casa deles dia sim, dia não, onde conversava com Maya, as duas debatendo várias coisas em que Matti jamais fora chamado para se envolver. A última decisão que Matti havia tomado fora em relação ao corte de seu terno de casamento.

Ele se perguntou, de repente, se sua irmã e sua noiva estavam criando o mesmo tipo de trégua de responsabilidades para *ele*, como ele vinha tentando criar para os irmãos. Se havia coisas nas quais ele deveria estar prestando atenção, com as quais elas lidavam cuidadosamente sem a presença dele, enquanto ele estava...

Enquanto ele estava brincando de espada por aí. Enquanto estava com água até a cintura beijando um homem impossível.

Matti acobertou sua culpa dando alguns passos até ficar de frente para a mesa, onde se ergueu para se sentar.

— Então, acha que vou conseguir não passar vergonha? — Ele fez um gesto se referindo à aula de dança.

— Vamos fazer mais umas sessões. E Sofia não sabe que você está tendo essas aulas. Ela não vai te julgar se você não for perfeito.

— Quando penso em todas as outras pessoas de Casas ricas com quem eu poderia estar me casando, sinto que tenho sorte. Fico feliz que nós estamos nos conhecendo — disse Matti, se dando conta de que era verdade. — Anos atrás, eu já teria ficado feliz em tê-la como amiga.

— É bom ter amigos também. — Havia algo no tom de Maya que Matti não conseguiu identificar. — E você conseguiu fazer amizade com o Luca — acrescentou ela. — Você acha que ele pinta o cabelo daquela cor ridícula?

— Eu... — começou Matti, e de alguma forma sentiu o gosto de água salgada na boca e sua mente se encheu com a imagem de Luca se alçando para sair da piscina, correntes de água salgada escorrendo pelas costas musculosas de Luca. Ele se virando para sentar na pedra, as sardas espalhadas sobre aquele peito leitoso, e uma linha naquela mesma cor de cobre descendo do seu umbigo. — Eu acho que não, eu...

— Pelo *berro* de Huna! — Maya suspirou. É claro que era esperar demais que ela não notasse sua perda de compostura. — Matti, você... você e ele estão...

— Não! — Matti ficou muito, muito feliz por conseguir negar com força e honestidade. Mais ou menos. Ele não deixaria aquilo ir tão longe. Expulsou os pensamentos sobre Luca. — Não, não estou dormindo com meu padrinho.

— Mas você não se importaria... — disse Maya, o analisando.

— Eu... não. — A palavra saiu como um suspiro, com o puro alívio de poder admitir pelo menos aquela pequena parte. — Ele é… atraente. Mas não significa nada. Consigo lidar com isso — declarou Matti, ainda mais firme. — E é com a Sofia que eu vou me casar.

Maya começou a falar, mas um bocejo tomou conta de seu rosto, despertando um em Matti também. Os dois trocaram um olhar pesaroso, e Matti se deu conta de como suas pálpebras estavam pesadas.

— Melhor eu ir para cama — comentou ele. — Acordo cedo amanhã.

— É claro — respondeu Maya. — Para a sua aula de *dança.*

Matti riu. Apesar do cansaço, ele se sentia mais leve. Compartilhar seus segredos acumulados com Maya foi como ter um novo par de ombros para carregar aquele peso.

— Sim — disse ele. — Exatamente.

12

O CHEIRO FORTE DO SETOR DE CARDAGEM era um que Luca nunca sentira antes. Um aroma pesado, quente e perturbador, com um quê de poeira. Luca nunca havia se deparado com gado, exceto ao passar pelo açougueiro, mas na última hora ele havia atribuído àquele cheiro o rótulo mental definitivo de *ovelhas*.

Luca aproximou seu banco do de Maya, para que pudessem conversar sem que ninguém os ouvisse. Provavelmente não era necessário; várias pessoas conversavam por ali, e ainda havia o barulho pesado dos pentes de cardagem se movendo um contra o outro, um som tão desconhecido quanto o cheiro, mas que Luca já sabia que iria escutar em seus sonhos durante as três noites seguintes.

— Eu poderia ter feito isso sozinho — disse ele.

Ele estava mentindo, mas queria ver a reação de Maya. O que recebeu foi um olhar demorado e indiferente. Melhor do que nada.

— É, aposto que você conseguiria descrever de maneira plausível suas experiências prévias nessa indústria — rebateu ela.

— Nem teria me dado a esse trabalho. Inventaria uma história trágica sobre uma doença que acometeu meus pais e meu desespero por um novo trabalho, jurando de pés juntos que aceitaria apenas metade do pagamento até aprender o que precisava ser feito — replicou Luca. — Acho que eu até conseguiria chorar.

Maya olhou para baixo antes que ele pudesse ver se havia lhe arrancado um sorriso. Seu trato com ele estava mais frio do que no dia anterior. Enquanto viajavam pela cidade, nenhum meio flerte ou meia piada conseguiu trazer à tona a mesma fonte de sorrisos e energia que ela demonstrara no parque, rindo enquanto comiam *raskils*. Hoje ela estava fazendo uma boa imitação da reserva receosa do irmão, e Luca não entendia o porquê.

A oficina da Casa Kesey ficava num vilarejo no território de Glassport, cujo nome Luca esquecia toda hora. Alguma palavra curta e simples como Mud ou Lud, com duas pousadas e ruas largas e esburacadas, e o ar confortável de um lugar devoto à indústria artesanal. A oficina fora construída num celeiro com vigas altas, dividido em seções com mesas compridas e rústicas. Sacos cheios de lã crua estavam alinhados numa parede. Inspetores do andar caminhavam com pranchetas, orientavam o processo de transferência da lã para sacos menores, colocados ao lado do banco de cada funcionário para que pudessem pegar um punhado de cada vez e trabalhá-lo.

Os pentes de cardagem eram, cada um, do tamanho de um livro, um conjunto de dentes de metal apoiados em estruturas de couro com cabos de madeira. Havia uma dança naquilo tudo, um ritmo entre o pente de cima e o de baixo, um movimento do cotovelo ao virá-los, de maneira que as fibras fossem trabalhadas para a frente e para trás.

Era como uma nova postura de espada, Luca disse a si mesmo. Uma nova finta. Observe e aprenda.

Depois de um tempo, ele se sentiu confiante o bastante com o movimento das mãos e começou a puxar assunto com a pessoa sentada do outro lado, desistindo de Maya por um momento. Yolente era uma mulher de maxilar quadrado que parecia ter a idade da mãe dele e usava um lenço de cabelo feito de algodão verde, com contas de vidro costuradas na borda. As contas cintilavam sob os feixes de sol que desciam pelas janelas altas do celeiro.

Yolente, conforme Luca descobriu, morava na cidade ao lado e era itinerante: uma trabalhadora que ia de Guilda em Guilda, de acordo com a disponibilidade de empregos que não exigiam experiência, se comprometendo brevemente a servir um patrão e, depois, partindo para outro. Parecia um jeito desconfortável de ganhar a vida, embora Luca soubesse que, para as pessoas que seguiam aquele caminho, geralmente era o melhor dentre uma série de opções ruins.

Luca queria perguntar se ela achava confuso viver sob os auspícios de um patrão sem ter crescido com eles. Manter em mente os rituais importantes e o calendário de cada um, depois ser contratada por uma nova Guilda e ter que fazer aquilo tudo de novo. Ele se perguntou se ela xingava em nome de um deus diferente toda vez que batia o dedinho do pé na mesa. Mas perguntar tudo aquilo entregaria muito sobre si mesmo, então ele se contentou com:

— Você já desejou poder ficar numa única Guilda? Ser empregada de uma só Casa, ou construir um negócio próprio?

Ela deu de ombros de forma extremamente pragmática.

— Construir algo é só para quem pode. Pra quem precisa, a coisa é de outro jeito. Faço o que posso e os deuses nunca pegam muito pesado comigo.

— E você gosta de trabalhar para os Kesey? — perguntou Luca. Ele fez um sinal para Maya. — Eu e minha garota estamos procurando um lugar para criarmos raízes por um tempo.

— Eles não pagam tão bem quanto eu gostaria — admitiu Yolente, abaixando o tom de voz. — Mas, na minha idade, não posso exigir muito, né? Você precisa se comprometer por pelo menos uns cinco anos na maioria das Guildas para se qualificar para a pensão mais básica de aposentadoria. Ano passado eu estava trabalhando num mercado de plantas da Casa Amberden. Eles pagavam bem mais, e eu gostava do ar fresco, mas minhas costas não são as mesmas de antes e só pioram. Aqui, pelo menos, o trabalho pega leve com os meus ossos.

— Contanto que seus ossos estejam inteiros — disse a jovem do outro lado de Yolente. Ela claramente estava escutando a conversa, e jogou uma mecha do cabelo castanho-claro por cima do ombro, lançando um olhar para os supervisores da oficina. Ela se apresentou como Susanna e, num tom mais baixo, acrescentou: — A Casa Kesey é cruel quando se trata de segurança no trabalho. Eles cortam todos os custos. Já fiz cardagem para os Jay por um tempo. *Eles* pagam as tarifas médicas caso você se machuque no trabalho, e ainda te dão um quarto do salário caso esteja doente demais para trabalhar, desde que você volte depois que melhorar.

— Você perdeu seu emprego lá? — perguntou Luca.

— A oficina fechou. — Ela deu de ombros de forma tão fatalista quanto Yolente havia feito. — Acontece. Não fiquei feliz, mas prefiro ser dispensada assim, direto, do que ter minha energia espremida aos poucos, trabalhando cada vez mais horas por cada vez menos moedas e direitos. — Ela cerrou os lábios. — Você e sua garota deveriam tentar outro lugar, se tiverem essa opção. Eu só continuo porque meus pais precisam de mim aqui, mas já mandei minha irmã ir para a cidade. Implorar por uma vaga como aprendiz de tecelã, se puder, numa Casa de Huna diferente.

Yolente assentiu em aprovação.

— Faz sentido. E é uma pena que os Jay não estejam indo bem. Para um homem de Casa, ele não é ruim, aquele Tomas Jay.

Luca engoliu a bolha repentina de alerta e conseguiu não olhar para Maya. Ela prendera e escondera o cabelo sob um lenço, e havia jurado que quase nunca saía da cidade e que a maior parte do seu trabalho para a Casa era com as pessoas contratadas para tingirem os tecidos. Mesmo assim, Luca imaginava que ainda havia a possibilidade de que algum antigo funcionário a reconhecesse.

— Jay? — perguntou Luca, com nada além de uma curiosidade moderada.

— O Mestre da Guilda de Glassport. Eu votei nele — acrescentou Susanna, com o ar de uma mãe orgulhosa vendo seu filho pequeno tocar piano. — E vou continuar votando nele, enquanto ele continuar demonstrando algum pingo de consideração por pessoas como nós, que não temos uma Casa atrelada aos nossos nomes.

Luca engoliu uma risada, curvou a cabeça e voltou ao trabalho. Ele observava o jeito eficiente com que Yolente transferia uma madeixa de lã cardada para a parte de couro do pente e depois a enrolava entre as superfícies planas até que se formasse um tubo esbranquiçado, como um pedaço de cano ou um cigarro gigante. Cada tubo era jogado numa cesta aos pés dela e, periodicamente, as cestas eram esvaziadas em um novo conjunto de sacos, que eram carregados para fora da oficina. Notando o olhar dele, Yolente explicou a Luca que os fiandeiros tinham a própria oficina por perto.

— Não tingimos nem fiamos aqui — disse ela. — A lã vai para outro lugar, onde fazem isso.

Luca gostaria de ter testado sua história de órfão com Yolente, mas se ateve à narrativa que Maya inventara para acobertá-los: os dois eram andarilhos itinerantes a caminho do sul. Mas Luca deu uma floreada ao contá-la. Deixou implícito que estavam noivos, dando a entender uma leve desaprovação por parte da família.

— O sapateiro aqui de Nud também tem um pouco de sangue do norte — comentou Yolente. — Mas ele não tem a pele tão escura quanto a da sua garota, e não fala do mesmo jeito que ela.

O sotaque de Maya no dia anterior era puramente de Glassport. Hoje, implorando por trabalho, ela falara num sotaque que Luca nunca escutara antes, uma variante musical do sotaque de Narama com um ritmo desequilibrado. Agora que eles estavam em meio aos outros trabalhadores, o sotaque havia se suavizado, mas continuava presente.

No momento, Maya estava escutando a mulher sentada de seu outro lado, sorrindo e assentindo muito mais do que tinha feito para Luca, desde que ele a encontrara na estação de carruagens em Glassport naquela manhã. Quando a mulher se levantou para esvaziar seu cesto, Luca se virou para Maya, angulando o corpo de um jeito íntimo.

— Somos amigos, não somos? — disse ele suavemente. — Sorria.

O sorriso de Maya mostrava os dentes, mas não era sincero.

— Você tem amigos, Luca Piere, ou apenas marcas?

Luca pressionou a lateral do dedo contra uma ponta afiada do pente. Ele tinha amigos, e sentia falta deles. Sob circunstâncias normais, àquela altura ele com certeza já teria feito muito mais amizades em Glassport, mas com a tentativa de se manter na encolha e o jeito como havia caído nas graças de Matti, ele não havia aproveitado as oportunidades de socializar com pessoas como Ilse, apenas nos momentos em que os deveres profissionais os uniam. Parte do que o fez desfrutar tanto da companhia de Maya no dia anterior foi que ele *gostava* de conhecer pessoas novas, de sentir aquele crepitar feliz de algo em potencial que não tinha nada a ver com sexo. Isso fez com que as ações dela desde o início do dia doessem ainda mais.

— O Matti tem amigos? — devolveu ele.

Ele queria magoá-la de volta. Como esperado, Maya fechou a cara. Quando ela falou, seu sotaque já havia quase voltado ao normal.

— O que você está querendo dizer?

— Quero dizer que ele não tem nada na vida além da própria Casa. Isso não te incomoda?

— Não vou te passar informações sobre o meu irmão.

— Acho que vai sim, Mayanesh — disse Luca. — Porque acho que você se importa com ele.

— Assim como você? — Ela foi rápida. Pegou o que estava implícito da frase de Luca e transformou num desafio.

— Sim — respondeu Luca, ousado. — Eu me importo.

Maya levantou seus pentes e gesticulou com eles. Luca deixara as mãos paradas durante a conversa. Ele olhou ao redor para ver se algum dos supervisores com pranchetas havia notado, depois pegou mais uma porção de lã e começou a trabalhar nela. Yolente e Susanna estavam trocando fofocas da região, entre uma risada e outra.

— Ele tem muito orgulho do próprio trabalho — disse Maya finalmente, bem quando Luca já estava se perguntando se havia confundido as coisas e passado dos limites. — Ele tem tanto orgulho de conseguir tocar os negócios da Casa Jay.

— Sim, mas aos... Espera. Quantos anos ele tem?

Maya lhe lançou um olhar estranho.

— Vinte e quatro.

Ele parece mais velho seria um comentário grosseiro em qualquer situação.

— Aos vinte e quatro anos, só se toma conta de uma Casa se já se houver perdido muitos parentes mais velhos. Sei que sua mãe é do norte distante e seu pai é Mestre da Guilda, mas... e os pais *deles*? E os irmãos?

— Os pais da mamãe já morreram — disse Maya, como um golpe certeiro. — Ela era a mais nova de oito filhos. Nenhum deles vive longe de Manisi, e nenhum está na nossa Guilda, de qualquer forma. E meu avô tocou a Casa Jay durante uns bons anos, na época dele, mas agora... ele não está muito bem. — Ela deu escovadas selvagens na lã em suas mãos. — Ele esquece as coisas. Minha avó cuida bem dele, mas a vida no interior é mais fácil para eles. Eles não vão até a cidade com frequência.

— Eles não sabem? Sobre a fortuna da Casa de vocês?

Outra série violenta de movimentos para a frente e para trás.

— Meu pai não quer preocupá-los.

— Imaginei — disse Luca. — A quem será que o Matti puxou, né?

Maya o encarou com seus olhos escuros. Sua boca se moveu, um tremor que ainda era firme.

— Ele não está sozinho. O Matti. Ele nunca esteve sozinho. Todos nós fazemos nossa parte.

— E qual é a sua *parte*? — O tom dele beirava a grosseria, mas ele estava ficando cada vez mais furioso, tomando as dores do Matti.

— Meu pai chama de óleo de rosa — respondeu Maya. — Era uma piada, mas eu faço de caso pensado. Não sei se ele sabe disso. Eu mantenho as coisas tranquilas e fluidas. Como óleo sobre a lã. — Maya cheirou um punhado de lã e fez careta. — Só que esse óleo foi feito com gordura de ganso — disse ela, em tom de desaprovação. — Coisa barata.

Luca, que inicialmente tivera que conter os arrepios causados pela textura gordurosa inesperada da lã — que ele achava que era um material seco e limpo —, arqueou as sobrancelhas de forma questionadora. Maya explicou: em um canto da oficina, trabalhadores despejavam óleo sobre a lã, pressionando e massageando a substância no material antes de colocá-lo nos sacos para os funcionários da carda. Deixava o processo de cardagem mais fácil.

— É tipo óleo de cabelo. É mais fácil alisar as fibras quando estão engorduradas.

— Óleo de rosa — disse Luca. — Entendi.

— É um talento. E eu fui aprimorando isso. Minha mãe tem um estilo diferente do meu. Ela faz perguntas, finge ser ignorante. E então, continua perguntando e perguntando até que a conversa tome o rumo que ela quer que tome.

— Minha mãe — disse Luca, e parou. Ele conseguia *sentir*, especialmente em contraste com a frieza dela mais cedo: a suavidade tranquila nos tratos de Maya. Ele quase deixou uma verdade escapar. Mas a filtrou de um jeito que lhe pareceu seguro. — Ela não é nem um pouco esse tipo de pessoa. Não tem a menor paciência para bobagens, e se ela não aprova o que você está fazendo, faz questão de te dizer.

Maya enrolou um pouco de lã e a jogou no cesto com eficácia.

— Por isso você foi embora de Cienne?

— Não — respondeu Luca. Até a palavra sair de sua boca, ele não tinha percebido que, ainda que de forma indireta, se tratava da mais pura mentira. Ele tentou imitar o gesto de Maya. O rolo de lã caiu de um jeito meio triste em seus joelhos. — Ela não é assim comigo.

— Eu faria mais — disse Maya abruptamente. — Eu *gostaria* de fazer. Conheço cada etapa do processo.

— Então faça — replicou Luca.

Maya lhe lançou um olhar irônico.

— Você conheceu meu irmão, não conheceu? Você sabe como ele é, pelo menos um pouquinho. O que você acha que acontece quando alguém se oferece para tirar parte do trabalho das mãos dele?

Luca pensou a respeito. Fez uma careta.

— Exatamente — disse Maya. — Acredite, eu já me ofereci. Mas não tem óleo de rosa que supere o fato de que Matti acha que é trabalho dele fazer com que todos nós sejamos os mais felizes possível. Sem falar que, na cabeça do Matti, se eu perguntar se posso ajudá-lo, isso significa que eu acho que ele não consegue dar conta de tudo. E ele consegue, *sim.* — Ela virou os pentes com força. — Não importa o que ele pense sobre si mesmo. Ninguém teria feito mais do que ele.

— Só porque ele consegue, não significa que ele deveria ter que fazer tudo isso.

Luca se perguntou por um momento se Maya iria parecer abalada, mas enquanto o rosto dela assumia incontáveis expressões, Luca não identificou culpa entre elas. A irmã de Matti olhou em volta, e Luca arrastou seu banco para mais perto dela, enquanto todos ao redor continuavam entretidos nas próprias conversas. Ele não queria que Maya se fechasse de novo, não quando ela estava lhe entregando tantas peças importantes do quebra-cabeça que era Mattinesh Jay.

— Você não nos conhece — disse ela, em um tom baixo e assertivo. — Você é um golpista e um serviçal. Não tem a menor ideia de como tem sido.

— Eu conheço o *Matti* — respondeu Luca. — Um pouco. Como você mesma apontou.

Maya respirou fundo. Ela soltou o ar enquanto enrolava a lã e a jogava no cesto.

— É complicado. Acho que meu pai… Mas, olha, a posição de Mestre da Guilda é *importante*. É maior do que apenas nossa Casa. Meu pai acha que as divisões que se formaram nas últimas décadas entre trabalhadores e membros de Casas causaram um desequilíbrio nas Guildas, dando abertura para corrupção e dificultando que todos trabalhem em prol dos mesmos objetivos. O Mestre da Guilda anterior piorou as coisas. Ele mal reconhecia que pessoas que… bom, pessoas como estas — disse ela, indicando a oficina — deveriam ter uma voz na Guilda, que dirá no governo de Glassport e seus territórios.

— A Susanna ali votou no seu pai.

— Ele é popular — respondeu Maya. — Bom… não entre algumas das outras Casas. Mas cada membro da Guilda tem um voto. E independentemente do poder exercido pelas Casas, elas sempre estarão em número menor em suas Guildas do que aqueles que, como a Susanna descreveu, não têm uma Casa atrelada ao próprio nome.

— Ele também vem perdendo a popularidade no conselho, pelo que Matti me disse.

O canto da boca de Maya se franziu com certa afeição.

— Ah, sim. Ele passa a maioria dos dias irritando as pessoas. Acho que vocês dois se dariam muito bem.

Luca decidiu deixar aquela passar.

— Ele está bloqueando algum tipo de projeto para um canal, certo?

— Bloqueando uma proposta que é um *desperdício de dinheiro*, lançada só porque a Casa Martens não gosta do tempo que eles levam para transportar o mármore vermelho por terra antes de carregarem as barcas no Rozen. Então, sr. Piere — disse Maya, com um tom ácido inesperado tomando conta de sua voz —, você acha que meu pai deveria ter sido egoísta? Recusado a reeleição? Saído do conselho e deixado pessoas como Lysbette Martens encherem os bolsos de dinheiro público que poderia ser usado para consertar os canos hidráulicos de Ash Quarter? Focado na nossa fortuna pessoal e deixado todas essas outras coisas irem ladeira abaixo?

Luca estava pensando que toda aquela maldita família poderia ser um pouquinho mais egoísta. Pensou de novo em Matti, que assumiu em silêncio todo o fracasso da Casa e que achava ser de sua responsabilidade evitar que os problemas caíssem no colo dos pais para que eles pudessem... ser felizes. Ser idealistas. Ser uma voz para pessoas como Susanna, que, em troca, tentavam fazer o melhor para *suas* famílias.

Pelos deuses, se ao menos aquilo fosse simples como um duelo de espadas. Havia uma sensação bruta e persistente no peito de Luca, que agora ele identificava como culpa, ao se comparar com outra pessoa e se considerar desesperadamente aquém. Mesmo se a única pessoa fazendo aquela comparação fosse ele mesmo.

— Talvez ele devesse, sim — disse Luca. — Se sua fortuna pessoal estava indo tão mal.

— Huna joga suas moedas...

— E às vezes elas caem no pó — completou Luca. — Matti me lançou essa também quando estava me contando sobre o navio perdido.

— O *Isadonna*? — Maya suspirou. — Ninguém nunca fingiu que a travessia de Fataf até aqui era tranquila, mas apenas cinco navios já se perderam nos Estreitos com toda a tripulação. *Cinco*.

Ao ouvir o nome, algo se agitou, um incômodo rastejante na mente de Luca. Era como tentar enxergar um flash de luz pelo canto do olho — quando tentava focar naquilo, tudo se dissolvia.

— Navios podem ser danificados — disse ele lentamente.

— Quê? — Maya o encarou.

— Corus Vane estava envolvido na compra dessa… lã preta?

— Libelza preta. Não sei. — Os utensílios de cardagem de Maya agora estavam parados em seu colo. — É possível. Nós confiamos muito nele. Mas isso… isso seria muito mais do que sabotar alguns contratos e pagar a mais pelo cáustico. Isso seria *matar pessoas* só para nos negar uma entrega de mercadoria.

— Uma mercadoria importante — recordou Luca, mas ela estava certa. Aquele incômodo enviou mais um sinal, pequeno e insatisfeito, e então desapareceu. — Talvez a Casa Kesey tenha ficado impaciente o bastante para considerar que valia a pena.

— Se eles foram tão cruéis a ponto de terem feito aquilo, acredito que uma produção fraudulenta de lã de baixa qualidade não seria nada, em comparação.

Isso. Eles estavam ali com um propósito que ia além de discutir sobre os méritos de deixar Matti Jay se sacrificar por sua Casa. Luca voltou ao trabalho de cardagem com vigor.

— Será que aquelas seriam boas para começar? — Ele indicou com a cabeça os sacos enormes, cheios de lã ainda não cardada.

— Começar? — disse Maya. — Não te contei? A gente está quase acabando.

Luca a encarou. Ela podia até ser rápida, mas não conseguia mentir tão bem assim; a lateral de sua boca larga se curvava como uma folha em chamas, traindo a expressão presunçosa por trás daquele semblante calmo.

— Certo — disse Luca, quando ela se recusou a continuar falando. — Se eu admitir que você teria conseguido resolver tudo *sem a minha ajuda*, você me conta que porra que você descobriu?

A calma cedeu; ela soltou uma risada em forma de bufada suave.

— Tenho certeza de que você foi parte importante do meu disfarce — respondeu Maya.

Ela jogou um rolo de lã cardada no cesto, depois se abaixou e, com uma olhada rápida ao redor, que Luca a teria alertado ser prejudicial ao disfarce, puxou seu pequeno saco de lã para o colo. Ela enfiou a mão depressa e pegou dois tufos de lã, que entregou a Luca.

— Já estão misturadas — disse Maya. — Você tinha razão, eles provavelmente estão fazendo isso lá. — Ela olhou na direção dos sacos maiores e das pessoas com pranchetas. — Eles poderiam cardar separadamente e misturar depois, mas aí a diferença do comprimento das fibras ficaria mais óbvia.

— Você quer dizer que os funcionários nem reparam? Eu com certeza não reparei.

— Essa é a primeira vez que você toca em lã crua. Não sabe a diferença entre alhos e bugalhos — replicou Maya, e Luca se permitiu sorrir. — Aqui temos duas raças diferentes. Ambas são lãs tosquiadas, não puxadas, mas está vendo como essa aqui tem fibras mais longas? Uma ondulação mais fina?

Luca esfregou as duas amostras entre os dedos. Havia uma diferença, não apenas no toque, mas na aparência das duas, sendo uma inegavelmente mais desgrenhada e a outra com ondas mais fechadas, similares aos cabelos de algumas pessoas nativas do norte de Draka. Um dos amigos de Luca em sua cidade tinha o cabelo daquele jeito, assim como Dinah Vaunt.

— Se você está dizendo…

— Eu perguntei a Carlin se essa oficina geralmente faz misturas de lã, e ela disse que só começaram ano passado. — Maya indicou rápido com a cabeça a mulher do seu outro lado. O valor estimado da irmã de Matti como parceira de crime subiu mais um pouco. — Não é trabalho dos funcionários da cardagem acompanhar a rotulagem para o controle de qualidade. Mas eles sabem com o que estão trabalhando, mesmo que não saibam como está sendo vendido, depois que chega na etapa de virar tecido.

Luca por fim encontrou a peça perdida naquela missão investigativa.

— Mas você precisa descobrir se o que está saindo dessa oficina está sendo vendido como... puro? Não misturado?

— O sistema de rotulagem de Thesper foi padronizado quando as leis mandatórias de rótulos para tecido foram aprovadas — disse Maya. — Me dá dois minutos.

Ela se abaixou para pegar o cesto de tubos cardados de Luca, pateticamente meio vazio, e despejou no próprio cesto, fazendo-o quase transbordar. Então, se levantou com o cesto embaixo do braço e caminhou até os sacos que iriam para a oficina dos fiandeiros. Luca manteve os olhos nela, tentando parecer produtivo ao mesmo tempo, fazendo uma careta ao conseguir a proeza de arranhar a própria mão com o pente de cardagem.

Maya esvaziou seu cesto em um dos sacos e ficou um tempo por lá, conversando com uma mulher que estava de prontidão ao lado dos sacos. Depois de alguns instantes, ela retornou ao seu banco. No caminho, percebeu o olhar de Luca e assentiu uma vez com firmeza.

— Olha só — disse Luca, assim que ela se sentou ao lado dele de novo. — Agora meu cesto está vazio e eu não tenho nada para mostrar depois de tanto trabalho duro. Parece que eu não fiz nada. Você está tentando fazer com que eu seja demitido deste emprego falso muito importante no qual eu nunca mais vou botar os pés de novo, Mayanesh?

A boca de Maya se curvou de novo, depois se iluminou com um sorriso completo.

— A-há! Você *gosta* de mim. — Luca retribuiu com um risinho presunçoso. — Admita.

O sorriso sumiu do rosto de Maya. Os traços espirituosos de satisfação em Luca desapareceram de forma tão abrupta quanto.

— Ai, que merda. O que *foi*? Qual é o seu problema comigo?

— Além do fato de que você quase destruiu a vida do meu irmão, e a de todos nós, com um truque idiota usando um relógio de bolso?

Aquilo lhe pareceu uma distração.

— Sim. Além disso.

Maya soltou o ar. Sua postura relaxou de um jeito que pareceu bem deliberado e muito similar ao que acontecia com Matti quando Luca o lembrava, pela quinta vez na mesma aula, de não deixar os ombros tão tensos.

— Não sei se você faz bem para ele.

Luca sentiu seu lábio franzir.

— Porque estou dando a ele uma chance de se *divertir*, e não...

— Não. — Ela o cortou. — Me escuta. A noiva do Matti é uma mulher linda e inteligente, e ele fala sobre ela como se estivesse feliz porque a professora lhe colocou para fazer dupla com uma colega de classe que não vai sujar o trabalho dele de tinta só por maldade.

— Achei que essa fosse uma união de negócios. — A palavra *noiva* parecia grama seca na pele de Luca. — Que os sentimentos não importassem. Você está mesmo chateada porque ele não está fingindo ser caidinho de amor por ela?

— Ninguém espera que eles estejam apaixonados agora. — Maya estava olhando para os punhos, cutucando o botão perolado da manga da camisa. — Mas eu sei que ele seria capaz de aprender a amá-la, caso se permitisse tentar. Eles seriam mais felizes assim. Os dois.

— E como, por todos os deuses, isso é *minha* culpa?

Maya levantou a cabeça. Luca já estava condicionado a esperar uma impetuosidade naqueles olhos escuros de cílios espessos; era completamente injusto que a irmã de Matti fosse capaz de manejar uma arma que o próprio Matti hesitava tanto em usar, e que Luca teria recebido muito bem.

— Porque quando ele fala sobre *você*, parece que ele encontrou uma pedra da sorte no meio da rua, e não sabe se é melhor guardar no bolso ou colocar num anel.

Por um longo momento, Luca não soube o que estava fazendo com seu rosto.

— Porque eu acho que talvez você ainda seja capaz de acabar com a nossa vida — confessou Maya. — Esse é o meu problema com você.

— Não me diga que essa é a primeira vez que o Matti quis alguma coisa que ele achou que não deveria ter.

— Pelo choro de Huna — disse Maya, num tom baixo e firme. — Não. Eu… eu acho que não. Mas ele nunca demonstrou antes.

Luca olhou para os próprios pés, que estavam em movimento, batucando levemente no chão de madeira. Ele não havia notado. Ele sentiu a agitação neles aumentando até sua pele se encher do desejo de sair correndo daquele lugar, daquele vilarejo estúpido, até chegar em Glassport, onde poderia encontrar Matti, parar na frente dele e… o quê? Procurar no rosto dele uma expressão de quem encontrou uma pedra da sorte?

Dizer: *Eu viveria no seu bolso por quanto tempo você quisesse*?

Dizer: *Esquece todo o seu trabalho e todas as pessoas que você ama. Anda logo, vai ser divertido*?

— Esse silêncio está meio preocupante — comentou Maya. Talvez ela tentasse soar seca, mas sua voz parecia um fio teso.

— Você está tentando me pedir alguma coisa — afirmou Luca. — Pede logo.

— Não o distraia mais do que você já vem distraindo — disse Maya. — Achei que eu conhecia meu irmão melhor do que qualquer pessoa no mundo, e agora estou vendo pedaços dele que não conheço, e nós não podemos *bancar* isso. Não podemos bancar o inesperado. Não agora.

— Sei que não podem. — Aquilo era tortura. Os deuses e os Jay tinham feito uma aliança para deixar bem claro para Luca que ele não poderia ter a única coisa que *ele* queria, e aquilo só o fazia querer *mais ainda* a coisa toda. — Independentemente do que mais está acontecendo, fui contratado formalmente para me certificar de que o casamento aconteça. O valor de um duelista consiste apenas na sua reputação. Vou me esforçar ao máximo para vencer.

— E isso significa alguma coisa para você?

— O quê?

— Sua reputação.

— Eu…

Maya fez um gesto com o pente, indicando a oficina a seu redor.

— Duelista não é só mais um emprego falso muito importante?

Aquilo foi como um balde de água fria para Luca. Ele sentiu o rosto ficar tenso.

— Não. É importante. — *É tudo o que me restou.*

Maya olhou para ele atentamente por mais alguns instantes. Então assentiu.

— Muito bem. Se esforce ao máximo. Vença essa por nós.

— Vou vencer — disse Luca, e ele nunca dissera uma verdade que lhe parecesse tanto com uma mentira.

13

Sob o brilho da luz a gás e do fogo que iluminavam o salão de baile lotado, o cabelo de Luca se destacava como o brilho de um fio de ouro em uma tapeçaria. Bastaram apenas algumas olhadas pelo salão para que Matti o avistasse. Luca estava sendo interrogado por Merri e outra garota pequena que usava um vestido cheio de renda, e ele parecia ao mesmo tempo confuso e assustado.

Ele estava incrível naquela noite. Matti perdera o fôlego ao vê-lo pela primeira vez, com sua calça escura bem ajustada e uma camisa num tom de azul-clarinho. Ele não vestia um colete, e sim uma jaqueta estruturada cinza-carvão e um cinto para a espada feito de couro entrelaçado brilhante, onde Matti queria enganchar os próprios dedos.

Matti se preocupara que Luca pudesse se sentir deslocado no Baile da Meia-Lua, já que não conhecia ninguém além dele e Maya, mas o outro parecia não se importar — começava a conversar com as pessoas e se sentia imediatamente em casa, distribuindo sorrisos e histórias para todo lado. Ele participara do ritual chamado Degustação de Maha, e seus dedos se demoraram nos de Matti quando este o passou a taça. Ele fizera a reverência formal para os pais de Matti e recebeu o presente da Meia-Lua, oferecido a todos os membros da comitiva de casamento. E então, saiu para entreter alguns dos amigos de Sofia, dizendo que preferia ser admirado pela espada em sua cintura do que correr o risco de ficar preso em mais uma conversa sobre teares.

Matti poderia ter dito a ele que era muito mais provável o chefe da

Casa Duvay encher seu ouvido de histórias sobre seus preciosos cachorros do que sobre a indústria da seda, mas Luca já havia cruzado metade do salão àquela altura, e Matti lidou sozinho com o entusiasmo canino de Rowain Duvay.

O ar estava agitado e cheio de vida, preenchido pelos aromas de comida, perfume, flores e cera de vela. As lamparinas a gás brilhavam, penduradas em suportes evidentemente mais novos do que a pedra das paredes, mas os candelabros e dois lustres de ouro também projetavam suas sombras complexas, de tão carregados de velas longas e robustas.

A casa de campo dos Cooper era muito, muito mais antiga do que a Casa Cooper enquanto instituição. Os pais de Sofia haviam comprado a construção enorme e o terreno ainda maior logo depois que a filha nasceu, e investiram ainda mais dinheiro em reformas para tirá-lo de seu estado deplorável. Naquela noite, Matti já havia escutado uma certa quantidade de murmúrios, a maioria em aprovação, a respeito do trabalho de restauração. O salão de baile poderia ter sido todo decorado, repaginado com papéis de parede modernos; em vez disso, as pedras cinza-escuras foram lavadas e deixadas puras, num contraste impressionante com o chão de madeira elaborado.

— Matti.

Ele olhou para trás, para seu primo Roland, cujo sorriso satisfeito era uma pista de que parecia estar tentando chamar a atenção de Matti havia um tempo.

— Perdão — disse Matti. — O que você estava dizendo?

— Não importa. E a gente não deveria estar te prendendo aqui. Afinal, a noite é sua. Provavelmente há outras dez conversas que você deveria estar tendo.

— Não, de forma alguma. — Matti deixou seu sorriso ainda maior, tentando não se sentir tão culpado. — Fico feliz em ver vocês de novo. Sinto como se só estivesse arrastando os dois pra esses rituais.

— Sabemos que você é ocupado — disse Wynn, dando de ombros. — Roland estava só perguntando se você acha que ele ficaria parecendo um pirata se amarrasse na cabeça aquele lenço verde lindo que você deu de presente para ele, ou se pareceria que ele está tentando esconder um corte de cabelo horroroso.

O cabelo claro de Roland estava cortado rente, como ditava a moda. Ele soltou um barulho de protesto.

— Não escuta esse fazendeiro, Matti.

— Estamos cercados por alguns dos melhores vinhos de Thesper, Roland Jay. Faça alguma coisa útil e busque mais uma bebida para o futuro noivo.

— Eu mal terminei esse aqui. — Matti levantou sua taça.

— Uma das garotas Audelet vai organizar um jogo de cartas em outro cômodo enquanto esperamos a dança começar — sugeriu Roland.

— Excelente! — exclamou Wynn. — Eu topo. Vamos deixar o Matti interagir. Não se preocupe, Matti: nós adoramos os presentes, embora a cor não combine perfeitamente *com a gente*. Nem todos somos como seu padrinho com cabelo de fogo.

Por sorte, Matti se lembrara a tempo que Roland e Wynn estavam presentes quando Luca deu o golpe do relógio de bolso. Esta noite, Luca inventara uma história elaborada sobre estar fazendo alguns trabalhos para um amigo da família enquanto se estabelecia como novo duelista na cidade, e Matti assentiu em concordância.

O presente verde de Luca fora um lenço: leve para o verão, e não de lã. Quando Matti o presenteou, Luca alisou a seda por um bom tempo, e depois olhou para Matti como se estivesse esperando alguma coisa. Por um brevíssimo segundo de insensatez, Matti quis pegar o lenço e amarrá-lo para Luca, deixar suas mãos se demorarem no pescoço dele — quis beijar Luca na frente de sua família e de todos que conhecia. Foi um pensamento tão impossível quanto o restante das coisas que Matti queria.

— Pensando agora, Matti — acrescentou Wynn, olhando para trás, enquanto eles iam embora —, que bom que as cores do casamento acabaram sendo essas. Não sei se eu conseguiria usar botas *douradas* sem virar piada nas minhas fazendas.

Matti olhou na direção de Cecilia Cooper, a herdeira da Casa Cooper. Sua risada retumbante era fácil de reconhecer. O presente de Meia-Lua de Sofia para sua irmã mais velha fora uma túnica curta, com videiras bordadas em dourado. Combinava com a figura esguia de Cecilia, e sua preferência por calça em vez de saia dava a ela a tendência a passar mais tempo marchando pelas ladeiras das vinícolas da família do que na cidade propriamente dita.

Embora Matti tivesse vagas lembranças de ter sido empurrado numa poça por Cecilia quando era criança, ele a preferia a Tino, o irmão do meio da família Cooper. A veia comercial de Tino combinava perfeitamente com a expertise de Cecilia em viticultura, e ele era sempre agradável, mas algo em seu sorrisinho constante irritava Matti, como se Tino estivesse sempre tentando fechar um negócio, mesmo durante uma conversa banal sobre o clima. Matti estava a noite inteira evitando fazer contato visual com ele.

Ele virou metade da taça de vinho em sua mão numa golada só. Interagir. Certo.

Avistou por ali uma das agentes sênior do escritório da Casa Harte em Glassport aceitando uma taça cheia de espumante, e ela abriu um sorriso amigável para ele quando seus olhares se encontraram. Matti retribuiu o sorriso, mas não tinha estômago para jogar conversa fora com alguém que representava um futuro concorrente enquanto os dois fingiam que aquilo não estava prestes a acontecer. Por um momento, os planos da Harte de entrar na indústria da lã assumiram uma posição menos urgente na lista infinita de preocupações de Matti.

Em vez disso, ele caminhou até o grupo mais próximo de homens, que prontamente abriram a roda para deixá-lo entrar. Matti tinha acabado de abrir a boca para agradecer a presença de todos quando percebeu que estava de frente para Adrean Vane, que lhe lançava um olhar que beirava a hostilidade. A percepção daquela situação constrangedora caiu sobre o grupo como uma névoa. Algumas pessoas apenas encararam suas taças.

— Boa noite — disse Matti.

Alguns assentiram e fizeram reverências. Adrean foi o único que disse boa-noite de volta, e seu tom combinava com a expressão no rosto.

Ele não sabe o que o próprio pai está fazendo, Matti lembrou a si mesmo, mas só conseguia pensar nas opiniões sarcásticas de Adrean sobre a personalidade de Matti, e Luca o chamando de…

— Sr. Jay! — disse Luca, entrando na rodinha com cotoveladas e se posicionando ao lado dele. — Perdão pela intromissão, senhor, mas sua irmã, a pequenininha, estava muito ansiosa para que eu te lembrasse que você prometeu dançar a *catskill* com ela mais tarde. Só isso. *Por favor*, continue sua conversa.

Ele olhou para o círculo, radiante. Usava o lenço com um nó despojado no pescoço. Seu olhar pousou em Adrean, e ali ficou.

Uma série complicada de coisas aconteceu no estômago de Matti. Ele se perguntou se seria muito óbvio pisar no pé de Luca.

— Luca Piere — disse Luca para todo o grupo. — Ao dispor dos senhores. Bom, ao dispor do noivo, obviamente.

Muitos dos convidados provavelmente já tinham visto a reverência formal de Luca como membro da comitiva de casamento. Mesmo para quem não vira, o lenço verde no pescoço e a espada na cintura proclamavam bem alto seu papel. A névoa de desconforto ficou ainda mais espessa, virando algo como um nevoeiro. Olhares passearam entre Luca e Adrean, como se já previssem os golpes do duelo inevitável.

Matti reconsiderou urgentemente se jogar à mercê da agente da Casa Harte.

O olhar de Adrean estava focado na arma de Luca, que, ao perceber, fez todo um teatrinho, batendo no cabo reluzente.

— É uma espada — disse Luca com gentileza. — Imagino que vocês não tenham muita familiaridade com elas. Acredito que nenhum dos amigos do sr. Jay seja muito bom em duelar. Afinal, se fossem, ele não precisaria ter me contratado, certo?

Matti sentiu uma risada estrangulada na garganta e conseguiu escondê-la com um gole de vinho. Um dos homens mais jovens no círculo, que Matti reconhecera vagamente como alguém da uma das Casas de fermentação maiores, não se conteve tanto assim. A pessoa ao lado lhe deu um tapinha firme nas costas enquanto ele tentava transformar a risada numa crise de tosse.

Adrean ficou corado e estufou o peito. Ele lançou um olhar de extrema antipatia para Luca, abaixando o nariz comprido enquanto visivelmente lutava contra o desejo de explicar o quão bom ele era como espadachim, sem ter que admitir publicamente que não era amigo de Matti.

— Acredito que esse casamento não será um trabalho tão interessante. — Para o terror de Matti, Luca continuava falando. — Aparentemente pode haver um desafio medíocre, feito por algum camarada cansado, qual é mesmo o nome...?

— Nos deem licença, por favor — interrompeu Matti, arrastando Luca para o canto mais próximo, segurando o braço dele com força.

Os dois receberam alguns olhares curiosos no processo.

— Isso, pronto. — Luca se jogou dramaticamente contra a parede. Seu rosto ainda estava todo bem-humorado sobre a seda verde. — Agora finge que está pronto pra me dar um sermão por eu ter sido rude com seus convidados.

— *Eu estou mesmo*. — Matti tentava desesperadamente não deixar escapar uma risada; ela ainda estava entalada na garganta, querendo sair e se juntar à de Luca. — Até o fim da noite, a festa inteira vai estar comentando sobre isso.

— Que bom. Aquele merdinha presunçoso merece.

— Estou tentando ser cordial com os Vane — Matti lembrou a ele. — Não posso agir de modo diferente perto deles, lembra?

— Sim. E daí? *Eu* não tenho motivo algum para ser cordial. Sou apenas um prestador de serviços que está sendo pago para estar aqui. *Eu* não sei quem são eles. O que é quase verdade, aliás; tive que pedir para alguém me mostrar quem era o sujeito, já que minha experiência anterior com a personalidade encantadora dele foi pela porta de um armário. — Luca deu uma olhada em volta e seu sorriso ficou ainda maior. — Agora ele está indo para os jardins. Provavelmente vai escrever um poema sobre os próprios sentimentos e depois transformar em música.

Matti perdeu a batalha e teve que esconder o sorriso na manga da roupa.

— Agora sim — murmurou Luca. Seus dedos tocaram os de Matti, onde se curvavam ao redor da taça de vinho. — E agora já chega de sermão, eu acho. Por que você não procura seu irmão para me apresentar? Preciso completar minha coleção de irmãos Jay.

Eles encontraram Marko tentando encher o vestido de Nessa com manchas de chocolate, enquanto Merri acrescentava uma mancha vermelha na empreitada, com algum tipo de geleia de fruta.

— Quem deu doce para vocês dois? — indagou Matti, pegando Merri no colo e a segurando no ar a um braço de distância enquanto ela se debatia na tentativa de sujá-lo também, com um gritinho abafado cheio de alegria, felizinha de açúcar e acordada há mais tempo do que de costume. Assim que ela se acalmou, Matti a colocou de volta no chão, beijou o próprio polegar e deu um peteleco na orelha dela. — Trouxe meu padrinho para conversar com o futuro da Casa Jay, não com uma dupla de pestinhas.

— Eu e Merrinesh já nos conhecemos. — Luca fez uma reverência extravagante para Merri.

Marko e Merri trocaram um olhar. Então, a menina focou em Luca com seus olhos castanhos límpidos e começou a falar em yaghali rápido demais para que Matti compreendesse.

— Ai, deuses — disse Matti. — Mãe?

A mãe dele suspirou.

— Eles começaram há dez minutos. E agora que você chegou causando confusão, eles só vão parar amanhã.

— Mamãe vai me contar tudo se vocês não se comportarem — Matti alertou os gêmeos.

Marko revirou os olhos.

— *Gnyet* — disse ele.

Aquela Matti conhecia. *Não vai nada.* Marko provavelmente estava certo.

— Idioma secreto dos gêmeos? — perguntou Luca.

— Meu idioma — disse Nessa.

— Ah.

Luca olhou para Matti, depois para os gêmeos. A pergunta estava óbvia em sua expressão.

— Eu não sei falar — contou Matti. — Não bem, pelo menos. Já esses dois…

— Ah, você teve outras coisas para aprender. — Com destreza, Nessa dobrou a saia para esconder boa parte das manchas de chocolate. Ela sorriu para Luca, o colocando na conversa antes de olhar de novo para o filho mais velho. — Com quem você falaria em yaghali por aqui?

Matti engoliu a vontade instintiva de se culpar. E também engoliu o que veio em seguida, um protesto. *Você nunca me ensinou, não do jeito como está ensinando a eles.* A mãe dele nunca demonstrou o mínimo de desejo de que Matti ou Maya fossem menos de Glassport e mais do norte. E, na residência dos Jay, só se encarava qualquer verdade se ela viesse à tona.

— Matti me disse que seu povo é de Manisi — disse Luca para Nessa. Ele chutou uma cadeira e se sentou. Com um pé enroscado na perna da cadeira, começou a bater gentilmente a lateral da bota na madeira.

— Manisi não — corrigiu Nessa. — Das montanhas. Bem longe da cidade.

— Mas, ainda assim, parte do território Manisi. Correto?

— Nos mapas, sim. Nos *papéis*.

Matti abriu a boca, calculando a probabilidade de piorar a situação caso tentasse bancar o óleo de rosa, e a fechou de novo. Luca estava indo bem; ele parecia interessado, fazendo um movimento como quem diz "continue", o que provocou em Nessa uma expressão meio lisonjeada, meio desconfiada.

Matti puxou a cadeira do outro lado de Luca e se ocupou tirando as castanhas de uma fatia de bolo amanteigado, enquanto Nessa descrevia para Luca o histórico geopolítico da região. O que, no geral, envolvia o pequeno povo Yaghali se agarrando com teimosia às montanhas e ignorando a todos enquanto a cidade-Estado de Manisi e o reino de Narama travavam uma lenta batalha de uma década pela determinação do local exato da fronteira. Quando os exércitos já estavam cansados e os políticos enfim determinaram a fronteira para que todos voltassem para suas casas, as montanhas acabaram se tornando oficialmente thesperanas, e os Yaghali continuaram fingindo, tanto quanto era viável, que o governo formal de Manisi não existia. Matti sabia que as coisas estavam mudando, conforme a mão do mercado e a influência cultural abriam caminho para as áreas mais altas. Os pais de sua mãe aceitaram a contragosto o rumo do futuro e mandaram seus filhos para a universidade da cidade.

Luca prestou atenção à versão colorida e enviesada de Nessa sobre os acontecimentos históricos, toda charmosa. Os gêmeos, ainda envolvidos numa conversa fluida e incompreensível, haviam se sentado embaixo da mesa. Matti baixou uma tigela de cerejas e foi recompensado com um sorriso enorme por parte de Marko. Em seguida, começou a mordiscar o bolo, que havia perdido sua integridade estrutural depois que ele escavara todas as castanhas.

Ele engasgou com as migalhas quando sua mãe abruptamente desviou sua atenção de Luca para ele, como se estivesse respondendo a um comando interno cronometrado.

— Mattinesh — disse ela, com seriedade. — Se escondendo com a família no seu Baile da Meia-Lua! A qualquer momento a dança vai começar. Vá falar com as pessoas.

— Não estou me escondendo, mãe.

Matti deu mais uma mordida no bolo. Ele se perguntou se o casamento seria mais uma situação em que ninguém o deixaria quieto por mais do que alguns instantes, por medo de que algum outro grupo qualquer de convidados estivesse sentindo falta da companhia do noivo. Um frio desagradável tomou sua barriga e ele tossiu de novo, afastando o prato de bolo.

— A senhora tem toda a razão, sra. Jay. — Luca se levantou.

Matti tentou negar com os olhos, mas Luca apoiou a mão sob o cotovelo dele, e Matti se levantou antes que seu cérebro lembrasse seu corpo de que ele não precisava obedecer a qualquer pressão provocada pelas mãos de Luca. Não ali, de qualquer forma. Não naquele momento.

— Então era esse o sotaque que a Maya estava fazendo — disse Luca, ziguezagueando pela multidão e criando espaço para que Matti o seguisse. — Ha-ha. Arredores de Manisi. Acho que, se eu passar meia hora conversando com a sua mãe, aprendo a fazer.

Os músicos estavam afinando, a multidão no salão de dança já começando a se dissipar no centro, abrindo espaço para a dança. Matti percebeu que ele não ligava para aquela possibilidade. A menção a Maya enviou uma descarga de agitação por suas veias, lhe lembrando do que ela e Luca haviam descoberto em Nud. Aquelas informações estavam guardadas na manga, onde queimavam.

Matti estava num cabo de guerra consigo mesmo por ainda não ter contado para os pais. Por ainda não ter contado nada. Ele não conseguia justificar aquilo, quando tentou organizar os fatos dentro da cabeça, mas também... não contara a eles. A ansiedade cravava as garras com força em sua testa só de pensar. Era *mesmo* o trabalho dele lidar com as questões da Casa para que os pais pudessem focar em outras coisas. Matti queria bolar uma saída brilhante que o permitisse apresentar toda a situação num pacote prontinho: problema e solução. Aquela fora uma das primeiras lições de Tomas Jay: se você for fazer uma pergunta, precisa primeiro tentar respondê-la. Sem punições para respostas erradas. Apenas... tentar.

Sendo assim, nos poucos momentos livres do seu dia — que já começava ao alvorecer com as espadas e terminava com as lamparinas e colunas de números, e era preenchido com os bloqueios cuidadosos que ele fazia para conter o estrago das sabotagens registradas de Corus Vane —, Matti ainda brincava com a ideia de que eles encontrariam um jeito de fazer aquilo tudo se virar contra os Kesey e os Vane. Ele estava tentando pensar como Luca. Era tão tentador, pensar que poderiam *vencer*. Dar um tiro certeiro. Trazer a verdade à tona.

Matti foi arrancado dos próprios pensamentos. Luca o levara até onde Sofia estava aguardando, gloriosa com seu vestido preto, o corpete decotado enfeitado com contas douradas e a saia formando uma nuvem tempestuosa de chiffon. Drapeado por cima dos ombros, um lenço similar ao de Luca, de um vermelho tão vibrante que era quase cor-de-rosa. Ela estava fomentando a tendência que ela mesma começara.

Maya estava ao lado dela, seu cabelo preto se fundindo ao castanho de Sofia. Nas madeixas escuras de Maya, havia um prendedor dourado no formato de uma borboleta, como aquelas que adornavam os rótulos dos vinhos da família Cooper: seu próprio presente de Meia-Lua. As duas estavam rindo.

O som metálico e o raspar dos instrumentos começavam a formar a música. Sofia levantou a cabeça e olhou Matti nos olhos, e ele fez uma reverência respeitosa, com a mão estendida.

Sofia segurou as saias esvoaçantes, murmurou uma última coisa para Maya e deu um passo à frente, segurando a mão de Matti.

— Está tendo uma boa noite? — perguntou Matti enquanto eles caminhavam até o meio do salão.

— Até agora, excelente.

Eles ocuparam suas posições conforme os músicos faziam uma pausa cheia de expectativa, farfalhando partituras, e um silêncio caiu sobre o salão de baile. O espaço aberto se expandiu como as ondas de uma pedrinha jogada na água. Matti precisou fazer um esforço consciente para relaxar a pegada na mão de Sofia enquanto sentia centenas de pares de olhos grudados nele.

A primeira música foi sussurrada e depois cantarolada através das notas iniciais. Era uma *sehassa*, é claro: lenta e romântica, para dar ao casal celebrado a chance de cair nos braços um do outro.

— Certo — murmurou Sofia, com um ar resolutivo quase militar. Ela não mostrava inclinação alguma a cair onde quer que fosse. Segurava a mão e o braço de Matti como se estivesse se preparando para uma forte ventania. — Podemos?

A música encorpou e a dança começou.

Matti descobriu duas coisas rapidamente. A primeira: dançar era muito mais fácil quando havia música; o som parecia oferecer uma ajuda invisível a seu corpo, o deixando bem menos desengonçado do que ele temia.

A segunda: mesmo se ele tivesse feito aulas com o professor mais capacitado de Thesper, não teria adiantado de muita coisa, porque Sofia Cooper era uma *péssima* dançarina.

Ela pediu desculpas assim que sua boca chegou perto o suficiente do ouvido dele. Matti — com metade da atenção focada em garantir que ele não a machucasse e a outra metade maravilhada com o fato de que, pela primeira vez, ele não era a pessoa mais inapta fisicamente num lugar — disse a ela para que não se preocupasse.

— A Cee vive dizendo que a Casa Cooper não tinha escolha além de se tornar muito rica, porque nenhum de nós se casaria graças a nossas habilidades de dança.

Pensar em Cecilia pisoteando o salão como se estivesse esmagando uvas levou um sorriso ao rosto de Matti.

— E quem se importa?

Um sorriso em resposta que parecia mais genuíno surgiu na expressão concentrada de Sofia.

— Foi o que eu disse.

Eles conseguiram terminar a dança com certa dignidade, ajudados pelo fato de que Matti estava com medo de se mexer demais caso desse algum passo muito maior do que o de Sofia. Ela era uma daquelas pessoas que ficava com as bochechas completamente rosadas mediante esforço. A cor não contrastava com seu lenço.

— Pronto, pode me fazer colocar os pés de outra pessoa em risco agora — disse ela.

Matti hesitou, se perguntando se aquilo era um sinal para que ele insistisse de maneira galanteadora numa próxima dança também, e Sofia deu um tapinha no braço dele com um olhar envergonhado.

— Estou falando sério. O casamento será sobre nós dois. Hoje é sobre todos os outros. Vamos cumprir nossa obrigação.

Aquilo deixou a boca de Matti seca, com um gosto amargo, como se ele tivesse comido tortinhas de limão sem açúcar. É claro que aquela noite era sobre obrigações.

Matti dançou com Maya, depois com Joyce Amberden, e depois viu sua mão ser reivindicada com determinação por Wynn, que surpreendentemente dançava tão bem quanto a irmã dele, Joyce. Uma pontinha de travessura fez Matti oferecer uma dança para Cecilia, se certificando de que seria uma das mais animadas, e ela riu durante toda a música com muito entusiasmo e nenhuma elegância. Ele se lembrou bem a tempo do que Luca dissera sobre Merri querer dançar *catskill*; podia ter sido uma mentira para entrar na conversa, mas a expressão de Merri ficou extremamente empolgada quando Matti a levou até a pista e a rodopiou. Dançar com uma criança de cinco anos era outra maneira de fazer com que ninguém notasse sua falta de habilidade, Matti percebeu.

Ele ofereceu uma dança para Marko na sequência — ele passaria dias encontrando sal em seus sapatos se fizesse algo com um dos gêmeos e não com o outro —, mas Marko estava bocejando no colo de Tomas, e franziu o nariz ao ser chamado para dançar, então Matti puxou sua mãe. Sofia rodopiou sem jeito ao lado deles, de mãos dadas com Maya.

Depois de uma hora de dança, houve uma pausa para que os convidados bebessem água e, claro, mais vinho. Estava ficando tarde e a maioria das crianças e dos convidados mais velhos já havia se retirado para os quartos, ou levados por carruagens até as pousadas mais próximas.

Matti infelizmente decidira ficar longe do vinho incrível dos Cooper pelo resto da noite. Beber mais não ajudaria em nada sua coordenação. Ele colocou um pouco de água na palma da mão e a usou para refrescar o rosto quente e ajeitar um pouco o cabelo.

Roland o avistou do outro lado do salão e fez um gesto para ele com a cabeça; o primo, Wynn e alguns outros se encaminhavam para a porta principal, que havia sido deixada aberta para que os convidados pudessem explorar o terraço iluminado ou descer até os jardins. Matti hesitou, considerando se os seguia, mas então avistou Luca. O padrinho estava de pé ali perto, numa conversa animada com um jovem que Matti não conhecia. Os dedos de Luca alisavam o próprio maxilar para a frente e para trás. Matti queria agarrar aquela mão até que ela se aquietasse.

E ele podia, não podia?

Ele fez um sinal de negativo para Roland e caminhou até Luca enquanto a música recomeçava e os primeiros poucos casais lentamente voltavam para a pista.

— Sr. Jay — disse o homem que estava conversando com Luca. Seu tom era educado o bastante, a reverência baixa o bastante, indicando que ele provavelmente não era um membro nomeado de nenhuma Casa.

Matti assentiu em resposta.

— Posso roubar meu padrinho?

— É claro. — O homem acenou e se afastou.

— Tem mais algum ritual que você se esqueceu de me alertar sobre? — perguntou Luca, oferecendo um sorriso a Matti. — Eu gostei do último. Envolvia presentes.

— Você consegue dançar com isso aí agarrado ao corpo? — Matti apontou para a espada de Luca.

— Quê? — indagou o outro, de olhos arregalados. — Você acha que não consigo controlar?

Matti engoliu uma onda de impaciência mais afetuosa do que irritada e estendeu a mão.

A expressão de Luca ficou confusa, depois determinada, depois suave. Aconteceu rápido. Matti não teve tempo para sentir mais do que as primeiras pontadas de incerteza antes que Luca estendesse o braço e aceitasse a mão dele, se permitindo ser guiado na dança. Era algo como um *wissel*, porém mais simples do que a versão que Maya ensinara para Matti, com muitas repetições, palmas e giros.

— Confesso que você estava certo, eu nunca tentei fazer isso com uma espada embainhada antes — comentou Luca. — Quanta generosidade sua, sr. Jay, oferecer uma dança ao seu humilde padrinho.

— Humilde uma ova — disse Matti.

Luca riu enquanto seguia os passos dele.

— Agora *isso*, devo dizer, não foi tão generoso assim. Alguém pode acabar escutando e ter a impressão errada. Rápido! Mude para um assunto mais educado. Podemos discutir a qualidade da comida. Ou da música.

— A música é boa.

Palma, passo, palma. A risada continuava enfeitando os olhos de Luca como purpurina.

— Se você diz… Eu não sei diferenciar um acorde de outro. Só estou concentrado no ritmo. — Luca olhou para baixo, encarando os pés dos dois enquanto se afastavam, davam algumas voltas em seu pequeno espaço circular e juntavam as mãos de novo. — Você é surpreendentemente bom nisso, aliás.

— Quem está faltando com generosidade agora?

— Você estava escondendo isso de mim. Eu sabia! Você é um gênio secreto da coordenação motora e me pediu aulas de espada para se vingar daquela situação do relógio de bolso, para poder me atormentar fingindo ser ruim. Que criatura astuta e desonesta você é, Mattinesh Jay.

Os olhos de Luca passeavam por todo o rosto de Matti, como se estivesse querendo muito memorizar cada pedacinho, e o sorriso que surgiu em resposta à risada de Matti foi ainda mais de tirar o fôlego do que todo o ato de dançar. Quando os passos forçaram Matti a puxar Luca para mais perto, quase dividindo o mesmo ar, a coxa de um bem pressionada à do outro, ele sentiu seu corpo tomado pelo tesão.

Luca terminou a dança mordendo o lábio. Matti sentia o corpo inteiro em chamas.

Para recuperar a compostura, ele olhou para qualquer lugar menos para Luca. Maya havia acabado de dançar com Tino Cooper, e ela lançava para padrinho e noivo um olhar que Matti estava longe demais para conseguir ler. Ela se virou de novo para Tino, retomando a conversa, e então alguém passou entre eles e Matti não conseguiu ver mais nada.

A música seguinte era lenta. Mais uma *sehassa*, ou algo do tipo: comovente, lírica e doce. Matti sentiu seu coração despencar, como se os músicos estivessem usando seus nervos como corda dos instrumentos. Ele já estava esperando os olhares, a expectativa de que fosse encontrar Sofia de novo, em vez de ficar ali segurando a mão de Luca, onde gostaria de estar.

Onde deveria estar, murmurou algo com a voz fria de uma flauta.

Ele deveria soltar a mão de Luca e encontrar sua noiva. Deveria se posicionar no meio do salão, para ser visto, em vez de espreitar pelos cantos. Deveria lembrar a si mesmo de que aquilo era o início do resto de sua vida, uma contagem regressiva de poucos dias até tudo o que sua família esperava, e uma chance de dormir em paz a noite inteira, ao lado de alguém que, um dia, talvez ele conseguisse se convencer a desejar.

— Matti. — Luca afundou a unha do polegar na pele macia do punho de Matti.

— Não quero ficar aqui. — Matti se escutou dizer. A voz dele parecia estranha.

— Então não precisamos ficar aqui — disse Luca prontamente. — Vamos. Quer ir lá para fora? Pegar um ar?

Matti balançou a cabeça, sem saber o que fazer. Os jardins eram iluminados com lamparinas. Havia pessoas lá fora.

— Certo. Para onde, então?

Matti não conhecia muito bem aquela casa enorme, mas já havia reivindicado seu quarto — a família inteira fora acomodada, assim como todos os membros da comitiva de casamento e muitos convidados. Ele sabia o caminho até lá, pelo menos.

Os olhares que ele antecipou não estavam ali. Ninguém olhava para os dois. Ainda assim, Matti sentiu a pressão na pele, como se tivesse mergulhado em águas muito profundas.

Ele se moveu, as decisões sendo tomadas mais pelos músculos do que pela mente, andando a passos largos para a saída mais próxima. Matti lembrou assim que esticou o braço que seus dedos ainda estavam entrelaçados aos de Luca, mas não importava. Luca estava atrás dele, acompanhando o ritmo. Então, Luca estava ao seu lado, e eles saíram do cômodo, e o baile comemorativo de Matti já havia se tornado um zumbido de irrelevância deixado para trás.

14

Luca nunca tinha visto Matti daquele jeito.

Ou talvez tivesse. Algo parecido, naquele parque caindo aos pedaços depois que eles saíram da casa dos Vane. Um lago congelado, com rachaduras mortais surgindo na camada fina, e a sensação de alguma coisa agitada embaixo.

Matti segurou dolorosamente a mão de Luca enquanto subiam os dois lances de escadas largas e atravessavam o corredor vazio ladeado por portas praticamente idênticas. O quarto de Luca ficava em algum lugar naquela mesma ala, no mesmo andar. A pequena placa dourada na porta dele mostrava uma rosa quase desabrochada. Ele se lembrava disso, mas não sabia dizer quando haviam passado por ela. Seu coração batia forte com promessas e ameaças. Ele não conseguia prestar atenção em mais nada, só estava preocupado com Matti, que vibrava como uma corda bem esticada, respirando muito rápido.

A placa do quarto de Matti era uma árvore seca de inverno. Luca mal teve tempo para reparar que o quarto estava arrumado, bem iluminado e quase aquecido demais, e as cortinas, quase completamente fechadas, apenas uma fresta da noite escura e seus próprios reflexos visíveis na janela. A porta se fechou ao entrarem.

E então, Matti o estava beijando: atrapalhado, com avidez, esmagando Luca entre seu corpo e a parede ao lado da porta. O corpo de Luca se rendeu numa onda radiante de calor. Ele agarrou as roupas de Matti e retribuiu o beijo, feroz e urgente, como se estivesse tomando goladas de uma bebida que poderia ser tirada de suas mãos.

O que aconteceria, muito em breve. Matti se libertou do toque de Luca e deu um passo para trás. Ele não parecia horrorizado, nem culpado, nem mesmo em conflito. Ele parecia... distante e péssimo. Cheio de medo. Como se beijar Luca fosse uma boa lufada de ar antes de voltar a mergulhar numa piscina de água suja.

Luca se pegou assumindo uma postura de prontidão, joelhos levemente flexionados, capaz de mudar seu ponto de equilíbrio a qualquer instante.

— Não quero ficar naquele salão — disse Matti.

— Você não está mais lá — respondeu Luca com cuidado.

Dava quase para ver os pensamentos de Matti darem voltas e mais voltas, como um grupo de dançarinos.

— Eu não...

— Você está aqui.

— Por causa daquilo tudo, lá embaixo, aquilo é o meu futuro, e eu estou cansado pra caralho de *fingir*. Eu quero... — Ele deu uma risada contida. — Quero que seja de manhã, uma manhã normal, quero estar na sala de treino com você, fazendo qualquer coisa idiota com meus pés. Eu...

A respiração de Matti estava inconstante agora, cada inspiração rasgando o ar ao meio. Seus olhos brilhavam, e ele parecia afligido pela dor.

Que Huna nos salve, pensou Luca, sentindo um nó no estômago. *De novo, não.*

Luca desafivelou o cinto da espada e deixou no chão. Quando se aproximou e colocou as mãos nos ombros de Matti, ele se encolheu. Luca já estava esperando — a mesma coisa aconteceu da vez anterior — e conseguiu não se encolher em resposta.

— Matti — disse ele, baixinho. — Matti, está tudo bem.

O outro soltou mais uma daquelas quase-risadas e depois abraçou Luca, os braços quentes e firmes na cintura dele, que pressionou o rosto por um momento longo e incoerente na lateral do pescoço de Matti. Nenhum dos dois sabia que porra era aquela, ele suspeitava, mas Matti era quem estava mais frágil, mais perto de perder completamente o controle, então era Luca quem precisava achar uma solução.

Ele se afastou para encarar Matti de novo, que arfava contra o corpo dele, embora o ritmo de sua respiração já estivesse voltando ao normal. As mãos dele se encontravam apoiadas na lombar de Luca.

Não o distraia.

Não podemos bancar isso.

Tudo estava desmoronando. Luca não se importava. Estava cansado de fingir o contrário. Ele teria tentado, em respeito a Matti, mas Matti estava se agarrando a ele, e Matti merecia mais do que seu próprio sacrifício estúpido. Matti precisava descobrir a sensação de ter exatamente o que queria, mesmo se fosse apenas por uma noite.

— Eu te disse que pode ser simples. Vou facilitar as coisas — disse Luca. O cheiro de Matti era incrível. O sangue de Luca era um rio borbulhando sobre as pedras. — Você me quer?

— Sim. — O corpo de Matti se aquietou. Só mais uma respiração profunda, e ele havia se recomposto. — Sim.

— Estou aqui. Estou disposto. Eu… — *Sou seu*, Luca quase disse, e se sentiu tropeçando, se afastando à força daquele precipício específico.

Em vez disso, ele levantou o rosto, passando a mão pelo cabelo de Matti para que pudesse puxar a boca dele para a sua por um bom tempo, um instante incandescente. A boca de Matti se abriu com a pressão, e Luca quase permitiu que aquele beijo se tornasse tão frenético quanto o interior, mas a lembrança da respiração ofegante de Matti o impediu. Ele queria que Matti vivesse aquilo, porém queria que ele tivesse certeza.

Deu um passo para trás, separando os dois. Luca se certificou de que nenhuma parte do seu corpo estava tocando qualquer parte do corpo de Matti, embora tivesse deixado seu olhar passear pela curva do pescoço do outro e se afogar na escuridão dos olhos dele.

— Diga sim pra mim mais uma vez — pediu Luca.

— Sim.

— Diz que quer que isso aconteça.

— Eu… *sim.*

Luca se arrepiou inteiro com o desejo carregado na voz de Matti.

— Bom. Me diz exatamente o que você quer. — De alguma forma, ele conseguiu fazer graça. — Estou sob *seu* comando, sr. Jay. — Pronto, a palavra havia escapado mesmo assim. Mas de uma forma que lhe parecia mais segura.

— Eu... — A voz de Matti se perdeu. Ele engoliu em seco.

A pausa se arrastou por tanto tempo que o desconforto começou a roer as bordas do desejo de Luca.

— Desculpe — disse Luca, arrependido. — Acho que entendi tudo errado.

— Não, *eu* te peço desculpas...

— Podemos tentar recomeçar. — Luca se aproximou de novo, se posicionando a um braço de distância. — Você pode simplesmente... pegar. — De alguma forma ele conseguiu soar casual, só Huna sabia como. — Se for o qu...

Matti pegou.

Agora sim. Luca envolveu um braço na cintura de Matti e outro no pescoço dele, para se equilibrar, e experimentou o quanto do seu peso Matti aguentaria. O beijo foi mais controlado do que o primeiro, porém a boca de Matti devorou a de Luca com a mesma voracidade, e só se acalmou quando ficou óbvio que Luca não iria a lugar nenhum. Aquilo parecia mais um duelo equilibrado do que qualquer coisa que ele e Matti haviam feito até aquela altura, como se estivessem tentando aprender os movimentos um do outro.

Os dedos de Matti afundaram nas costas de Luca, através das duas camadas de tecido. Em seguida, ele passou a beijar a têmpora de Luca, uma pressão forte dos lábios que parecia mais indecente do que a própria língua.

— Eu quero você. Não consigo decidir o que eu quero *primeiro*. — Matti soava quase irritado. — Não. Eu consigo.

Seus olhos estavam em chamas quando ele estendeu o braço para tirar o lenço que dera a Luca mais cedo, puxando uma das pontas e deixando o tecido deslizar pela pele como um carinho. Ele ergueu o queixo de Luca e beijou o mesmo lugar no pescoço, uma vez, e mais outra, com o leve arranhão do seu maxilar e dos dentes.

Um calafrio — como se uma rede estivesse sendo puxada — tomou conta de toda a parte da frente do corpo de Luca, quase o dobrando ao meio com sua força. Seu corpo se balançou, se contraiu, fez contato mais firme com o de Matti.

— Tá tudo bem — ele tranquilizou Matti. — Eu... *ah*. Eu me sinto adequadamente desejado.

Depois do lenço, a jaqueta de Luca foi a próxima a sair, jogada numa pilha em algum lugar do chão. Luca bagunçava todo o cabelo de Matti, que puxava a camisa do outro para fora da calça só para poder tocar nas costas dele — ao que Luca soltou um barulho baixinho de encorajamento, porque, *pelos deuses*, aquilo era incrível, o primeiro toque dos dedos na pele —, quando um pensamento se esgueirou para dentro do cérebro de Luca.

— Mas, escuta, só pra especificar umas coisas rapidinho... — murmurou Luca. — Você quer me foder?

Houve um breve momento de suspensão, e então a voracidade voltou para o rosto de Matti como uma onda. Luca sorriu em gratidão; era bom *mesmo* ser desejado. Embora fosse quase desnecessário responder, Matti disse:

— Sim. *Sim*. Se... você quiser, no caso.

Luca testou as palavras na boca, aproveitando aquela tensão. Ele encarou Matti e, com o mais puro calor da honestidade, disse:

— Tenho certeza de que quero que você me arrebente.

Matti ficou de queixo caído, em total descrença. Luca brilhou de prazer com sua colocação certeira.

— Só levantei a questão porque... — continuou, aproveitando a abertura de maneira quase injusta. — Você tem algo que facilitaria o processo?

Talvez ele tivesse forçado demais a coerência de Matti. Ele precisou levantar a mão e esfregar os dedos antes que Matti entendesse do que Luca estava falando, e então as sobrancelhas escuras daquele homem se juntaram numa velocidade cômica.

— Não — disse Matti. — Merda.

Luca enfiou a camisa de volta na calça. Pegou a mão de Matti e a beijou com força, uma única vez: marcando território.

— Volto já.

O corredor estava deserto quando Luca saiu do quarto. Ele respirou algumas vezes para organizar a cabeça e pôs-se a procurar sua placa com desenho de rosa. Um casal subiu as escadas, fazendo barulho o bastante para que Luca tivesse tempo de recompor sua expressão antes de ser avistado. Era o irmão de Sofia, cujo nome Luca não conseguia lembrar, e sua esposa loira. Luca deu a eles um sorriso despreocupado, mexendo na maçaneta como se estivesse bêbado, e entrou no próprio quarto aos tropeços.

Quando saiu de novo, eles já haviam sumido. Ninguém mais apareceu no tempo que ele levou para correr a passos leves até a porta do quarto de Matti. Parado ali, entretanto, uma risada ecoou na escada mais distante, impulsionando Luca para dentro como se tivesse levado um empurrão dos deuses. *Não perca tempo*, parecia dizer. *Ele é bom demais para você. Se deixá-lo em paz por tempo o suficiente, ele vai se dar conta disso.*

Matti estava sentado na beirada da cama. O cobertor grosso fora tirado e dobrado de maneira impecável, um gesto que parecia tanto promissor quanto terrivelmente fofo. O rapaz se levantou quando Luca entrou. Todo inseguro, ele mantinha as mãos afastadas do corpo, o que Luca gostou, porque lhe causou um alívio tremendo perceber que Matti usara aquele tempo para não apenas tirar o colete e os sapatos, mas também a camisa.

Em algum momento, sob as ordens afiadas de Luca, Matti aprendera a se levantar deixando todo o corpo ereto. A manter os ombros devidamente afastados. O tamanho deles, a largura do peito salpicado por pelos pretos, deixou Luca sem ar. O pequeno frasco de óleo pareceu escorregadio na mão de Luca, apesar de estar bem fechado.

Luca o encarou. Matti umedeceu os lábios.

— Pensei em mais algumas coisas que eu quero. — A voz de Matti estava rouca.

Com a boca seca, e segurando o frasco como se ele fosse desaparecer, Luca disse:

— Eu também.

Empurrando o peito de Matti com os dedos, ele o fez voltar a se sentar na beirada da cama. Luca parou por um instante para agradecer por todas as horas que passara movendo Matti com a ponta dos dedos, pelos atalhos de comandos físicos que haviam costurado dolorosamente entre eles. Então, Matti o puxou, e Luca subiu no colo dele, um joelho de cada lado de seu corpo. Ele jogou o frasco perto dos travesseiros; na hora certa, seria usado.

Matti expirou em três cortes, quase sem fazer som algum. Luca apoiou as mãos nas bochechas dele e o beijou. Não estava nem um pouco bêbado, nenhum dos dois estava, mas ainda se sentia tonto.

— Luca. — Matti apoiou as mãos nas pernas dele e o apertou, os polegares se aproximando da parte sensível no interior das coxas.

Luca se arqueou, o encorajando, a calça ficando mais justa a cada respiração. Ele desabotoou a própria camisa, e seus dedos, tão ágeis minutos antes, agora pareciam pesados. Quando Luca jogou a peça de roupa no chão e se inclinou para a frente, Matti soltou mais um daqueles suspiros desamparados.

— Porra — murmurou Luca. — Meus deuses, que gostoso. — Ele afundou a mão no cabelo de Matti, o couro cabeludo quente, assim como aquela boca que se movia sobre o peito dele, numa exploração de lábios e língua e... — *Porra!* — Uma leve mordida no mamilo de Luca.

Matti moveu as mãos, segurando firme a cintura dele, mas ainda não havia dominado a arte da sutileza. Ele sinalizava seus movimentos de maneira bem óbvia. Então, Luca estava pronto quando Matti deitou na cama, puxando Luca para cima de si, entre suas pernas.

O que ele *não* esperava era que Matti os rolasse, e a surpresa se transformou em deleite. Por um momento glorioso, ele sentiu o peso de Matti, esticado, duro, em cima dele. Luca se contorceu, para criar ainda mais contato, e Matti se afastou quase que de uma só vez. Agora era ele quem estava sentado no colo de Luca.

— Isso não foi um protesto — Luca se apressou em dizer. — Não *mesmo*. Nem perto disso. O oposto, na verdade.

Ele se contorceu de novo, se ajeitando sobre um dos travesseiros. Por um instante, quis fazer cinco coisas diferentes com as mãos, mas escolheu emoldurar a cabeça com os braços, expondo os pulsos de uma forma vulnerável que, ele sabia, praticamente implorava para que Matti se aproveitasse dele. *Me prende aqui*, aquela posição dizia.

Os olhos de Matti se fixaram nos punhos de Luca, mas ele não os tocou.

— Isso — disse Matti. Ríspido, como se não conseguisse encaixar as palavras inteiras na boca. — Isso. Porra. Era isso que eu queria.

Isso, aparentemente, era botar a boca em todos as partes de Luca que ele conseguia expor. Luca acabou agarrando o lençol, xingando enquanto Matti arrancava o restante das roupas dele. Dava um beijo molhado no umbigo de Luca. Passeava com sua língua pela perna nua de Luca, até a parte sensível atrás do joelho. Então, ia para o pescoço de Luca, e depois para o quadril. Sem qualquer ritmo, sem qualquer ordem, apenas Matti seguindo para onde o desejo o levava.

— *Sim*. Meus deuses, por favor — soltou Luca no momento em que os lábios de Matti passaram tão perto de seu pau a ponto de o calor da respiração dele fazer Luca perder o ar, o desejo urgente se acumulando. Até aquele momento, Matti não havia encostado um dedo sequer naquela parte da anatomia de Luca.

— Por favor?

— Ah, vai se foder — disse Luca, meio engasgado.

Ele estava se segurando para não agarrar o cabelo de Matti, enquanto o outro parecia estar gostando tanto de toda aquela exploração, mas por fim lhe deu um puxão.

Matti enterrou o rosto na lateral do corpo de Luca, rindo. Com outro parceiro, Luca poderia ter ficado preocupado ou envergonhado, porém Matti não era nem um pouco o tipo de pessoa que ria *de* alguém, muito menos na cama. Ele provavelmente lhe contaria de bom grado o motivo da risada, e a boca de Luca já estava se curvando em resposta.

— Estou tão feliz de ver que você está se divertindo, Mattinesh.

Matti levantou a cabeça. Luca se sentiu como um pedaço de tecido puro recebendo pigmento: ele queria mergulhar naquilo, fio por fio.

Queria capturar para sempre a ternura da boca de Matti, as covinhas brilhando em suas bochechas.

— Acho que podemos chamar de ironia — explicou Matti. — Estou tão acostumado a olhar para o jeito como você se move. O jeito como reage às coisas. Isso é bem mais fácil do que as posturas intermediárias.

— Matti — disse Luca, ofegante. — Se existe algum homem no mundo que não reagiria desse jeito, que não ficaria *louco* olhando para você, enquanto você faz tudo isso, ou ele é tragicamente atraído apenas por mulheres, ou tem tanto mau gosto que não dá nem pra ajudar o coitado.

Matti abaixou o rosto, envergonhado, e deu mais um beijo na parte interna da coxa de Luca. Seu cabelo fez cócegas no pau de Luca, que balançou a perna em protesto.

— Fica parado — murmurou Matti.

— Eu…

— Luca. Fica parado.

O coração de Luca estava tentando sair do peito. Ele se sentia tonto e vivo, exposto e pronto para ser usado. Nunca ficara tão duro assim em toda a sua vida. Matti chupou gentilmente um novo ponto na pele da coxa.

— Pode… — Luca ofegou. — Mais forte.

Matti olhou para cima.

— Mais forte?

— Eu fico marcado bem fácil.

— Mas… — A ficha caiu. — *Porra* — exclamou Matti, com vontade, e desta vez, quando sua boca encostou no quadril de Luca, ele chupou com força, trazendo o sangue para a superfície, e Luca desistiu de *ficar parado* e envolveu seu membro com a mão.

Ele apertou uma vez, soltando um gemido arranhado, e depois se forçou a soltar. O frasco de óleo estava afundando em seu ombro. Ele o pegou e o entregou para Matti.

O outro hesitou. Luca estava estendendo uma perna para cima, como um convite, mas parou. Ele engoliu as três primeiras coisas que pensou em dizer no impulso e se certificou de que sua voz sairia casual.

— Você já fez isso antes?

Matti franziu a testa. Ele se sentou e olhou para o frasco na mão de Luca.

— Não… essa parte não, com homens.

Luca mordeu o lábio com tanta força que sua pele ficou em perigo. Era estupidez achar aquilo tão ardente e insuportavelmente gostoso. Sexo poderia ser muitas coisas diferentes. Ações eram arbitrárias. Mas Luca era egoísta; ele gostava de coisas que eram dele, *somente* dele, e já estava empolgado para gravar em algum lugar no seu coração guloso e faminto a memória do rosto de Matti e os sons que ele faria.

Percebeu, tarde demais, que Matti estava considerando seu silêncio uma forma de julgamento. Luca se alavancou sobre os cotovelos, quase escorregando na pressa.

— Matti, está tudo bem. Eu não quis dizer que…

Matti o acalmou, o silenciou com um toque firme em sua barriga. Uma de suas covinhas estava começando a aparecer de novo.

— Você acha que estou envergonhado? — perguntou, com firmeza. — Não é como se eu não tivesse experiência nenhuma. Mas, sim. Tem sido difícil arrumar tempo para isso.

Justificar o tempo, Luca traduziu. Se ele tinha tempo para aulas de espada, tinha tempo para… bom, exercícios físicos mais prazerosos.

— E eu não vinha… sentindo vontade. — Quanto a isso, Matti pareceu envergonhado. Não *fazer* sexo era compreensível, porém era mais estranho admitir não querer.

— Não tem sangue o bastante chegando no seu cérebro. Eu lembro.

Matti lançou um olhar para ele, os olhos escuros marcados por uma gratidão silenciosa.

— Ou talvez não tenha sangue o bastante chegando em outras partes — murmurou Luca. Ele se sentou e abriu a tampa do frasco. — Tira essas roupas, Mattinesh, e vem aqui.

Matti obedeceu.

Sob a luz íntima do quarto, seu corpo despido era de dar água na boca. A pele era como âmbar sob as sombras, e Luca se sentiu grato ao ver que Matti estava tão excitado quanto ele. Quando os dedos lubrificados de Luca se fecharam ao redor do pau de Matti, ele fez um som do qual Luca se lembraria pelo resto da vida.

— Muito bem — disse Luca, tranquilo.

Matti estava se apoiando na mão, ajoelhando por cima dele. Luca se sentiu como um fio prestes a ser cortado. Ele ajustou o quadril e levantou as pernas. Soltou o ar com calma e guiou Matti até sua entrada.

— Eu sei o mecanismo disso tudo. — Os braços de Matti tremiam, mas ele soava quase como se estivesse se divertindo. — Você não quer… dedos primeiro?

Luca precisou engolir em seco antes de ter certeza que sua voz sairia firme.

— Acredite, se eu quisesse, teria pedido.

Ele se perguntou se Matti iria discutir, mas ele voltou a seguir as ordens. Luca ficou feliz. Ele estava cheio daquela sensação de espumante que tanto amava, aquela que surgia quando simplesmente *agia*, sem se preocupar em planejar tudo. A alegria estava em ver o que acontecia em seguida.

A sensação borbulhante o fez passar pela dor inicial, quando Matti se segurou com a própria mão e deu uma investida, finalmente se guiando para dentro. Luca estava colocando o próprio lábio em perigo de novo. Sua respiração titubeava como uma carroça numa rua esburacada, e ele estava… preenchido, pelos deuses, ele estava preenchido, com as pernas enroscadas no quadril de Matti, o ajudando, puxando Matti para mais fundo dentro de si.

Como uma súplica, Matti sussurrou:

— Luca.

— Sim, sim. — Luca jogou a cabeça para trás, ecoando a resposta. — Vai. *Vai.*

Então, Matti o segurou enquanto metia, o desconforto se derretendo rapidamente até virar um prazer que fazia os nervos de Luca ferverem. Luca segurou o rosto de Matti, fazendo contato visual, querendo olhar para ele. Observá-lo. Ele não havia planejado, mas queria aquilo. E sentiu algo que não era um orgasmo crescendo em seu peito, como um poço de lágrimas, enquanto Matti fechava os olhos e virava a cabeça, abrindo a boca contra o punho de Luca no que poderia ter começado como um beijo, mas terminou sendo um arranhão com os dentes, voraz e deselegante.

A água quente no peito de Luca continuava subindo. Luca não tinha como fugir, então fez a única coisa de que era capaz: deixou o inundar. Ele se esticou para beijar o pescoço de Matti e murmurar súplicas na boca dele. Ele se permitiu ser dominado por Matti, ali dentro dele, em cima dele e o ancorando.

Matti gozou primeiro, com um grito repentino e curto que enterrou no pescoço de Luca. Já ele se sentiu suspenso por um momento, como se tivesse deixado o próprio corpo. Estava quente demais e gelado demais. Matti era pesado e impossível e Luca não queria que ele se movesse nunca mais, ou queria que ele continuasse se movendo para sempre. O pau de Luca estava pressionado entre os corpos, e quando fez menção de se tocar para gozar, Matti chegou primeiro.

O movimento da boca de Matti no rosto de Luca se tornou proposital. Eles estavam se beijando, a língua de Matti quente e dominadora contra a de Luca, quando um aperto final dos dedos de Matti fizeram Luca explodir também.

Depois, quando Luca tirou a fronha chique de um dos travesseiros para que os dois pudessem se limpar superficialmente, eles deitaram lado a lado no quarto quente, respirando. Alguns dos companheiros de cama de Luca já haviam dito que ele era capaz de ficar na diagonal na cama mais estreita e na mais larga do mundo. Ele se esparramou com a perna enganchada de forma possessiva no joelho de Matti, se sentindo cansado e feliz e mais alguma coisa também, uma sensação insistente de vulnerabilidade, como se uma rajada de vento tivesse passado por ele e deixado uma janela aberta em algum lugar.

— Acho que não me sinto arrebentado o suficiente — disse Luca, para disfarçar. — Você vai ter que se esforçar mais da próxima vez.

Matti expirou em golfadas rápidas, não exatamente uma risada.

— Você é um péssimo professor, sabia disso?

Uma atitude defensiva familiar tentou surgir em Luca e afiar sua língua para uma resposta. Mas não chegou muito longe. Havia muita coisa no caminho. Em vez disso, ele bocejou e olhou para o maxilar de Matti, com a barba por fazer, deixando a acusação — por mais leve que fosse — se acomodar dentro dele.

— Si-im. Acho que sim. — Em seguida, acrescentou: — Desculpa.

— Você está melhorando — disse Matti. — No mesmo ritmo em que eu venho melhorando com a espada. Mas você deveria me elogiar de vez em quando, não só apontar todos os meus erros.

— Ah, *bom*. — Luca sorriu, aceitando a tarefa. — Neste caso, posso te dizer que essa foi uma das melhores fodas da minha vida e que eu dançaria quinhentas *catskills* com qualquer devasso com mau hálito se assim eu tivesse a oportunidade de repetir isso todos os dias durante um ano inteiro, com algumas variações. E que eu não *precisava* tirar a camisa para demonstrar as posturas básicas naquele primeiro dia de treino quando estava tentando te convencer a não me denunciar, mas eu não estava pensando direito porque nunca tinha visto alguém ficar tão lindo bravo quanto você. Você é um absurdo, Mattinesh. Em outra vida, você estaria posando para pintores. Eu vou sonhar com os seus ombros, ou talvez com seus joelhos.

Luca notou tarde demais que o tom afetuoso em sua voz foi ficando mais intenso, sussurrado, como se a sequência de palavras fosse um fragrância que os aproximava de forma íntima. Matti não o interrompeu. Ele o observava com algo que Luca achou que deveria ser capaz de ler, àquela altura, mas que vivia na área neutra das expressões de Matti.

— Quer que eu fique quieto? — perguntou Luca. Seus lábios tremeram numa lembrança inconsciente.

Matti sorriu.

— Não. Não, eu amo o jeito como você fala. Na maioria das vezes — acrescentou, em resposta ao olhar de dúvida que Luca lançou para ele.

— Eu falo demais.

— Você fala como se não tivesse medo de nada. Como se pudesse dizer o que quisesse e não faria diferença.

Luca esfregou o polegar no maxilar áspero de Matti e se moveu para dar um beijo em sua clavícula, depois mais um. Matti o envolveu com um dos braços, trazendo-o para mais perto.

— Eu tenho medo de algumas coisas — disse Luca, de leve, sobre a pele de Matti.

Depois de um instante, Matti perguntou:

— Você já se machucou alguma vez numa luta? Se machucou sério, quero dizer.

A cautela se espalhou pelo interior de Luca.

— Hum? Por quê?

— Fiquei pensando nas suas cicatrizes. — Matti passou a mão pelas costas de Luca. — Eu achava que duelistas teriam muitas delas, mas aí me dei conta: apenas algumas lutas cerimoniais terminam em sangue, atualmente. E você treina com lâminas cegas. Ou seja...

Os dedos dele passeavam gentilmente no que Luca sabia que era uma saliência longa e fina na lateral do seu corpo. Uma linha branca quase fantasmagórica no torso já pálido de Luca.

Surpreendentemente, aquela era *sim* uma cicatriz de espada. De uma sessão de treino alguns anos antes, quando Luca aprendeu que pegar uma espada quando se está chiando de raiva era a receita do desastre. Ele abriu a boca para contar a história, mas a cautela continuava ali, tentando alertá-lo. Ele havia ido longe demais. Já sabia disso. Nada poderia impedi-lo de se sentir praticamente derretido de prazer e desamparado de desejo, ali, deitado nos braços de Matti Jay.

O que ele poderia fazer era se lembrar de que era um mentiroso. De que estava mentindo. De que nada ali era tão simples quanto parecia, e que os medos de Luca não tinham nenhuma relação com lâminas de metal.

— Desculpa te decepcionar — disse ele com leveza. — Acidente de infância. Quebrei uma janela, tropeçando num brinquedo, e tive a sorte de escapar com um único corte. E outro na mão, mas esse curou sem deixar marcas.

— E as cicatrizes nos seus pés?

— Vamos lá — disse Luca —, *quando*, durante a última meia hora, embora muito prazerosa, você arrumou tempo para olhar pros meus *pés*? Você gosta de pés? É isso? Sou capaz de te deixar ofegante só mostrando os calcanhares? Porque isso seria uma informação bem útil.

Matti riu. Deslizou um dos seus pés sobre o de Luca, esfregando-o delicadamente.

— Eu vi aquele dia na piscina.

— Ah. Foram só frieiras. Dois invernos atrás. — Era verdade.

— Eu não sabia que frieiras deixavam marcas.

— Geralmente não deixam. Mas essas foram feias, infeccionaram e eu não parei de ir às aulas de espada quando o médico me mandou descansar. Odeio o inverno.

— Você já vive reclamando do verão. Você gosta de *alguma* temperatura?

Luca fingiu pensar a respeito.

— Algumas semanas da primavera são toleráveis — respondeu. E depois, deslizando as mãos pelo torso de Matti e afundando ainda mais no pescoço dele, completou: — E estou confortável agora. Você é uma temperatura boa.

— Eu não sou uma estação.

— É, sim.

Luca estava sonolento, ninado pela alegria. Ele não teve a intenção de dizer aquilo. Por um momento, torceu para que Matti deixasse para lá, ou não entendesse o que ele havia querido dizer, mas Matti sabia ser perspicaz quando Luca não queria que ele fosse.

— Você está dizendo que eu vou passar.

— Sim. Eu sou uma estação na sua vida, e você é uma estação na minha.

— Não vá embora hoje. — Matti plantou um beijo no cabelo dele. — Por favor.

— Tá brincando? Você provavelmente recebeu o melhor quarto dessa ala.

Luca pressionou os dedos na pele de Matti com força por um instante, como que decretando: *eu vou ficar*. Depois de uma pausa, Matti disse:

— Provavelmente não é tão bom quanto o quarto da Sofia.

Luca engoliu o gosto salgado repentino que surgiu com a menção à noiva de Matti. Teve a sensação desagradável e nada familiar de não saber como lidar com uma conversa. Depois de tudo o que haviam feito, ele não imaginava que Matti estaria no clima para falar sobre Sofia.

— Acha que ela estava esperando que você…? — perguntou Luca, hesitante.

— Não. Se fosse o caso, teriam me colocado num quarto muito mais próximo da ala da família. Mas… é um Baile da Meia-Lua.

Luca assentiu. Aquele tipo de celebração era geralmente quando o primogênito de qualquer casamento era concebido. Era uma conta fácil.

— Meu irmão mais velho provavelmente foi concebido durante a Meia-Lua — disse ele. — E você?

— Acho que meus pais não tiveram um Baile da Meia-Lua.

— Faz sentido, eles casaram em Manisi. Espera: correção. — Luca levantou a cabeça. — Nos *arredores* de Manisi.

A risada de Matti foi aconchegante.

— Não, eles se casaram em Manisi mesmo. Mas, aparentemente, a família estendida da minha mãe reclamou de ter que viajar até a cidade para a cerimônia. Acho que eles não avisaram com muita antecedência.

Luca voltou a apoiar a bochecha no peito de Matti, que penteava o cabelo dele, e sua respiração era como uma maré tranquila, o fazendo subir e descer. Aquilo era tão fácil… Histórias de família. Risadas. Luca sentia que podia dizer qualquer coisa naquele momento e não faria a *menor* diferença, nada importaria; Matti aceitaria.

Mas isso não era verdade.

A boca de Luca, meio aberta numa verdade, se fechou de novo. Seus lábios arderam com seu nome, mas, em vez disso, ele se aproximou para beijar Matti, percebendo que o outro não se afastou ao senti-lo. Mas a boca de Matti era generosa e doce. Luca queria beijá-lo por horas.

Eles não tinham horas. Ou melhor, tinham, mas a casa já estava sob o silêncio pesado da noite; ou era tarde demais, ou eles estavam longe demais da entrada principal para escutar a partida dos últimos convidados. O corpo de Luca implorava por uma noite de sono, apesar do cérebro passear da dúvida para a alegria, para a dúvida de novo.

Matti dormiu primeiro, a respiração se suavizando, um dos braços por cima das costas de Luca. O corpo de Luca queria mudar de posição, mas ele lutava contra isso, deixando apenas suas mãos e pés se moverem, para que ele pudesse continuar sob o braço de Matti como…

Como se aquilo significasse algo.

— Porra — sussurrou Luca. — Me perdoa. Você merece coisa melhor. Merece alguém que possa te dizer a verdade.

Matti respirou mais fundo e mudou o ângulo do maxilar sobre o travesseiro ao expirar, mas continuou dormindo. *Egoísta, egoísta,* Luca ralhava consigo mesmo; e, à exaustão, respondia a si mesmo também: *Sim, eu sei. Egoísta. Preguiçoso. Mentiroso.*

— Mas não me arrependo o suficiente para te deixar ir — acrescentou ele, baixo a ponto de ele mal conseguir escutar as próprias palavras. — Ainda não.

Matti acordou com a chuva. Ele conseguia ouvir o barulho pesado e constante no telhado, e uma luz fraca entrava pela frestinha da janela entre as cortinas. Um relógio na parede lhe indicou que era o horário em que ele geralmente acordava. Depois de um ano nadando e mais três meses de aulas de espada, a mente e o corpo de Matti já sabiam que horas lhes mandariam funcionar.

Não havia um horário marcado para o café da manhã. Ninguém se importaria se Matti não aparecesse por mais algumas horas.

Outro murmúrio constante se transformou lentamente em palavras. Matti esfregou os olhos e se virou, e seu braço atingiu Luca, que estava sentado na cama e parecia desenhar a esmo no lençol com a ponta do dedo.

— ... e Jenny. Mas isso não funcionaria. A não ser que... São muitos detalhes, mas é possível coordenar tudo se você pagar o suficiente. Donna e Jenny...

Ele parou quando Matti apoiou a mão em sua perna. O olhar que Luca lançou para ele não foi tímido, exatamente, mas cauteloso.

— Do que você está falando? — perguntou Matti.

— Talvez nada. Talvez tudo.

— Não precisa criar um ar de mistério, sabia? Eu já estou fascinado por você.

Um sorriso de deleite verdadeiro iluminou o rosto de Luca.

— Sério?

Matti se espreguiçou e depois se sentou também, arrumando os travesseiros para se recostar neles.

— Desde a primeira vez que te vi. — O quarto, com aquela meia-luz, e o calor desconhecido de acordar ao lado de outra pessoa lhe pareciam coisas surreais. Poderiam lançar qualquer verdade ali, naquele instante, e ela seria tratada com gentileza. — Desde que eu te derrubei.

— Sendo escrupulosamente sincero, eu *fiz* você me derrubar. — Luca deixou seus dedos brincarem na barriga de Matti. Um dedo coçou a esmo a trilha de pelos, mas não havia nenhuma intenção séria por traz daquilo. Luca só estava se mexendo porque precisava se mexer. — Mas quando dei uma boa olhada em você, lá de baixo... parte de mim quis continuar de joelhos.

Matti fechou os olhos brevemente, incapaz de não imaginar aquela cena. Ele acordara semiereto e, quanto mais imaginava, mais duro ficava.

— E como teria sido isso?

A mão de Luca parou. Matti olhou para ele. Luca o encarou de volta, os olhos no mesmo tom claro da chuva; ele engoliu em seco, e o sorriso começou a surgir em seu rosto de novo.

— Por que você não se levanta e eu te mostro? — disse ele, com a voz suave.

A antecipação se espalhou pela pele de Matti, fazendo com que ele se sentisse travesso. Jogou o cobertor para o lado e se levantou. Luca o seguiu por cima da cama, pegando o travesseiro de Matti. Em seguida, colocou o travesseiro aos pés dele e fez um gesto que significava: *Parado, fica.*

— Teria sido mais ou menos assim — disse, se jogando para trás.

Os joelhos de Matti enfraqueceram e depois travaram, com o instinto de ajudar contrastando com a ordem para ficar parado. E Luca não se machucou, Matti percebeu de cara. Luca estava esparramado no chão, parecendo não se importar com a própria nudez de um jeito que fez Matti se sentir menos consciente da sua.

— É mais fácil num lugar lotado, é claro. Tem muito mais coisa acontecendo. Mas, de qualquer forma, eu estaria aqui embaixo. *Como ousa, senhor?* E você, todo envergonhado e confuso. É só uma questão de pegar meu relógio, já quebrado, óbvio, no momento exato em que seu pé atinge ele. O segredo é ler as deixas do corpo.

— Entendi.

— Mas então, eu olho melhor para a vítima escolhida — disse Luca. Ele estava ajoelhado no travesseiro agora. Suas mãos repousaram na lateral das pernas de Matti. — E sou atingido pelo arrependimento ao ver sua magnitude, sua... — Luca dá um leve sorrisinho, desvia o olhar — ... estatura.

— Sem mencionar o fato de que aparentemente esqueci minhas roupas quando saí à noite.

O arranhar das unhas de Luca descendo pelas coxas de Matti poderiam ser um encorajamento ou um alerta contra futuros improvisos.

— Oh, senhor, eu nunca deveria ter tentado passar a perna em você. Será que um dia você será capaz de me perdoar? — A voz de Luca possuía um ar teatral, mas o olhar que lançava diretamente para Matti parecia o de uma criança desconfiada que o desafiava a passar o dedo pela chama de uma vela. — Como posso te recompensar?

— Luca... — Matti perdeu o fôlego quando Luca envolveu seu pau com uma das mãos e esfregou duas vezes, de leve.

— Ah — disse Luca, suavemente. — Parece que encontrei a solução.

Ele se inclinou e, com a ponta da língua, desenhou um círculo cuidadoso e angustiante ao redor da cabeça sensível do pau de Matti.

— Acho que vamos ser expulsos do bar — soltou Matti.

Luca pareceu entender aquela capacidade de fazer comentários espertinhos como um desafio, porque abandonou todo o esforço em provocar e simplesmente enfiou Matti inteiro na boca. Ele o chupou devagar, com toda a minúcia, uma pressão constante que fez Matti jogar o pescoço para trás e murmurar cada parte da anatomia de Huna que passava por seus pensamentos bagunçados.

Mas foi o som de satisfação do próprio Luca, seu prazer óbvio em dar prazer, que deu a Matti a coragem de pedir o que ele queria.

— Espera — disse. Quando Luca se afastou, Matti se virou para pegar o óleo na mesa de cabeceira, e depois entregou para ele. — Eu quero que você... use seus dedos em mim, ao mesmo tempo.

— Seu desejo é uma ordem — respondeu Luca, tranquilamente. Ele lubrificou a mão e então deixou o peso nos joelhos de novo. Sua boca estava muito perto do pau escuro, rígido e ainda molhado de Matti. — Sugiro que você se segure em alguma coisa. — Um sorrisinho se formou. — *Senhor.*

Matti mal teve tempo para agarrar a cabeceira da cama antes que Luca começasse a executar sua tarefa, como se aquela fosse uma das raras aulas de espada onde Matti conseguia o convencer a se exibir, a dançar entre as posturas e os golpes, a se defender de inimigos invisíveis, momentos em que Matti o observava com uma alegria tão voraz que beirava a tranquilidade.

Aquilo não era nada tranquilo. Luca gemia, lambia, mantinha a boca cheia, enquanto os dedos lubrificados gentilmente alisavam as bolas de Matti antes de entrarem nele, com cuidado, decididos. Os joelhos de Matti estavam fracos, o prazer lançando faíscas por seu corpo. Ele apertou a cabeceira da cama com força o suficiente para as juntas dos dedos ficarem esbranquiçadas e manteve a outra mão gentilmente apoiada na nuca de Luca. No entanto, a gentileza só durou até Luca mover o dedo de certa forma e um gemido rouco sair da garganta de Matti — aí ele percebeu que estava fazendo mais força com a mão, puxando a cabeça de Luca para mais perto.

O pedido desculpas estava na ponta da língua adormecida de Matti, mas Luca soltou um gemido, o encorajando. O prazer ia aumentando na base da sua barriga. Lentamente, ele se permitiu usar a força, puxando o ruivo cada vez mais, até o calor ficar sufocante.

— *Luca* — conseguiu dizer, sentindo seu corpo balançar naquele primeiro clímax do dia. Ele soltou o cabelo de Luca abruptamente.

O outro afastou a boca, mas continuou segurando o pau de Matti, o angulando de forma que, quando Matti gozou, com um gemido violento, o jato atingiu o pescoço e o peito de Luca.

Enquanto recuperava o fôlego, Matti se agarrou na cabeceira como se sua vida dependesse disso, encarando Luca de cima.

— Eu... — Matti parou, chocado consigo mesmo. E um pouco contente também.

Luca o observou, curioso e despreocupado.

— Que foi?

— Eu. Nada.

— Nada? — Luca passou o dedo lentamente pela própria clavícula e, deuses, pelos deuses, Matti continuava encarando.

Ele voltou a olhar para o rosto de Luca, se lembrando do prazer dele quando Matti perdera o controle da própria língua no passado, e se permitiu falar:

— Eu estava pensando que não consigo decidir o que eu prefiro ver no seu pescoço, dentre os dois presentes que eu te dei.

Luca arregalou os olhos.

O rosto de Matti queimou. Luca abriu um sorriso incrédulo.

— Safado — disse, o admirando.

Não pensa muito, disse Matti a si mesmo. *Só faz*.

Ele imitou o movimento de Luca, passando dois dedos pela evidência do seu prazer, e sentiu a respiração parar mais uma vez quando Luca pegou sua mão e chupou os dedos até que estivessem limpos.

— Você é cheio de surpresas, sr. Jay.

Com isso, Matti fez uma careta, depois riu, e, após um momento, Luca riu também.

— Esse jeito de te chamar não funciona para você quando estamos na cama? — Luca mordeu o lábio, abaixou os olhos e depois encarou Matti através dos cílios claros. — Senhor?

Para a vergonha de Matti, o comentário atingiu em cheio um nervo invisível. Sua expressão reagiu. Antes que Luca pudesse tirar vantagem daquilo, Matti disse, sentindo mais uma vez a verdade deixar sua boca com uma facilidade escorregadia:

— Só quero que você use meu nome. Eu... gosto de saber que você *me* quer.

O rosto de Luca se suavizou, como uma nova página em branco. Mas aquela expressão sumiu tão rápido — logo substituída por um sorriso lento e devastador — que Matti podia tê-la apenas imaginado.

— Mattinesh — disse Luca, a voz rouca, com um chiado prolongado no final. Matti quis corrigir para *Matti*, mas desistiu. Ninguém mais dizia seu nome completo daquele jeito. — *Mattinesh* — repetiu Luca. — Queria poder te mostrar o sabor do seu nome na minha boca.

E aquilo foi tudo que Matti conseguia suportar — no instante seguinte, eles estavam se beijando de novo, Luca o empurrando na cama e se colocando por cima, as pernas caindo entre as de Matti.

Quando finalmente se encaixaram, Luca pegou seu pau, duro, e o de Matti, já amolecendo, e esfregou um no outro com urgência e pouca cerimônia.

Matti se encolheu; a sensibilidade estava virando desconforto.

— Está...

— Passando dos limites? Porra, desculpa, eu vou... — Luca afrouxou a pegada.

Matti queria aprender o que Luca gostava. Nas lembranças da noite anterior, tudo fora um torpor frenético no fim, e Matti mal conseguia pensar direito durante todo o processo, só queria ver o rosto de Luca e engolir os sons quebrados que ele soltou contra sua boca quando Matti o fez gozar.

Ele colocou a mão por cima da do outro, numa oferta cuidadosa, os dedos entrelaçados sobre a ereção de Luca, o polegar de Matti esfregando o líquido que escorria na ponta. Luca estremeceu e enterrou o rosto no ombro dele, a mão em que estava se apoiando tremendo. Ele se moveu para que pudessem deitar lado a lado, frente a frente.

— Assim — disse Matti, baixinho. — Me mostra o que fazer.

E Luca mostrou, os dedos guiando os dele num ritmo rápido e constante. Próximo ao fim, os dedos de Luca perderam força, seu rosto se franziu numa expressão entre surpresa e dor, e Matti se deleitou com a visão enquanto mantinha o movimento.

— *Ah!* — gritou Luca, gozando nas duas mãos e sobre a própria barriga.

Sua expressão se suavizou; as fendas dos olhos ficaram escuras, a boca larga e perfeita levemente aberta. Matti compreendeu repentinamente o que Luca quis dizer quando falou sobre Matti posar para pintores. E, ainda assim, não queria que ninguém mais visse Luca daquele jeito.

Matti não sabia o que dizer. Havia algo borbulhando em sua garganta, como uma bolha de vidro ou um chocolate quente, uma ternura que ameaçava marcar Matti de maneira fundamental.

— Juntando a sua *e* a minha, eu estou todo melecado — comentou Luca. Ele não parecia insatisfeito. — Hora de sacrificar outra fronha?

— Acho que podemos fazer melhor que isso.

Havia um pequeno lavatório no canto, com uma única torneira, e toalhas penduradas. Matti pegou uma delas, a umedeceu e ofereceu como alternativa para que não continuassem degradando as roupas de cama. Luca jogou a toalha no chão com um sorriso depois que terminou, e Matti se segurou para não pegá-la e pendurá-la de novo.

— Eu deveria me vestir — disse, empoleirado na beira da cama.

— Você deveria voltar pra cama comigo — respondeu Luca, na lata.

Matti abriu a boca para argumentar, e então fechou. O que o fez mudar de ideia não era algo tão razoável quanto a verdade — que era que, na casa de campo dos Cooper, ele não tinha prazos a cumprir, reuniões a que comparecer ou problemas para resolver. Não. O que levou Matti de volta para a cama foi a pontada de resignação na voz de Luca, como se ele não esperasse ser colocado acima de qualquer uma das prioridades da vida do outro.

Matti se encheu de uma necessidade esmagadora de provar que Luca estava errado. De pressionar a boca e as mãos na pele dele e gravar a prova ali: que por Luca ele já havia jogado muitos *deveres* de lado, e não se arrependera de nenhum até então.

A surpresa de Luca ficou óbvia pelo jeito como ele arqueou as sobrancelhas enquanto Matti se enfiava embaixo dos cobertores.

— Você está certo — foi tudo o que Matti disse. — Reconsiderei minha decisão.

Luca deslizou o pé pelas panturrilhas de Matti.

— Eu adoro estar certo.

Seu cabelo parecia menos vibrante agora que não estava sob a luz do fogo ou das lamparinas. Menos inflamável. E, ainda assim, de alguma forma, mais quente. Polido e escuro, tudo ao mesmo tempo. Matti estendeu a mão e passou os dedos pelos fios, pensando no pigmento escarlate-marinho, depois sobre o aumento dos preços, e...

— Nem vem — murmurou Luca. — Minha própria mãe não consegue me convencer a cortar o cabelo.

— Não era isso que eu estava pensando.

— Não? Você estava fazendo aquela sua coisa pensativa de novo.

Luca tocou a testa de Matti, bem no meio das sobrancelhas, ao que o outro segurou sua mão e beijou a ponta de um dos dedos, amando o jeito como os olhos de Luca ficaram imediatamente calmos e contentes. Ele jogou os pensamentos sobre trabalho para o lado; estariam ali, esperando por ele, assim que Matti voltasse à cidade. Por enquanto, ele estava exatamente onde gostaria de estar.

Ele falou isso em voz alta, inclusive, e a expressão de Luca mudou novamente.

— Você não preferiria estar na sala de treino? — questionou Luca, malicioso. — Como você disse ontem à noite? Completamente vestido, sem nenhuma cama por perto?

Um espasmo de desejo preencheu Matti com a imagem que se espalhou por sua mente. Os dois na sala de treino, vestidos quase por completo, fodendo no chão. Ou contra a parede, a mão de Matti sobre a boca de Luca para abafar os gritos que ele arrancaria da garganta do outro.

— Mudei de ideia. — Matti se afundou no travesseiro e puxou Luca para mais perto. — Eu ficaria bem feliz se pudesse continuar aqui, neste quarto, para sempre.

O braço de Luca estava caído sobre a cintura de Matti. Seus dedos tamborilavam casualmente na lombar dele.

— Tem muita coisa pra ver no mundo além deste quarto — respondeu, com leveza.

O estômago de Matti se revirou, desconfortável. Parecia que estavam perto demais de uma conversa que nenhum dos dois estava pronto para ter.

— Tenho certeza de que verei mais coisas um dia. E já vi mais do que Maya ou os gêmeos viram. Nenhum deles viajou pelo mar, ou para Manisi.

— Para os *arredores*…

— Cala a boca — disse Matti, alegre, abaixando a cabeça para beijar o sorrisinho presunçoso de Luca.

Demorou um tempo até que o outro dissesse qualquer coisa. Ele parecia pensativo quando voltou a falar.

— Sabe, eu costumava pensar que todos vocês, da família Jay, precisavam ser um pouquinho mais egoístas, mas decidi que estava errado quanto a isso. Levou um tempo para eu mudar de ideia. Ela é muito boa com aquele truque de óleo de rosa, a sua irmã. Sua Casa deveria contar mais com ela.

— Não entendi.

— Eu gosto da sua família. Gosto mesmo. Acho que eles te amam e têm orgulho de você, e se eles soubessem que você não está bem, quando diz a eles que está, eles ficariam preocupados.

Matti abriu a boca. Suas palavras foram contidas pelos dedos de Luca, uma pressão breve e dominante em seus lábios. Luca se soltou do braço de Matti e se sentou na cama de novo, como se precisasse daquela distância.

— Eu também acho... — continuou, com uma mudança de tom que Matti reconheceu das aulas de espada como uma crítica vindo com força após um breve elogio. — Que eles não estão questionando isso porque é o mais fácil a se fazer. Você conta uma mentira para eles e eles aceitam, porque é mais conveniente assim.

— Não é mentira.

— Claro que é mentira. — Luca esfregou aquele mesmo lugar entre as sobrancelhas de Matti. — Matti, você está se destruindo. Você não está bem.

— Não é tão ruim assim — respondeu ele, mas fraco. Pensou no silêncio contemplativo do médico ao contar sobre sua tontura e náusea. — Bem significa normal. Bem significa que estou lidando. E eu *estou*, mas às vezes parece que... — Ele se perdeu, movendo as mãos como se tentasse arrancar do ar as palavras certas.

Luca flexionou uma das pernas e a abraçou. Esfregou a boca no próprio joelho como se a estivesse limpando, para abrir espaço para outra coisa. Então, olhou para Matti.

— Parece que você está numa caixa — disse. — Não é uma jaula. Uma caixa. Sempre que ela encolhe, é como se tivesse menos ar para você.

Matti não teria encontrado aquelas palavras nem se houvesse dez horas livres e uma lupa, mas Luca as encontrara, de alguma forma. Luca, que havia aberto a tampa da caixa e mostrado a Matti quanto espaço existia do lado de fora.

— Como... Como você sabe?

Luca franziu a boca. Desviou o olhar. Sua expressão estava mais acolhedora quando olhou de volta, e ele deu de ombros.

— Não acha que sua família merece saber que o plano de se casar com a Sofia faz com que você sinta que está se trancando numa caixa? Não acha que *ela* merece saber?

— No que isso ajudaria? Eles ficariam infelizes também, e eu não ficaria menos infeliz.

Matti quase tropeçou nas últimas palavras, surpreso ao escutá-las na própria voz. Três meses antes, ele nem sequer *teria pensado* que era infeliz.

— E isso — disse Luca — resume muito bem os últimos dez anos da sua vida, aposto.

— Eu... eu preciso mesmo me vestir.

Matti saiu da cama e colocou as roupas, sob o olhar descarado de Luca. Quando já estava vestindo a jaqueta, percebeu que precisava se barbear, e pegou o sabão que havia no lavatório e sua lâmina na bolsa de couro que levara.

Luca permaneceu na cama. Ele ficou tão quieto enquanto Matti fazia a barba que este chegou a imaginar que ele devia ter voltado a dormir. Mas quando Matti vestiu a jaqueta de novo e passou um pente no cabelo, Luca encontrou seus olhos no espelho.

— Tô bem assim? — Matti apontou para si mesmo.

— Dá pro gasto. — Luca umedeceu os lábios. O gesto parecia mais nervoso do que satisfeito. — Matti, se existisse algum outro jeito de tirar a Casa Jay desse buraco...

— Só que não existe. Mesmo se eu pudesse interromper tudo o que Corus aprontou num estalar de dedos, ainda estaríamos muito no fundo do poço — respondeu Matti, a dor familiar da resignação era como engolir uma pedra.

— Mas se existisse — insistiu Luca. — Se você não tivesse que se casar.

Algo fez com que Matti se virasse para olhar Luca melhor. Ele era uma pilha de pernas e braços pálidos, uma mão envolvendo o punho oposto e o balançando. Parecia sem jeito. Vulnerável.

Matti não soube ao certo, de repente, qual era a pergunta. E não se sentia capaz de tirar mais coragem de dentro de si para arrastar aquela conversa de maneira ainda mais explícita para o território das declarações íntimas. Luca provavelmente não estava oferecendo... nada.

Acredito que nem eu nem você estamos procurando algo sério, Luca dissera durante o banho de mar.

— Se — disse Matti, caindo naquela premissa apesar de saber que não deveria — isso acontecesse, aí eu *gostaria* de ver o que mais existe no mundo, além de tudo o que eu venho fazendo nos últimos dez anos.

Luca saiu da cama. A visão de seu corpo casualmente nu fez o desejo pulsar de leve em Matti, virando algo macio e agridoce enquanto Luca caminhava em sua direção e levantava seu rosto com urgência, perto o bastante para pressionar seu peito nu contra o peito vestido de Matti. Matti o beijou, o enroscando em seus braços. Nunca estivera com alguém que tivesse tanta vontade de beijar quanto Luca, que parecia feliz em passar tanto tempo beijando.

— Estou falando sério. Eu não ligaria se o tempo parasse bem agora — disse Matti, quando o beijo terminou.

— O tempo me deixaria colocar uma roupa primeiro?

— Não. — Matti passou a mão pela lombar de Luca, descendo até os músculos firmes. — O tempo preferiria você exatamente assim, sr. Piere.

— E o lenço? — provocou Luca. — *Só* o lenço. E mais nada. Ah, gostou da ideia? *Ah.* Porra, Matti.

Ele jogou a cabeça para trás e soltou um grunhido suave e encorajador enquanto Matti chupava seu pescoço, sentindo o leve arranhão da barba por fazer; nada comparável com a dele. Matti queria muito deixar outra marca na pele tão sensível de Luca. Queria ordenar que Luca usasse o lenço pelo resto da semana, que pensasse em Matti toda vez que a seda tocasse a marca.

Aquilo lhe pareceu ultrapassar os limites.

Quando Matti o soltou, Luca olhou para as roupas jogadas pelo quarto e riu.

— Preciso vestir minha roupa de baile, para início de conversa. Não tenho outras roupas aqui. Mas vai, pode ir. Vou verificar se a barra está limpa antes de voltar para o meu quarto e me limpar direito.

— Depois desça para o café da manhã e seja simpático com a família da minha noiva. — Matti se obrigou a dizer aquela palavra deliberadamente. — E amanhã estaremos de volta à cidade.

— E, em treze dias, estarei no seu casamento.

Sim, disse Matti a si mesmo. *Lembre-se do que isso aqui é e do que isso aqui não é.*

Ele quase quis oferecer um aperto de mão. Aquilo lhe parecia uma barganha amigável, um acordo sendo feito para o benefício de todos. Não precisava ser tão complicado, tão esmagador quanto Matti temera. Ele sempre soube que aquilo não poderia ser nada além de uma brecha breve e preciosa de prazer.

E Matti *estava* se beneficiando. Ali estava Luca Piere, lindo e desgrenhado e recém-saído da cama de Matti, com os lábios vermelhos de tanto beijá-lo.

Não havia motivos para Matti se sentir magoado e vazio, como se estivesse ouvindo uma música fúnebre sendo ensaiada em outro quarto.

— E até lá? — ele se ouviu perguntando.

— Duas semanas boas de primavera. — Luca sorriu. Seus olhos chuvosos ficaram escuros. — Metaforicamente. Vamos aproveitar ao máximo, pode ser?

15

— CHEGA. MELHOR PARARMOS POR HOJE.

Luca abaixou a espada e secou o suor da testa. Matti parecia ofegante, e estava inclinado, respirando com as mãos agarradas às pernas. Ele deixara Luca forçar seus limites, e Luca estava no clima de forçar.

Sinceramente, parte de Luca não esperava que eles treinassem durante as duas semanas antes do casamento de Matti. Não lhe parecia o melhor jeito de aproveitar o tempo que tinham antes que o outro se comprometesse com Sofia e ficasse, oficialmente, fora dos limites.

Mas Matti não estava mentindo quando disse que gostava das aulas. Então, elas continuaram.

E se Luca às vezes recompensava uma boa postura esfregando os dedos na frente da calça de Matti, ou se testava a concentração dele durante as posturas básicas ao falar de maneira explícita sobre como foi bom bater uma na noite anterior, com os dedos todos lubrificados… Bom, isso era simplesmente um jeito de explorar novos métodos de ensino.

— Aliás — disse Matti, se endireitando —, tenho uma coisa para você. Um presente.

No mesmo instante, Luca pensou vividamente no lenço verde e na marca desbotada em seu quadril. Matti foi até onde sua jaqueta estava dobrada, no suporte de espadas, puxou algo do bolso e estendeu para Luca. Parecia uma bolinha peluda feita para distrair bebês ou um gato. Sua verdadeira natureza só ficou clara quando Luca pegou o objeto nas mãos.

— Meias. Parabéns, Mattinesh, você atingiu um nível de originalidade em dar presentes que, antes, só meu irmão havia atingido, e eu acredito que ele só dê meias como forma de protesto contra as pessoas que não valorizam o gosto dele para vinho e... Na verdade... — Os dedos de Luca finalmente interromperam seu falatório. — Elas são lindas. Nunca senti algo assim.

— São feitas de lã dos cordeiros dos territórios de Barlow — explicou Matti.

Luca inspecionou as meias com mais interesse. A lã era tão macia e escorregadia que ele sentiu vontade de esfregá-la nas bochechas, e era tingida de um azul da cor do céu de inverno.

— Para usar no frio, quando ele chegar. — Uma das covinhas de Matti surgiu. — Para prevenir frieiras.

Para variar, nenhuma resposta engraçadinha saiu da boca de Luca. Era um gesto tão simples, e Matti tinha feito aquilo de forma tão casual. Luca se lembrou de Maya com sua preciosa cesta de cerejas, como ela falou sobre o gosto de Marko pela fruta. Luca esfregou os dedos na lã mais uma vez e se perguntou com uma pontada de dor se era aquela a sensação de fazer parte da família de Matti, na qual a linguagem do amor estava nesses detalhezinhos pessoais.

Será que eles poderiam ao menos manter um semblante de amizade depois do casamento? Em dez dias, quando Matti estivesse casado e o valor da união de Sofia fosse pago, ele teria dinheiro o bastante para pagar pelas próprias aulas de espada — aulas legítimas. Talvez Luca conseguisse convencê-lo de que, em vez de procurar alguém que de fato soubesse ensinar, Matti poderia continuar com ele, que, afinal, estava melhorando. Os dois haviam comentado.

Talvez isso satisfizesse Luca; talvez, de alguma forma, ele pudesse manter Matti em sua vida sem querer o tempo todo ser beijado contra a parede e receber ordens. Talvez conseguisse ser capaz de tocar Matti, guiá-lo em cada movimento, sem desejar outro tipo de toque. Sem pegar o que queria.

E talvez as nuvens de neve do inverno de Barlow cobrissem Glassport com uma tempestade de fim de verão.

Pare de fazer planos, disse Luca a si mesmo, com firmeza. *Desse jeito, você só vai se decepcionar.*

Ele agarrou com força a camisa de Matti.

— Obrigado pelas meias, sr. Jay — disse, todo educado. — Um presente muito carinhoso. Quase compensa o fato de que consigo pensar em pelo menos três jeitos melhores com os quais poderia ter feito você suar hoje de manhã.

Matti riu e segurou o rosto dele. Pelos deuses, Luca nunca se cansaria do jeito como Matti o beijava. Era como ficar parado bem na frente do feixe de luz de um farol. Beijos quentes e intensos que não deixavam nenhuma parte da boca de Luca pra lá, até ele ficar quase ofegante.

— Passe esta noite comigo — pediu Luca, depois de Matti soltá-lo.

— Hoje não posso — respondeu o outro, triste. Ele levantou uma das mãos na altura dos ombros e balançou os dedos. Maya fizera aquele mesmo gesto. Assim como o peteleco na orelha, parecia ser parte da linguagem corporal dos Jay. — A filha de um dos nossos compradores vai dar um jantar. Eu e Maya prometemos dar uma passadinha por lá.

— O dever da Casa chama. — Luca enfiou dois dedos em uma das aberturas da camisa de Matti, fundo o bastante para tocar a pele. — Amanhã à noite?

Quando Matti envolveu a mão dele com a própria, Luca aproveitou a oportunidade para levantar as mãos entrelaçadas e deslizar os lábios delicadamente sobre as juntas dos dedos de Matti.

— Amanhã — concordou o outro, com um tom gratificante.

Luca voltou para tomar café da manhã na pensão. Ele estava tentado a passar na Erneska e comprar *raskils*, mas também estava aprendendo a ter consciência de quanto dinheiro ainda havia em sua bolsa, e a pensão, pelo menos, tinha café da manhã incluso. Seu próximo trabalho para Tolliver só começaria dali a alguns dias. Luca, que sempre vivera com uma mesada extremamente generosa, descobrira sua parte menos favorita da vida de duelista: o fato de ter que contar com pagamentos maiores e infrequentes, em vez de um pagamento menor e constante. O que significava planejar. Economizar. Fazer as contas.

No momento, a abordagem escolhida por Luca era "não compre nada extravagante e torça pelo melhor". Estava dando certo até então. Ele lidaria com qualquer crise, se fosse o caso. Afinal, sempre teria suas habilidades menos legítimas, caso necessário.

E ele estava planejando dar uma boa demonstração das ditas habilidades naquele dia mesmo.

Luca escreveu uma carta enquanto estava sentado à mesa do café. O lugar estava silencioso. A única pessoa comendo ali era Daz Haslai, que, assim como Luca, era pensionista de longa estadia: uma pessoa jovem e pequena com maçãs do rosto amplas e brincos grandes que pessoas de Ashfah que se recusavam a ser nomeadas como homem ou mulher costumavam usar. Elu estava a um semestre de terminar os estudos em medicina, e sua pilha de livros colocava a única folha de papel de Luca no chinelo. Migalhas de bolinho-margarida e uma ou outra gota de café caía dos lábios de Daz Haslai enquanto elu lia, murmurava e fincava o dedo nas páginas.

Dinah Vaunt voltou a encher a caneca de café de Luca e se apoiou na mesa ao lado dele, olhando descaradamente para sua carta. Luca relaxou a mão, pausou, rabiscou uma assinatura que não se parecia em nada com a própria e balançou a mão sobre a tinta para secá-la.

— Planos emocionantes para hoje, srta. Vaunt? — perguntou ele, para distraí-la.

— Mamãe decidiu que vamos limpar as janelas e os tapetes, emoção sem fim. E eu ia encontrar Stefan esta noite, mas aparentemente o diretor do teatro fez um escândalo e todos os cenários terão que ser reconstruídos e repintados antes da estreia da nova peça na semana que vem, então não vou poder vê-lo por dias.

— Que canalha — disse Luca, bebericando o café. — Abandonar uma garota tão adorável por tolices como um salário. Permita-me te consolar neste momento desolador.

Dinah fez um movimento ameaçador com o bule de café. Ela nunca levava os flertes de Luca a sério e costumava tanto flertar de novo quanto fingir ter ficado ofendida, dependendo de seu humor.

— E você? Vai esfaquear alguém hoje?

Na outra ponta da mesa, Daz Haslai pareceu decidir que não conseguiria mais estudar sob aquelas condições, ou se deu conta de que perdera a hora da aula; virando a última golada de café, foi embora carregando os livros.

Luca considerou algumas mentiras divertidas sobre seus planos para o dia, mas a verdade também serviria.

— Estou investigando uma coisa para o meu amigo. Aquele que já me visitou aqui algumas vezes.

— Ah, Mattinesh Jay. — A língua de Dinah se enrolou no nome de Matti como se ela gostasse do som. Ela olhou na direção da cozinha antes de puxar uma cadeira e se sentar ao lado de Luca. Depois, pegou um ovo cozido numa tigela e pôs-se a descascá-lo. — O sr. Mattinesh Jay que está noivo da srta. Sofia Cooper. E você é o padrinho dele.

— Exatamente. — Luca aprendera que Dinah e suas amigas eram um arquipélago rico em informações sobre as pessoas da cidade. — Do que mais você sabe? Quais são as fofocas sobre ele? Você ouve tudo.

Dinah salpicou sal e pimenta sobre seu ovo descascado e deu uma mordida. Ela mastigou lentamente e engoliu com um ar puritano.

— Tenho ouvidos. *E* olhos. Se seu amigo bonitão, o sr. Jay, estalasse os dedos para mim, eu não estaria aqui esperando um aprendiz de pintor. Isso eu te garanto.

A carta de Luca já estava seca agora. Ele a dobrou cuidadosamente três vezes e colocou o papel no bolso interno do casaco enquanto Dinah, entre mordidas no ovo, contava a ele o que era de conhecimento geral sobre Matti. Que ele fazia a maior parte do trabalho da Casa Jay, a qual estava passando por um momento difícil — o marido do primo de Elodie, uma amiga de Dinah, fora demitido como fiandeiro em uma das oficinas deles —, mas ainda era considerada uma Casa boa, sólida e respeitável. Que o casamento dele era, obviamente, uma união de negócios para ajudar a recuperar a fortuna da Casa Jay, visto que todo mundo *sabia* que Sofia Cooper era tragicamente apaixonada pelo filho pobretão do agente dos Jay.

— E é claro que todos sabem que ele puxará o desafio no casamento.

— Dinah soltou um suspiro invejoso. — Pelas palmas de Osta, eu daria tudo para estar lá. Você não se sente *um pouquinho* mal pelo seu papel nisso tudo? Por atrapalhar o amor verdadeiro só para que essas Casas enormes continuem casando seus filhos só pelo lucro?

Luca mordera a língua na primeira menção a Adrean.

— É meu trabalho.

Dinah franziu a testa, desaprovando a falta de romantismo de Luca.

— Você disse que está trabalhando para os Jay hoje, não é? Tem a ver com o casamento?

— De certa forma — respondeu Luca. — Espero conseguir encontrar um presente de casamento.

— Você está em Glassport — disse Dinah, cheia de orgulho de sua região. — Vai encontrar alguma coisa. Por onde deve começar?

Luca abriu um sorrisão.

— Pela biblioteca.

Fiel à sua palavra — neste caso, pelo menos —, Luca começou seu dia na Biblioteca Municipal de Glassport. Ele nunca estivera em nenhuma das bibliotecas de Cienne desde que saíra do colégio, mas se lembrava da atmosfera, um silêncio agitado e pesado que o fazia querer quebrar um vaso no meio do chão polido, pela simples satisfação de fazer barulho. O saguão de entrada dava em um par de escadas cruzadas embaixo de uma janela arqueada enorme, e, através de uma porta no meio, Luca avistou uma sala ainda maior, cheia de mesas e luminárias. No meio do saguão de entrada havia uma mesa redonda.

— Com licença — disse Luca à pessoa sentada ali atrás. — Vocês têm um arquivo de jornais aqui?

O homem não combinava com a imagem que Luca tinha de um bibliotecário. Ele era grande, o cabelo da cor de couro curado preso num rabo de cavalo malfeito, e tinha um maxilar quadrado teimoso e bonito.

— Certamente. — O bibliotecário pegou sem jeito um par de óculos e os colocou. — Posso ajudar com alguma coisa? — Por trás dos óculos, o homem o analisou de um jeito apreciativo que fez com que Luca tivesse vontade de inspirar aquele olhar para seus pulmões, como se fosse o cheiro de pão fresquinho.

— Ah — disse Luca, num tom sugestivo. — Espero *muito* que sim.

Em poucos instantes, Luca descobriu que o bibliotecário grande se chamava Jem, e também que bibliotecários e arquivistas estavam sob os auspícios de Ibur, assim como os encadernadores e os tipógrafos, embora nas cidades mais ao norte eles se alinhassem com Hazi. Jem, entretanto, tinha pouca paciência com escritores e o deus deles.

Luca assentiu com sinceridade durante toda a explicação, admirando as coxas grossas de Jem enquanto o homem o levava até o arquivo dos jornais e mostrava o sistema de catalogação. Sob circunstâncias normais, ele estaria flertando de verdade. Jem era exatamente o seu tipo. Mas ele sentia apenas uma pontadinha fraca e dispensável de interesse. Tentando imaginar as mãos grandes de Jem — tão cuidadosas com os cartões de indexação — em seu corpo, acabou sentindo saudade das mãos de Matti.

— Navios, perdidos no oceano. — Jem entregou a ele uma pequena pilha de cartões. — Não indexamos por outras coisas, então você vai precisar olhar tudo e encontrar aqueles que mencionam Fataf, mas se está nos arquivos da *Gazeta*, pode presumir que é relevante para a sociedade de Glassport de alguma forma.

— Consigo me virar. — Luca presenteou Jem com um sorriso. — Muito obrigado.

Ele disse ao bibliotecário que era pesquisador assistente de uma universidade em Sanoy. Pelo menos o personagem combinava com o casaco esfarrapado de Luca. Quando Jem desapareceu rumo à mesa da recepção, Luca pendurou o casaco no encosto de uma cadeira — o clima de Glassport estava esfriando, enquanto o verão abria caminho a contragosto para o outono, mas a sala do arquivo era quente e abafada — e começou a procurar o que precisava.

Maya estava certa. O *Isadonna* fora o mais recente dos cinco navios perdidos com toda a tripulação, e nunca encontrados, no trajeto entre as cidades portuárias de Fataf e Glassport. Todos os cinco foram mencionados na *Gazeta de Glassport*, mesmo que num espacinho escondido na coluna sobre navegação. Luca anotou os nomes e as datas dos naufrágios reportados e não se demorou na sala. O silêncio estava fazendo suas orelhas coçarem.

A caminho da saída, porém, ele se demorou na mesa de recepção, se apoiando na superfície forrada de couro para agradecer a Jem mais uma vez. Deixar uma boa impressão não custava nada.

De lá, Luca caminhou até os bairros portuários, onde as ruas se estreitavam e era possível ver o porto por meio de fatias cintilantes, o ar com mais cheiro de sal e peixe. Ele pediu direções para chegar ao escritório do diretor portuário, onde mudou seu personagem, virando um funcionário sobrecarregado de uma das maiores companhias de seguros, que chegava ali com uma carta de instruções de seus superiores.

— Talvez eu precise voltar e procurar os detalhes sobre navios que foram meramente destruídos ou sofreram dano irreparável às cargas, mas por enquanto estou procurando apenas aqueles que afundaram sem deixar rastros. Cinco no total. O *Boa Chama*, o *Lucretia*, o...

— Os registros do porto são de acesso público — disse o secretário do diretor portuário, um rapaz loiro entediado, com dedos manchados que demonstravam que ele fumava. O sujeito mal olhou para a carta que dera tanto trabalho a Luca durante o café da manhã, e apontou com o polegar na direção de uma porta aberta. — Fique à vontade. Espero que tenha as datas, porque senão vai procurar até ficar cego.

Luca abaixou a cabeça com a gratidão impaciente de alguém cujo emprego dependia de não arrumar confusão e passou pela porta levemente decepcionado pela situação não ter sido mais desafiadora. Quando localizou a sala de registros, entendeu o que o rapaz tinha falado: a sala dos registros do diretor portuário era abarrotada de estantes, cada uma contendo vários livros grossos com capas de couro.

Os registros eram, de fato, organizados por data. Ninguém estava observando Luca; não havia ninguém para ver se ele fosse direto para o trágico *Isadonna* e sua carga de lã de libelza negra, mas uma mistura de travessura e orgulho o fez procurar e anotar os mesmos detalhes dos outros quatro navios.

Data de marcação da viagem. Data de saída de Fataf. Data prevista de chegada a Glassport. Data em que o navio foi classificado como perdido. Nome da Casa que financiou a viagem, se aplicável. Nome da Casa de quem o navio fora alugado.

Depois de pensar um pouco, Luca pegou um dos livros de registro mais recentes, que cobriam a semana em que ele próprio havia chegado a Glassport. Demorou mais para encontrar o que estava procurando dessa vez, mas por fim encontrou um único registro dizendo que o navio *Lady Jenny* havia chegado em uma viagem de volta de Elluthe, tendo sido contratado pela Casa Lior e usada pela Casa Jessamy.

— Ahá! — disse Luca para a sala vazia. — Parece que alguém está mesmo movendo muitas partes, afinal.

Quando estava prestes a fechar o livro, o olho de Luca avistou o nome da Casa Mantel. Ele checou o nome da Casa provedora do navio também e sorriu. Aquela sala era o último lugar onde o plano vago de Luca o havia levado, porém o passo seguinte tinha acabado de se sugerir ali.

Ele comprou um sanduíche de peixe temperado com cebolas para o almoço em um vendedor de rua e depois caminhou de volta até a pensão, onde trocou suas roupas gastas por uma camisa muito mais nova e uma jaqueta azul-marinho que recebera ao ser guarda numa cerimônia de nomeação. O guarda-roupa de Luca havia se expandido de forma peculiar desde que chegara em Glassport. Ele deixou seus dedos passarem pelo colete de cetim verde-floresta, frio, de corte perfeito e nunca usado que vestiria para cumprir seu dever enquanto padrinho de Matti.

Dinah e sua mãe estava na varanda, e os golpes que a filha dava em vários tapetes, batendo a poeira, claramente era uma forma de descontar o que sentia em relação a Stefan. Luca tomou uma atitude que poderia fazê-lo perder seu quarto precioso com vista para o canal, caso fosse pego, e arrombou a fechadura de outro quarto da pensão, a fim de roubar os óculos reservas do sr. Heughnessy em sua mesa de cabeceira. Heughnessy era um professor mais velho, quase aposentado, que amava contar histórias sobre suas viagens e sobre a família grande, ingrata e frustrante. Luca passara algumas noites no quarto do homem, sendo um bom ouvinte e bebendo chá. Ele sabia exatamente onde os óculos estavam — e o frasco de óleo de cabelo também.

Vestido de maneira sóbria, com o cabelo penteado para baixo e a bolsa de documentos pendurada no ombro, Luca refez seus passos por alguns quarteirões, de volta à direção do porto. Ele parou em frente a um edifício grande e robusto de tijolos vermelhos que ficava quase na esquina da rua. Em letras desbotadas na frente do edifício, lia-se: LIOR.

Luca parou diante da porta e colocou os óculos. Respirou fundo e deixou a personalidade de seu irmão tomar conta de si. A atuação na biblioteca e no escritório do porto fora mais por diversão do que qualquer outra coisa. Lugares públicos eram públicos, e não havia nada incriminatório ou incomum no que Luca descobrira até então. Agora começaria a parte divertida *de verdade*.

Ele não se deu ao trabalho de bater. Empurrou a porta e entrou a passos firmes.

O térreo era um labirinto de mesas e pessoas e pilares de pedra em vez de paredes de sustentação. Luca imaginou uma vara de madeira segurando sua cabeça sobre a coluna e caminhou até a mesa que ficava diretamente em frente à entrada.

— Olá. Estou aqui em nome da Casa Mantel. Quem poderia me mostrar o caminho até a sala de registros dos seus clientes?

— Perdão, mas o que você precisa nos nossos registros?

A garota atrás da mesa tinha um cabelo loiro-avermelhado deslumbrante, que não combinava com a camisa amarela. Os óculos do sr. Heughnessy não tinham grau forte, mas Luca já começava a sentir um leve desconforto atrás dos olhos enquanto focava no rosto dela. Ele tentou canalizar aquilo numa expressão impaciente.

— Nada que eu queria ter que explicar três vezes. Com quem estou falando?

— Me chamo Erica Lior — disse ela, usando o nome de sua Casa como um escudo.

— Muito bem, srta. Lior. Quero falar com o Chefe da Casa.

— Ele não está disponível no momento. — Erica tocou um sino na mesa e uma mulher ainda mais jovem apareceu. — Busque o tio Dan — disse.

Ela estava tentando manter contato visual com Luca, mas ele deixou o olhar passear pela sala e seu lábio se contraiu na direção do nariz, como se estivesse achando toda a situação inaceitável, embora jamais fosse ser grosseiro a ponto de falar aquilo em voz alta.

A próxima pessoa a aparecer na mesa central, onde estavam começando a chamar a atenção de diversos olhares indiscretos, foi um homem corpulento de colete marrom e o ar geral de um fora da lei relaxado.

— Danforth Lior — ele se apresentou. — Qual é o problema?

— Me chamo Persemaine Mantel. Minha sogra é Genevieve Mantel. — Os dois Lior trocaram um olhar que, para Luca, pareceu preocupado, de um jeito promissor. — Talvez você a conheça como a mulher que está atualmente considerando opções para quando chegar a hora de renovar nossos contratos de embarcações.

— Sr. Mantel — disse Lior, com uma nova camada de respeito sobre sua voz. — Estamos bem acostumados a fazer negócios com os agentes da Casa Mantel em Glassport…

— Já sei bem disso. E também tinha bem a impressão de que a *minha* presença aqui, agora, para auditar os registros dos trabalhos prestados pela sua Casa para a minha, enfatizaria para o senhor a seriedade com a qual minha Chefe da Casa lida com suas relações contratuais.

Luca estava aumentando o tom de voz, expulsando toda a personalidade dela até que sobrasse apenas o espírito de desaprovação. Antes furtiva, a plateia deles crescera a ponto de pessoas que estavam andando no corredor ou conversando pararem no meio de suas atividades só para observarem.

— Há alguma preocupação em particular?

— Ah, certamente. Permita-me gritar sobre meus negócios particulares num andar público para todo mundo ouvir, que tal?

Lior estava começando a ficar severamente nervoso.

— Me acompanhe até meu escritório, senhor...

Senhor. Aquela estava no papo. Ele soltou um suspiro arrastado, agora se divertindo com a situação.

— Meu tempo, *senhor*, é tão limitado quanto valioso. Imagino que você saiba como é. Ou talvez... — Luca fitou as vestimentas do homem de cima a baixo, que, com toda a sinceridade, eram perfeitamente aceitáveis, apesar de entediantes. — ... você não saiba.

Detrás da mesa, Erica Lior empalideceu. Seu tio aguentou melhor.

— Os registros dos nossos clientes ficam no andar de cima — disse ele, apontando com o braço aberto para uma escada no canto.

Com passos altivos, Luca caminhou até lá.

— E vocês mantêm duplicadas fora daqui, assim espero — replicou.

Danforth Lior sabia como se comportar frente a um representante de uma das casas mais prósperas de Thesper. Ele conseguiu manter a expressão séria enquanto andava com Luca pelo prédio, apesar de seu temperamento ter se manifestado na força com que empurrou a porta da sala de registros.

Uma garota usando calça e uma túnica cor de lavanda estava no topo da escada de parede em um dos lados da sala. Com a batida da porta na parede, ela deu um pulo, e uma pilha de papéis e pastas escorregou de seus braços e caiu no chão, onde se espalhou por toda parte como se ela tivesse derrubado um jarro com cobras de papel.

— Rikke! — bradou Lior. — Pela coroa de Itsa, garota, não vai tomar jeito nunca?

Rikke desceu a escada depressa. Ela era magra e jovial, com duas tranças de cabelo loiro-esbranquiçado de Harbeke.

— Desculpa. Me desculpa.

— Dê ao sr. Mantel toda a assistência de que ele precisar — ordenou Lior.

O sujeito assentiu para Luca e depois foi embora, visivelmente aliviado por ele ser problema de outra pessoa agora.

Luca notou o desdém rapidamente acobertado no rosto de Rikke conforme ela observava Danforth Lior sair. Igualmente rápido, ele trocou a expressão de Persemaine pela sua própria. Ele a substituiu por algo muito mais amigável assim que Rikke olhou para ele.

— Aqui, deixa eu te ajudar — disse, se adiantando para começar a pegar os papéis.

Rikke estava quase sorrindo quando eles terminaram de colocar todos os papéis em cima de uma mesa.

— Casa Mantel? Eu adoro o sabonete de flor-de-júbilo que vocês fazem.

— Obrigado, Rikke. Muito bom saber que nossos produtos são valorizados. — Luca virou a cabeça para a porta. — *Ele* parece ser do tipo que não valoriza nada.

— Não — respondeu Rikke. — Não mesmo.

Luca sorriu, lançando um olhar compreensivo para ela por cima dos óculos roubados. Fez com que seus olhos se sentissem melhor.

— Alguns pessoas não têm noção do quanto seus funcionários trabalham, não é?

Era maravilhoso, Luca pensou cinco minutos depois, como as pessoas ficavam felizes de poderem falar sobre si mesmas, e quanta coisa era possível convencê-las a fazer por você enquanto elas falavam. Além do sabonete de flor-de-júbilo, Rikke Galoys amava e tinha opiniões fortes sobre *raskils*; ela preferia os da Padaria Agate Lane, e deu uma risadinha de desdém com a menção aos da Erneska. Trabalhava como arquivista primária por quase dois anos e não era, obviamente, membra nomeada da Casa Lior.

— Minha mãe era.

— Ah, é? — perguntou Luca, a encorajando, enquanto ela passava para ele uma pasta pesada de registros. Ela não parecia dar a mínima para o fato de que tudo o que Luca pedira até então não tinha a menor relação com a Casa Mantel. — O que aconteceu?

— Ela teve uma ou sete brigas feias com meu avô Giles. Escolheu fazer um casamento ao ar livre só para enfurecê-lo. Disse que preferia ter um nome sem status nenhum a continuar usando o nome dele por um segundo a mais. E meu pai a amava o suficiente para concordar com tudo.

Um casamento ao ar livre, cujo nome vinha do fato de que alguém deixava sua Casa sem entrar em nenhuma outra era algo extremamente raro. A maioria das pessoas se casava para *entrar*, não para *sair*. Luca assentiu de forma compreensiva.

— Então o que você está fazendo aqui, trabalhando para eles?

Mais um quase sorriso.

— Enfurecendo *ela* — disse Rikke. — Ou remendando relações. Depende de para quem você perguntar.

Em pouco tempo, Luca estava sentado à mesa com registros espalhados diante de si, fazendo ainda mais anotações, enquanto Rikke separava e organizava a bagunça de papéis que haviam caído no chão. Ele encontrou os registros relacionados à última viagem do *Isadonna*, navio da Casa Lior, contratado pela Casa Jay. Anotou os nomes dos tripulantes e alguns detalhes do contrato, que fora assinado por — sim — Corus Vane, em nome de seu empregador.

O primeiro registro do *Lady Jenny*, que Luca e Rikke demoraram quase meia hora para encontrar, o mostrava entrando em Glassport numa viagem curta vinda de Port Gull, muitos meses depois do naufrágio do *Isadonna*. O cliente listado naquela viagem era a Casa Kesey.

Às vezes, as pessoas eram preguiçosas demais, pensou Luca. Algo doce e agradável aconteceu em seu estômago, como o borbulhar de uma cidra recém-fermentada.

Rikke disse a ele que os registros relativos às compras dos navios de Lior provavelmente ficavam num armário no escritório de aquisições. Com um gesto, Luca disse para que ela deixasse isso para lá; ele não precisava de verdade, e chamaria atenção para o que ele estava investigando de fato. Em vez disso, ele começou a analisar os detalhes do *Lady Jenny* e sua tripulação. Feito isso, perguntou como quem não quer nada se Lior havia prestado algum serviço para a Casa Martens — não, foi a resposta, os Martens tinham um contrato de embarcações de longo prazo com a Casa Kenninck — e então bateu o dedo na pasta por um tempo antes de pedir por todos os contratos com a Casa Mantel durante o último ano. Eles não teriam utilidade para o seu propósito atual para além de respaldar seu disfarce, mas talvez encontrasse ali algo que pudesse usar para alfinetar o irmão depois. Perse odiava não ser a pessoa com mais conhecimento num ambiente.

Apesar do fato de tudo aquilo parecer trabalho de escola, ou melhor, trabalho de Casa, a empolgação de Luca permanecia inalterada. De alguma forma, era diferente fazer aquilo por outra pessoa. E ninguém estava em cima dele, o forçando a olhar para as fileiras e colunas de números, insistindo que era *fácil*, que era *essencial* que Luca compreendesse, e que se ele apenas se *concentrasse*…

Aquilo ali, por outro lado… Eram pessoas. Eram disfarces, falcatruas e histórias. Coisas que Luca sabia muito bem como encarar.

16

Só mais seis dias.

Matti encarava Luca a duas espadas de distância, tentando se lembrar de cinco coisas ao mesmo tempo e sabendo que, provavelmente, já havia esquecido três delas. Mas Luca umedeceu os lábios com a língua numa tentativa descarada de distraí-lo, e Matti não conseguiu se importar com mais nada. Ele iria aproveitar o aqui e o agora enquanto ainda podia.

Só mais seis dias.

— Você não está se concentrando, sr. Jay.

— Estou sim — protestou Matti, embora não fosse muito verdade.

Ele se concentraria por horas na boca de Luca, se fosse uma opção. Na noite anterior, observara aquela boca deslizar deliciosamente pelo seu pau, depois a deixou sussurrar palavras entrecortadas contra sua própria boca enquanto Luca se satisfazia até o fim entre as coxas lubrificadas de Matti.

— Me mostre um Corte Sugeen — ordenou Luca.

Matti forçou sua atenção de volta ao presente. Respirou fundo e atacou, encostando na ponta da lâmina de Luca e se concentrando no ângulo conforme se aproximava, tentando manter uma pressão constante enquanto Luca resistia. Ele sabia que Luca estava facilitando para ele, mas ainda houve uma pontada de satisfação quando concluiu o movimento, que terminou com a lâmina de Luca derrubada para o lado de um jeito que o faria demorar alguns segundos para se recuperar. Luca assentiu e deu um passo para trás.

O outro havia achado bobagem continuar com as aulas, mas Matti ainda as amava pelo que elas eram, além da chance de provocar e conversar, de beber da competência graciosa de Luca, de ouvir a risada dele. E também havia outras vantagens.

— Acho que ainda não entendi como direcionar a angulação do ombro — disse Matti. — Você deveria tirar a camisa e me mostrar de novo.

— *Deveria*, é? — murmurou Luca. — É isso que seu dinheiro está comprando nesta manhã?

Matti sustentou o olhar agitado de Luca, sentindo o desejo borbulhar em seu sangue.

— Sim, acho que é isso — disse ele. — Então?

Luca riu.

— Marca um ponto usando esse movimento e eu tiro a camisa.

Matti assumiu a posição e Luca fez o mesmo. Matti ainda estava elaborando uma resposta verbal que não fosse tão explícita e tão honesta — *Eu poderia olhar pra você pra sempre, eu faria isso aqui pra sempre* — quando a porta do escritório de Tolliver se abriu e um homem esguio passou por ela, fazendo uma pausa enquanto esperava a porta se fechar sozinha. Luca estava de costas para a porta. Ele não notou, não se virou.

O recém-chegado vestia um casaco cinza, rígido e de gola alta, aberto sobre um colete azul-escuro com botões de pérolas que cintilavam sob a luz, e um par de calças do mesmo tom de cinza, cuja trama tinha o peso de uma boa lã. Seu cabelo penteado para trás era cor de bronze antigo, seu rosto era familiar.

— Se concentra — disse Luca num tom professoral engraçado. — Você não está olhando para mim, Mattinesh. Acho que não está levando seu prêmio a sério.

O homem atrás de Luca revirou os olhos.

— Ai, pelos deuses. *Lucastian Harte.*

A espada de Luca caiu no chão com um estrondo. Era um som tão familiar que Matti olhou para a própria mão, momentaneamente confuso ao notar que o cabo da espada continuava ali. Geralmente era ele quem derrubava a arma.

Matti pensou em dizer alguma coisa. Pensou em *sentir* alguma coisa. Mas ele não sentia… nada. Sua mente foi tomada por uma dormência paralisante, como uma piscina de água gélida.

Luca se virou ao ouvir seu nome. Ele estava encarando o recém-chegado, embora lançasse olhadelas rápidas para Matti, e parecia pálido, como se a água gélida tivesse chegado nele também, começando pelo rosto. Que era um reflexo estranho do rosto do homem de terno cinza.

— Perse — disse Luca. — O que… o que você está fazendo aqui?

— Eu poderia dizer que estou surpreso — anunciou o homem, apontando para o suporte de espadas com um gesto eficiente, como um tapa no ar com as costas da mão. — Mas, sinceramente, Luca, eu já estava esperando uma coisa desse tipo.

Luca fechou os olhos com força, depois os abriu.

— *Perse*. Preciso que você se retire. Só… me espera lá na rua. Te encontro lá. Preciso de alguns minutos.

Perse olhou de Luca para Matti, e para Luca de novo.

— Tudo bem. Alguns minutos — disse ele, gelado. — Mas vou esperar do outro lado da porta, caso você tenha mais uma das suas ideias estúpidas e decida fugir pelos fundos.

Então, ele saiu, e Luca olhou para trás. Sua expressão mudou, se *contorceu*, com o que quer que tivesse visto no rosto de Matti.

— Harte — disse Matti, testando o nome nos lábios.

— Eu…

— Lucastian Harte.

Ele conhecia aquele nome. Porém nunca associara um rosto ao nome; nunca tivera motivos para isso.

— Matti. — Luca estava de pé, com as mãos estendidas, como alguém tentando acalmar um cavalo.

Por um instante repentino e furioso, tal qual um raio surgindo do nada para anunciar uma tempestade, tudo o que Matti conseguiu ver foi a letra H num desenho rebuscado, entalhada na frente de um relógio de bolso aos pedaços.

— Pegue sua espada.

— Matti…

— Eu decido a hora de parar — disse Matti, as palavras como cacos de vidro em sua boca. — *Pegue a espada.*

Lentamente, Luca agachou e fechou os dedos sobre o cabo da espada. Ele manteve os olhos em Matti ao pegar. Manteve os olhos em Matti ao se levantar.

Matti sentia como se algo mais gelado que o metal houvesse sido enfiado entre suas costelas, pressionando centímetro a centímetro rumo ao coração. Duelar sempre lhe pareceu um passatempo agradável e arcaico, algo no campo das cerimônias e dos exercícios. Uma série de posturas a serem aprendidas para que se pudesse encarar um oponente, sorrindo, sentindo a satisfação de uma dança: atacar e parar, fintar e pontuar.

Mas não… Não era para aquilo que espadas serviam. Nunca foi. Espadas eram para momentos como aquele, em que todo o corpo de Matti ardia com o desejo sombrio de infligir dor. Ele se lembrou, como se atacado por um reflexo no espelho, da primeira vez em que pisara naquela sala — furioso e envergonhado por ter sido enganado para trair a confiança da família — e lançara sua fúria em Luca, a duas espadas de distância.

Matti aprendera algumas coisas desde então.

Ele iniciou um ataque aleatório. O ritmo preciso dos pés e o ângulo calculado da ponta da espada eram coisas das quais ele poderia até se orgulhar, uma hora antes.

Luca se esquivou com uma maestria que parecia carregar certo desprezo.

Matti rangeu os dentes e atacou de novo. Com mais força, desta vez. Mais emoção. Menos controle. Ele queria chorar e gritar, e ser qualquer outra coisa além daquela bola pesada com desejo de machucar. Mas uma das coisas que Matti aprendera foi como ele era não era nem um pouco páreo quando Luca estava lutando de verdade, e, de alguma forma, ele só ficou ainda mais furioso ao vê-lo apenas se defendendo e se defendendo, se esquivando sem nenhuma tentativa de golpear, evidenciando a incapacidade de Matti.

— Que foi? — gritou Matti. — Você só luta de verdade quando te convém?

— Eu não *quero* lutar — disse Luca. *Bam!* — Quero conversar.

— Ah, claro que quer. — O coração de Matti doía. — Você acha que vou te deixar me enganar com mais uma história?

Luca abaixou as sobrancelhas e, de forma abrupta, transformou uma defesa num movimento que Matti nunca vira antes, tão sinuoso e incrivelmente rápido que Matti soube que seria desarmado. E saber não ajudou em nada.

Agora era *sim* a espada de Matti, caindo num baque. Algo no cuidado exagerado com que Luca se agachou e colocou a própria espada no chão — a consideração que demonstrou com aquele pedaço de metal sem vida — ficou preso na goela de Matti e começou a queimar ali.

— Para — disse Luca, com impaciência. — Se você pelo menos me deixar explicar...

Matti não queria escutar. Matti queria lutar.

Ele não se deu conta do que estava fazendo até acontecer de fato. Suas mãos pareciam estar com luvas de ferro quando ele avançou. Se ele era um duelista medíocre, como lutador era pior ainda, mas com seu peso e sua altura, tinha a vantagem do fator surpresa, e Luca tropeçou para trás quando os dois colidiram. Matti tivera tempo o suficiente para notar que as pernas deles estavam juntas demais, enroscadas demais, antes de se pegar tropeçando para a frente também.

Luca soltou um ganido rápido, que parecia mais pela surpresa do que por dor, quando atingiu o chão, seguido por um suspiro ofegante quando parte do peso de Matti caiu em cima dele. Matti conseguiu estender um braço para conter sua queda, mas o ângulo era ruim, e a dor do impacto subiu pelo punho dele. Ele despejou o peso mesmo assim, caindo sem jeito, com uma das coxas entre as pernas de Luca.

Com a outra mão, golpeou o rosto de Luca.

— Ai, *porra!* — gritou o ruivo.

Ele enfiou um braço entre os dois corpos e tentou empurrar Matti. Quando isso não funcionou, ele o chutou.

A cabeça de Matti era uma neblina de vingança efervescente com algo que se assemelhava a um grito silencioso e consternado. Seu corpo, entretanto, era um troço idiota que sabia exatamente a sensação de ter Luca se contorcendo embaixo dele, e produziu uma onda rápida de tesão, seguida por uma onda igualmente forte de desgosto e mágoa.

— Tá bom. — Luca ofegava. — Beleza. Eu mereci. Posso explicar agora? Olha, eu sei, eu *sei* que não...

— Não — disse Matti, o interrompendo.

— Será que você pode...

— *Não.*

Ele não daria a Luca a chance de encher seus ouvidos com mais mentiras. Levantou a mão de novo, e Luca se encolheu. Ainda assim, o corpo de Matti estava respondendo, como uma roda girando sem nunca parar, à sensação daquela pessoa estendida embaixo dele. Ainda assim, queria prender a mão de Luca em cima da cabeça, pelo punho, com seus tendões fortes, e morder a boca dele. As bochechas coradas de Luca, seus lábios entreabertos, o som da respiração, a vulnerabilidade em seus dedos... De alguma forma — e esse pensamento o deixou nauseado —, tudo aquilo agora parecia manipulação.

E Matti se deixou mesmo ser manipulado com a maior facilidade, ainda que estivesse com os olhos bem abertos.

Ele se empurrou para longe e ficou de pé. Seu punho doía. As palavras que saíram dele eram uma acusação tanto para ele quanto para Luca.

— Eu já deveria saber, acho. Quando te encontrei *pela primeira vez*, você estava aplicando um golpe! Em mim! — Um calafrio novo e terrível tomou conta de Matti. — É claro. Você sabia quem eu era. Desde aquele dia.

— Eu não sabia!

— Não acredito em você.

— Eu *não sabia*!

Luca se levantou também. Ele agarrou o próprio cabelo, parecendo desesperado, furioso e frustrado. Era um bom ator. Trabalhar com o comércio de tecidos era quase um desperdício.

— O que foi aquele negócio com os Vane e os Kesey, afinal? Você queria plantar discórdia? Enfraquecer a minha Casa? Você escutou uma conversa naquela cerimônia por *coincidência*. — A náusea subia pela garganta de Matti. — Você deve ter plantado aqueles papéis lá.

— É claro que não, porra! — gritou Luca. — Você sabe que eu não fiz isso, você estava *lá*. *Pensa*, Matti.

Matti não conseguia pensar. Todos os seus pensamentos o perfuravam como agulhas.

— A Casa Harte está prestes a ser uma concorrente direta da minha, e aí o herdeiro deles aparece em Glassport e… e me seduz até me levar para a cama? É isso? Me escuta falar sobre todos os *problemas* do meu negócio — cuspiu, com a garganta doendo de tanto horror. — Informações boas pela pechincha de me deixar te foder uma ou duas vezes.

— Matti — disse Luca, contido. — Não. Eu vim aqui… eu… não tinha nada a ver com isso. Nada a ver com a sua Casa nem com a minha.

— Então *por que você mentiu*? — gritou Matti.

Luca abriu os lábios. Nenhuma palavra saiu.

O último fio de esperança em Matti se arrebentou. Não sobrou nada além de uma casca de raiva, cada vez mais dura quanto mais ele se magoava.

— Por quais outros motivos você estaria aqui, me dando aulas, fingindo que precisa do meu dinheiro? Você *não precisa*. Todo mundo sabe como a Casa Harte está indo bem.

— Assim como todo mundo sabe que a Casa Jay está apenas passando por um momento complicado? — rebateu Luca.

O pulso de Matti retumbou em seus ouvidos. Aquilo era uma ameaça.

Luca se endireitou, peito estufado. Ele aproveitou a vantagem.

— Eu menti sobre o meu nome. Você está mentindo para todo mundo há anos. Só que você é hipócrita demais para encarar o fato de que sua família está aplicando um golpe muito maior do que qualquer coisa que eu já fiz na minha carreira curta e idiota. *Os Jay são bons em fingir.*

Matti se esforçou para se manter firme, tentando absorver aquilo.

Havia algo no rosto de Luca que ele reconheceu das aulas. Luca vira uma fraqueza na guarda de Matti e iria usá-la para provar um argumento.

Isso vai doer, disse Matti a si mesmo. *Prepare-se.*

Mas ele nunca teve a menor esperança de que conseguiria se proteger dos ataques de Luca.

— Você mentiu *por* eles e mentiu *para* eles, isso tudo pra quê? Para ter uma vida limitada e chata pra caralho a ponto de ter que pagar alguém para ser seu amigo.

— Fica quieto. — Matti mal conseguia soltar o ar. Ele desejou, horrorizado, não ter notado a pontada de arrependimento nos olhos de Luca assim que as palavras saíram que nem vômito da boca dele. — Fica quieto.

Luca trocou o peso de uma perna para a outra e tocou os próprios lábios. E aí fechou a mão. Seus olhos reluziram com algo feio.

— E você tem razão: pelo menos você *sabia* que eu era uma farsa. Sabia que eu era um mentiroso. Você está furioso porque estava desesperado para acreditar na história que contou a si mesmo sobre quem eu era. Sobre esse… *porra*. — Luca deu meia-volta, como se o chão estivesse quente demais para pisar por muito tempo.

— Sim. Certo — disse Matti. — Sou ingênuo e chato e não consigo enxergar meus inimigos quando eles estão bem debaixo do meu nariz. — Luca se encolheu. Matti ficou ferozmente satisfeito. — Você e Corus Vane podem ficar orgulhosos de si mesmos.

— Agora você já está sendo ridículo. Eu nunca…

— Nunca o quê?

— Matti…

— As pessoas que eu conheço me chamam de Matti. Pode me chamar de sr. Jay. — Matti, enfim, sentiu sua coluna virar aço, e deixou que ela o mantivesse ereto. — E eu acho que é melhor você ir embora, *sr. Harte*.

O rosto de Luca passou por cinco expressões diferentes. E terminou num rosnado.

— Tá — cuspiu ele.

Deixou a espada de treino no chão, pegou sua espada de verdade em cima da mesa e não se preocupou em embainhá-la, só ficou segurando-a enquanto abria a porta e passava por ela.

— Luca… — Matti escutou, e então alguém desceu correndo as escadas, e depois… mais nada.

Matti ficou parado no meio da sala de treino, banhado pela luz do sol. Suas mãos estavam tremendo, a cabeça ainda tonta de raiva. Seus olhos não queriam focar. Ele ficou parado, esperando o pânico bater, esperando seu fôlego acelerar e seu coração explodir.

Nada disso aconteceu. Ele só ficou parado, mais uma vez sentindo a água gelada o adormecer e arrepiar por completo. Ele contou o número de espadas no suporte: vinte e nove. Contou de novo: vinte e oito. Pensar era como tentar andar em linha reta depois de saltar de um carrossel.

Ele precisava lidar com aquilo, de alguma forma. Precisava consertar as coisas. A porra do erro era dele, e ele *deveria ter previsto*; deveria saber que os deuses não estavam sendo bonzinhos quando jogaram Luca no seu caminho. Luca estivera ali meses antes e dissera *Eu consigo fazer isso por você*, e a boca de Matti ficara seca com a beleza ultrajante dele, a ponto de Matti se esquecer de tomar cuidado.

Ele havia se permitido. E olha no que deu.

Alguém pigarreou. Hardy Tolliver estava parado à porta que Luca deixara aberta.

— Hum, sr. Jay? Está tudo bem? — A voz de Tolliver mostrava que ele sabia que nada estava bem, mas não conseguiu pensar em outra coisa para dizer.

— Vai ficar — respondeu Matti. — De alguma forma.

Afinal, mais uma mentira não tinha como piorar as coisas àquela altura.

O *raskil* no prato de Luca cheirava a manteiga quente. O queijo escorria pelas bordas. A massa dourada parecia tão crocante e gostosa, quase mística, algo conjurado pelos deuses para tentar viajantes famintos.

Luca nunca se sentiu tão sem fome em toda a vida.

Ele levantou a cabeça e encontrou os olhos do irmão do outro lado da mesa. Persemaine seguiu o irmão até a rua após a saída dramática de Luca da sala de Tolliver, e então insistiu que os dois encontrassem algum lugar para conversarem enquanto tomavam café da manhã. Perse disse que não havia comido ainda, porém também não tocou no *raskil* em seu prato. Luca suspeitava que o irmão estava contando com a ilusão de que ele não gritaria em público. Certamente, *Perse* jamais levantaria a voz em público. Dava para contar nos dedos das mãos o número de vezes em que Perse havia levantado a voz *em toda a vida*, e ainda sobrariam dedos o bastante para um jogo de cartas.

Perse deveria conhecê-lo melhor, depois de vinte e cinco anos. Luca gritaria se sentisse vontade. E agora ele queria abrir a boca e soltar um berro de fúria e vergonha, mas manteve os dentes cerrados, conteve o grito.

Se ao menos tivesse mantido o mesmo controle na voz na sala de treino... A culpa por tudo o que dissera se espalhava nele junto com o som das próprias palavras, mas o que ele poderia fazer? Retirar o que disse? De alguns golpes não dava para voltar atrás, depois de iniciados.

— Como você me encontrou? — perguntou Luca.

— Não existem tantas agências de espadachins assim. E você não é muito imprevisível. Além disso, dois dias atrás minha sogra recebeu uma carta cheia de desculpas, a assegurando do desejo profundo da Casa Lior em manter a Casa Mantel como cliente e implorando para saber quais preocupações causaram a necessidade de *me* enviar para Glassport para auditar os registros.

— Ah — disse Luca.

— *Ah?* — repetiu Perse. — Aquilo me pareceu ter dedo seu. E, assim que cheguei aqui, o sr. Tolliver ficou todo feliz ao me contar onde seu novo duelista ruivo poderia ser encontrado todas as manhãs.

— E aí você meteu seu nariz onde não era chamado. — Uma certa ironia tentou preencher o peito de Luca. — Precisava mesmo chegar lá e usar a porra do meu nome?

— Na verdade, sim. — Perse se endireitou. — É isso que eu vim…

— *Porra!* — Luca explodiu, o tamanho do desastre o golpeando de novo. — Dentre todas as pessoas que você poderia ter… *porra,* Perse. Muito bem! Você sempre teve a porra do dom de arruinar as coisas boas.

— Não seja infantil. — Perse franziu a testa. — Isso é sobre aquele homem que estava com você? Por que ele se importaria com seu nome?

Luca engasgou com uma risada. Seu sapato batia repetidamente no chão.

— Porque significa que eu estava espionando ele, na esperança de obter informações sobre a indústria de lã e usá-las para beneficiar minha própria Casa. Ou para derrubar a dele. Como se já não houvesse pessoas o bastante tentando fazer isso.

— Lã? Luca, isso não faz o menor sentido.

— Eu sei! Não faz *o menor* sentido, mas ele falou sobre isso como se tivesse escutado rumores críveis. Perse, nós não… Quer dizer, mamãe não está expandindo a produção da Casa Harte para o ramo da lã, está?

Perse pareceu perplexo. Luca sentiu uma pontada de alívio. Ele não achava que aquilo era provável, mas se a mãe deles estivesse considerando qualquer coisa do tipo, Perse saberia a respeito. Harte não era mais a Casa a qual Perse devia sua lealdade em primeiro lugar, mas ele sabia de tudo — chegava a ser até demais — e, o mais importante, permanecia em contato próximo com a mãe dos dois.

— Por que ela faria isso?

— Não sei. Achei que, talvez, pudesse ser um dos trambiques do tio Raibert.

— Mamãe pode até deixar o Raibert convencê-la a experimentar coisas duvidosas vez ou outra, mas ela tem a mínima noção de impor um limite se o assunto é fazer a Casa expandir para uma segunda linha de produtos. E quem é você para falar de trambiques?

O maxilar de Luca tremeu.

— Eu sei.

— Às vezes, queria eu ter nascido com a mesma personalidade do irmão favorito da mamãe. É a única razão que consigo pensar para você ter sido tão mimado.

A agitação nas pernas de Luca aumentou. Com muita dificuldade, ele empurrou as coxas para baixo, se segurando para não se levantar e ir embora. Aquele costumava ser o ponto em todas as conversas com Perse em que Luca ficava entediado e nervoso e ia embora, se certificando de dar a última palavra, apesar de não obter qualquer satisfação com isso. O silêncio gelado de Perse era capaz de golpear qualquer um na nuca, como uma pedra lançada por um estilingue, enquanto a pessoa deixava o local.

— Mimado?

— Sim, Luca. Mimado. Ela vivia te deixando escapar das aulas para brincar de espada e pedia para que todo mundo fosse paciente contigo, que na hora certa você iria entender. E então, quando chegou a hora de você finalmente *crescer* e começar a se ocupar de tarefas mais adequadas, você simplesmente… Quer dizer, você sequer sabe o que a mamãe teve que *fazer* para te tirar daquela situação idiota que você criou com Andri Baudrain? Sem falar na Guilda inteira dele?

— Eu…

— Claro que não sabe — disse Perse, fulminante. — Você fugiu para o litoral e deixou outras pessoas limparem sua bagunça. Como de costume.

O ombro de Luca doía de vontade, enquanto se imaginava puxando a espada e colocando a ponta no pescoço de Perse, ignorando completamente a mesa e os clientes da padaria. Seu irmão provavelmente franziria os lábios e mandaria Luca deixar de besteira. Não haveria nenhuma daquela admiração que ele viu nos olhos de Matti quando demonstrou as posturas básicas pela primeira vez.

Matti. Outra onda de fúria e desespero subiu pela garganta de Luca, e depois desceu, deixando apenas a aspereza e o gosto de sal.

Luca se preparou. Era o fim. Ele não correra para longe o bastante nem mentira bem o bastante. As consequências dos seus atos idiotas demoraram, mas enfim o haviam alcançado, e estavam prestes a sufocá-lo como uma tampa de um recipiente a vácuo.

— O que ela fez, então? — disse ele.

— Perdão?

Luca focou nos olhos do irmão mais velho. As semelhanças entre ele e Perse eram diversas, chegava a ser até divertido. Todo mundo dizia. O cabelo de Perse parecia mais escuro porque ele passava óleo para mantê-lo macio e baixo, enquanto Luca o deixava livre e solto. Perse usava roupas sóbrias e óculos, Perse sabia somar uma coluna de números praticamente de olhos fechados, e Perse era a ruína da existência de Luca.

Mas, por mais que Luca não gostasse da ideia, o irmão estava certo. Luca era preguiçoso. Luca falhara, e falhara, e decepcionara, e depois fugira porque era a coisa mais fácil a se fazer.

— O que a mamãe precisou fazer?

— Além de pagar para a Guilda dos Artesãos o dobro dos custos de material e mão de obra e fazer novos tapetes de seda para o salão deles? — Ele arqueou uma sobrancelha. — A Casa Baudrain agora possui o contrato de toda a vidraria do curso de química na universidade. Mamãe cobrou um favor da Genevieve, ela tem muitos contatos lá.

Luca fez uma careta. Jacquelle Harte colecionava favores que nem duendes de lendas. Sua mãe o lembraria daquilo por anos, se precisasse gastar um dos favores por conta dele. E ainda assim...

— Ela fez acordos? É isso? Sem nenhuma acusação e está tudo perdoado?

— E esquecido — disse Perse com firmeza.

As bochechas de Luca arderam.

— Margot Baudrain me viu. Ela não seria capaz de deixar isso quieto.

— Se não tem acusação, não tem crime. E, ah, as pessoas comentaram. "Olha como são os jovens. Uma brincadeira infeliz que foi longe demais." — Ele estendeu as mãos num gesto que dizia "o que você esperava"?

Era fácil demais. Com certeza. Com certeza não era o bastante.

No entanto, o azar esmagador de Perse ter chegado naquele exato momento e usado o nome de Luca... Aquilo só podia ser obras dos deuses, cobrando os feitos passados no presente. Kusi estava esperando Luca construir algo importante só para poder destruir num piscar de olhos, assim como Luca destruíra algo dela. Os deuses gostavam daquele tipo de simetria.

Por favor, diga que estamos quites agora, pensou Luca. Rezou. *Não tenho muito mais a perder.*

Inquieto, ele disse:

— A última pessoa que roubou de Andri Baudrain foi encontrada com os dois braços quebrados.

— E não duvido que fosse um ladrão comum. Isso é diferente — disse Perse, com impaciência. — Não faz sentido fingir que não é.

Dinheiro, poder e um nome de peso. Essas coisas protegeram Luca até mesmo na sua ausência. Ele se perguntou o que teria acontecido com Luca Piere, duelista e aplicador de golpes, se houvesse sido ele a ter sido flagrado escapando do jardim dos Baudrain.

Mas ninguém sem a proteção de uma Casa rica seria estúpido naquele nível, seria? Aquele era o *motivo* dos ossos quebrados. E, ainda assim, na época parecera uma brincadeira. Luca não acreditava de verdade que haveria alguma consequência para seus atos até encontrar os olhos da filha de Baudrain, enquanto ele estava na metade do muro do jardim, e notar um reconhecimento surpreso na expressão dela.

— Por que você acha que eu vim até aqui atrás de você? — indagou Perse.

— Porque sua Casa adotiva não precisa que você faça algo mais útil? — Luca escutou o veneno escorrendo de sua língua.

Perse ajeitou os óculos no nariz.

— Porque você já pode parar com essa palhaçada melodramática e ir para *casa*, Luca. Eu estava tentando te *mostrar* isso, quando usei seu nome de verdade em vez de seja lá quando nome falso você anda usando para se esconder. Já está tudo resolvido. Ninguém vai chamar as autoridades, nem te arrastar na frente da Guilda dos Artesãos. Sua invasão de propriedade virou piada, como a pegadinha infantil que ela foi, e você pode começar a fazer seu trabalho.

— Eu tenho um trabalho aqui. — Os lábios de Luca estavam dormentes.

— Fazendo o quê? Trabalho braçal? Dando aulas de espada para alguém ignorante o bastante para acreditar que você não passa de um amador?

— Não vou embora de Glassport — replicou Luca.

— Pelos polegares de Luri, Lucastian! Será que você pode…

— Você nem xinga pelo nome de Huna mais, né?

Perse esfregou a testa.

— Deuses, deem-me forças. Luca. Por mais que você não acredite, eu me importo com seu bem-estar. Me importo com seu futuro e, sim, com o futuro da Casa Harte. Eu não joguei no lixo toda a lealdade à nossa família quando me casei, apesar de você se ressentir de mim de tal forma que parece acreditar que eu fiz isso.

— Eu… — começou Luca, e engoliu algo que não era verdade. Ele se ressentia *sim* de Perse. Por fazer algo inesperado, quando sempre foi o irmão estável, o irmão chato, aquele que sempre andava na linha. Por deixar livres as algemas de seu ilustre futuro, forçando Luca a precisar ocupar o espaço. Por transformar Luca no herdeiro sucessor, quando aquela era a última função na qual Luca se encaixava. — Eu não te odeio por completo — murmurou ele.

— Ainda sou seu irmão. Só estou tentando te ajudar a ser sensato. — Perse o encarou, o olhar impassível. — Me ajuda a ver o *seu* lado, então. No que você acabou se envolvendo aqui, que seja tão importante?

Encurralado, sem nenhuma opção que não fosse a verdade, Luca explicou. Não contou sobre a parte do golpe do relógio de bolso, nem sobre o fato de que ele e Matti iniciaram a relação basicamente chantageando um ao outro. *Nem* do beijo no comecinho da manhã, nem de quando Matti o mandou ficar quieto, ou quando dançou com Luca no seu Baile da Meia-Lua e então fez amor com ele em vez de ir para a cama da noiva, momento em que Luca sentiu algo dentro de si mesmo mudar e desabar, algo terrível e maravilhoso, e agora mal conseguia manter a compostura só de pensar em como havia fodido com tudo aquilo.

Ele deixou de fora as investigações que vinha fazendo sobre o destino no navio *Isadonna*; aquilo era *pessoal*, aquilo era *para Matti*. E, caramba, se Luca estivesse com a cabeça no lugar na sala de treino, teria tentado contar suas primeiras descobertas quando Matti o acusou de... de tudo. Mas, no fim das contas, não era como se Matti o tivesse deixado falar muita coisa.

Mas Luca contou ao irmão sobre as aulas de espada, e sobre seu comprometimento enquanto padrinho de Matti, e boa parte do que descobriram sobre a traição de Corus Vane e a fraude dos Kesey.

Quando terminou, Perse o encarou. Seu queixo parecia estar considerando cair, o que já era muita expressão facial para Perse.

— Mattinesh Jay? — perguntou Perse.

— Eu não sabia que ele era... alguém! — defendeu-se Luca. — Pode parecer ridículo, mas...

— Ah, eu acredito em você. Tenho total convicção de que você nunca prestou a mínima atenção em todas as tentativas de mamãe e Raibert de te ensinar os fatos básicos e pertinentes sobre a Casa da qual um dia você será Chefe.

Luca apertou as pernas com mais força e pressionou os pés no chão. Parte daquilo era para lembrá-lo de que seus pés *podiam* tocar o chão; de que ele não era uma criancinha com as pernas balançando, desenhando no prato de molho com um garfo enquanto Perse dedurava a última travessura que Luca aprontara na escola.

— Eu dei minha palavra para ele — disse Luca. — Ele *precisa* de alguém para o desafio. Ele precisa de mim.

As palavras escaparam antes que ele pudesse lembrar que Matti o derrubara no chão, que Matti olhara para ele com ódio nos olhos, e que Luca lhe dissera coisas horríveis, e que havia uma grande chance de que Matti preferisse encarar sozinho a espada de Adrean Vane, e ser humilhado, a falar com Luca de novo.

Mas isso não é totalmente verdade, é?, disse uma voz traiçoeira em sua cabeça. *Ele faria o que fosse necessário pela família. Ele vai voltar para você, porque você é a melhor chance que ele tem. Ele precisa* sim *de você. E vai te odiar ainda mais por causa disso.*

Luca se sentiu enjoado. Perse o encarou por tempo o bastante para que suas pernas desistissem e voltassem a dançar em silêncio. Luca deu uma olhada na padaria. Havia um casal por perto, as mãos dadas em cima da mesa, os dedos encostando na tigela de chocolate que dividiam. Uma das mulheres estava falando baixinho, com convicção, enquanto a outra tinha as bochechas coradas de felicidade.

— Acredito que isso seja honroso — declarou Perse, finalmente. — Mas… um prestador de serviço, sério? Você é membro de uma Casa, Luca. É melhor que isso.

— Aparentemente — disse Luca com os lábios apertados —, não sou.

— Você é *esperto*. Sei que é. Se pelo menos tentasse *se dedicar*…

— Eu me dedico.

O olhar de Perse caiu para o punho da espada de Luca.

— Não a algo importante.

— Você não sabe o que é importante para mim — respondeu Luca, com a boca seca. — Você não… Ai, *deuses*.

Ele escorregou na cadeira, levantando as duas mãos como se esfregando os olhos pudesse se livrar da imagem do irmão. Em termos de disfarces, aquele não era seu melhor. Ele não se achava capaz de fingir um sotaque ou uma expressão facial naquele momento, nem em troca de uma fortuna, então se esconder era sua única esperança.

— Luca?

— *Porra*. — Luca poderia ter enfiado uma lâmina na própria mão, porque soava exatamente como o que era naquele instante: um homem prestes a chorar feio.

Depois de uma longa, longa pausa, durante a qual Luca respirou entre os dedos e se recusou a sumir com as manchas pretas quentes e marrons cintilantes que dançavam em suas pálpebras fechadas, Perse deu uma tossidinha.

— Eu não achava que você se importava muito com o que os outros pensam de você.

— O que te fez achar *isso*? — questionou Luca, desnorteado.

Ele abaixou as mãos e piscou para Perse em tom de desafio. Provavelmente estava com manchas e aparência abatida. Que maravilha.

Perse ignorou a pergunta.

— Como disse, você deu sua palavra a ele. E tem medo de ele achar que você é uma fraude. Ele é importante, esse Mattinesh Jay?

— Eu sou uma fraude — disse Luca, cansado. — E eu... sim, ele é... ai, por que eu estou tendo essa conversa com *você*? Não poderia ser *qualquer* outra pessoa? — Ele cobriu os olhos com as mãos de novo.

— Luca.

— Vai embora. Mete o pé de volta pra Cienne. Se você me fizer falar sobre os meus sentimentos, vou ficar aqui e morrer engasgado com tamanha ironia, e então a mamãe vai ser obrigada a te roubar de volta dos Mantel para ser o herdeiro da Casa de novo.

Houve uma longa pausa.

— Devo dizer que esse tipo de desespero é novidade, até mesmo para você.

— Se você não vai embora, pelo menos cala a boca — disse Luca, a voz abafada pelas mãos. — Se tentar me dar uma porra de um sermão, Perse, eu juro...

— Luca — suspirou Perse.

Luca levantou a cabeça. Seu irmão estava com os lábios apertados de um jeito que fazia Luca se lembrar de Matti tentando não ter emoções. Ele também estava arrancando uma camada da massa do *raskil*, mas a esmo, como algumas pessoas desenhavam ondas e estrelas nas bordas de suas anotações. Após a olhada de Luca, ele pareceu perceber o que estava fazendo e limpou os dedos num guardanapo.

— Sabe por que eu me casei com a Melisette?

Luca sabia os motivos comerciais, mas também sabia que havia motivos mais fortes, e no momento estava magoado demais e bravo demais com seu irmão para falar desses outros motivos em voz alta.

— Imagino que fosse conveniente para você ter uma esposa que já estava grávida.

Perse não pareceu ofendido. Ou, pelo menos, mais ofendido do que geralmente parecia.

— E era. Mas Mel não precisava ter se casado comigo. Ela poderia ter criado o Charls sozinha, ter encontrado outra pessoa no tempo dela.

Luca precisava admitir que aquilo era verdade. Para Persemaine Harte, o casamento com Melisette Mantel fora um degrau rápido para uma vida de luxo. Qualquer pessoa teria aproveitado a chance de se casar com alguém da extravagante e próspera Casa Mantel, ou de formar uma aliança ao aceitar Mel em sua Casa, mesmo se ela viesse com um filho que, inconvenientemente, era de outro pai.

— Por que, então? — perguntou ele, quando ficou evidente que Perse estava esperando uma prova de que Luca estava ouvindo.

— Ela se casou comigo pelo mesmo motivo que eu me casei com ela. — Perse encarou seus dedos compridos, flexionados em cima da mesa, ajeitadinhos. Tudo sobre Perse era ajeitadinho. — Porque nós nos amávamos. Ainda nos amamos.

O verbo *amar* soava estranho na voz abafada de Perse.

— Vocês mal se conheciam há um mês quando o casamento foi arranjado — replicou Luca.

Perse mexeu os dedos. Não foi como se uma expressão nova e apaixonada tivesse aparecido e transformado seu rosto. Ele era o mesmo Perse sério de sempre. Já Melisette era uma mulher magra e quieta, pálida e sem graça, como se estivesse sido enxaguada antes que suas cores houvessem tido tempo de se fixarem. Além disso — e Luca seria o primeiro a admitir que seu gosto pessoal girava mais em torno dos homens, então sua opinião sobre a aparência da cunhada não fazia muito sentido —, Luca nunca achou a companhia dela interessante, ou a personalidade dela envolvente. Pensar nela envolvida em um romance avassalador lhe parecia tão estranho quanto pensar o mesmo sobre Perse.

— Ainda assim — disse o irmão.

— Bom, muito obrigado. Que informação esclarecedora. Que gentileza da sua parte esfregar seu casamento por amor na minha cara, quando eu acabei de me apegar perdidamente a alguém que vai se casar com *outra* e estou contratado para defender o casamento.

— Não foi isso que eu… — Ele deu outro suspiro de superioridade. — Estou tentando te mostrar que talvez eu *entenda*… Ai, nem sei por que estou me dando ao trabalho.

Silêncio. A raiva de Luca foi se dissipando como espuma. Apesar de seu jeito dramático, Luca ficava muito mais confortável em expor suas emoções do que Perse. E Perse estava sentado ali, mais uma vez dissecando a comida com suas unhas limpas, e falando sobre seus sentimentos.

— Tá bom — murmurou Luca. — Desculpa.

— Então, você mentiu para este Jay. O que vai fazer a respeito?

— Não sei.

— Fugir? — disse Perse com frieza.

Luca semicerrou os olhos.

— Isso é uma tentativa desengonçada de me manipular a voltar com você no fim das contas?

— Seria o ideal, sim. Mas, na verdade, é uma tentativa de descobrir se você tem alguma coisa semelhante a um plano.

Luca soltou uma risadinha curta, como um latido.

— Sim. De fato. — Perse empurrou os óculos mais para cima no nariz. — Me parece, Lucastian, que essa é uma excelente oportunidade para aprender uma nova habilidade.

Matti tinha quase certeza de que nadar ajudaria. No passado — *o passado*, como se aquele sentimento de que Luca havia surgido em sua vida anos antes fosse um fato, não apenas uma mera impressão —, ele geralmente estaria no meio de uma braçada, nada em sua mente além do gosto do sal e o som das ondas quebrando, quando a solução para um problema de trabalho surgiria na superfície dos seus pensamentos.

Mas ele não estava tão otimista. Poderia nadar por dias e não conseguir resolver aquilo. Como *resolver* sua lenta rendição a outra pessoa, como se arranjando uma pilha de moedas numa mesa de carteado, só para acabar se pegando de mãos vazias e ver o triunfo frio em seu oponente?

Mas nadar ajudaria *em alguma coisa*. Seu pescoço estava travado e ele estava enjoado de preocupação.

Havia, no entanto, um monte de papéis esperando por ele em cima da mesa, de cartas não respondidas e relatórios para serem lidos, e uma reunião cedo com três dos compradores mais importantes da Casa Jay. Os compradores estavam ao mesmo tempo irritados e animados desde que Matti anunciara seu noivado. Eles adoravam barganhar, mas adoravam ter dinheiro de sobra, como qualquer um, e odiavam precisar passar bons lotes só porque Matti adotara uma postura mais conservadora. Eles sentiam cheiro de ouro; sabiam que o orçamento que tinham estava prestes a se expandir, e iriam solicitar respeitosamente uma explicação do porquê de Matti não poder aprovar a expansão *naquele instante*.

Matti não sabia se estaria em sua melhor forma na reunião, que dirá capaz de ler mais do que algumas páginas antes de a dor no pescoço começar a subir afavelmente para a cabeça. Ele deveria adiar o trabalho da manhã e ir nadar.

Deveria ir para casa e lidar com as coisas, como sempre lidava com as coisas.

Deveria ir nadar.

Passaram-se alguns minutos de indecisão quase paralisante, durante os quais ele se recostou num poste e contou os paralelepípedos, até Matti fechar os punhos e ir para casa. Ele mesmo se distraíra de suas responsabilidades e causara toda aquela merda. Não conseguia justificar que as abandonasse ainda mais só para ter mais um momento de egoísmo por conta de seus sentimentos.

Ele esbarrou em Maya, quase literalmente, depois de dar dois passos para dentro de casa. O sorriso dela se desfez de imediato.

— Pelos polegares de Huna! Você está péssimo.

— Ah — disse Matti, da forma mais vaga que conseguiu, e olhou a escada.

Maya parou na frente dela.

— Que foi? O que está acontecendo?

Matti sentiu as palavras *Nada com o que você precise se preocupar* se formando na língua, mas as engoliu. Era uma mentira maior do que de costume.

A boca de Maya se fechou numa preocupação séria. Ela segurou o braço dele.

— *Matti.*

— Vamos lá pra cima — disse ele. — Eu te conto.

— *Joselyne* — chamou Maya, sem desfazer o contato visual.

Quando Joselyne apareceu, ela estava levando os gêmeos até a porta, empurrando as lancheiras nas mãos deles. Matti chegara na hora mais caótica da casa. Ele bagunçou o cabelo de Marko e deu um peteleco na orelha de Merri enquanto os dois saíam, e a dor de cabeça começou a piorar ao olhar para os irmãos. Não era só o próprio futuro que ele colocara em risco.

— Matti não está se sentindo bem — disse Maya para Joselyne. — Se qualquer um aparecer procurando por ele agora de manhã, peça para voltarem amanhã. Se for algo urgente, eles podem deixar um olho de Sally. Tudo bem?

— Eu não... — protestou Matti.

Ele já havia trabalhado doze horas por dia enquanto estava com uma baita febre, durante o inverno. Mas Maya apertou o braço do irmão com força.

— As coisas não podem esperar um dia? — perguntou ela.

Depois de um momento, Matti assentiu, se rendendo.

— Pode deixar — disse Joselyne. — Quer que eu prepare alguma coisa, Matti? Estamos sem chocolate, mas tem chá.

Matti recusou a oferta. Minutos depois, ele estava trancado no escritório, recostado na mesa, com Maya à sua frente, de braços cruzados e expressão preocupada. Eles já haviam estado naquela posição antes muitas vezes. Matti pensou na lista que achara no baú de Corus Vane e teve mais um momento desorientador de dúvida quando tudo o que ele achava que sabia sobre os últimos meses oscilava.

— O que foi agora? — perguntou Maya baixinho.

Matti cobriu o rosto com as duas mãos e esfregou os olhos. Era um ato de covardia, ganhando tempo, mas ele não sabia como começar.

— Independentemente do que for... — começou Maya.

— Luca Piere não é Luca Piere — confessou Matti. — Ele é Luca Harte. *Lucastian* Harte.

Houve um longo silêncio. Quando Matti criou coragem e abaixou as mãos, Maya o estava encarando.

— Bom, fodeu — disse ela.

— Sim.

— Espionagem?

Matti agarrou a borda da mesa.

— Só nos resta concluir que sim, não é? Ele negou, mas... sim. Exatamente — respondeu Matti à risada de Maya.

— O que ele disse que estava fazendo, então? Passando férias em Glassport, vendo o oceano, balançando a espada por aí, fingindo ser um zé-ninguém?

— Ele não disse nada. — Apenas a determinação a não continuar mentindo para sua irmã arrancou as palavras seguintes à força. — Eu não estava no clima para deixá-lo falar.

Maya se aproximou, passando os braços ao redor dos ombros dele. Ela pressionou a bochecha contra a dele, e Matti apertou a cintura dela com um braço, sentindo o ar saindo do peito como se estivesse há horas sem fazer aquilo.

— Como você descobriu? — perguntou ela, soltando-o.

Matti contou a ela sobre a chegada repentina do irmão de Luca, Perse, na sala de treino. Aquele que era um grande entusiasta de vinhos, lembrou-se Matti. A não ser que aquilo tivesse sido uma mentira também.

Maya franziu a testa.

— Me parece meio esquisito invadir a operação de espionagem do próprio irmão e imediatamente acabar com o disfarce dele. A não ser que isso fosse parte do plano deles de alguma forma, mas não consigo imaginar o que ganhariam com você descobrindo tudo *agora*.

— O irmão não é mais um Harte. Casou com outra Casa, mais ou menos um ano atrás. Lembro de ter escutado sobre isso. Capaz de nem saber o que estava acontecendo, se for um plano da Casa Harte.

Nesse caso, fora um baita azar para Luca, e Perse certamente parecia estar procurando por ele por algum motivo. A história toda era estranha.

Matti sentia um desejo voraz de procurar Luca e o encher de perguntas, arrancar as respostas uma por uma até a situação ficar às claras. Mas seria inútil se ele não pudesse confiar nas respostas. Toda a base do relacionamento de Luca e Matti — independentemente do que fosse — fora construída sobre areia movediça.

— De qualquer forma, espero que você tenha dado um murro naquele verme desgraçado.

— Sim.

— Eu... peraí, sim? Você bateu nele?

Matti assentiu. Maya pareceu momentaneamente impressionada.

— Que confusão — disse ela. — Mas eu sinto muito. Sei o quanto você gostava dele. Pelo menos você descobriu, e pelo menos você não... Ai, pela fenda molhada de Huna, Matti, não me diz que você...

Matti empalideceu, e então se sentiu uma tia idosa, mas não poderia ser pior do que seja lá o que ela tivesse visto no rosto dele para soltar aquela obscenidade.

— Que eu o quê? — Ele conseguiu dizer, só para ganhar tempo.

Maya semicerrou os olhos.

— Que você foi pra cama com seu padrinho — respondeu, descaradamente. — Porque você me disse que conseguia lidar com isso, e eu acreditei em você.

A vergonha quente e borbulhante voltou. Matti pensou na noite do baile, na cabeça de Luca caindo para trás e a boca aberta entre os gemidos de prazer. Luca deitado no peito dele contando histórias sobre suas cicatrizes. Luca o beijando, o provocando sobre o lenço que Matti comprara para ele sabendo que vestiria bem. Matti pensou que estava criando lembranças bonitas para manter num cantinho do coração e resgatar para admirá-las nos anos que viriam. Agora elas estavam apodrecidas, como lã molhada.

— Claramente eu não consegui lidar com isso! — gritou ele. — Eu... pelos deuses, Maya, eu gostava dele. De qualquer que fosse a versão de si mesmo que ele tinha criado. Eu gostava tanto dele...

— Dá pra ver — disse ela, relutante. — Não *acredito* que ele fez isso.

Bom, não, eu acredito, sim, que aquele merdinha bonitinho que fala rápido faria isso. — Ela franziu a testa para Matti. — Eu não acredito é que *você* fez isso! Achei que você *gostasse* da Sofia, você disse que estava feliz por ser ela! Achei que não se importava em se casar com ela.

— E não me importo — respondeu Matti. — Não me importo com um casamento onde exista apenas amizade. Assim como não me *importo* que nunca tive a chance de fazer o que eu quero, não me importo em carregar tudo nos meus ombros, que essa necessidade idiota do nosso pai de se jogar em tudo o que é melhor para a Guilda e para a cidade signifique que *eu* é que preciso arrancar nossa família do buraco. — O ar estava quente em seu peito, e ele não conseguia parar. — Eu não *me importo* que o papai tenha casado com a mamãe por amor e não por dinheiro, mas ninguém nunca pensou que, talvez, eu pudesse querer a mesma coisa. Não me importo se a única vez em que eu tive algo que fosse meu de verdade foi... foi...

Foi um homem lindo e dramático rindo dele, e o ensinando muito mal, e se derretendo sob o toque de Matti, e *mentindo a cada vez que tomava fôlego*. Matti se envolveu com os próprios braços, apertados e trêmulos, a respiração começando a ganhar o ritmo do pânico que não apareceu quando estava na agência de Tolliver. Parecia adequado a ele que aquilo estivesse se tornando um padrão, um rasgo irremediável no tecido de Matti deixado pela porra da lâmina calculada de Lucastian Harte.

Matti se forçou a respirar, contando o tempo. Um. Dois. Inspira e expira. Ele percebeu cedo o suficiente para conseguir controlar aquilo.

— Matti. — A voz de Maya falhou. — Eu não sabia.

Ele nunca a vira tão chocada. Nunca vira a culpa que estava começando a surgir lentamente no rosto dela.

— Sinto muito — disse Matti depressa. — Eu não quis... me desculpa.

— Eu também sinto muito. E vamos conversar sobre isso. Mais tarde. — Ela tocou o maxilar dele brevemente. Então, respirou fundo. — Agora precisamos falar com a Sofia — disse, fazendo Matti se arrepiar dos pés à cabeça. — Eu vou até lá sozinha. Os Cooper trabalham de casa de manhã, assim como a gente... Ela estará lá.

— Sofia?

— Você não tem mais um padrinho, e Adrean segue determinado a desafiar o casamento. Isso é oficialmente um problema dela também.

A parte de Matti que estava acostumada a guardar segredos quis protestar, alegando que com certeza Sofia não precisava saber de *tudo* aquilo, mas ele não conseguiu juntar a energia para discutir com a irmã. Não quando ela parecia tão determinada. Não quando ele já tinha gastado mais raiva naquela manhã do que geralmente demonstrava em um ano, descontando sua mágoa no rosto do Luca e o derrubando no chão. Os caminhos crepitantes de fúria dentro de Matti se tornaram fios opacos de desespero.

Maya ordenou que ele tomasse um chá, ou talvez tirasse um cochilo, enquanto a esperava, e ela seguiu rumo à casa dos Cooper com aquele olhar preocupado e determinado ainda em seu rosto.

Matti decidiu que cochilar seria impossível, mas foi até a cozinha e preparou o próprio chá enquanto Joselyne, cortando batatas, tentava se certificar de que ele não estava em seu leito de morte. Matti não podia culpá-la, considerando as reuniões canceladas. Ele foi para a sala de estar com um bule e três xícaras numa bandeja. Quando Maya retornou com Sofia, a bebida já estava fria e possivelmente passada, mas ele a serviu mesmo assim.

A irmã já havia explicado boa parte da situação. Por um momento, Matti se sentiu indignado com aquilo, mas depois foi inundado pelo alívio de não ter que admitir seus erros mais uma vez.

Sofia não parecia brava, o que talvez fosse um pequeno milagre. As sobrancelhas dela formavam uma linha escura e pensativa.

Ainda assim, Matti lhe devia desculpas, e assim o fez, demoradamente.

Quando terminou, Sofia disse, num tom de concessão:

— Ele foi muito encantador quando conversamos no Baile da Meia-Lua.

Por algum motivo, não passou pela mente de Matti que Luca poderia ter conversado com Sofia em outros momentos além de na cerimônia de presentes do casamento, quando se conheceram. Ele sentiu desconforto e raiva e, de todas as coisas, ciúme.

— Sim — disse ele. — Ele é muito encantador.

— Sabe, Cee tentou me provocar com a ideia de que você poderia estar tendo um caso com seu padrinho quando vocês dois sumiram durante a última dança. Eu não me importei com *aquilo*, sério — disse ela, com um gesto de desdém. — Não muito, de qualquer forma. Não somos casados até nos casarmos.

— Mas ainda temos que seguir com o casamento — lembrou Matti, trazendo a conversa de volta para o problema principal. — Tolliver pode concordar em reembolsar a contratação dele como um favor, mas não acho provável. Tecnicamente, Luca não *quebrou* o contrato e… e eu teria que explicar quem ele é e por que não quero mais ficar com ele.

Maya e Sofia se entreolharam, e os três concordaram em silêncio que os danos deveriam ser contidos ao máximo possível.

— Pelos pés de Maha! — disse Sofia. Ela tocou a corrente de ouro delicada no pulso. — Que confusão. Posso pagar *eu mesma* pela contratação de outro padrinho, mas só existe uma agência na cidade, então cairíamos no mesmo problema.

— E se a gente envenenar o Adrean? — opinou Maya. — Aí o Matti não precisaria de padrinho. E nós podemos dizer para todo mundo que Luca Piere foi embora da cidade. Caiu num buraco. Qualquer coisa.

— Nós não sabemos o que o *Luca* vai contar para todo mundo — comentou Matti, de repente. — Se ele quer arruinar a Casa Jay, pode simplesmente contar para meio mundo sobre como estamos ferrados.

— Não sabemos o que ele irá fazer — concordou Sofia. — Ou seja, não podemos fazer nada a respeito, então vamos focar no que *podemos* fazer.

— Posso ir até a pensão, meter a mão naquela boca mentirosa e arrancar o fígado dele — disse Maya. — Eu tenho o endereço.

Sofia tossiu e deu tapinhas na mão de Maya.

— E se ele decidir espalhar fofocas, vou estar do seu lado e te entregar o alicate pra isso. Estou cansada de homens falando sobre a minha vida pessoal. Mas podemos resolver a situação da Casa Kesey enquanto isso, o que acham?

Matti piscou com a mudança de assunto. Maya claramente havia passado adiante — ou vinha *passando* adiante, por um bom tempo — mais informações do que ele imaginava.

— Maya. — Sofia tinha uma expressão animada de organização agora. — Você viu a fraude dos rótulos com os próprios olhos. Isso é mais do que uma suposição. É fato.

— Sim — respondeu Maya.

Os pensamentos bagunçados de Matti estavam lhe dando trabalho. Não fazia sentido Luca ter chamado a atenção para a conspiração entre Corus e a Casa Kesey, a não ser que tivesse decidido usar Matti para tirar os Kesey do mercado primeiro. Era plausível; os Jay estavam, sem dúvidas, na posição mais fraca. Se os Harte conseguissem colocar os Jay contra os Kesey e então acabar com *eles*, de forma rápida e sem qualquer piedade, se aproveitando das informações que Luca tinha, eles poderiam se estabelecer na brecha do mercado.

Mas, neste caso, por que impedir que Corus continuasse enfraquecendo os Jay? Ou será que aquilo era uma perda calculada para ganhar a gratidão de Matti?

— Matti — disse Maya. — Sei que eu falei para esperarmos, e vou te deixar decidir, mas... acho que você deveria contar pra mamãe e pro papai agora.

O coração de Matti despencou. Sua expressão, só de pensar em ter que fazer aquilo de novo — falar sobre seus erros e seu egoísmo *de novo*, e ainda mais para os próprios *pais* —, deve ter ficado bem feia, porque Maya balançou as mãos imediatamente para tentar se explicar.

— Não tudo! Não enquanto não sabemos o que o Luca pode acabar fazendo. Mas a situação dos Kesey. E, com certeza, a situação do Corus.

A voz de Luca atingiu Matti como um chicote: *Você mente por eles e mente para eles.*

Basta, Matti pensou. *Já chega*.

— Tudo bem — disse ele. — Sim. Você tem razão, eles precisam saber. O papai é a pessoa certa para abordar os Kesey sobre a rotulagem fraudulenta, porém vai ser bem difícil denunciá-los para a Guilda tendo como única prova a palavra de um membro da Casa rival. Vai parecer que a Casa Jay está se aproveitando da posição do nosso pai.

— Quanto a isso… — Sofia levantou a mão como uma aluna aplicada. — O problema é que não dá para saber exatamente o que foi misturado na lã assim que ela vira tecido, certo?

— Isso — disse Maya.

— E se desse?

— Mas… — começou Matti.

— Eu sei. — Sofia estava sorrindo agora. Havia algo no olhar dela que, perigosamente, fazia Matti se lembrar de Luca. — Vocês, filhos de Huna, terão que ajudar com os detalhes, mas acho que tive uma ideia.

17

— Sua mãe pode acabar tendo ideias erradas se descobrir que estou conversando com você a esta hora da noite — comentou Luca.

— Não se preocupe, sr. Piere — disse Dinah. — Se ela desconfiar mesmo de alguma coisa, sou *eu* quem será arrastada até o Salão da Guilda para fazer o ritual de lavagem de mãos e rezar quinze vezes para Osta, por ser tão antiética a ponto de dormir com um pensionista. Você vai ficar bem. Mamãe gosta de você. E ela sabe que se você estivesse me importunando, eu te daria duas semanas para arrumar outro lugar para morar. Ou duas horas, dependendo do quão atrevido você fosse — acrescentou ela, com um risinho afiado.

O ar da meia-noite estava leve e fresco, como se tivesse se arrastado do mar ou flutuado das montanha até ali e estivesse se acomodando na cidade enquanto todos dormiam. Ou *não* dormiam — uma carruagem ou outra passava de vez em quando, incluindo as vazias, com cocheiros que ofereciam carona para Luca e Dinah. Eles passaram por um grupo de homens quase na porta da pensão, e continuavam vendo pessoas andando por ali. Pessoas voltando de trabalhos que se estendiam até mais tarde, como o de Stefan. Médicos atendendo a chamados urgentes. Guardas da cidade, que faziam a patrulha arrastando os pés. Mas era um horário mais tranquilo. Até a maioria dos bares naquele bairro movimentado já estava fechando as portas e expulsando os clientes retardatários àquela altura.

Luca e Dinah se mantiveram nas ruas principais bem iluminadas, e

Luca estava ciente de seu cinto vazio. Ele deixara a espada na pensão. Sua arma o atrapalharia. Até considerou esconder uma adaga na jaqueta antes de ouvir a voz do mestre Carriere: *Carregar uma arma que você não sabe usar é pedir por confusão*. Luca não era treinado para lutar com adagas, a não ser que tivesse uma espada na outra mão, e até mesmo aquele tipo de duelo era considerado uma variante exagerada de lutas formais, raramente solicitado.

Dois dias tinham se passado desde a interrupção de Perse e a briga que estilhaçara toda a felicidade que Luca havia encontrado em Glassport. Desde então, ele se pegava acordando cedo, incapaz de voltar a dormir; se pegava caminhando na direção da casa de Matti e depois voltando, acovardado. Ele não queria que Matti o olhasse daquele jeito de novo. Não queria que o outro tivesse a oportunidade de se recusar a vê-lo.

A melhor coisa que podia fazer era manter a boca calada e tentar compensar Matti com ações em vez de palavras. Desta forma, uma carta escrita às pressas por Luca para a mãe estava viajando rumo a Cienne, marcada como urgente, seguida — num ritmo mais razoável — por Perse. Mesmo com possíveis atrasos, a carta — repleta de desculpas, perguntas e propostas, em quantidades equivalentes — já deveria ter sido entregue. Toda vez que Luca pensava muito a respeito, se sentia abalado. Mas já estava feito. Luca daria a Matti o que ele merecia, Matti o perdoando ou não.

— Nesta rua — disse ele para Dinah, e eles viraram uma esquina.

— Que empolgante! — Ela deu um pulinho, seu braço entrelaçado ao dele.

Luca havia encontrado a casa dos Kesey durante o dia e passara quase a tarde inteira perambulando pela vizinhança, para decorar a rota com seus pés, de forma que conseguisse encontrar o local de novo.

No dia anterior, Luca tentara descobrir se havia um registro central de armazéns. No cartório da cidade, lhe disseram que metade dos armazéns municipais estava alugada — assim como navios contratados — para uso a curto prazo por parte de várias Casas. Contratos temporários eram muito mais comuns em Glassport do que em Cienne, dada a quantidade de mercadorias que chegavam e saíam da cidade pelo porto. E não havia um registro central dos contratos — eram acordos feitos diretamente entre as Casas em questão. Se Luca quisesse saber algo específico, o escrivão disse, teria que falar com as Casas diretamente.

Conversar com os Kesey. Por uma hora breve e insana, Luca considerou fazer isso. Seria uma dança capciosa. Ele conhecera um ou dois Kesey no Baile da Meia-Lua, e havia grandes chances de que Simeon Kesey e alguns de seus agentes seniores também estivessem presentes na cerimônia, como membros proeminentes da Guilda de Matti. Fingir ser outra pessoa que não Luca Piere estava fora de questão. Luca *poderia* tentar inventar uma história para os Kesey que o tornasse exatamente o tipo de espião que Matti presumira que fosse: expor suas suspeitas como um tipo de chantagem, algo para dar vantagem aos Harte no mercado de Glassport.

Mas manter segredos era o melhor sinal que ele poderia enviar a Matti, indicando que não tinha nenhuma intenção de traí-lo, e, pela primeira vez, Luca estava pensando em seus esquemas do começo ao fim. Ele não achava que seria capaz de se safar daquilo tudo com mentiras, construindo mais um edifício de desastres.

Não, Luca iria fazer a coisa que já havia funcionado com Corus Vane.

Ele iria invadir e bisbilhotar.

— Última chance de mudar de ideia, srta. Vaunt — declarou ele, desacelerando conforme se aproximavam da casa.

Ele contara a ela boa parte da verdade: que os Kesey estavam tramando algo ruim e que, para ajudar Matti Jay, ele queria encontrar provas de um jeito um pouco ilegal. Ela concordara em ajudar com um entusiasmo que não o surpreendeu. Ele reconhecera um pouco de seu espírito aventureiro em Dinah Vaunt um bom tempo antes. Luca se perguntou se deveria recomendar os benefícios de mudar de nome e fugir, mas Dinah parecia gostar da própria vida no geral, e era uma filha obediente, tanto de Osta quanto de sua mãe. Além do mais, não era como se Luca pudesse se mostrar um exemplo perfeito de como aquele plano costumava dar certo no final.

Dinah soltou o braço dele e balançou sua capa leve, na altura dos cotovelos, para deixá-la perfeita. Ela usava seu melhor vestido, de um veludo cor de ameixa que lhe caía bem, passara um pouco de pó dourado nas pálpebras e trançara o cabelo — parecia filha de uma Casa voltando de uma festa.

— Não seja bobo — disse ela. — Esse teatro é muito melhor do que aquela peça histórica que a companhia do Stefan está produzindo agora.

Luca permaneceu onde estava. Dinah foi na frente, a sombra longa e densa sob as luzes de lamparina. Ela subiu correndo os degraus da casa dos Kesey e bateu na porta. Depois do que pareceu um longo tempo e várias batidas, a porta se abriu. Luca podia ver apenas uma vela cintilando e a lateral sinistra do rosto de um homem.

Luca prendeu a respiração durante a conversa que se seguiu, enquanto Dinah gesticulava com convicção por cima dos ombros, na direção da estrada, onde Luca estava. Ele se agachou como se estivesse amarrando o cadarço das botas, se escondendo nas sombras projetadas por uma estátua religiosa na frente de outra casa. A história inventada era que Dinah estava quase chegando em casa, mas temia estar sendo seguida, e ela odiava atrapalhar naquele horário, mas será que poderia se sentar no saguão de entrada por alguns minutos, só para se acalmar e esperar seu possível perseguidor desistir e ir embora?

Ainda na pensão, Dinah fizera uma versão daquele teatrinho que fez Luca querer aplaudir e chorar de rir ao mesmo tempo: tensa, estúpida e corada, tentando disfarçar o fato de que uma jovem voltando para casa à meia-noite poderia estar fazendo algo que sua família não aprovaria.

Finalmente, Dinah foi recebida na casa dos Kesey e a porta se fechou. No mesmo instante, Luca se levantou e caminhou até a casa, rápido e com os pés leves, e subiu os mesmos degraus. Mal havia parado na porta da frente quando ela se abriu. Dinah o colocou para dentro.

— Pedi um copo d'água, como você disse — sussurrou ela. — Ele foi buscar. Rápido.

Enquanto Dinah fechava a porta, Luca analisou o saguão escuro. Ele escolheu a porta mais próxima, à direita, que, depois de semicerrar os olhos, descobriu que dava numa sala de estar. Apenas o leve brilho do luar e de lamparinas na rua passava pelas cortinas. Luca se escondeu atrás da porta, recostado na parede, e ficou o mais parado possível. Na hora, notou seus dedos tamborilando na calça preta, mas não faziam som algum. Enviou uma prece silenciosa para Huna, pedindo para que seu estômago não roncasse. Era um dia de jejum no calendário dela, e Luca sentia uma necessidade desesperadora de fazer as pazes com sua deusa padroeira, junto com todos os outros deuses que conseguira perturbar. Só bebera água e chá o dia inteiro.

Ele permaneceu atrás da porta enquanto um homem rígido e educado voltou até o saguão com a água para Dinah. Ela manteve uma conversa envergonhada, num sussurro. Depois de um minuto, declarou que se sentia pronta para seguir seu caminho, recusou a oferta de um acompanhante até seu destino e partiu. A porta da frente se fechou e Luca escutou os ferrolhos deslizando para trancá-la. Os passos do homem sumiram até os fundos da casa.

O coração de Luca estava a mil. A palma das mãos, suada, e ele queria rir. Dinah pegaria uma carruagem de volta para a pensão. A parte de Luca estava apenas começando.

Ele agradeceu silenciosamente ao fato de que as casas enormes de Glassport pareciam seguir uma planta mais ou menos similar, se esgueirou de volta até o saguão e subiu as escadas devagar, tomando cuidado com seu peso em qualquer degrau que parecia querer ranger ou que pudesse ter uma altura diferente. Quando chegou no andar de cima, seus olhos já estavam se acostumando com a escuridão intensa. Ele começou pelas portas que estavam abertas, e na segunda tentativa entrou em um cômodo que parecia o escritório principal, com uma mesa grande e alguns blocos altos de madeira que pareciam conter arquivos.

Luca fechou a porta do cômodo devagar. De sua jaqueta, tirou fósforos e uma vela num candelabro. Iluminado, o escritório tinha uma aparência aconchegante, caótica e bem usada. Luca soltou o ar lentamente e pôs-se ao trabalho.

Ele levou um tempo para entender o sistema de arquivamento, que era o que Perse teria chamado de *idiossincrático*. Luca também preferiria não estar trabalhando sob a luz de uma chama aberta, mas era o que tinha. Cuidadosamente, ele abriu livros e pastas cheios de registros de compras em leilões, formulários de pagamentos, contratos de seguros, cartas de conselhos jurídicos e resmas de recibos de tudo quanto era coisa, de tintura até peças de teares. Ele encontrou cópias de contratos de exportação, mas nada que acrescentasse ao que ele já havia descoberto nos documentos da Casa Lior.

Luca bocejou. Sua empolgação passara, e o efeito de percepção aguçada que ela lançava em sua mente estava começando a se esvair, perigosamente. Ele beliscou a própria mão e se forçou a pensar em quando foi descoberto na casa de Andri Baudrain: os gritos quando o alarme começou a soar, a fuga frenética pelo jardim, o pavor de Luca ao ouvir os rosnados distantes dos cachorros. O muro áspero do jardim. O momento em que Margot o reconheceu. O momento seguinte, assim que caiu no beco, mal registrando a dor em seus calcanhares, quando as possíveis consequências começaram a pesar em sua mente.

Sim. Aquilo ajudou.

Ele pegou uma pasta que estava simplesmente etiquetada como CONTRATOS. Continha apenas algumas folhas de papel. No meio de um movimento, Luca congelou enquanto folheava e se aproximou da vela, que já havia queimado até a metade. O nome LYSBETTE MARTENS saltou aos seus olhos em tinta preta, sob uma assinatura fluida.

Luca leu o curto parágrafo no papel duas vezes seguidas. Sua mão tremeu de vontade de dobrá-lo e levá-lo embora, mas ele se conteve. Mesmo se aquela prova pudesse ser levada às autoridades sem que ninguém fosse acusado de invasão de propriedade, o documento era vago o suficiente para poder ser distorcido de diversas maneiras. Mas, por fim, era algo além de uma evidência circunstancial. Era uma ligação concreta entre os Martens e os Kesey.

Pouco tempo depois, Luca estava pescando no outro bolso da jaqueta o papel onde anotara a data da chegada do *Lady Jenny* em Glassport. Ele colocou o papel no chão e começou a folhear uma pasta muito mais cheia que encontrara, de locações de estabelecimentos. Alguns poderiam ser oficinas temporárias, mas agora Luca conhecia a área portuária de Glassport bem o bastante para deduzir quais deles eram provavelmente armazéns. E, dentre eles, a data de locação de apenas um começava no mês correspondente.

Luca se esquecera de levar um lápis. Estava se sentindo curiosamente mais intrusivo do que enquanto lia os documentos privados dos Kesey, e pegou um dentro de um vidro sobre a escrivaninha e anotou o endereço do armazém. Um passo mais perto.

A casa emanava um ar sonolento e morto conforme ele se esgueirava pelas escadas depois, o cansaço expulso tanto pelo otimismo do sucesso quanto pelo risco renovado de ser pego, exposto, nos corredores da casa.

Seus dedos mal tocaram os ferrolhos quando alguém bateu na porta da frente, do outro lado.

Luca congelou. Ele sentiu o instinto irracional de atender às batidas e abrir a porta.

Bateram de novo, desta vez uma batida mais lenta e insistente, que demonstrava a intenção daquela pessoa em esperar o tempo que fosse. Os pés de Luca se desgrudaram do chão e, rapidamente, ele voltou para o esconderijo na sala de estar. Possibilidades insanas passaram por sua cabeça. Dinah fora abordada durante sua busca por uma carruagem e voltara para pedir ajuda de verdade desta vez. Um vizinho acordado vira Luca entrar e chamou um guarda municipal.

— O que foi *agora*? — Veio uma voz sonolenta e irritada de uma mulher no andar de cima. — Tem alguém tentando nos tirar o sono?

— Eu lido com isso, sra. Kesey. — Era o mesmo homem que deixara Dinah entrar. Ele foi até a porta arrastando os pés, destrancou-a e a abriu. — *Que foi*? — indagou, num tom de quem exige explicação. — Quem é você?

— Corus Vane. Preciso falar com Simeon. É importante.

Todos os nervos de Luca se agitaram, alertas.

— Eu não deveria ter que lhe dizer que o sr. Kesey não recebe visitas a esta hora da noite.

— Esta visita ele irá receber, se não quiser que afundem o nome da Casa dele na lama diante do restante da Guilda — replicou Vane.

— Corus? Você perdeu a cabeça? — Aquela pergunta veio do andar de cima. Simeon Kesey tinha uma voz grave, rouca de sono.

— Você precisa me ouvir, Simeon — disse Vane.

Passos tão pesados quanto a voz desceram a escada. A luz oscilante da vela que se derramava pela sala de estar ficou abruptamente mais complexa, à medida que outra fonte de luz se juntava a ela. A porta da frente se fechou.

— Obrigado, Carstan, pode voltar para a cama — disse Kesey. — Você não poderia ter mandado uma porcaria de mensagem, homem?

— Não dava para esperar o mensageiro da manhã. E eu não poderia ser visto batendo na sua porta em plena luz do dia hoje mais cedo — justificou Vane.

— Muito bem.

Luca sentiu a garganta se fechar com o receio de que Kesey levasse aquela reunião inesperada para a sala onde ele próprio estava escondido. Mas a luz se estabilizou, como se Kesey tivesse apoiado sua vela na mesa do saguão.

— É sobre aquilo que você vem fazendo nas oficinas do interior — disse Vane. — Misturando as fibras.

— Corus. — Havia um tom de repúdio alarmante na voz de Kesey.

— Me encontrei com Matti esta noite. Estávamos repassando algumas das vendas recentes para alfaiatarias locais. Nada fora do comum. Mas ele me disse... — Vane deu um suspiro, como se não soubesse de que forma explicar. — Nessanesh tem contatos na universidade de Manisi. Uma das irmãs dela a colocou em contato com alguém que faz pesquisa de materiais lá, e Nessa troca correspondências com essa pessoa. Há um grupo trabalhando em todo tipo de coisa... Tinturas, cáusticos, jeitos melhores de tratar a lã em vários estágios.

— E o que isso tem a ver?

— Um químico descobriu um jeito de testar fibras de lã, a partir de amostras, mesmo depois que o tecido já está completamente tratado. Um tipo de descoberta acidental feita por um grupo que estava pesquisando maneiras de alisar cabelo humano, de todas as coisas mais fúteis possíveis.

— Isso não me parece urgente, Corus — respondeu Kesey.

— Matti conseguiu o tal negócio. Ele queria que fosse uma surpresa para o Tomas, visto que foi ele quem inventou aquela lei sobre a rotulagem obrigatória em toda a Guilda. Eles estão planejando uma demonstração. — Uma pausa. — Amanhã.

— Quê?

— O banquete...

— Ai, deuses — grunhiu Kesey. — O café da manhã.

— A Guilda inteira estará lá — continuou Vane. — Matti ia fazer tudo em segredo, mas, aparentemente, Nessa anda falando sobre isso, a informação já vazou para algumas pessoas, então ele preferiu me contar. Ele já encomendou as amostras. Dos tecidos de maior qualidade.

— De...

— Todas as Casas que produzem lã — disse Vane, implacável. — E até mesmo dos vendedores independentes menores. Está vendo o problema agora?

Luca estava lutando contra uma vontade perigosa de rir. *Esperto, Matti. Muito esperto.* Ele queria escutar o restante da conversa, mas ouviu apenas Kesey zanzando de um lado para o outro e um murmúrio baixinho do que deviam ser xingamentos.

— Você acha que isso é legítimo? — perguntou Kesey, por fim. — Essa técnica?

— Matti Jay é a pessoa mais cuidadosa que conheço. Ele não organizaria algo desse tipo se não tivesse certeza.

— E você está me dizendo a verdade?

Luca revirou os olhos em nome de Vane, pensando no relatório de Rob Rivers no baú do homem. Ele dificilmente inventaria algo que colocasse em risco seu principal trunfo sobre os Kesey, e, claro, aquele aviso a Kesey havia acabado de fazer isso, o que significava que Vane precisaria arrumar uma nova vantagem. Assim, Luca não se surpreendeu com o tom de irritação quando o homem falou:

— *Sim.* Quantas vezes vou precisar me provar para você?

— Certo — disse Kesey. Pacífico. — Nosso acordo não mudou, Corus. Quando a Casa Jay estiver arruinada, você será arrancado dos destroços.

— E meu filho terá seu nome.

— Sim, sim. Os Jay ainda não ofereceram, certo?

— Não — respondeu Vane. Luca sentiu vontade de recuar com o ressentimento venenoso contido naquela única silaba.

— E nunca vão oferecer. Isso vai contra os princípios reformistas hipócritas do Tomas — rebateu Kesey. — Homens como eu e você pelo menos somos capazes de *admitir* que sabemos o valor do nome de uma Casa. E quando nós dermos nosso nome ao Adrean, ele valerá o dobro do nome da Casa Jay.

Então era aquilo. Aquele tipo de adoção não era nenhuma novidade, mas era rara, e os Jay pareciam decentes o bastante para serem sinceros caso fossem corresponder ou não àquele tipo de expectativa, visto que Adrean não era funcionário deles.

A não ser que a expectativa fosse implícita. A não ser que fosse simplesmente presumida, fervilhando e fermentando ao longo dos anos.

Era por isso que Vane acreditava valer a pena derrubar sua própria Casa: porque não *era* sua Casa, não por nome. Ele vendeu a família de Matti em troca da chance de dar ao filho o que ele acreditava que haviam lhe arrancado a chance de ter. Status de Casa.

E era aquele o motivo pelo qual Corus arranjara o relatório de Rob Rivers, para começo de conversa, Luca percebeu: para se assegurar de que Simeon Kesey cumpriria sua parte do acordo assim que a Casa Jay fosse destruída.

— Bom — disse Kesey —, você fez certo em ter vindo falar comigo. Foi o Mattinesh quem te disse isso? Hoje, na noite antes do banquete?

— Sim.

Kesey fez uma pausa.

— Você acha que... que eles suspeitam da minha Casa?

— Não sei — respondeu Vane. — A maioria das pessoas não saberia dizer, olhando para o produto final, mas os Jay comem, bebem e respiram trabalho. Se eles por algum motivo botaram as mãos no seu tecido e inspecionaram com cuidado…

— *Maldito* Tomas — esbravejou Kesey. — É a cara daquele babaca moralista certinho, sempre de olho nos erros dos outros. Beleza. Tudo bem. Vamos presumir o pior. Vamos presumir que a grande demonstração do Matti amanhã seja por puro prestígio ou um jeito de ganhar pontos nos expondo.

Ou uma mentira descarada, pensou Luca. *Ai, Matti. Você provavelmente odiaria saber como estou orgulhoso de você.*

— Confesse primeiro — disse Vane. — Antes da cerimônia. É o único jeito. Você sabe como a Guilda lida com o controle de qualidade. Anuncie que acabou de descobrir que uma fraude está sendo perpetuada em nome da sua Casa e que você está em choque e desesperado. Escolha alguém para levar a culpa.

— Pela bunda de Huna — xingou Kesey. — Não, você tem razão. Seria alguém desviando fundos? Vendendo os produtos de qualidade por fora?

Corus Vane soltou uma risada curta e sem humor algum.

— Você inventa uma história. Eu vou para casa dormir. Temos uma cerimônia amanhã cedo a comparecer.

Depois que Vane foi embora e Kesey carregou sua vela escada acima, Luca esperou. Ficou escondido atrás da porta da sala de estar até a casa voltar ao silêncio do sono, colocando a mão sobre a boca para conter mais de um bocejo durante aquele tempo. Então, caminhou na ponta dos pés até a porta, que provavelmente presenciara mais tráfego pós-meia-noite naquela noite do que em toda a sua existência, e saiu em silêncio.

O ar estava mais gelado do que antes, mas não tão desconfortável. Luca apertou o passo até a esquina mais próxima antes de colocar as mãos trêmulas no joelho e rir, toda a tensão borbulhando para fora dele e o deixando exausto. Ele levou mais tempo do que planejara para voltar à pensão, cansado e fraco, já que não havia comido nada o dia inteiro. Ao se aproximar, seus reflexos estavam entorpecidos pela necessidade de ficar na horizontal entre os lençóis.

Então, quando alguém surgiu ao lado dele e pressionou uma faca em suas costelas, Luca demorou quase duas batidas do coração para entender o que estava acontecendo.

Ele parou abruptamente. O medo gelado o inundou. Suas mãos tatearam o cinto até encontraram… nada.

— É isso, sr. Harte — disse o homem que segurava a faca. O medo virou gelo puro, chegando no maxilar e na ponta dos dedos de Luca, os fazendo formigar. — Boca calada enquanto vem aqui comigo.

Luca respeitava armas e respeitava as pessoas que as portavam, se demonstravam aquele tipo de confiança. Ele nem sequer considerou tentar fugir. Não reconheceu a voz do homem, e um estranho que sabia o nome de Luca e o local onde ele morava em Glassport não poderia ser ignorado.

Por um momento longo e paralisante de histeria, enquanto Luca seguia a ponta da faca em direção a uma rua escura, ele se perguntou se Matti havia decidido mandar matá-lo. Pensou em Corus Vane dizendo que *Matti Jay é a pessoa mais cuidadosa que conheço.*

Pare, disse Luca a si mesmo com firmeza. *Você está sendo idiota. Não pode se dar a esse luxo. Abra os olhos, observe seu oponente e* pense. *Dá pra marcar um ponto antes mesmo de as espadas se tocarem, se estiver atento o bastante.*

O que ele viu, com os olhos abertos, não lhe trouxe esperança. Na rua escura e estreita havia mais três homens, todos mais altos e mais fortes do que Luca. Ele abriu a boca para oferecer sua bolsa, lembrou que não a estava carregando e também que *eles sabiam o nome ele*, e a fechou de novo.

— Difícil te pegar, hein, Lucastian Harte? — disse o homem mais baixo no beco. Ele deu um passo adiante, sob a luz fraca que vinha dos postes da rua principal; tinha uma aparência prática, tosca, como uma escultura inacabada. — Mas o Mestre da Guilda Baudrain reforçou bastante que você *deveria* ser pego.

As palmas de Luca suavam. Estavam todos dispostos num círculo, apenas um grupo de homens reunido. A faca continuava entre duas de suas costelas, nas costas, porém num toque mais amigável agora. Um lembrete para que ele não se movesse. Pela mente de Luca passeava o puro medo da dor.

Orgulhoso da voz, que só fraquejou um pouquinho, ele disse:

— Achei que o sr. Baudrain tinha entrado em um acordo com a Chefe da minha Casa.

— Graças à generosidade da sua mãe e ao respeito do sr. Baudrain pelo nome da sua Casa — respondeu o homem prático, cantarolando como uma criança recitando as vogais em sua cerimônia de nomeação —, ele concordou em não prestar queixa às autoridades e levar tudo na brincadeira. Publicamente. Mas você, sr. Harte, ainda precisa lembrar que ladrão é ladrão. Independentemente do nome.

A faca se afastou das costelas de Luca, mas ele conseguia sentir o calor firme e ameaçador do homem atrás dele. Luca tentou desesperadamente prestar atenção nos quatro corpos ao mesmo tempo, enquanto os homens que rodeavam aquele que estava falando começaram a se mover. Ele sentiu as palavras *Vou contar tudo para a minha mãe* chegando na ponta da língua, mas conseguiu engoli-las de volta.

Os lábios do homem se curvaram, como se Luca tivesse dito mesmo assim.

— Patético — disse ele. — Vocês, moleques de Casa, acham que podem se safar de qualquer coisa só com dinheiro ou ameaças. Falando nisso, não vai me oferecer dinheiro, não?

Luca pensou em Matti, parado e chocado no bar diante do ruivo com o relógio quebrado.

— Não tenho dinheiro nenhum — respondeu Luca.

Ele já estava aguardando, mas o primeiro golpe — seco e rápido, na lateral da costela — ainda foi chocante.

Os que vieram depois foram menos, mas doeram tanto quanto.

18

O SALÃO DA GUILDA PARECIA MUITO DIFERENTE NAQUELA MANHÃ, comparado a como estaria para o casamento de Matti, dali a dois dias. Os mantos e tapeçarias que cobriam as paredes quase que do teto ao chão possuíam estilos e paletas de cores diferentes, cada um produzido e doado por uma Casa. Acompanhando o salão em sentido horário, eles contavam a história de quando Huna andou pelo mundo disfarçada e foi desafiada por uma das antigas rainhas a fiar o tecido mais lindo de todos para o dia da nomeação do filho dela. Huna teceu por um dia e uma noite, sem parar para comer ou beber.

— Isso foi fora do comum, não acha?

Matti desviou o foco da tapeçaria doada pela Casa Jay várias gerações antes, para a qual olhava sem assimilar de fato os detalhes. O homem que parara ao lado dele era baixinho, até mesmo para os padrões de quem não pertencia à família de Matti, porém seus cachos grisalhos volumosos faziam o que podiam para acrescentar um pouco de altura a ele.

— Que bom te ver, Alfonso — disse Matti. A Casa Madra ficava no território de Cantala, onde eles compravam e processavam algodão; Alfonso Madra comandava o escritório lá e também era secretário da Guilda em Glassport. — O que foi fora do comum?

Madra estalou os lábios.

— É isso que você ganha por ficar no canto do salão, rapaz. Estou cumprindo meu dever, espalhando a notícia para vocês, virtuosos isolados. O que quis dizer foi: *O que você achou do pronunciamento de Sim Kesey?*

Um sorriso surpreendeu Matti, tentando invadir sua boca. Parecia fazer tanto tempo que ele não sentia vontade de sorrir que quase não conseguiu esconder.

— Ninguém pode dizer que a Casa Kesey não teve uma atitude honesta, fazendo um anúncio público assim que perceberam o que estava acontecendo.

— Sim, é verdade. É uma pena que terão que suspender a venda de tantos produtos, enquanto investigam há quanto tempo esse comprador deles vem dando instruções falsas e desviando o dinheiro da diferença.

— Eles estão mantendo os altos padrões da Casa. — Foi tudo o que Matti disse.

Madra lhe lançou um olhar irônico de decepção, por ele não estar alimentando aquilo. O amor que o homem tinha por uma boa fofoca poderia se transformar rapidamente numa acidez vingativa caso ele não gostasse da pessoa em questão. Os Jay sempre tiveram o cuidado de se certificar de que Madra não pensasse nada ruim a respeito deles.

— Tem razão. Agora, olhe este prato cheio. Estou te impedindo de quebrar seu jejum! Não precisa de cerimônias comigo, Matti. Coma.

Madra usou um pequeno garfo para espetar algo que parecia um cogumelo com tempero picante em seu próprio prato e, de maneira encorajadora, o colocou na boca.

Matti sorriu educadamente.

— Mais alguns minutos de espera não vão fazer muita diferença, e eu vou saborear ainda mais.

Com o cogumelo engolido, Madra soltou uma gargalhada e deu um tapinha no braço de Matti.

— Tanto a comida quanto o casamento, né? Agora falta pouco! — Após lançar a provocação bem-intencionada, ele foi embora.

O prato de Matti estava cheio de coisas que ele geralmente amava, muitos alimentos que sua família já estava havia um bom tempo sem comer. Peixe defumado com especiarias vermelhas. Chocolate recheado com caramelo. Tortinhas de queijo. Fatias de peras frescas do começo do outono, polvilhadas com noz-moscada. Pão trançado com cobertura de leite. Ele passara todo o dia anterior em jejum, mas a aparência e o cheiro da comida não estavam despertando em nada seu apetite. Uma semana antes, estava empolgado para convidar Luca para aquele banquete, realizado num horário em que, geralmente, estariam na metade da aula. Matti teria passeado pelas paredes com Luca e lhe contado a história. Luca talvez improvisasse sua própria versão, baseada puramente nas tapeçarias penduradas, tornando o roteiro ridículo quando encontrasse alguma representação mais abstrata.

Só que Luca, também filho de Huna, saberia a história tão bem quanto Matti.

Ou Luca teria inventado uma desculpa para fugir do banquete de café da manhã por inteiro, sabendo que pelo menos alguns agentes da Casa Harte estariam ali. Matti olhou ao redor, tentando encontrar o rosto deles e puxar seus nomes da memória. Seu pai devia saber. Matti tinha poucos motivos para interagir com os comerciantes de seda em qualquer situação, exceto nos grandes eventos da Guilda, mas Tomas certamente seria colega de algum deles.

Matti se sacudiu mentalmente. O que ele achava que iria fazer exatamente? Encurralar um membro da Casa de Luca e exigir saber como eles não faziam ideia da presença do herdeiro da Casa na cidade pelos últimos meses? Ainda que de seu jeito teatral, Luca fora cuidadoso. Durante o Baile da Meia-Lua, ele evitara os próprios agentes e o Chefe da Casa Duvay, seu maior concorrente no mercado da seda, porém Matti não percebera na época. E ele com certeza também tinha ficado longe de todos os escritórios da Casa Harte em Glassport.

Além do mais, não havia nenhum sinal de que Luca tinha confessado sua identidade para qualquer pessoa além de Matti. Nenhuma fofoca repentina. Nenhum sussurro sobre a fortuna da Casa Jay, além dos já costumeiros. Parecia que todos no salão continuavam esperando que Matti se casasse com Sofia Cooper em dois dias, e esperavam encontrar um duelista ruivo qualquer de pé ao lado dele.

Os segredos de Matti continuavam secretos. Ele não sabia o que pensar.

Mas também não poderia continuar se escondendo com a comida no canto. Precisava ter pelo menos três conversas sobre negócios antes do fim do banquete, e uma delas era mais importante do que todas.

Matti colocou o prato em uma das mesas, mas puxou um pedaço de pão. Precisava se forçar a comer alguma coisa se quisesse sobreviver ao dia sem desmaiar. Metodicamente, despedaçou a massa macia e a comeu, bebendo café para ajudar a engolir. Então, foi atrás de Corus Vane, que estava conversando com a mãe de Roland, irmã mais nova de Tomas.

Corus fez contato visual com Matti e, como o outro esperava, começou a encerrar sua conversa. Ele sorriu para Matti, que retribuiu. Ele lhe dera aquele mesmo sorriso na noite anterior, quando Matti lhe contara a história inventada sobre uma nova técnica desenvolvida em Manisi. Os sorrisos de Corus sempre foram rápidos, sempre um contraste agradável com seu filho emburrado.

Antes de toda aquela situação começar, Matti nunca havia se considerado ingênuo, mas agora se sentia machucado, ralado, com uma ferida aberta para ser atacada pelo mundo. Corus Vane. Casa Kesey. Lucastian Harte, que dissera a Matti que a maioria das pessoas era decente e que mentira tanto sobre aquilo quanto sobre todo o resto.

Matti sorriu de volta para Corus. Sabia como fazer aquilo também. Era melhor naquilo do que em segurar uma espada — como sorrir sem querer sorrir. Como projetar uma fachada de calma e autocontrole, quando tudo o que queria fazer era jogar pratos no chão e gritar. A arte de *fingir*.

No fim das contas, talvez não existissem tantas pessoas decentes no mundo.

— Matti — cumprimentou Corus, com a voz baixa. — Que horas você pretende fazer a demonstração? Precisa de ajuda nos preparativos?

Matti fez uma expressão arrependida.

— Sinto muito se você estava empolgado para ver, mas houve uma complicação. O contato da minha mãe na universidade se deixou levar pela ganância e cometeu o erro de falar com um advogado de patentes. Agora eles vão ter que manter a coisa toda em segredo até resolverem a documentação. Não podemos nem falar sobre a existência dessa técnica antes disso.

Corus merecia um prêmio. Ele não desviou os olhos nem por um segundo. O olhar que lançou para Matti era enigmático.

— Ah — disse, finalmente.

O próximo passo de Matti seria dar de ombros e se afastar de novo. Mas a raiva fazia suas mãos formigarem. Ele tomou sua decisão mais impulsiva desde que dissera *Quero que você me ensine* a Luca.

— Uma pena, não é mesmo? — disse Matti. — Depois do que Simeon descobriu. Seria interessante ver o que aconteceria com as amostras que eu tenho.

O olhar de Corus ficou mais afiado. Matti sustentou.

— Matti. — Corus soava neutro.

Matti já havia percebido durante seus esforços para desfazer os nós e tapar os buracos provocados pelas pequenas sabotagens de Corus que aquele era um homem muito esperto. Matti queria poder subir na mesa no meio do salão, seus pés entre os caramelos e os bolos, e gritar insultos a plenos pulmões. Queria chamar o homem à sua frente de um grande saco de bosta, um traidor do caralho, um verme maldito rastejando na lama da própria ingratidão. Queria, mais do que qualquer coisa, ter uma espada em sua mão e a habilidade para usá-la.

Ele se permitiu imaginar a cena. E depois deixou para lá.

— Quer me perguntar alguma coisa, Corus? — E então, após o silêncio que se seguiu: — Ou me contar alguma coisa?

Eles se encararam. O sangue pulsou na base do pescoço de Matti enquanto ele observava os pequenos movimentos nas linhas ao redor dos olhos de Corus.

— Gostaria de acreditar — disse Corus, com muita cautela, como se caminhasse sobre pedrinhas escorregadias — que ainda tenho valor para a sua família.

Matti conversara sobre aquilo com seus pais, quando revelou as descobertas sobre a situação envolvendo Corus e os Kesey. Ele deixara de fora a vaga possibilidade do envolvimento da Casa Martens; deixara de fora o nome verdadeiro de Luca, por enquanto. Uma crise de cada vez.

Pelo menos esta crise ele apresentou *junto* com uma solução. Sua mãe e Sofia refinaram a história sobre os testes de fibras, pronta para ser jogada nas mãos de Corus. Matti observara mais uma marca de expressão se entalhar na testa de Tomas, enquanto o Chefe da Casa Jay processava a traição de um homem que ele considerava um amigo próximo. Matti não sentiu remorso algum ao usar Corus como mensageiro da própria fraude para o território inimigo.

Era mais um ato de equilibrar a espada. Corus sabia exatamente como os Jay estavam mal, mesmo com sua fortuna prestes a mudar, e demiti-lo o deixaria sem motivos para guardar o segredo. Os dois lados ainda tinham como lutar.

— Gostaria de acreditar nisso também — disse Matti.

Corus assentiu. E não disse mais nada.

E essa, pensou Matti, *foi sua chance, Corus Vane. O que quer que aconteça agora, você é que vai ter cavado a própria cova.*

— Sr. Matti Jay?

Corus se afastou quando Matti se virou para ver quem estava chamando. Era um garoto alto, de uns quinze anos, talvez, com os olhos agitados e malvestido.

— Sou eu. — Matti deixou o sorriso voltar ao rosto, como uma maçã submersa retornando à superfície da água. — Em que posso ajudar?

O garoto lhe estendeu uma carta com o selo de cera verde que indicava se tratar de um assunto pessoal. Matti a pegou.

— Entrega em mãos, já está paga — disse o menino. — Era só isso. Mas ele me disse que teria muita comida boa por aqui — acrescentou, de forma expressiva.

Matti estava se perguntando se aquela seria uma carta de Sofia. Mas aquelas palavras fizeram um arrepio subir por seus braços, como se tivesse pegado um punhado de gelo.

— Experimente as tortinhas de queijo — sugeriu ele, fazendo um gesto com a cabeça na direção das mesas.

O garoto sorriu, fez uma reverência e correu entre a multidão com o ar de alguém preparado para devorar dois pratos de comida sem nem parar para respirar e depois encher os bolsos com o que sobrasse.

Matti caminhou até uma cadeira. Logo antes de se sentar, percebeu que escolhera um lugar bem abaixo de uma tapeçaria de seda entrelaçada, mas trocar de cadeira só por causa daquilo beiraria o absurdo. Ele se sentou, decidido, e quebrou o selo antes que pudesse se convencer do contrário.

A caligrafia era inclinada e desnivelada, como se o remetente estivesse correndo, na pressa de fazer algo muito mais empolgante do que escrever uma carta.

Matti,

Desculpa por ter mentido. Juro pelas mãos de Huna e pelo nome da minha mãe que nunca tive a intenção de prejudicar você, sua família ou sua Casa.

Vou compensar você.

Ainda sou seu padrinho.

— *Luca*

Matti estava prestes a fechar os punhos, amassando a carta, quando se segurou. Ele alisou o papel de novo. A pontada afiada de esperança dentro dele se recusava a ser persuadida, se recusava a ser sufocada. Ele sentia falta de Luca com uma fome que não havia sentido pela comida.

Ele passou o dedo sob a palavra *seu*.

Alguém ocupou a cadeira ao lado dele. Maya.

— Eu vi você falando com… Matti?

Matti entregou a carta para ela. A tristeza pesava em sua nuca. Ele queria nadar por horas, se perder por completo, e estava cansado, tão cansado.

— Me diz o que pensar sobre isso — disse ele, baixinho.

Sua irmã soltou um longo suspiro chiado.

— Não sei. Também estou um pouco em dúvida.

Matti levantou a cabeça. Maya estava olhando para ele como se tivesse visto algo completamente novo em seu rosto.

— Ele ainda pode acabar com a gente — disse ela. — Ainda pode perder o duelo de propósito.

— Se quisesse, ele já teria acabado com a gente. E não acabou.

— Mas também não te deu nenhuma explicação.

— Você está com medo de que eu vá correr atrás dele? Não vou. — Falar aquilo era como cimentar os próprios ossos.

Maya devolveu a carta em silêncio. Matti a dobrou até ficar bem pequena e guardou no bolso do casaco.

— Então, vamos esperar — disse Maya. — Ele vai te compensar? Tem dois dias para fazer isso.

— Eu evitaria colocar peso em cima desse tornozelo por alguns dias — declarou o médico, se endireitando.

Luca tentou encontrar uma posição mais confortável em cima dos travesseiros. Não havia posição confortável; ele aprendera isso durante a noite anterior, de um sono entrecortado agonizante. Mas tentou mesmo assim. A sra. Vaunt providenciara travesseiros extras por conta dos machucados, instruiu Luca a não sangrar mais do que o absoluto necessário em cima deles e depois saiu para organizar a troca semanal de lençóis quando as garotas da lavanderia chegaram.

— Alguns dias — repetiu Luca.

— Alguns dias? — Dinah estava indignada, mas também radiante de empolgação com a situação de Luca de um jeito que ele não achava nem um pouco reconfortante. — Ele precisa lutar num duelo! É o padrinho de um casamento!

O médico não pareceu impressionado.

— Tenho certeza de que o contrato da agência dele tem cláusulas para prover um substituto caso ele esteja incapacitado.

— Eu não estou incapacitado! — protestou Luca. — Ai! — Enquanto tentou se sentar, sentiu uma pontada de dor em todo o lado esquerdo das costelas.

Era verdade, mais ou menos. O médico o examinara por completo e atestara que ele tivera sorte. Havia um hematoma feio em uma das bochechas, que subia até a lateral do olho, e seu lábio estava cortado, mas não tinham quebrado o nariz dele. Ele contava com mais hematomas nos braços, além de arranhões nas mãos por ter caído no chão, mas a pegada da mão direita continuava firme e seus punhos estavam saudáveis. Um joelho foi golpeado de lado, mas não havia inchado, e a dor já estava diminuindo. Luca estava mais preocupado era com suas costelas — possivelmente quebradas, possivelmente só distendidas, mas se mexer e levantar o braço esquerdo doía para caramba — e com seu tornozelo. Havia sofrido uma leve torção, quando caiu em cima do pé e ele virou para dentro. Já estivera em situações piores. Mas nunca tentara *lutar* quando estava na pior.

Luca não achava que tinha sido sorte nem incompetência. Um lutador incompetente tinha a probabilidade de causar mais danos do que pretendido, não menos; era assim que as pessoas morriam acidentalmente, quando seus oponentes eram fortes, porém sem habilidade. Os homens de Andri Baudrain entregaram um espancamento calculado. Se Luca tivesse ficado com algum osso quebrado, algum dano real, sua mãe seria forçada a tomar uma atitude, caso descobrisse. Baudrain não queria criar uma rivalidade.

Não, Baudrain não queria acabar com ele. Queria ensinar uma lição a Luca, queria deixá-lo machucado, balançado e humilhado, e o fato de Luca saber disso não tornava o ataque menos bem-sucedido. Só de lembrar, ele se encolhia com calafrios. Perceber como era fácil atacá-lo e como qualquer tentativa sua de ataque havia sido inútil o fez sentir como se algo tivesse sido arrancado casualmente de dentro dele. Sua própria visão do ato de lutar nunca fora tão metódica, tão... *infeliz*. O que era algo estranho de se pensar. Mas todas as outras dores físicas na vida de Luca, até mesmo o corte irresponsável que abrira sua pele e o deixara com a cicatriz que Matti havia tocado, foram conquistadas pelo amor à luta, quando ele estava tentando melhorar suas habilidades.

Um pensamento rodopiava em sua mente: *E eu achava que não tinha mais nada a perder. Que* soberba *idiota do caralho.*

— Ainda consigo lutar — disse Luca, se mantendo sentado com teimosia. — Vou te mostrar.

Ele jogou as pernas para o lado, para fora da cama. Ou ao menos tentou. O médico segurou seu tornozelo bom e o impediu. Suspirou, revirou sua bolsa e pegou mais uma bandagem.

— Se você *não for* levar isso a sério, o que me parece ser bem provável… — Ele mostrou a Luca outra maneira de enfaixar o tornozelo, para dar o máximo de suporte possível.

— O mensageiro deixou alguma coisa aqui? — perguntou Luca a Dinah, depois que o médico se retirou.

— Eu não saí desse quarto desde a última vez que você perguntou.

— *Por que* você está aqui, afinal? Aposto que tem coisas para fazer.

Dinah cruzou os braços e fez questão de se recostar na parede. Ela vestia uma faixa trançada com fitas de seda em várias cores diferentes, uma explosão de arco-íris prendendo a túnica preta por cima da saia preta.

— Você está esperando alguma carta? — questionou.

— Estou esperando parte do presente de casamento — disse Luca, o que era verdade.

Àquela altura, a mãe já teria respondido à sua carta. Uma possível resposta para pelo menos metade dos problemas de Matti estava na bolsa de algum mensageiro expresso, se aproximando cada vez mais de Glassport, e tudo o que Luca havia precisado fazer foi se usar como isca.

No entanto, aquilo não seria um de seus golpes sem sentido. Ele não poderia fugir ao primeiro sinal de uma consequência, ou pegar o que queria com uma mão e fazer as pazes com a outra. Ele estava comprando um futuro com um futuro. Uma barganha daquelas era praticamente mitológica, e ninguém escapava intacto nos mitos. Os deuses cobravam tudo no final.

— As entregas da manhã devem chegar daqui a pouco — disse Dinah. — Se chegar alguma coisa, eu te aviso.

— Obrigado.

— *Se* você me mostrar o que é.

— Você é a pior fofoqueira dessa cidade, Dinah Vaunt.

O sorriso de Dinah ao sair do quarto foi presunçoso e animado, em igual medida.

O tornozelo de Luca mandou a dor em pequenas explosões de alerta enquanto ele mancava até a mesa, mas pelo menos não demonstrou sinais de ceder ao seu peso. Ele pegou um lápis e um papel em branco e respirou fundo, para se recompor.

Escreveu um número no topo da página, e uma equação embaixo do número. Aquela parte não era o problema. Luca sabia a variação das taxas de juros que se aplicariam a um empréstimo, das mais seguras e de longo prazo em uma Casa bancária aos termos ameaçadores empurrados para pessoas desesperadas pelos ratos dos empréstimo clandestinos. Eram apenas os nomes dos números. Palavras jogadas em meio às conversas.

O problema era que a diferença entre memorizar uma equação e ser capaz de usá-la era como a diferença entre levantar uma espada, como Matti levantara naquela primeira manhã na sala de treino, e lutar até o fim de uma disputa. Luca mordeu o lápis e tentou focar. Ele entendia o funcionamento dos juros, *sabia* o que "composto" significava, mas tentar aplicá-los a números reais era como ouvir os irmãos gêmeos de Matti conversando no idioma da mãe. Sempre fora assim. Perse poderia ficar careca de falar o quão *esperto* Luca era. Mas Luca sabia a verdade.

Ele penou, mas moveu o lápis. Duas linhas depois, desenhou uma cruz por cima da coisa toda, murmurou um xingamento, puxou o cabelo — fez uma careta com a reclamação enviada por suas costelas — e começou de novo.

Ele não sabia quanto tempo havia passado até alguém bater na porta do quarto e abri-la sem esperar uma resposta. Luca jogou o lápis na mesa com um suspiro. Havia um número no fim da página, e sua mente descobriu um novo tipo de dor, como a de ter um pregador de roupa preso entre os olhos.

— Entrega — cantarolou Dinah. Ela ofereceu o envelope para Luca. — Parece bem cheio. Anda, vai. Qual *é* a outra parte do presente?

— Algo caro — disse Luca, pegando o envelope da mão dela.

— Sr. Piere.

Luca sorriu com o tom de choramingo na voz dela.

— Srta. *Vaunt*. Vou te contar a história toda, prometo. Assim que eu tiver o direito de contá-la.

Luca abriu o envelope com um rasgo. Uma tensão que ele nem tinha percebido que estava sentindo se dissolveu assim que seus dedos tocaram o pedaço de tecido dobrado ali dentro. Ele o puxou, junto com a carta.

— O que é isso? — perguntou Dinah enquanto ele lia.

— É seda. — Luca estendeu o tecido prateado para ela, que o esfregou com os dedos.

— É isso seu presente?

Luca assentiu.

— Não é apenas seda. É algo verdadeiro.

— Uau! — respondeu Dinah. — Você deveria escrever para o *teatro*.

Luca fez um gesto rude para ela e continuou lendo a carta. Ele passou os olhos rapidamente, e depois se forçou a voltar ao começo e ler cada frase com atenção, se certificando de que tinha entendido. Jacquelle Harte colecionava favores dos outros, e certamente não fazia favores de graça, nem mesmo para seu filho caçula mimado. Toda a dor de Luca foi deixada de lado enquanto ele processava, tonto, o que havia prometido e o que tinha ganhado. Um futuro por um futuro.

Não era o bastante. Não era tudo.

Ele puxou outro papel em sua direção na mesa. Estava amassado depois de ficar dobrado em seu bolso durante o tempo que passou investigando os arquivos da Casa Kesey na noite anterior, e amassou ainda mais por conta de seu encontro com os homens de Baudrain. Luca alisou o papel com os dedos, olhando o endereço do armazém. Ele se levantou e transferiu boa parte do peso para o tornozelo ruim, testando sua estabilidade.

— O que você está fazendo, seu idiota? O sr. Mattinesh Jay não vai poder aproveitar seu presente se você ferrar sua perna, perder o duelo e impedir o casamento de acontecer — argumentou Dinah.

— Acho que você não pode chamar seus pensionistas de idiotas — respondeu Luca, pulando a esmo sobre aquela perna.

— Posso sim. Quando estão sendo idiotas. Volta pra cama, Luca.

Ele olhou para Dinah, surpreso. Ela estava com uma expressão irritada, mas algo em seus olhos o fez lembrar de como ela era jovem, e como seria fácil para ela abandonar aquela amizade que estava começando, se ele deixasse.

— Não posso fazer isso, Dinah. — O rosto cheio de sardas dela se iluminou momentaneamente com alívio, e Luca acrescentou: — Como você bem disse, o casamento é daqui a dois dias.

Dinah lançou para ele um olhar que Luca, que não tivera motivo para aplicar aquela expressão num contexto pessoal por dezesseis anos, só poderia descrever como um olhar *de irmã*.

— É uma tarefa? Posso fazer. Vou ter que ir ao mercado para a mamãe mais tarde.

— É uma tarefa, mas preciso eu mesmo fazer — disse Luca, pensando em suas gazuas. Ele tocou o papel de novo. — Porém acho que eu poderia usar suas habilidades de distração mais uma vez, caso esteja disposta a oferecê-las.

Dinah entrelaçou os dedos e sorriu.

— São todas suas. O que vamos roubar hoje? Outra coisa verdadeira?

— Não — respondeu Luca. — Vamos roubar uma mentira.

19

No dia antes do casamento, Matti acordou com uma leve náusea que ele não sentia havia quase um ano — a náusea que fora banida pela natação —, e também com duas bolinhas humanas que se enfiaram diligentemente sob suas cobertas.

— Que... pela bunda de Huna, Merri, o que você está *fazendo*? Eu quase te chutei para fora da cama.

Uma cabeça com cabelo preto bagunçado e covinhas profundas apareceu no meio da cama.

— *Bunda!* — Merri encheu a boca para dizer.

— Bunda! — repetiu Marko. Os gêmeos sabiam reconhecer palavras proibidas.

— Que maravilha. — Matti colocou um travesseiro em cima do rosto e depois o tirou a contragosto.

A casa já estava acordada. Ele estava acordado. Tinha coisas para fazer.

— Joselyne disse que estávamos pegando no pé dela — explicou Merri, voltando a se enterrar nas cobertas.

— Daí vocês decidiram pegar no *meu* pé — disse Matti, balançando o pé em questão.

Merri soluçou uma risada abafada quando os dedos do pé de Matti encontraram a pele delicada da barriga dela.

— Joselyne está fazendo creme de limão — contou Marko.

Matti detectou uma textura pegajosa no rosto do irmão, que esfregava as bochechas no ombro dele e nos lençóis, e lembrou que ele e os gêmeos receberam a função de não pegarem no pé de Joselyne enquanto ela dava os retoques finais no café da manhã do conselho.

Quando Matti terminou de se vestir e desceu do andar mais alto da casa até o mais baixo, o café da manhã estava sendo preparado, e o aroma que enchia o corredor já foi o bastante para acabar com a náusea e fazer seu estômago roncar como se ele não tivesse quebrado o jejum no banquete do dia interior. Ele e os gêmeos comeram creme de limão em fatias grossas de pão branco com casquinha crocante e cubos grelhados de cordeiro com ramos de alecrim, além de grandes colheradas de cereja cozida em lacha e misturada com queijo de cabra batido.

Matti observou a transformação do rosto de Marko e Merri em espelhos numa bagunça progressiva e pensou: *As coisas deveriam ser sempre assim.* Nada de contar cada bronze e se sentir culpado por tudo que não fosse essencial. Nada mais daquele contraste entre o esplendor dos cômodos públicos da casa da família e os quartos modestos e quase vazios de cada um deles. Soltou a colher e fechou os olhos, a comida azedando em sua língua, dividido de novo entre a ansiedade e esperança.

Dali, Matti foi para a sala de jantar para receber com toda a educação os membros do conselho municipal de Glassport que haviam aceitado o convite de Tomas para o café da manhã. O café pré-casamento não era um ritual sob os auspícios de ninguém, apenas uma tradição social que se perpetuava porque as pessoas gostavam de festas e os Mestres das Guildas gostavam de expandir as celebrações em torno do casamento de seus filhos. Pareceria estranho se Tomas não organizasse um café da manhã.

Dito isso, era ainda mais estranho o convite ser aceito por qualquer um além dos amigos do anfitrião.

— Mestra da Guilda Martens — disse Matti.

Ele achou que conseguira a façanha de soar apenas *um pouco* surpreso.

Lysbette Martens tinha olhos azuis astutos, fundos em seu rosto ossudo, e mechas grisalhas apareciam no nó alto de tranças loiras. Ela vestia uma camisa à moda antiga, de algodão branco com mangas estreitas e babados lindos de renda caindo da gola, além de calça preta, um cinto de couro rosa-claro e brincos em forma de gota combinando, que pareciam ser de quartzo rosa.

Ela poderia parecer frágil, mas não passava aquela impressão. Sua aparência era como o mármore em cima do qual sua Casa fizera fortuna, e o jeito como o rosto dela rachava, se rearranjando num sorriso, desarmava qualquer um.

— Me chame de Lysbette, Matti. Se estiver irritado o bastante enquanto me chama, tenho certeza de que vai falar igual ao seu pai.

— Obrigado pela presença — disse Matti, que nunca aprendeu a gostar de ser desarmado, a menos que fosse…

Bom. A menos que.

— Eu gostaria de trocar uma palavrinha com o futuro noivo. — Lysbette deu uma olhadela na direção da porta. — Em particular.

Matti olhou ao redor da sala. Seu pai estava com um grupo de membros do conselho ainda sentados e bebendo café na ponta da mesa. Matti fez contato visual com a mãe — resplandecente, com sua jaqueta laranja com folhas verdes bordadas e um lenço preto com um nó que seguia a nova moda de Sofia —, e ela fez uma expressão sutil e resignada para ele antes de voltar para a própria conversa.

Lysbette estava educadamente fingindo que não havia notado a hesitação. A curiosidade atingiu Matti com força.

— É claro — consentiu ele, levando a convidada até a sala de estar. Ela não se sentou. Matti também não.

— Imagino que as coisas serão diferentes para você, depois de amanhã — disse ela.

— Gostaria de me dar conselhos sobre a vida de casado, Mestra da Guilda?

— Sei como você deve estar trabalhando pesado, Matti, considerando as outras responsabilidades do seu pai. — As palavras eram empáticas. Os olhos dela, como joias geladas. — Deve ser um alívio, pensando nos *recursos* que uma garota brilhante como a srta. Cooper pode trazer para a Casa Jay. Acredito que ninguém precise te dizer como é exaustivo administrar uma Casa com uma família pequena.

— Não nos importamos em trabalhar pesado — respondeu Matti. Ele sentia que sua guarda estava sendo testada, e não sabia o porquê.

Lysbette deu alguns passos na direção da lareira vazia, como se estivesse admirando o desenho da moldura de ferro, e então se virou de novo. Sua mão flutuou até descansar sobre o encosto de uma cadeira revestida em brocado de seda.

— E ano que vem Glassport irá sediar o Negenhal — comentou ela, com um ar despretensioso. — O conselho estará mais ocupado do que nunca, organizando os preparativos para o evento.

— Sim. — Matti esperou.

— Se Tomas se candidatar a Mestre da Guilda de novo…

— *Se* — disse Matti. — Ele vai. E eu acho que você já sabia disso. — Ele estava cansado de implicações e meias-verdades. Queria arriscar e ser ousado; não como Luca faria, mas como si mesmo. De um jeito direto.

Ele respirou fundo.

— Nós sabemos o que Corus está fazendo — declarou ele.

A expressão escultural de Lysbette escorregou, os olhos se arregalando, e Matti soube. Ela *estava* envolvida, de alguma forma.

Era como ser esmagado entre dois rolos idênticos de desespero e alívio. Até aquele momento, Matti já tinha meio que se convencido de que a conexão com os Martens era algo que Luca havia tirado do nada. Uma distração para manter os olhos de Matti longe do que os Harte estavam fazendo, inventada convenientemente logo depois que Matti contou a ele sobre as possíveis motivações de Lysbette para ferir Tomas e sua Casa. Afinal de contas, onde estavam as provas?

Em lugar nenhum, exceto nos dedos esbranquiçados de Lysbette agarrando o encosto da cadeira. E mesmo ao soltar a cadeira e entrelaçar os dedos em frente ao corpo, se recompondo perfeitamente mais uma vez.

Matti continuou antes que ela pudesse falar. Era assim que se conversava com pessoas mentirosas.

— Você também está pagando a ele, junto com os Kesey? A sabotagem não deve estar valendo muito para você, caso contrário ele estaria morando numa casa melhor.

Lysbette o encarou por um tempo. O peito dela subiu e desceu sob as camadas impecáveis de renda. Agora que ela tivera a chance de se recuperar, Matti não conseguia ler suas expressões com tanta facilidade, mas ele acreditou que ainda havia alguma ponta de surpresa ali, por trás do calculismo.

Ela estava, provavelmente, chegando à mesma conclusão à qual Matti chegara antes de falar: que mesmo se Lysbette saísse dali e fosse direto alertar Simeon Kesey e Corus sobre a descoberta dos Jay, não faria muita diferença agora. Depois do dia seguinte, tudo aquilo acabaria, de um jeito ou de outro.

Por fim, Lysbette se sentou na cadeira.

— Ou o Vane é esperto o bastante para não esbanjar uma riqueza que ele não deveria ter — disse, seca como papel.

— Então você não está negando.

Um meio-sorriso apareceu.

— Hum. Se eu tivesse certeza que você estava jogando verde, eu teria negado. Sinceramente, seria melhor para o Vane se ele colocasse uma coleira naquele filho preguiçoso dele. Depender do salário do pai, naquela idade... — Ela balançou a cabeça. — Diferente de você. *Você* é um rapaz responsável. Tomas sabe criar os filhos direitinho, não posso negar.

— Isso não é sobre mim — replicou Matti.

— É sobre você. — O sorriso de Lysbette não se moveu. — É sobre a Casa Jay. Vocês deveriam ter adotado Adrean Vane, meu querido. Assim, jamais teriam esse problema com o Corus. Qualquer um que tenha o desejo do seu coração frustrado pode se tornar perigoso.

Matti ouviu o alerta ali, mas sua mente estava descendo a mil pelo caminho que as palavras dela haviam aberto. Adoção por parte da Casa? Talvez os pais dele tivessem discutido aquilo em algum momento, muito tempo antes, mas...

— Meu pai não faria isso — disse ele.

— Claro que não — respondeu Lysbette. — Enfraqueceria a posição política dele. Tomas Jay jamais poderia admitir que o status de Casa é, *ainda* é e continuará sendo o objetivo final para qualquer pessoa que ambiciona riqueza e influência nos Nove Estados Livres. — Ela lançou um olhar irônico para Matti. — Agora que você está prestes a se casar por dinheiro, é melhor sua irmã ficar de olho nas próprias perspectivas. Eu não ficaria surpresa se Tomas a encorajasse a ter um casamento ao ar livre. Só pelas aparências.

Aquela conversa era como tentar acompanhar os movimentos mais sinuosos de Luca, seu jeito preguiçosamente brilhante. Matti se forçou a manter os olhos em Lysbette e adaptou:

— Não é sobre as *aparências* — disse ele. Mesmo assim, pensou no péssimo estado da casa dos Vane com uma pontada de desconforto. — É o que ele realmente acredita.

— Eu sei — afirmou Lysbette. Ela apoiou o cotovelo no joelho, um gesto de cansaço. — Seria muito mais fácil se ele não acreditasse. Que Arri me salve desses idealistas de merda.

A ficha de Matti caiu.

— Você não dá a mínima para a nossa Casa — disse ele. — Não liga se vamos prosperar ou falir. Você só quer meu pai fora do conselho para ter seus votos preciosos a favor do seu canal precioso. Você quer que ele saia da posição de Mestre da Guilda.

— E para qualquer pessoa *normal* — retrucou Lysbette Martens, irritada —, ver a própria Casa rastejar até a beira da ruína seria o suficiente.

De repente, Matti se lembrou de Corus levando os primeiro rumores sobre os planos de expansão da Casa Harte para Tomas, e não para Matti. Corus sabia que Matti tentava poupar o pai dos detalhes do negócio. E agora aquela atitude de Corus fazia sentido, se uma das pessoas que o havia contratado como espião queria que Tomas largasse a política e voltasse correndo para ajudar sua Casa falida.

— Não vou me desculpar — acrescentou Lysbette. — Estou fazendo o que preciso para garantir o futuro da minha Casa.

Matti analisou o valor das roupas dela com duas olhadas demoradas, e deixou bem óbvio o que estava fazendo. Um rubor de irritação surgiu nas bochechas de Lysbette. Matti pensou nos seus irmãos menores, nas cerejas, nas risadas e nas ausências. Sua fúria parecia aguardente na garganta, primeiro gelada e depois quente.

— Seu futuro me parece bem seguro para mim — afirmou ele. — Botar suas mãos naquele mármore com algumas semanas de antecedência fará mesmo tanta diferença?

— Você é um filho de Huna. Sabe como fortunas vêm e vão num piscar de olhos. Existe uma demanda para fachadas de mármore vermelho no sul de Ashfah agora, mas quem sabe quanto tempo isso vai durar? Demora tempo demais para os navios atravessarem os Estreitos, e pedra afunda muito mais rápido do que lã se o mar ficar bravo.

Matti se forçou a absorver aquela alfinetada sem nem tremer.

— É assim que funciona — continuou Lysbette. — Quando você tem sucesso, tenta ser Mestre da Guilda e faz sua parte pela cidade. Mas também consegue o que puder para a sua Guilda e para a sua Casa. Todos *sabem* disso. Todos jogam o jogo. Exceto Tomas.

— Então, você decidiu nos arruinar — concluiu Matti, em tom de tédio.

— Os Kesey querem arruinar vocês. E também querem um Mestre da Guilda que se preocupe menos com jornada de trabalho e padrões da indústria. Eu... sim. Eu quero ele fora do conselho. Quero um Mestre da Guilda de Fiandeiros e Tecelões com o bom senso de votar a meu favor e aceitar minha ajuda pelo que quiser em troca.

— Você está sendo bem franca — disse Matti. — E eu já parei de jogar verde há um bom tempo. Você deve saber que não vou guardar esse segredo.

O olhar de safira de Lysbette encontrou o dele, e Matti soube, antes mesmo que ela dissesse, qual seria sua resposta.

— Sua palavra? Minha palavra? Você colocaria as duas uma contra a outra no mercado, Matti Jay? Você não tem nenhuma prova contra mim. E acho que, se tivesse, já teria mostrado. E *eu* sei que sua Casa está decaindo.

Aquilo ressoou um eco repugnante de alguns meses antes. *Você não tem medo de que eu conte tudo isso para alguém?*

Matti pensou em si mesmo deslizando cuidadosamente o dedo sob uma lâmina desconhecida. Equilibrando-a. *Então, a situação está assim.*

— Como você disse, vou me casar — respondeu Matti. — Não estaremos decaindo por muito mais tempo. Pare de apoiar Corus e os Kesey. Deixa a gente lidar com eles. Corus não continuará trabalhando para nós por muito tempo.

— Você espera que eu me retire? — questionou Lysbette Martens. Seus ombros estavam retíssimos. Luca jamais teria que beliscar as costas dela. — Posso dificultar sua vida de outras maneiras. Mas eu não precisaria fazer isso se você convencesse seu pai a sair do conselho. Se *você* pedir, talvez ele saia.

Matti estava bastante impressionado com a audácia daquela mulher de entrar na casa dele, admitir tudo o que fizera e, ainda assim, tentar fazer um acordo. Aquilo, ele imaginava, era o que ela queria falar com ele desde o começo.

Lysbette usou o silêncio dele como uma vantagem.

— A construção do canal não vai custar nada para você. Sua Casa pode até se beneficiar.

— Isso é verdade — concordou Matti, pensando em Collins e no mercado de lã em Barlow. — Mas custaria algo ao meu pai, e eu sou leal à minha família.

— E toda a sua família é leal à sua Casa? — rebateu Lysbette. — A prosperidade da Casa e a lealdade da família deveriam ser a mesma coisa. É injusto que o Tomas te obrigue a escolher entre as duas coisas desse jeito.

Matti fechou os olhos com força, lutando contra a vontade de concordar. Então, os abriu.

— Alguém precisa pensar no plano geral das coisas, ou a sociedade vai entrar em colapso.

— Vamos deixar o plano geral para os deuses — disse Lysbette. — Tudo o que eles querem é nos encontrar na metade da ponte, e aí eles nos ajudam a finalizar a travessia.

O ditado pareceu vazio para Matti pela primeira vez. Ele testou suas palavras antes de dizê-las.

— Mas quem constrói a ponte? — perguntou. — Ela é construída nas costas de quem?

Lysbette soltou um suspiro longo.

— Pelo choro de Arri! Você é tão ruim quanto o seu pai.

Não sou, não, pensou Matti. *Pelos seus padrões, sou melhor, porque por um bom tempo fiquei tentado a aceitar seu acordo.*

Ele pensou no que Maya e Luca haviam lhe dito sobre as condições de trabalho na oficina dos Kesey. Um fio de veneno silencioso e sombrio dentro dele, o pior dos seus ressentimentos contra o próprio pai, escorreu até seus pés e foi embora. Ele ficou mais firme sem o veneno.

— Você não pode construir as coisas para sempre nas costas de quem é silenciado — disse ele. — E eu não gostaria de ser parte de um estado que faz isso.

Lysbette Martens assentiu, como se também tivesse sentido o ponto-final na decisão de Matti. Ela se levantou. Abriu as mãos cheias de anéis.

— Muito bem, meu jovem sr. Jay. Você não tem nada contra mim. Eu não tenho nada contra você. Então vá e se case. Demita o Corus e nomeie um novo agente sênior. Vamos continuar jogando o jogo e veremos quem sai por cima.

No meio da tarde, já não havia mais nada a se fazer.

Os Jay e os Cooper visitaram o salão da Guilda dos Fiandeiros e Tecelões para aprovarem as decorações — um novo conjunto de decorações para as paredes fora retirado do depósito da Guilda, vasto e cheio de naftalina, escolhido pela temática romântica e pela predominância das cores verde e dourado — e conversaram com Rowain Duvay. Como Vice-Mestre da Guilda, Duvay realizaria a cerimônia. Ele merecia saber, conforme Sofia ressaltou num tom seco, que provavelmente haveria uma resposta após a pergunta do ritual. *Alguém gostaria de desafiar este casamento?*

Os Cooper convidaram Matti para o almoço. Os Jay convidaram Sofia para o jantar.

E agora Matti estava olhando para Sofia sobre a maravilhosa roupa de cama, um presente de casamento de um dos melhores costureiros da cidade, no quarto que seria deles na casa dos Jay a partir da noite seguinte. Era um quarto limpo e adorável, com pequenos toques de personalidade que só serviam para deixá-lo mais estranho, mais desassociado de tudo o que parecia real para Matti. Mas aquilo *era* real.

Os bordados no jogo de cama pareciam ásperos sob o toque de Matti. Ele passou a mão pelo tecido em movimentos circulares, vendo a estampa ficar embaçada, lutando bem mais para manter as palavras dentro da própria boca do que havia precisado fazer por meses. Aquilo era real. A felicidade que Luca trouxera para a vida dele era uma mentira. E da última vez que Matti se permitira ser egoísta, ele foi subindo uma ladeira escorregadia, até seus pés deslizarem e ele cair com tudo nas consequências daquela mentira, com uma força devastadora.

— Matti — disse Sofia.

Ele levantou a cabeça. As sobrancelhas dela estavam aflitas, e por um momento insano Matti se perguntou se os dois estavam prestes a desistir da coisa toda, apesar de tudo — talvez pudessem colocar tudo para fora ali, naquele momento, deixar as verdades colidirem e se misturarem numa destruição mais honesta. Desde sua conversa com Lysbette, ele vinha sentindo uma pressão atrás dos olhos, como se um punhado sujo de lã de péssima qualidade estivesse sendo enfiado em seu crânio, assim como faziam para encher almofadas. Uma hora ia quebrar.

— Você está aí, Matti? — A voz de Tomas veio do final do corredor. — Tem visita para você. Seu padrinho está aqui.

Matti recuou para trás, como se aquela ideia por si só fosse um golpe.

— Matti. — Agora as sobrancelhas de Sofia pareciam legitimamente preocupadas.

Ele havia mostrado a ela a carta que Luca enviara; desistira de guardar segredos dela e de Maya, e foi um alívio. Ele perdera a fé em sua habilidade de pensar na situação com o bom senso do qual costumava se orgulhar.

— O que eu faço? — perguntou Matti. — Peço ao meu pai para mandá-lo embora?

— Não — disse Sofia, depressa.

Ela alisou seu lenço — cor de ametista e artisticamente drapeado — como quem busca conforto. Sabia como era se importar com as aparências.

Maya estava esperando por eles no pé da escada.

— Cadê ele? — indagou Matti.

— Ainda na porta — disse Maya. — Ele foi educado com o pai, mas se recusou a entrar até você permitir. — Os lábios dela se apertaram rapidamente. — Ele foi bem dramático quanto a isso.

— Aposto que foi. — Antes de conseguir se convencer do contrário, Matti abriu a porta da casa, deu um passo para fora e a fechou.

Luca estava de pé no segundo degrau, olhando para a rua. Era um dia quente e brilhante de outono. Sob a luz do sol, a nuca dele parecia... *seda*, pensou Matti, inevitavelmente.

Luca se virou quando a porta se fechou.

— Pelos dentes de Huna! — exclamou Matti, horrorizado. Toda a sua determinação em não falar nada foi embora de uma só vez. — Não achei que eu tinha te batido com tanta força.

Luca estava inexpressivo, e aí levou a mão até o hematoma que emoldurava seu olho esquerdo e coloria sua bochecha como uma maquiagem mal aplicada. Em contraste com o arroxeado vivo, as partes acinzentadas do olho dele eram quase azuis, e as partes castanhas, quase verdes. *Eu fico marcado bem fácil*, ele dissera.

Então, para a surpresa de Matti, Luca sorriu.

— Mattinesh — disse ele. — O que você me deu foi só um tapa, mais ou menos. Não se preocupe. Isso aqui foi cortesia de alguém muito menos bonito do que você, que me confundiu com alguém com a bolsa muito mais cheia do que a minha. Um erro fácil de se cometer, como você bem sabe.

Matti sentiu a boca tentando sorrir.

— Eu…

— Porra — soltou Luca, abruptamente. — Não. Eu sabia que iria fazer merda. Não foi isso que aconteceu. É o que eu venho contando para os outros, mas… vou te contar a verdade. *Toda* a verdade. — Ele respirou fundo. — Se você me permitir. Podemos conversar? A sós?

O lábio inferior dele também estava cortado. Matti não percebeu que estava estendendo a mão para tocá-lo até seu polegar se encontrar a um sopro de distância da boca de Luca, e foi Luca, com sua respiração trêmula, que segurou o punho de Matti, o afastando com rapidez, como se tivesse medo do contato. Matti puxou a mão. Luca o soltou.

— A sós, não — respondeu Matti. — Acho que não consigo… Acho que existem outras pessoas que merecem ouvir o que você tem a dizer.

Luca não pareceu feliz, mas assentiu.

Matti contara aos pais sobre os Kesey, sobre Corus, mas não a verdade sobre Luca. Então, ele contou a eles que seu padrinho estava de visita para acertar os detalhes finais sobre o casamento com ele e Sofia, sobre como procederia quando Adrean Vane fizesse seu desafio inevitável.

A mãe perguntou se queriam que Joselyne lhes levasse biscoitos. Luca estava começando a parecer um gato encurralado, o que fez Matti se sentir melhor.

— Não, obrigado — disse Luca.

— Então, fique para o jantar — sugeriu Nessa, animada. — Alguma tradição deve ditar que você precisa dizer sim. Ou podemos inventar uma.

Finalmente, a porta da sala de estar se fechou e ficaram apenas os quatro. Maya e Sofia sentaram juntas no sofá, e o olhar agitado que Luca lançava para elas teria feito Matti rir em outras circunstâncias. As duas tinham mesmo o ar de uma dupla de juízas, ou de uma plateia sem nenhuma vontade de ver uma performance musical.

Luca enfiou a mão no bolso da jaqueta e tirou um papel dobrado duas vezes, que entregou para Matti.

— O que é isso?

— Uma pequena parte do que eu te devo — disse Luca. — Ou, na verdade, uma tentativa de definir isso.

A curiosidade de Matti venceu. Desdobrado, o papel tinha um monte de cálculos rabiscados. Muitos estavam riscados ou rasurados com linhas furiosas. Começava com uma proposta de empréstimo, uma quantia em dinheiro: duzentos ouros.

— Eu nunca cobraria essa taxa de juros. — Foi o primeiro comentário de Matti.

— Não de um amigo — respondeu Luca. — Achei melhor calcular considerando o que você cobraria de uma pessoa de quem você não gosta nem um pouco.

— Não cobraria de *ninguém* — disse Matti, ofendido no fundo.

Mas continuou lendo. Acompanhou os cálculos, os juros devidos em um empréstimo daquele valor ao longo do tempo exato desde que conhecera Luca, descendo até o final da página. A soma final da dívida, capital mais juros, estava circulada.

— Está errado — declarou Matti, finalmente. — Você cometeu pelo menos dois erros grandes. Aqui e aqui.

Luca soltou um som ofegante de dor.

— Te disse que não sou bom com números.

Maya gesticulava com impaciência. Matti passou o papel para ela.

— Você me disse muitas coisas — respondeu ele a Luca. — Como vou saber quais delas eram verdade?

Luca passou a mão pelo cabelo. Seus olhos estavam arregalados numa súplica; as partes de seu rosto que não haviam sido engolidas pelo hematoma estavam pálidas. Ele não se movia com a facilidade de sempre. Matti queria tanto abraçar Luca, fazê-lo rir e se esquecer da dor. Lamber o lábio machucado dele e ouvi-lo chiar; beijá-lo até os dois deixarem de se importar se o beijo o faria sangrar de novo.

— A verdade — disse Matti, apenas meio certo de que o outro obedeceria àquele pedido.

— Muito bem. Sim. — Agora que não estava mais segurando o papel, Luca claramente não sabia o que fazer com as mãos, e acabou apoiando uma delas no cabo da espada, com alívio. — Sinceramente, eu não sabia quem você era quando te abordei lá no começo de tudo. Eu *nunca* tentei espionar sua Casa. E nem sabia que você via a minha Casa como uma concorrente em potencial, até você ter mencionado por alto.

— E depois... o quê? — perguntou Matti. — Quando você descobriu, com certeza já sabia como eu reagiria quando eu descobrisse.

— Sim. E *por isso* eu não te contei.

— Entendi — acrescentou Maya do sofá. — Funcionou muito bem.

— Você não ia descobrir! — rebateu Luca. Ele nem sequer olhou para Maya; sua atenção estava toda em Matti. — A aparição repentina do meu irmão não estava no plano. Nem existia um plano!

— Você deveria ter me contado — disse Matti.

— Eu... eu tentei te explicar, na minha cabeça, tantas vezes. Sei que parece idiota. É claro que se eu pudesse voltar atrás, eu teria te contado. Teria te contado tudo. Mas na época não achei que teria importância.

— Não — disse Matti, notando seu tom cortante. — Por que me contar a verdade sobre quem você é seria *importante*, né?

— Não era importante porque eu não poderia *ficar com você*! — gritou Luca. — Porque eu era apenas uma pessoa tentando te aplicar um golpe, uma pessoa te dando aulas de espada, e depois virei a pessoa que você estava comendo só para se despedir da liberdade antes de se enfiar num casamento que vai te deixar infeliz!

Matti sentiu o mundo parar. Ele não conseguiu desviar o olhar da onda repentina de medo, substituída rapidamente por desafio, que encheu o rosto de Luca.

O silêncio foi horrível.

Em dado momento, Sofia tossiu bem baixinho. Para o alívio de Matti, parecia mais com o som de alguém lutando heroicamente contra uma risada do que alguém prestes a explodir de fúria.

— Matti, tem *certeza* que não quer que a gente saia...? — perguntou ela.

Matti estava por um fio de perder o controle e dizer sim, de deixar Luca continuar o enrolando com uma história absurda que Matti desejaria acreditar desesperadamente, e sentiria toda a raiva que passara cinco dias nutrindo se esfarelar aos seus pés enquanto ele se aproximava para colocar as mãos no cabelo de Luca…

— Na verdade — disse Luca —, acho melhor você escutar isso também, srta. Cooper.

De forma delirante, a mente de Matti se encheu com a ideia de que Luca iria descrever em detalhes como Matti o havia comido — exatamente como ele havia chupado o pau de Matti — bem ali na frente da irmã dele e de sua noiva. Ele conseguiu expulsar o absurdo da mente, mas não antes de respirar fundo com o punho cerrado diante da boca.

As sobrancelhas de Sofia se arquearam como a corda firme de um arqueiro. A voz dela soava como uma flecha ao dizer:

— Está planejando desafiar pela mão do meu noivo, Luca Harte? Preciso contratar um duelista também? Já te aviso que posso pagar pelo melhor.

Luca lançou para Matti um olhar cortante e transparente, como vidro quebrado. Que rasgou algo em Matti que se formara sozinho, irremediavelmente. Ele se sentiu perfurado, solto, como se metade do sangue do seu coração estivesse fluindo por uma nova rota.

— Existe um motivo pelo qual não vim te ver mais cedo — disse Luca. — Eu estava esperando uma carta da minha mãe. Eu te disse que nunca achei que éramos concorrentes. Mas você tinha vários motivos, *bons* motivos, para suspeitar que a Casa Harte estava adentrando o mercado da lã. Nem Perse soube me explicar por que a mamãe estava buscando navios para alugar saindo de Fataf, ou armazéns novos em Glassport, quando nossa seda é aqui de Thesper mesmo. Então, eu mesmo perguntei a ela.

Luca puxou um pequeno pedaço de tecido. Ele hesitou, depois entregou para Sofia, que franziu a testa e arqueou as sobrancelhas.

— Seda de Gália — disse Sofia.

— *Gália!* — Maya cobriu a boca com a mão. — Mas… como sua Casa produziria? É ilegal exportar os bichos-da-seda ou o fio cru.

— O conselho comercial de Ashfah está suspendendo esse embargo

— explicou Luca. — Muito em breve. Estamos comprando mudas de manjericão tigrado e as larvas de bicho-da-seda junto com elas, vamos importar e fazer o processo completo. Pagaremos para fazendeiros de Ashfah treinarem nossa equipe. Processaremos o fio bruto. Vamos tecê--los nós mesmos. — Ele deu um lampejo de sorriso, afiado e orgulhoso.

— Pelo choro de Huna! — Maya suspirou. — Isso é grandioso.

— E segredo — disse Luca. — Ou era. Mamãe disse que só queria anunciar daqui a alguns semanas, mas… pedi a ela por algo que eu pudesse te dar.

Outra carta saiu da jaqueta de Luca. Esta tinha um selo de cera rompido, estampado com o mesmo *H* do relógio de bolso quebrado. Luca a entregou para Matti. Seus olhos estavam tensos e claros.

— Leia — disse ele.

Matti leu a carta da mãe de Luca em silêncio. Ao terminar, entregou para Maya e Sofia, que inclinaram a cabeça para lerem juntas.

Matti teria compreendido a ideia principal pela resposta de Jacquelle, mas de repente Luca ficou feliz que sua carta inicial não estivesse ali para ser lida também. Talvez, se ele e Matti estivessem tendo aquela conversa sem uma plateia. Mas a destruição total das prioridades de Luca e sua reconstrução ao redor de seu coração infeliz já deviam estar bastante evidentes, mesmo sem suas palavras em mãos como prova.

Ele escrevera: *Me encontro com uma dívida de honra. Preciso de qualquer concessão, qualquer vantagem que pudermos arrumar, que beneficie e enriqueça a Casa Jay. Estou pedindo isso a você como minha Chefe da Casa, mamãe, e vou ficar te devendo um favor em troca. Sem limites.*

Sabendo, é claro, que havia apenas uma coisa que Jacquelle Harte queria do seu amado e irresponsável herdeiro.

— Luca — disse Matti.

— Acho que isso pode ajudar — afirmou Luca.

— Sim — respondeu Sofia. — Isso muda o jogo. É tudo muito promissor. Mas, Matti… — Ela fez uma pausa. Ao lado dela, Maya cruzou as mãos sobre o colo, como se tentasse conter algo invisível. Sofia continuou. — Gostaria de saber o que *você* quer que aconteça a seguir. Acho que você me deve essa.

— O que eu quero? — Matti soava hesitante, mais desnorteado do que nunca com a ideia de que o que *ele* queria poderia ser importante. Era de partir o coração.

Dos dois, Luca era quem aplicava golpes. E, ainda assim, sabia que estivera certo: Matti era tão mentiroso quanto ele, mesmo que de outra forma. Para Matti, a honestidade, honestidade *real*, verdades arrancadas das profundezas do seu coração, saía com muito menos facilidade.

— Ainda não terminei de contar minhas verdades — declarou Luca. Ele sentia como se estivesse se jogando de um precipício, mas aquilo daria espaço para Matti respirar. Mostraria a ele que não precisava ser vulnerável sozinho. — Só que contei tudo de trás para a frente. A seda de Gália justifica que eu não estava espionando. Mas você não quer saber o que me trouxe aqui para começo de conversa?

— Você disse… — Matti franziu a testa. — Não lembro. Algo sobre ser um contador, sobre o que sua família queria… — Ele olhou para a carta, parecendo visivelmente entender tudo, por fim.

— Não sei mexer com números — disse Luca. — Isso nunca foi segredo. Minha mãe contratou tutores. Um deles me trancou num quarto e disse que eu não poderia sair até terminar meu trabalho. Eu contei para a mamãe e ela o demitiu, e depois disso ninguém nunca mais me forçou a nada. Eu não via motivo para me esforçar tanto para fazer algo que eu odiava, então não me esforcei mais. Em vez disso, fui aprender a ser espadachim. Não *fazia diferença*. Perse era quem se tornaria o Chefe da nossa Casa.

— E então, Perse se casou com outra Casa — disse Matti.

Luca assentiu. As bochechas dele esquentaram.

— Achei que eu era preguiçoso. Mas eu… Não, eu menti sobre isso também. Eu literalmente não consigo fazer isso. E só de pensar em ter que fazer mesmo assim, em todo mundo saber que eu era incapaz… Não lidei bem com isso. Obviamente.

— Não me diga... — disse Matti, seco. — Você fez algo estúpido.

— Comecei a aplicar golpes. E roubei o Mestre da Guilda dos Artesãos em Cienne, Andri Baudrain. Roubei a melhor peça da coleção dele, uma bandeja de prata com opalas, e, olha, eu achei que todo mundo entenderia como uma piada, eu ia devolver a porra da bandeja, mas aí esbarrei numa escultura de vidro soprado que ficava num armário no escritório dele. Era enorme. Linda.

Ele respirou, em meio a uma queimação de pânico irracional. Já havia *passado*. Já tinha sido resolvido. Ele ficaria com hematomas no rosto por semanas, mas poderia voltar para Cienne sem que o jogassem na cadeia por roubo ou arrastassem para o salão da Guilda de Kusi para encarar a justiça da deusa.

Ainda assim, ele não conseguia parar de remoer, por um momento gelado e brilhante, aquele instante em que o tempo desacelerou, sua manga enroscando num floreio delicado e dourado de vidro e derrubando toda a escultura.

O som era de sinos altos caindo no chão. Luca riu do barulho e da explosão de fragmentos que quebraram como uma onda em seus tornozelos. Ele se lembrava daquilo. Lembrava a risada, e lembrava a inconsequência e o desespero que esmagaram seu coração quando a risada parou.

— Era o presente-patrono da Guilda — disse ele. Sofia arquejou. Luca tentou sorrir para ela, mas seus lábios arderam. — Sim. Agora, um fato interessante para vocês: os Artesãos não guardam o dele no salão da Guilda; eles emprestam para o Mestre da Guilda como um símbolo da graça de Kusi embutida em sua casa. Porque eu *precisava* atrair a fúria de uma Guilda inteira e da deusa deles sobre mim também. Aquela escultura era o coração da Guilda em Cienne desde antes do primeiro Negenhal. Antes dos Nove Estados Livres. Sabem quanto tempo demora, e como é caro, criar e consagrar uma nova?

Na verdade, nem Luca sabia. O presente-patrono dos Fiandeiros e Tecelões em Cienne era um tapete de lã e seda que ficava pendurado atrás de um vidro na entrada do salão da Guilda, um milagre do design geométrico em tons brilhantes de roxo, vermelho e azul. Era antigo, lindo e reverenciado, e se um dia o salão da Guilda pegasse fogo, seria a primeira coisa que qualquer filho de Huna resgataria.

Ele continuou:

— Enfim, a filha de Baudrain viu meu rosto quando eu estava fugindo, e ele ia mandar me prender.

O silêncio entre os irmãos Jay e Sofia não enganava Luca, ele sabia que eles não estavam nem um pouco impressionados.

Finalmente:

— Isso é *tão* estúpido. É a coisa mais estúpida que eu já ouvi! — disse Matti. — No que você estava pensando?

— Em *nada* — rebateu Luca. — Ainda não entendeu como eu funciono? Eu não estava pensando. Estava só *fazendo*. Estava tentando ser alguém que não precisava lidar com as coisas da minha vida e pensei que, bom, aquela pessoa veria Andri Baudrain como um desafio, e aprenderia a arrombar fechaduras, e, mesmo se fosse pega, daria risada, seria corajosa e fugiria, de alguma forma. — A boca dele estava tão seca. Ele engoliu. — Mas eu só me safei porque sou herdeiro de uma Casa e minha mãe sabe como usar seus contatos. Foi isso que Perse veio me contar. E eu *não sou* corajoso, porque eu fugi, imaginando que assim poderia recomeçar como… quem eu queria ser.

— Por quê? — perguntou Sofia.

— *Por quê?*

— É. — Os olhos castanhos dela demonstravam calma e equilíbrio. — O que de pior poderia ter acontecido? Sim, você teria sido preso e julgado no tribunal da cidade por roubo e invasão de propriedade, e a Guilda dos Artesãos teria requerido alguma reparação sob os auspícios de Kusi. Sua Casa teria que pagar a fiança. Enorme, claro, mas valia mesmo a pena fugir?

Luca a encarou enquanto um pânico rançoso explodia em suas têmporas. Ele não tinha ideia de como explicar o horror puro e arrebatador que sentira ao pensar em ser julgado no tribunal — *duas vezes* — enquanto toda Cienne lhe assistia, comentava e sabia que ele era um fracasso e uma mancha no nome brilhante da Casa que ele deveria herdar. Era o mesmo desespero com o qual quis ganhar a aprovação de Maya, só que na escala de uma cidade inteira, cheia de pessoas que ele amava.

Além disso, na época, era de conhecimento geral que também seria um desastre caso a sorte da Casa Harte fosse realmente colocada em suas mãos, que Luca já estava buscando um jeito de fugir do caminho que fora traçado para ele.

Era óbvio que ele tinha que fugir.

Ele se atrapalhou tanto com as palavras que algo ainda mais verdadeiro e amargo acabou escapando.

— Eu não sei se *haveria* fiança — disse. — Não sei se minha mãe pagaria. Ela já estava perdendo a paciência, porque eu não queria nada com os negócios da Casa. Eu pensei: "Tá bom, agora passei dos limites. É agora que ela vai parar de me mimar".

— Você achou que sua mãe se recusaria a pagar? Que ela te faria ficar na prisão? — questionou Sofia, num tom pensativo que sugeria que ela não teria culpado Jacquelle se aquele fosse o caso.

— Para me ensinar uma lição? Sim. Eu estava com tanto medo que não quis esperar para descobrir — explicou Luca. — Já falei: eu não sou corajoso. Quando os homens do Baudrain me encontraram duas noites atrás, eu quase vomitei, estava morrendo de medo.

— Aah! — exclamou Maya. — E *isso* explica os hematomas. Eu estava curiosa.

Matti deu mais um passo à frente, e dessa vez Luca não tinha nenhum senso de autopreservação de sobra, porque o deixou tocar sua boca; deixou Matti tocar a borda do machucado e se permitiu beber a preocupação e a ternura nos dedos dele. Algo finalmente estava brilhando detrás das rachaduras na expressão de Matti. Parecia algo tão próximo ao perdão que o coração de Luca se agitou por conta própria. Se não achasse que doeria demais, ele teria se jogado de joelhos no chão e implorado.

— Matti — disse ele, percebendo, para seu pavor, que estava tremendo.

— Você é um desastre do caralho — replicou Matti, puxando Luca para seus braços.

— *Ai!* — soltou Luca no pescoço dele, mas tentou não dizer tão alto. Suas costelas que se fodessem, afinal. A última coisa que queria era que Matti o soltasse. A *primeira* coisa que queria era beijar Matti, mas deixaria ele próprio decidir quando aquilo aconteceria de novo.

Por enquanto, estava aliviado por poder se apoiar em alguém, por alguém compreender que ele precisava ser reconfortado. *Sim*, ele se assustara quando os homens do Baudrain o encontraram. Ele ficara apavorado, e aquilo se unira ao terror que experimentara ao pensar que Matti nunca mais iria querer vê-lo, e agora tudo aquilo estava se dissipando.

Não demorou muito para o outro soltá-lo, mas Luca se sentiu uma nova pessoa.

Matti olhou para os pés, depois para ele, e então para as garotas no sofá.

— Ah. Sobre o que estávamos falando mesmo?

— Antes de o sr. Harte nos distrair — disse Maya —, Sofia estava perguntando o que você quer, Matti. — Ela jogou uma mecha de cabelo para trás. Seus olhos estavam brilhando, porém tristes. — Mas acho que já chegamos a uma resposta, de qualquer forma.

Matti abaixou os ombros.

— Eu quero... algo a mais. Algo que não seja rolos de lã e meias-verdades e linhas de números do momento em que eu acordo até horas depois de fechar os olhos na cama. E sinto que seria muito fácil casar com a Sofia... — Ele fez um sinal para ela com a cabeça. — E continuar fazendo o que esperam de mim.

— Fácil? — questionou Luca. — Você disse que odiaria isso.

— Sim — disse Matti, de um jeito firme e vazio. — Seria muito fácil continuar fazendo coisas que eu odeio.

O olhar de Sofia foi, na análise de Luca, predominantemente aliviado.

— No começo disso tudo, Matti, eu te perguntei se você tinha sentimentos por outra pessoa — disse ela.

— Eu não tinha. Naquela época. — Depois de um instante, Matti acrescentou, curioso: — Se eu tivesse, você teria se recusado a ser minha noiva?

— Não sei. — Sofia soou um pouco surpresa consigo mesma. — Você achava que eu estava apaixonada pelo Adrean e aquilo não fez diferença pra você.

— Não fez mesmo. Nós precisávamos muito do dinheiro.

— E agora não precisam mais? Isso... — Ela apontou para a carta de Jacquelle, em cima da mesinha de centro. — É o suficiente? Você saberia melhor do que nós.

— O suficiente para adiar a falência — afirmou Matti.

— Tem mais — disse Luca. — Tenho outra coisa, coisa grande, mas... para funcionar melhor, acho que o casamento deveria acontecer amanhã. — Os ombros de Matti se encolheram e enrijeceram ao mesmo tempo. Luca prosseguiu rapidamente. — Não a união em si. Mas vamos ter um fórum público perfeito, na frente de metade da Guilda. Vane e Kesey seriam pegos de surpresa. Seria uma pena desperdiçar a oportunidade. — E acrescentou: — A Mestra da Guilda Martens estará no casamento?

— Ai, pelas tetas de Huna! — Matti estalou os dedos. — Luca, você não sabe o que aconteceu hoje de manhã.

Ele contou a Luca sobre a conversa que tivera com Lysbette Martens. Maya e Sofia não pareceram surpresas; Matti claramente já havia compartilhado os detalhes com elas.

Um último segredo vibrou na ponta da língua de Luca enquanto as peças se encaixavam, mas ele o engoliu. Ele *queria* que fosse algo grandioso. Desta vez, queria que o estilhaço glorioso fosse de propósito.

— Mas, sim — concluiu Matti. — Lysbette estará lá amanhã. Todos os membros do conselho estarão.

Luca assentiu.

— Muito bem. Quero que ela veja o desenrolar de tudo. Como um alerta, no mínimo.

— Você está dizendo que quer que eles tenham um casamento — disse Maya para Luca. — Mas que não se casem.

— Já pagamos por tudo — lembrou Sofia, pensativa. — E eu fiquei *mesmo* muito linda com meu vestido. Como vamos começar essa nova moda à qual você se dedicou tanto, Maya, se não pudermos desfilar na frente da Guilda vestindo nossos melhores modelos?

Um daqueles sorrisos radiantes surgiu no rosto de Maya sob o olhar provocador de Sofia.

— É, faz sentido.

— Sofia — disse Matti. — Eu deveria ter te perguntado logo de cara. O que *você* quer?

— Eu com certeza não quero me casar com alguém que vai odiar estar casado comigo — disse Sofia prontamente. — Mas acho que o que você quer saber é se eu quero casar com *você*. E a resposta é não.

Ela e Matti se encararam por alguns instantes em silêncio. Havia uma firmeza no posicionamento de Sofia que Luca admirava, como se nada pudesse tirar o equilíbrio dela. Ela merecia muito mais do que ser a obrigação de alguém, e claramente sabia disso.

Matti deve ter visto a mesma coisa nos olhos dela, porque sorriu, arrependido. Sofia acrescentou:

— E, devo admitir, eu quero ver o *desenrolar* dessa ideia do sr. Harte.

— Uma festa de casamento onde ninguém se casa. Luca... Você vai perder o duelo? Diante de testemunhas? — Havia um leve reflexo de ironia nas palavras de Matti. — Isso vai acabar com a sua reputação. Você será expulso da sua Guilda.

Luca se forçou a dar de ombros, e depois engoliu uma careta ao sentir uma pontada de dor nas costelas. Se Adrean Vane soubesse usar uma espada, e soubesse ler as fraquezas de alguém, Luca conseguiria perder o duelo sem esforço algum.

— Ainda bem que não planejo mais uma carreira de duelista a longo prazo. Vou ter que voltar para a seda.

— Eu preferiria que você não perdesse, se possível — disse Sofia. — Se Adrean desafiar e *vencer*, a fofoca só vai piorar. *Ele* só vai piorar.

— Piorar como? — perguntou Matti. — Achei que você conseguia lidar com a fofoca.

Sofia não disse nada. Foi Maya quem respondeu, numa voz dura:

— Alguns homens enxergam a rejeição como uma negociação. E não do jeito bom.

Luca sentiu uma onda inesperada de solidariedade por Sofia. Ele já conhecera homens assim; já ouvira o jeito como falavam quando estavam cercados de gente que parecia concordar com eles. Até mesmo vira o lado feio de um desses homens por contra própria, depois que terminou um casinho de um mês. Ele ficara surpreso quando o jeito seguro do homem — que beirava a arrogância de um jeito que Luca às vezes gostava — se transformou em amargura e possessividade. Era apenas outra versão da presunção que o pai de Adrean havia demonstrado ao decidir o que ele merecia por todo o seu trabalho para os Jay, se achando no direito de trair a família ao não receber o que queria.

Quando aconteceu com ele, Luca tivera a vantagem de ter uma espada e saber como usá-la. Sofia tinha sabedoria, dinheiro e uma personalidade forte, mas nitidamente aquilo não abalava em nada a história que Adrean vinha contando a si mesmo — e a todo mundo — sobre o romance trágico dos dois.

— Seria mais simples encerrar o casamento no ponto crítico — disse Matti. — O Vice-Mestre da Guilda vai nos perguntar se aceitamos um ao outro. Aí a gente diz não.

Maya semicerrou os olhos para Luca.

— Espera aí — disse ela. — Você disse que tinha outra coisa. E ainda não…

A porta da sala de estar se abriu. Era Tomas.

— O jantar está servido. E, só avisando, Nessa estipulou uma regra de não conversar sobre o casamento durante a refeição. Já terminaram aqui?

— Quase. — Luca abriu um sorriso para Tomas. — Matti, srta. Cooper, podem ir na frente. Eu gostaria de conversar com Mayanesh por alguns minutinhos. Surpresas para o casamento. Os noivos não podem ouvir.

Matti e Sofia lançaram para ele olhares de suspeita similares, mas seguiram Tomas para fora da sala.

— Vai me contar o que é essa "outra coisa"? — perguntou Maya, quando os dois ficaram sozinhos. — Essa coisa grande e misteriosa que você, que mal sabe calcular um simples empréstimo, está convencido de que vai arrancar nossa Casa da falência?

— Sim — disse Luca. — Eu vou. Mas tenho umas perguntas para você antes.

Maya alisou as saias e arqueou as sobrancelhas. *Pois não?*

— Por que você não ofereceu? Imagino que você ache que ela já tem sentimentos de outras pessoas o bastante sendo impostos a ela sem consentimento, mas gostaria de saber se existe outro motivo.

Os lábios de Maya formaram uma linha reta.

— Do que você está falando?

— Se ajuda, acho que não seria uma imposição. É só olhar para vocês duas.

— Você…

— Sem essa, Mayanesh — disse Luca. — Há quanto tempo você está apaixonada pela noiva do seu irmão?

20

A regra de sua mãe sobre os tópicos de conversa foi, provavelmente, o único motivo pelo qual Matti conseguiu jantar sem explodir. Houve um momento tenso em que Tomas dissera:

— Nos conte uma história sobre seu trabalho com a espada, sr. Piere. Aposto que deve ter várias.

E Matti flagrou Luca olhando para ele, assim como ele estava olhando para Luca numa dúvida silenciosa, questionando se a identidade de Luca precisava permanecer em segredo para o plano funcionar.

— Na verdade, a melhor história que conheço é do meu professor — respondeu Luca. — O mestre Carriere costumava trabalhar em Barlow, e uma noite, no meio do inverno, ele estava de guarda do corpo de uma mulher idosa de uma Casa muito rica, que morreu de repente com uma febre de frio…

E ele continuou com seu relato nada plausível e cheio de reviravoltas, que envolvia vinho quente que pode ter sido batizado, duelos feitos com mãos dormentes contra oponentes misteriosos mascarados, e fantasmas que no fim das contas eram primos distantes gananciosos que haviam aparecido em busca do ouro que a mulher sempre dizia que usaria no revestimento dos bolsos do vestido no qual seria enterrada.

Quando terminou, Luca bebeu um gole de vinho da taça à sua frente, fez uma reverência teatral para a mesa e se virou para Merri, que estava sentada à esquerda dele.

— Eu vi você colocando aquele prato de pão embaixo da cadeira, Merrinesh.

— *Merri* — disse Nessa, irritada. — De novo?

Luca continuou:

— Para quem era? Você tem um bichinho de estimação invisível? Eu tive um, sabia? Quando eu era criança. Um gato.

O rosto de Merri se iluminou.

— Sério? Qual era o nome dele?

— Ele se chamava Copper. O seu é o quê? Um coelho?

— Polina é uma lobinha. — Merri espiou embaixo da mesa. Depois de um instante, ela disse, toda séria: — Ela ainda está crescendo.

A conversa não voltou para o passado de Luca. Marko perguntou sobre os hematomas e Luca disse a ele que fora abordado por alguns homens enquanto voltava para casa de noite, e que os machucados pareciam muito piores do que realmente eram. Ele contou histórias, mas — até onde Matti sabia — evitou mentiras descaradas. Matti observou Luca rindo, bebendo e balançando o garfo, e sentiu algo dentro de si mudar e se encaixar, tomando uma forma completamente nova.

Quando o jantar terminou, Luca estava corado, e o movimento dos seus braços, mais expansivo. Ele parecia bem bêbado, apesar de Matti achar que ele nem havia bebido tanto vinho assim.

Nessa riu dele.

— Se te mandarmos embora agora, você vai cair no canal a caminho de casa, sr. Luca Piere. Durma aqui. Temos quartos.

Uma empolgação furtiva subiu pela coluna de Matti. Luca o encarou, os olhos dançando.

— Verdade — concordou Matti, meio sem jeito. — É melhor você dormir aqui mesmo.

— E caia de cara no canal amanhã — disse Sofia. — Ainda bem que nosso casamento é só de tarde.

— Não se preocupe. É preciso muito mais do que uma ressaca para me abalar, srta. Cooper — garantiu Luca. — Obrigado, sra. Jay. Quanta gentileza. Vou *sim* dormir aqui.

Matti levou Sofia até a casa dela — antes de entrar, ela apertou a mão dele, sua expressão, uma chama contida de empolgação implícita — e percebeu que estava apertando o passo de volta para casa. Deu boa-noite aos pais, sentindo uma onda renovada de culpa por conta do carinho e da força com os quais sua mãe o abraçou. Ela não era de chorar, mas seu sotaque ficou mais carregado e ela deu um peteleco na orelha dele e disse que estava orgulhosa, que estavam *muito* orgulhosos, e que sabiam que ele seria feliz.

— Acho que vou ser — respondeu Matti. Não era mentira. Não mentiria mais. E, depois do dia seguinte, nada mais de segredos. — Boa noite, mamãe.

Ele não ficou nem um pouco surpreso ao encontrar Luca sentado na beira de sua cama, apoiado nas mãos, um pé batendo no chão. Matti imaginou por um minuto a energia incansável de Luca confinada em uma cela e teve a convicção de que Jacquelle Harte pode ter se sentido seriamente tentada — e Matti não a culpava —, mas não faria aquilo com o furacão que era seu filho, se tivessem outras opções disponíveis.

— Isso me parece familiar. — A fala arrastada de Luca havia sumido. Suas bochechas ainda estavam coradas.

— Que ridículo. Eu aqui de segredinhos na minha própria casa, escondendo amantes no meu quarto como se tivesse dezessete anos.

Luca sorriu e se levantou.

— Essa é uma história que eu quero ouvir. — Ele se aproximou. Estava mancando de um jeito que não estivera mais cedo, ou agora não se importava mais em mascarar. Suas mãos sagazes deslizaram pelo peito de Matti. — Mas só mais tarde. Não quero falar agora.

Em segredo, Matti marcou aquilo como uma mentira, apesar de inconsciente. Apenas uma intervenção divina direta seria capaz de fazer Luca parar de falar.

— Você ainda tem uma coisa para me contar. — Matti havia se lembrado daquilo quando estava voltando da casa dos Cooper. — Você disse que existia outro grande motivo que iria salvar a Casa Jay.

Luca brincou com um botão da camisa de Matti, pensando no assunto.

— Pode ser uma surpresa? Se eu jurar de pés juntos e pelo nome da minha mãe que é uma coisa boa, e que eu já conversei a respeito com a Maya?

— Acha que esconder *mais* coisas de mim é uma boa ideia? — questionou Matti. — Você só quer fazer uma grande cena dramática amanhã, não quer?

— Sim — admitiu Luca. — Quero. Mas você tem razão. Já te contei mentiras demais. — O sorriso dele se desfez. — Posso te contar agora, se você me pedir.

Matti queria saber. Não queria começar o dia seguinte sem se sentir no controle de tudo.

Ele pensou nos números riscados no cálculo do empréstimo que Luca colocara em suas mãos.

— Não, está tudo bem. — Ele respirou fundo. — Eu confio em você.

Os lábios de Luca se abriram infinitesimamente. Ele pareceu quase bravo durante uma respiração. Depois, se aproximou, segurou o rosto de Matti com as duas mãos — com força o bastante para apertar as maçãs do rosto — e levantou a boca para um beijo rápido e selvagem.

— Mattinesh, eu sinto muito. Muito *mesmo*. Porra, eu não conseguia nem pensar em como te machuquei.

Uma negação pacífica estava quase saindo, mas Matti a deixou morrer na boca. Machucou, *sim*. Foi como se algo vital tivesse sido arrancado dele, e a sensação de ter Luca em seus braços naquele instante, por mais gloriosa que fosse, também tinha uma camada fresca de dor. Formigante e forte, como nervos sendo reconstruídos.

— Não conseguia suportar a ideia de nunca mais tocar em você — disse Luca.

Um rosnado saiu da garganta de Matti. Ele beijou Luca de novo, afundando as mãos no cabelo incrível dele, provando o gosto salgado do corte no lábio. A boca de Luca estava faminta sob a dele, e o espadachim soltou pequenos gemidos de desespero que causavam aquela sensação na barriga de Matti.

Não posso perder isso, pensou ele, *Não posso*, e então lembrou que tinha algo a dizer.

— Eu também te devo desculpas.

Luca tinha desabotoado a camisa de Matti. Suas mãos deslizavam pelo peitoral dele, e os pequenos arranhões de suas unhas deixavam um rastro de fogo.

— Pelo quê?

— Você vai embora de Glassport. Você fez uma promessa, precisa ir embora.

As mãos de Luca pararam. Ele grunhiu.

— Pelos dedos sangrentos de Huna, Matti, estou a um passo de implorar para que você me coma até eu esquecer *qualquer um* dos meus nomes, o de verdade e o de mentira. Isso não pode esperar?

Aquela foi uma excelente tentativa de distração, e Matti soltou o ar numa lufada de desejo imediato, mas não iria cair naquele papo.

— Luca.

Uma pausa. A contragosto, Luca assentiu.

— Glassport não é tão longe de Cienne — comentou Matti. — Alguns dias de carruagem. E acho que se eu me recusar a fazer pausas no trabalho daqui em diante, Maya vai me esfaquear.

Os olhos de Luca brilharam de esperança.

— Então, por que você está se desculpando?

— Porque isso teve que acontecer. Sua mãe fez aqueles acordos em troca do seu retorno para Cienne, da sua palavra de que você se concentraria em cumprir as obrigações da sua Casa. Você fez toda essa negociação. Por mim.

— Meu retorno para lá provavelmente era inevitável — disse Luca. — Acho que eu sempre soube. Só não queria pensar a respeito.

— Não. Me escuta. Você viu a caixa onde eu estava vivendo — argumentou Matti, sofrendo. — Você *reconheceu*. Acha que eu queria que você voltasse para aquela vida? Por minha causa?

— Nem se compara. Sua caixa já estava te sufocando há um bom tempo. Eu não passei tempo nenhum na minha. Só observei de fora e fugi.

Matti sorriu sem querer.

— Bons instintos.

— Eu não pensei muito na frente — continuou Luca. — Talvez eu consiga trabalhar de dentro da... Olha, essa metáfora da caixa já está ficando insustentável. Talvez eu possa ser um tipo diferente de Chefe da Casa comparado com a minha mãe, é o que quero dizer. E diferente do que Perse teria sido.

— Você é criativo — disse Matti. — Consegue se garantir na lábia e se arrisca. Você é muito melhor nisso do que eu.

— Sou mesmo. — Luca deslizou os dedos pela lateral do pescoço de Matti. — O cuidadoso Matti Jay.

— Você encontrou o ângulo certo para resolver meu problema com o Mestre da Guilda de Barlow em menos de um minuto, quando eu vinha arrancando os cabelos por uma semana inteira. Você é bom em algumas partes disso tudo, Luca.

— Hum. Se ao menos eu tivesse alguém bom com números do meu lado...

Um futuro se expandiu como uma onda na mente de Matti, tão fresco e tão imenso que ele mal conseguia respirar.

Os dedos de Luca foram para a boca de Matti, que os beijou e segurou a mão do outro, ajustando o toque até que se tornasse um aperto de mãos. Uma barganha. Um começo.

— Meu nome é Mattinesh Jay — disse ele. — Me diga do que você precisa.

Os dedos de Luca se agitaram sob o toque, depois pararam. Ele parou por inteiro. Foi tão estranho que Matti sentiu como se estivesse observando um truque de cartas, com medo de piscar.

— Meu nome é Lucastian Harte, e eu quero que a gente não tenha um limite de tempo. Não quero que você se comprometa com ninguém além de mim.

Uma onda quebrou no peito de Matti.

— Luca.

— Quero te contar tudo de verdadeiro sobre mim, porque quando você me olha desse jeito, consigo quase acreditar que você vai gostar de mim de qualquer forma. Por inteiro. Até mesmo as partes que não são… drama, e espadas, e meu cabelo, e o fato de que eu te faço rir.

As mãos permaneceram unidas entre eles. Matti apertou os dedos com força, até Luca apertar de volta.

— Quero que você continue me fazendo rir. Quero você para mim. Luca. Eu te devo minha vida — disse Matti.

— Agora *quem* está sendo dramático?

— Na verdade, não estou — respondeu Matti. A verdade parecia um gole de genebra em sua boca, leve e forte. — Você me libertou da caixa. Minha vida daqui para a frente é sua. Se você quiser.

— Pelo fôlego de Huna, como você consegue ser tão corajoso assim? — Uma risada balançada saiu de dentro dele. — Mattinesh Jay. Acho que você seria capaz de andar em meio ao fogo.

Era um pensamento curioso, considerando como Matti se sentia: vulnerável e exposto, como se eles estivessem de pé numa ventania gelada, despidos, ambos apenas ossos e coisas inegáveis. Encarando um ao outro sobre um aperto de mãos. Matti não se sentia corajoso. Ele sentia que aquela era a única atitude possível, e aquelas eram as únicas coisas possíveis a serem ditas.

— Talvez — disse ele, honestamente. — Não sei. É isso que você está pedindo?

— Estou respondendo — disse Luca. Ele levou a mão de Matti até sua boca e beijou seus dedos curvados.

Como já havia feito inúmeros dias desde aquele momento improvável na sala de treino, Matti quis deslizar os dedos para dentro da boca de Luca — e deixá-los lá dentro, dessa vez, perdendo a noção de tudo.

E não havia nada o impedindo, havia?

Luca arregalou os olhos e então os fechou; sua boca estremeceu, querendo sorrir, e ele percorreu dois dedos de Matti com a língua, obedecendo ao comando não externalizado. Eles foram para a cama juntos em todas as oportunidades que tiveram no período breve entre a noite do baile e a chegada de Persemaine, e, ainda assim, Matti não havia pensado em fazer aquilo. E, na verdade, deveria ter insistido para que os dois não fizessem *nada além* daquilo. Matti moveu os dedos gentilmente, para dentro e para fora, sentindo o leve arranhão dos dentes de Luca e o calor molhado daquela boca grande e enfurecedora.

— Meus deuses — disse Matti, sem pensar. — Quero ver você fazendo isso quando estiver montado em mim.

O calor se tornou uma sucção forte por um breve momento selvagem, e os olhos de Luca se abriram com força. Ele puxou o punho de Matti, tirando os dedos de sua boca de uma vez só.

— Feito — disse Luca. — Combinado. *Sim*.

— Tira as roupas — ordenou Matti, num tom rouco.

Luca obedeceu. Matti levou mais tempo do que deveria para se livrar das próprias roupas, porque se distraía toda hora com o ângulo do ombro sardento de Luca ao tirar a camisa, ou com os hematomas espalhados pela lateral do corpo e pelas pernas dele, ou com o pau de Luca, balançando, excitado, sob a trilha de pelos acobreados. Luca mal terminou de jogar sua última meia para o lado quando Matti o pegou pelo braço e o puxou para mais perto. Ele envolveu o rosto de Luca — por baixo do maxilar sem hematomas — e o beijou, tentando transparecer tudo o que estava sentindo, tudo o que queria fazer, e oferecer, e ser.

Luca segurou os punhos de Matti. Fez pequenos movimentos com seus polegares, uma versão gloriosa de quando tamborilava os dedos sem parar. Matti o beijou profundamente mais uma vez, e depois beijou a bochecha e a testa. De leve. Em adoração.

— Agora. — A felicidade estava injetando ousadia em Matti. — Acredito que, há um tempo atrás, recebi uma certa crítica.

— Hum? — Luca tinha virado a cabeça para uma das mãos de Matti e estava lambendo a base do polegar.

— Alguém sentiu que eu não me esforcei direito no ato de arrebentá-lo.

Luca congelou. Ele soltou os braços de Matti e se afastou, seus olhos procurando os dele.

— Posso não ser o homem mais esperto de Glassport, mas sou teimoso — continuou Matti. — Eu me esforço e nunca desisto.

Por um momento, pareceu que o impossível havia acontecido e Luca ficara sem palavras. Ele umedeceu os lábios. Pigarreou.

— Ah, *por favor*, se esforce — disse finalmente, puxando a ereção de Matti contra si, corpo a corpo.

A sensação, o pau ereto de Luca se esfregando no dele, foi o suficiente para ameaçar o equilíbrio de Matti. A pele de Luca estava quente, suas mãos deslizando pela bunda dele, a boca mergulhando para chupar seu ombro, e Matti quase não percebeu quando a respiração de Luca virou um grunhido de dor assim que ele apertou as costas do outro.

— Suas costelas? — perguntou Matti.

— Tá tudo bem.

— Não quero te machucar…

— Você pode me machucar *um pouquinho* — disse Luca na mesma hora. Suas pupilas estavam enormes.

Matti segurou o riso.

— Quero que você seja capaz de duelar, Luca.

— Ah. Sim. Justo. — Ele abriu um sorriso que beirava a perversão. — Acredito que você tenha mencionado alguma coisa sobre eu montar em você, e, bom, isso só exige das minhas coxas, basicamente. Eu consigo.

Nas outras vezes em que haviam feito aquilo, eles estavam no quartinho de Luca na pensão. Era ao mesmo tempo emocionante e reconfortante para Matti poder deitar nos próprios lençóis e observar Luca se movendo pelado pelo seu quarto, seguindo suas indicações para achar o frasco de óleo.

— Me dá — ordenou Matti quando Luca se ajoelhou ao lado dele na cama. Ele estendeu a mão para pegar o óleo.

Luca o entregou sem falar nada e se sentou em cima do quadril de Matti, longe o bastante para que o pau do outro tivesse um alívio da tortura do contato. Luca esfregou um dos mamilos de Matti com os dedos, e fagulhas se espalharam por sua pele. Matti se atrapalhou com a tampa do frasco de óleo, mas conseguiu lubrificar seus dedos.

— Para começar, se inclina para a frente. — Ele conseguiria fazer aquilo. Sabia que Luca gostava quando Matti ficava no comando, quando explicitava seus desejos. Ele colocou a mão seca na lombar de Luca, o guiando. — Isso. Está bom assim? Confortável?

Luca se mexeu até ficar com os joelhos grudados nas laterais do corpo de Matti. Ele se inclinou para baixo, como instruído, e chupou o lóbulo da orelha dele por alguns segundos extasiantes.

— Perfeito — sussurrou. — Ah... *porra*, isso — acrescentou, enquanto o primeiro dedo de Matti o adentrava.

Matti não conseguia enfiar o dedo muito fundo, por conta do ângulo em que estava, mas não se importava com a profundidade. Ele já sabia como fazer Luca gritar, gemer e gozar apenas com seus dedos. Agora, era aquilo que ele queria: Luca esticado em cima dele, a respiração ofegante, esperando. Ansiosamente.

Ele agarrou o cabelo de Luca com a outra mão, se lembrando, assim, de não tocar nas costelas doloridas, e fez pequenos círculos ao redor da entrada de Luca com seus dedos lubrificados.

— Matti, porra... *por favor* — disse Luca, mordendo o lábio do outro.

Dois dedos de uma vez, e Luca soltou um gemido gratificante. Ainda eram só as pontinhas, pulsando para dentro e para fora. Matti se sentiu inebriado e poderoso. Luca estava quente, forte, e tão responsivo às mãos de Matti como era ao mais mínimo movimento de uma lâmina.

Matti percebera então como sexo era algo ridículo. Mas também como poderia ser *bom*, melhor do que jamais imaginara. Duas semanas não tiraram nem um pouco do brilho da novidade de querer tanto assim uma pessoa. E agora tudo estava mais intenso, mais vívido, já que não havia mais um momento para acabar. Em Glassport ou em Cienne, Matti teria aquilo — teria Luca — de novo e de novo. E seria cada vez *melhor*, embora ele não soubesse como.

Em pouco tempo, Luca já estava fazendo sons desesperados contra a boca de Matti, se esfregando na barriga dele, jogando o corpo para trás contra a mão de Matti. O punho de Matti batia em seu próprio pau de vez em quando. Ele estava tão duro que se sentia tonto.

— Para — ofegou Luca. — Chega. Quero você dentro de mim, agora.

Matti o soltou e Luca se sentou. Ele estendeu o braço para trás e segurou o pau de Matti, dando algumas apertadas torturantes. Matti sentiu seus músculos abdominais se contraírem e seus nervos gritarem. Luca se equilibrou nos joelhos. Foi abrindo a boca enquanto começava a sentar, respirando de forma entrecortada — uma visão quase tão boa quanto o jeito como Matti se sentia. E ele percebeu que estava alisando as coxas de Luca, com medo de aplicar muita pressão e, ainda assim, querendo apenas empurrá-lo para baixo, para sentir o outro o engolindo por completo.

— Só… *ah*. Assim. — Luca balançou o quadril levemente enquanto sentava. A cabeça jogada para trás em total desprendimento.

— Deuses, você é incrível.

— Você também. *Porra*. — Os músculos da barriga de Luca travaram. — Isso. Assim. — Já sentado, seu peso se apoiava de forma gloriosa nas coxas de Matti, seu pau vazando na barriga dele. Luca segurou as mãos de Matti e as colocou insistentemente em sua cintura. — Me fode — disse. Uma instrução simples e direta. — Me arrebenta. Vai.

E Matti se esforçou ao máximo, como sempre fazia. Seus polegares apoiados nos ossinhos do quadril de Luca e então deslizando para trás, agarrando com força os músculos rígidos da bunda. Eles encontraram um ritmo, Luca se levantando com um impulso poderoso das coxas, e a pegada firme de Matti o empurrando para baixo, Matti ofegante e louco de prazer enquanto Luca subia e descia, de novo e de novo.

Matti se embriagou com a visão do rosto de Luca, os músculos esguios dos ombros, a linha reta do pescoço. Os mamilos firmes e rosados implorando pela atenção da boca dele e, ainda assim, distantes demais para que os alcançasse.

— Ah! — Luca arquejou. — Tinha esquecido. — Ele pegou a mão seca de Matti e puxou para seu rosto.

Matti demorou um momento para focar, para lembrar. Ele estava em chamas. Era apenas pulsação, e suor, e o fogo que se acumulava em sua virilha. Queria conseguir se sentar e puxar Luca para ainda mais perto, colocar as mãos nos ombros do outro e puxá-lo para baixo; ouvi-lo gritar enquanto encontrava novos lugares dentro dele com seu pau. Mas Luca estava machucado, e eles começaram aquilo com outros planos em mente.

Luca mordeu de leve o polegar de Matti antes de deixá-lo deslizar o dedo por entre os dentes. O movimento da língua era desengonçado enquanto ele chupava e gemia, beijando a mão de Matti e o deixando explorar o interior macio dos seus lábios abertos. Era deselegante, desordenado; era tudo que Luca geralmente não era. Os olhos de Luca perderam o foco e ele começou a dar atenção a seu próprio pau com algumas batidas frenéticas. Ele estava perdendo o ritmo, reduzido a movimentos trêmulos, mexendo o corpo para a frente e para trás como se quisesse sentir Matti ainda mais fundo dentro de si.

— Porra… meus deuses! — Luca gozou, soltando o jato entre seus dedos. Matti sentiu as vibrações no corpo inteiro ao mesmo tempo. Em seu polegar. Em seus dedos segurando o maxilar de Luca. E, o mais torturante de tudo, os espasmos de Luca piscando ao redor do pau de Matti.

Foi o suficiente. Quase mais do que o suficiente.

— *Luca* — soltou Matti, engasgado, e o prazer o obliterou aos poucos: um jato formigante de calor descendo por suas pernas, faíscas se espalhando sob a pele do abdômen. A sensação de reaprender a respirar.

Luca balançou, arfando. Seus dedos fincados no peitoral de Matti, quase apertando demais. Ele levou praticamente um minuto para descer de cima dele, liberando Matti do seu peso com uma mordida no próprio lábio.

— Vai se *foder*. — Luca soava tão bêbado quanto no jantar. Ele performou um colapso controlado no lençol limpo ao lado de Matti, onde se deitou de costas, todo esparramado.

Matti engoliu a resposta óbvia, mas não conseguiu pensar em nada inteligente para substituí-la. Sua mente ainda estava tentando dispersar a fumaça do orgasmo explosivo. Ele deu um beijo no ombro de Luca, em vez disso, e se moveu para pegar pelo menos um lençol na pilha de roupas de cama. Não estava mais quente o bastante para dormir descoberto.

Matti não estava nem um pouco cansado para dormir ainda, e conhecia bem a tendência de sua mente de falar de forma incessante na noite anterior a qualquer coisa importante. Mas ele não se importaria de sacrificar o sono naquela noite. *Ele* não teria que duelar no dia seguinte. E aquela era apenas a segunda noite inteira que poderia passar com Luca a seu lado. Todas as outras vezes em que eles foderam terminaram com uma despedida. Durante as seja lá quantas horas acordado que o aguardavam, Matti poderia olhar para Luca, escutá-lo e tocar as ondas tempestuosas do cabelo dele, brilhantes sobre o travesseiro.

Um sorriso lento se espalhou pelo rosto de Luca quando Matti transformou seu pensamento em ação. Então, como um pedaço de lã sendo cardado perpendicularmente, o sorriso afrouxou e desapareceu. Luca virou a cabeça e abriu os olhos, e Matti perdeu o fôlego ao ver sua expressão: destruída, vulnerável e jovem. Luca era sem vergonha na cama de um jeito que Matti amava, dizendo qualquer coisa que lhe viesse à cabeça, sem nunca hesitar em pedir exatamente o que queria. Parecia que qualquer que fosse a coisa prestes a transbordar de sua boca naquele momento era difícil. Algo extraordinário.

Eu tenho medo de algumas coisas.

— Mattinesh — disse Luca, baixinho.

— Lucastian. Luca. — Matti beijou o canto daquela boca como se quisesse beber dos seus segredos, das declarações não ditas. Ele iria esperar. — Eu quero você. Só isso. Só você.

— Espero que você esteja orgulhoso de si mesmo — disse Luca.

— Por ter te transformado numa pessoa que acorda cedo?

— Morda essa porra dessa língua. — Luca ergueu o queixo. Matti beijou a base do pescoço dele e depois mordiscou a pele. Talvez Luca não devesse ter dito a palavra *morda*. Talvez devesse dizer mais cinco vezes. — Eu nunca vou ser… esse tipo de pessoa.

— Você está acordado agora.

— Suas cortinas são finas.

Os lábios de Matti se curvaram de um jeito que Luca mais sentiu do que viu.

— Você tem algum compromisso urgente esta manhã, sr. Harte?

O quarto de Matti tinha duas camadas de cortinas, e apenas a mais fina fora fechada na noite anterior. A luz no quarto tinha o aspecto de uma manhã ensolarada e fresquinha que esquentaria ao meio-dia. Comentariam que não era um clima favorável para o casamento de Matti e Sofia. O padroeiro de Sofia era uma divindade da agricultura, afinal. Maha poderia mandar chuva, se quisesse abençoar aquela união específica.

Luca suspirou e enfiou os dedos no cabelo de Matti, o encorajando. Matti chupou o pescoço de Luca, de brincadeira no começo, e depois com força o suficiente para sugar a pele de Luca entre seus dentes. Arrepios e calafrios dançaram na pele dele, embaixo dos lençóis. Sabia que não era capaz de *sentir* o sangue nas suas veias menores desejando a boca de Matti, ficando roxas e vívidas de um jeito que marcaria e permaneceria. Mas imaginar que conseguia sentir era quase a mesma coisa.

— Na verdade, eu tenho — disse Luca. — Vou dar uma aula de espadachim.

Ele sorriu quando Matti levantou a cabeça.

— Acho que hoje não tenho tempo.

— Quem disse que a aula era para *você*?

As sobrancelhas franzidas de Matti eram muito mais bonitas de se ver quando o motivo era confusão, e não preocupação profunda. E era ainda melhor agora que Luca podia evocá-las com suas palavras e bani-las com os dedos. Matti inclinou a cabeça de novo e mordeu o mesmo local no pescoço de Luca. A dor pulsou sob a pele dolorida, e Luca sentiu ir direto para o pau, tanto pela sensação quanto pela possessividade que ela representava.

— Hum — disse Matti. — Eu não sabia que você tinha começado a infligir suas péssimas técnicas de ensino a outras pessoas.

— Você achava que minha vida girava em torno das suas vontades, Mattinesh? Nós, pobres duelistas, temos que aproveitar qualquer oportunidade para ganhar dinheiro, sabia? Não posso ficar disponível para todos os seus caprichos.

— Não? — perguntou Matti. — Quanto isso me custaria?

Luca mordeu o interior da bochecha com força, contendo a descarga de desejo que o atravessou.

— Muito mais do que seiscentos ouros. — Foi o que conseguiu dizer.

— Eu consigo pagar?

A segunda camada daquela pergunta ficou clara para Luca no momento em que ele estava prestes a responder.

— Sim. — Ele se aproximou e, gentilmente, abriu a boca de Matti numa provocação lenta com a língua. — Apesar da sua falta de costume em comprar coisas legais para você mesmo.

— Bom, eu… — Matti se afastou, virou de barriga para cima e riu. Era um som de felicidade genuína que Luca não se lembrava de ter escutado antes. Luca queria pegar aquela risada com a boca, sugá-la para seus pulmões.

— Que foi? — perguntou em vez disso, passando os dedos nos pelos esparsos do peitoral de Matti.

— Lucastian Harte — disse Matti. — Eu te dei um lenço feito com a seda da sua Casa, porra.

— Tive que me esforçar muito para não rir — confirmou Luca.

— Você deveria enxergar isso como um elogio à sua Casa. Vocês fazem coisas lindas.

Luca curvou de leve a cabeça, num agradecimento teatral.

— E você é uma coisa linda — disse Matti, suave. — Tem razão, não estou acostumado com luxo, mas comprei você. — Ele se virou de volta e beijou Luca mais uma vez. — Eu paguei por você.

Luca se arrepiou por inteiro. Ele se escutou gemendo nos lábios de Matti, sem vergonha alguma.

Matti se apoiou em um dos cotovelos, encarando Luca de cima e afastando uma mecha de cabelo do rosto dele.

— Achei que eu tinha gostos simples. Não me importo com pérolas ou prataria. Não preciso de seda. Posso viver sem cerejas e garrafas caras de vinho. — Luca se esticou para cima, com um desejo nada lógico, e Matti o satisfez com mais um beijo intenso. — Mas você... — Matti suspirou. — Você é a coisa mais preciosa desta cidade, e eu te quero, e vou te ter.

Os ossos de Luca estavam virando água. Ele sentiu um calor descer pelo pescoço, seguindo o caminho percorrido pela boca de Matti, que deixava uma trilha de beijos e mordidinhas rápidas. Matti parou para passar um tempo nos mamilos de Luca, colocando um deles na boca e desenhando círculos com o polegar no outro. Luca ficou deitado ali, respirando como se estivesse prestes a ser submerso, sentindo a beleza de tudo o atingir como ondas lentas. Ele colocou a palma da mão aberta brevemente sobre o pau duro, como um comando; se tocar seria roubo, mas ele precisava de *alguma coisa*.

— Paciência — murmurou Matti, em cima do umbigo de Luca.

— Claro — disse Luca para o teto, bobo. O quarto de Matti era pintado com uma cor creme impecável. — É bem a minha mesmo. Sou muito paciente. Todo mundo sabe o quão paciente sou.

Matti soltou uma risadinha baixa que reverberou. Ele olhou para cima, uma profusão de afeto intenso entregue por entre aqueles cílios espessos. O formato dele, o equilíbrio lindo de suas feições, atingiram Luca como um dardo.

— Porra, você é perfeito — disse Luca, rouco. — Olha pra você. — Ele colocou a mão no cabelo de Matti de novo, as unhas tocando o couro cabeludo. — Como ninguém tinha colocado as garras em você ainda?

Matti esfregou a barba escura por fazer na pele macia da barriga de Luca, para cima e para baixo, de forma intencional. A mão dele estava aberta na coxa de Luca, o polegar enlouquecidamente perto de fazer algo bom.

— Eu não estava procurando — disse ele, simplesmente.

— Eu te fiz olhar para mim — replicou Luca, voraz.

— Eu poderia estar no meio do meu casamento, e ainda assim teria olhado para você — disse Matti. — Poderia estar do outro lado do *mundo*.

Ele se mexeu na cama e lambeu a cabeça do pau de Luca. O outro emitiu um som que não vinha de idioma algum. Sua mão continuava no cabelo de Matti. Agarrou-o com força.

Matti não tinha pressa. Estava sendo curioso, explorando. Usou o indicador e o polegar para massagear o pau de Luca, com uma leveza agonizante, enquanto o chupava. E então, Luca perdeu a noção do que estava acontecendo e encarou o teto quando mais dedos de prazer crescente subiram por seu corpo. Ele continuou segurando o cabelo de Matti, mais para se ancorar do que para direcioná-lo. Seu quadril estava tentando se levantar da cama, seu pau querendo entrar mais fundo na garganta de Matti.

Matti afastou a cabeça. O ar do quarto sobre a pele molhada e sensível de Luca o torturou.

— Você quer…

— Não quero que você *pare*, por favor, meus deuses, *por favor*… — Ele terminou a frase com um som quase de choro, enquanto Matti se apiedava dele e atendia seu pedido, o engolindo com vontade, dando lambidas generosas seguidas de uma pressão constante que fez Luca gozar, o prazer o cortando de cima a baixo como uma tesoura.

Matti recebeu tudo na boca, trabalhando pela extensão de Luca enquanto engolia. Ele se afastou e passou o dedo pelos lábios.

Luca ficou deitado e tentou analisar quais partes do corpo ainda conseguia sentir. Seu tornozelo torcido estava doendo. Não se lembrava de ter colocado peso sobre ele, mas era possível que tivesse dobrado as pernas e empurrado o pé contra a cama em algum momento. Ele não conseguia se importar.

— Hum — disse Matti, um pouco contido. — Eu ia perguntar se você queria me foder.

— Gentileza da sua parte perguntar, e com certeza podemos voltar a esse tópico — respondeu Luca. — Mas, como você mesmo lembra…

— Ele gesticulou para o próprio pau, que estava amolecendo. — E devo dizer que estou gostando desse negócio de ser uma "coisa linda".

Ele se alongou, se aproveitando das linhas de seu torso, colocando os punhos para cima daquele jeito que Matti amava. Era difícil dizer se os olhos do outro estavam escurecendo mais ainda, porém a pele se suavizou ao redor da boca dele de um jeito tão bom quanto.

— Não é possível que eu seja seu primeiro parceiro de cama a dizer que você é lindo.

— Óbvio que não. — Luca sorriu e se desviou da tentativa de Matti de bater em seu peito. — Precioso, porém, essa é novidade.

Dessa vez, quando Matti estendeu o braço, estava com um dedo erguido. Ele começou pelo cabelo de Luca e foi descendo, pausando ao lado dos olhos como se houvesse algo notável neles, deslizando pelo centro da boca, pressionando a marca que tinha no pescoço. E depois foi traçando uma linha rápida no torso de Luca que fez cócegas, indo para o quadril, a perna, até a extensão do braço de Matti se perder perto do joelho. Luca sentiu como se fosse uma rota sendo memorizada; uma obra de arte sendo analisada pela última vez antes do artista decidir que era hora de emoldurá-la. Ele sentiu vontade de fazer promessas enormes, impossíveis e estúpidas. Precisou de três tentativas até conseguir falar.

— Sou todo seu — disse Luca. — É só pegar.

Eles terminaram com Luca na frente dele, sentado confortavelmente em cima de uma das pernas, com a cabeça, as costelas doloridas e os braços enroscados nos travesseiros. Os dedos de Matti o abriram com menos cuidado do que na noite anterior, e Matti xingou em gratidão quando ajeitou o pau e o enfiou, um prazer rápido e descarado. O corpo de Luca se tensionou, depois relaxou. A mão de Matti deslizou pela coluna dele, até a base da nuca, e desceu de novo. Ele empurrou um pouco mais fundo. Luca engoliu com dificuldade.

— Está tudo...

— Pelo amor dos deuses, *mete* — disse Luca.

E Matti meteu, entrando com facilidade. Sua respiração chiou.

— Porra, Luca. — Ele tirou quase tudo, e Luca fez um som de reclamação que se transformou num gemido baixo quando Matti agarrou o quadril dele e meteu mais uma vez.

De novo. De novo.

Luca se sentia seguro, admirado e, sim, *tomado*. Era inacreditavelmente bom. Não havia nenhuma urgência para suas próprias necessidades, nada que demandasse alívio. Apenas sua bochecha confortavelmente sobre o travesseiro, a pegada firme de Matti no seu quadril, e aquele alongamento que se derretia em prazer toda vez que Matti enfiava o pau com força dentro dele. Luca poderia ter ficado ali por horas, meio bêbado com aquela foda enquanto Matti ofegava elogios e o chamava de lindo, apertado, perfeito, *Luca*...

Mesmo logo depois de despejar tudo dentro de Luca, Matti foi atencioso. Ele colapsou para a frente, mas se segurou, sustentando seu peso nas mãos, uma de cada lado do pescoço de Luca. Houve uma pontada de dor na lateral do corpo de Luca com a mudança de posição, mas não muita.

Matti beijou a nuca de Luca e se afastou devagar. Em seguida, bagunçou o cabelo dele.

— Luca?

— Hum.

— Você vai voltar a dormir? — perguntou Matti, parecendo estar achando divertido. — Aparentemente, tem alguém esperando uma aula de espada.

— Só estou calculando a probabilidade de eu virar poeira — disse Luca. — Se acontecer, me espalhe em cima da sua cama.

— Você não está falando coisa com coisa.

Luca conseguiu estruturar um corpo funcional com a poeira. Se endireitou com dificuldade e cutucou o peito de Matti.

— E a culpa é toda sua.

Matti saiu da cama e foi buscar algo. Era seu relógio. Ele se sentou na beira da cama, puxando uma ponta do cobertor por cima das pernas.

— Os membros da minha Casa chegam em algumas horas.

— O almoço longo. Eu lembro. Perse se levantou para pedir a bênção na frente de todos os nossos primos com a camisa abotoada torta. — Luca sorriu. — Foi a primeira vez que eu vi ele ficar nervoso com alguma coisa. Tudo bem. Vou te deixar em paz para que fique apresentável, Mattinesh. — Ele se levantou e pausou pra esfregar a barba por fazer de Matti, abaixando a voz. — Mas eu prefiro você assim. Todo meu.

— Sim. — Matti agarrou a cintura dele, colocando Luca entre suas pernas. — E você, assim.

Ele se inclinou para a frente de forma súbita e deixou outro chupão em Luca, em cima das costelas que não estavam machucadas. Luca deu uma balançada. Aquilo era absurdo. Nada no mundo deveria ser tão gostoso assim.

— Roupas — disse Luca, relutante. — Aula de espada. E preciso ir bagunçar os lençóis do quarto onde eu deveria ter dormido, caso você não queira ter que explicar a parte divertida da história para os seus pais antes da hora.

— Eu quase contei para eles ontem à noite — admitiu Matti.

Um calor se agitou no peito de Luca.

— Eles devem ter suspeitado. Pais sabem mais do que você imagina.

Ele conteve um tremor ao se lembrar da vez que Jacquelle se sentou com ele para conversar, logo após ele se orgulhar da forma casual como havia explicado que acabara dormindo na casa de um amigo na noite anterior. Ela deu a ele um sermão de meia hora sobre responsabilidade e segurança, e sobre ser capaz de *conversar* sobre as coisas, se certificando de que todos os envolvidos, inclusive ele, tinham certeza de que queriam que tudo acontecesse.

Poderia ter sido pior. Ela poderia ter pedido a Perse para dar o sermão.

Matti adotou uma expressão determinada.

— Se vista. Saia sem que te notem. Te encontro no salão da Guilda. — Ele fez uma pressão final com a ponta dos dedos no pescoço de Luca. — Fique bem bonito. Eu escolhi minhas cores do casamento por sua causa, sabia?

— Nem *fodendo*.

— Verdade!

— Eu era um golpista que você mal conhecia!

— Eu sei. Fiquei horrorizado comigo mesmo. Eu te disse — respondeu Matti com firmeza. — Do outro lado do mundo.

Luca colocou as mãos nos ombros de Matti, bem na curva com o pescoço. Ele fez uma pausa, seu rosto a uma pequena distância do de Matti, uma camada fina envolvendo a grandiosidade dos seus sentimentos. Luca sempre quis ser querido, saber que as pessoas o desejavam, ou simplesmente gostavam da companhia dele. Mas aquilo não era nada comparado com ser aceito como ele realmente era, sem suas histórias. Luca Harte, com todo o seu drama e um monte de erros.

Ele nunca se sentira tão desejado. Nunca quis tanto manter uma coisa, dedicar-se a qualquer coisa, com a violência que sentia agora.

— É o dia do seu casamento, Mattinesh. Está pronto?

Quando Matti estendeu o braço, Luca pensou por um momento que ele iria arrumar seu cabelo; seus dedos deslizaram pelos fios e arranharam com uma pressão lenta e cuidadosa o couro cabeludo, descendo. Luca se sentiu um palito de fósforo sendo riscado. Quando Matti puxou a cabeça dele para baixo a fim de beijá-lo, Luca quis empurrar Matti de volta na cama e jogar todos os planos pela janela só para poder sentir aquele homem dentro dele de novo, *naquele segundo*.

Mas ele gostava de acreditar que estava melhorando naquilo de fazer planos a longo prazo.

Matti parecia determinado quando se afastou.

— Estou pronto — respondeu. — Vamos nessa.

21

Novos filhos das Casas de Huna eram recebidos com harpas. As canções eram diferentes para nascimentos e nomeações, adoções e casamentos, mas o instrumento era o mesmo. Havia uma história sobre a afinidade dos materiais, teares e harpas, ambos sendo molduras de madeira com cordas no meio.

A canção do casamento sempre foi a favorita de Matti. Era de uma alegria muito simples. Ele tentou se concentrar nas notas para se recompor, enquanto a procissão chegava à frente do salão da Guilda e se acomodava ali: Matti e Sofia, a comitiva de casamento e Rowain Duvay, com o manto cerimonial vermelho de bordas pretas do Vice-Mestre da Guilda. Os pais e irmãos formaram um meio-círculo ao redor deles, fizeram uma reverência — Matti encontrou o olhar da mãe, e ela franziu o nariz para ele, o equivalente a uma piscadinha — e então desceram do palanque. Agora eram somente eles. Verde e dourado.

Matti sentiu alguém encostar em seu ombro.

— Você está tenso, sr. Jay — disse Luca com sua voz de mestre espadachim.

Matti forçou os ombros para cima e para trás — os segurou ali contando até três — e depois os soltou, sentindo tudo relaxar. Os dedos de Luca pressionaram o tecido do casaco de casamento de Matti, aprovando. Era mais fácil se recompor com aquele toque do que com a música.

Matti olhou para Maya. Ela estava de pé entre Cecilia Cooper e

Anne, uma amiga de Sofia, assim como Luca, Wynn e Roland estavam de pé atrás de Matti, e ela assentiu de leve para o irmão, determinada.

Os cachos de Sofia estavam esvoaçantes, presos apenas em um dos lados, com um grampo cravejado de esmeraldas. Sua pele brilhava contra o vestido intrincado e maravilhoso: amplo nos ombros e justo na cintura, com saias bufantes sobrepostas em vários tons de dourado e branco, e detalhes em verde que chamavam atenção.

Ela parecia ainda mais determinada do que Maya. Quando Matti a encarou, Sofia sorriu para ele, e, de repente, toda a tensão restante no corpo dele se esvaiu, virando uma leve onda de empolgação, fácil de lidar.

Isso até que pode ser divertido, disse uma voz dentro de Matti que soava bastante como a de Luca.

— Filhos de Huna e convidados do salão dela — disse Duvay. — Amigos e testemunhas. Que a bênção esteja conosco.

A cerimônia de casamento era curta, e a parte que acontecia antes do convite para o desafio, mais curta ainda. A maior parte relacionada ao fato de que Sofia se libertaria de sua Guilda e Casa e seria recebida na Guilda e na Casa de Matti aconteceria depois que os votos fossem feitos. Duvay pediu a bênção e balançou o manto da promessa, o mostrando para o público antes de dobrá-lo em cima do antebraço. Ele nomeou as partes envolvidas. Seus olhos foram para a plateia e ele respirou fundo antes de dizer:

— Sofia Cooper e Mattinesh Jay se apresentam aqui com a intenção de se casarem sob os olhos dos deuses. Alguém gostaria de desafiar este casamento?

Deu-se um silêncio, longo o bastante para que Matti engasgasse com a ideia de que talvez Adrean *não desafiasse*, que talvez tudo aquilo — da primeira conversa tensa de Matti com Hardy Tolliver em diante — não tivesse sido necessário.

— Eu desafio! — disse Adrean.

Matti nunca imaginou que ficaria tão aliviado ao ouvir aquilo.

Houve um murmúrio de curiosidade e expectativa entre os presentes no salão, mas nada que soasse como uma surpresa. Adrean caminhou até o corredor central, devagar o suficiente para ser observado. Estava vestido todo de preto, o que acentuava sua estatura e o porte esguio. Sua atitude era orgulhosa, e o cabo da espada brilhou quando ele deu um passo adiante: não o brilho polido de metal novo, mas de algo bem usado e mantido em boas condições. Ele parecia alguém prestes a vencer um duelo.

— Mattinesh Jay — disse Duvay. — Você irá responder ao desafio por si mesmo, ou irá apresentar um padrinho?

Matti abriu a boca.

— Sim! — gritou Adrean. — Por que você não *apresenta* o homem com a espada, Matti?

— Sr. Vane. — Duvay franziu a testa. — O senhor já fez seu desafio. Muito bem. Agora...

— Ou, melhor ainda, por que ele mesmo não se apresenta?

Matti gelou. Ele quase xingou em voz alta. Era fácil fazer planos entre quatro pessoas num quarto e presumir levianamente que todos que *não* estivessem na sala agiriam como esperado. Permitir que as outras pessoas tivessem ideias e impulsos e planos próprios era uma das principais lições que os pais de Matti o ensinaram, e ele havia deixado isso passar na noite anterior, seduzido pela profundidade de sua própria alegria.

— Não se preocupe — murmurou Luca no ouvido de Matti.

Ele deu um passo adiante, se posicionando na frente de Matti. Duvay franziu ainda mais a testa com a situação que saía do roteiro.

Matti decidiu se preocupar mesmo assim.

— Parece que você tem algo a me dizer, senhor — comentou Luca.

— Luca Piere. — Adrean se demorou com o nome na boca. — O duelista mediano de lugar nenhum.

— As pessoas de Cienne não ficariam felizes em te ouvir insultando a cidade desta forma — disse Luca, numa leve repreensão.

Aquilo lhe garantiu algumas risadas dos convidados. Provavelmente estavam começando a achar que a coisa toda fora planejada como algum tipo de entretenimento incomum.

— Cienne — disse Adrean. — Sim. Deve ter sido algo importante que te trouxe a Glassport.

— Uma mudança de ares?

— Se apresente — sibilou Adrean. — Diga ao homem cujo casamento você está *fingindo* defender o que você realmente veio fazer aqui.

— Adrean… — começou Matti.

— Por que eu deveria? — interrompeu Luca. — Você parece tão disposto a fazer isso por mim.

— Devem ter representantes da Casa Harte presentes aqui hoje. — Adrean estendeu o braço na direção dos convidados. — Aposto que ficaram surpresos ao verem o *filho* de Jacquelle Harte de pé aqui, numa posição que ele não conquistou e com um nome que não é o dele. — Adrean ergueu a voz de forma triunfante no final. Ele pausou, ainda com o braço estendido, claramente esperando o impacto de seu golpe.

A multidão não o decepcionou. Vozes se fizeram ouvir. Cabeças se inclinaram umas às outras. Pessoas no fundo do corredor ficaram na ponta dos pés para dar uma boa olhada em Luca, que estava sorrindo de leve. Matti sentiu um puxão em sua manga e olhou para Roland, que parecia chocado, e Wynn, que fez com a boca: "Que porra é essa?".

Matti os dispensou com um aceno, tentando prometer explicações com os olhos. Queria focar no que estava acontecendo.

Adrean franziu a testa brevemente ao olhar primeiro para Luca e depois para Matti; claramente, ele estava esperando uma reação mais forte daqueles dois. Matti permaneceu imóvel, esperando para ver aonde aquilo ia dar. Talvez Adrean achasse que ele estava assustado demais para dizer qualquer coisa.

— Você é um espião estranho — disse Adrean —, *Lucastian Harte.* Mas acredito que esse tenha sido um jeito fácil de acessar uma Casa como a dos Jay. Como membro da comitiva de casamento. Convidado para todos os jantares. Com acesso a todas as conversas.

Matti olhou para os seus pais. Tomas Jay estava pálido e nitidamente a poucos instantes de interferir. Matti conseguiu estabelecer contato com ele e, com uma mão, fez um gesto comum na mesa de negociações que há anos ele não tinha motivo para usar, enquanto Tomas resolvia questões da Guilda e da cidade e a confiança de Matti nas próprias habilidades começava a se desfazer como se ele estivesse em um penhasco à beira-mar que começasse a se esfarelar.

O gesto significava *Espera*. Significava *confie em mim*.

E como Matti tinha pais que mereciam seu amor e seu esforço e, sim, mereciam a luta terrível e o estresse desgastante que tomara conta dos últimos cinco anos de sua vida... Tomas se aquietou. Encarou Matti. E então, duramente, assentiu e se virou para sussurrar algo no ouvido de Nessa.

Luca estendeu as mãos num gesto elegante de rendição.

— Como você me desmascarou?

— Os verdadeiros duelistas de Glassport são *meus* amigos — disse Adrean. — Prestadores de serviço, você diria. Abaixo de você. Quando Hardy Tolliver descobriu quem você é, os rumores começaram a se espalhar. Ah, tenho certeza de que você é habilidoso o bastante para ser guarda de uma criança, mas não passa de um amador. Não é um duelista de verdade. Como poderia ser? Herdeiro de uma *Casa* — cuspiu ele. — Assim como o restante deles. Você acha que pode ter tudo o que quiser. Quem você quiser. — Ele estava olhando para Matti agora. Um escárnio horrível em seu tom. — Sinto em informar, mas seu padrinho não vale a fortuna que você pagou a ele, Matti.

— Por um tempo, eu também acreditei nisso — respondeu Matti. — Mas estou começando a achar que ele foi uma pechincha. — Ele ergueu a voz. — Eu apresento Lucastian Harte, meu amigo de confiança, como meu padrinho. Você irá me defender, Luca?

O sorriso de Luca se espalhou pelo rosto.

— Será uma honra, Mattinesh.

Então, ele desembainhou a espada, o som alto do metal cortando o silêncio ansioso que dominava o salão.

Matti pôde notar Luca testando o tornozelo torcido, mas parecia apenas um leve desnível no seu passo quando ele andou adiante, saudou Adrean e se posicionou na frente dele, que também já havia desembainhado sua espada. O machucado não parecia óbvio, a não ser que se estivesse procurando por ele.

Adrean parecia confortável: olhos afiados, corpo relaxado. Ele avançou, as duas espadas se tocaram — a batida alta e caótica —, fizeram alguns movimentos rápidos, ataques e paradas, os dois se movendo num círculo estreito e depois se afastando de novo.

Matti queria saber mais sobre duelos, ou haver tido a chance de ver Luca lutar com outra pessoa antes. Tudo o que ele sabia era como se mover entre as posturas enquanto suas coxas gritavam com ele, e o nome de alguns golpes que ele sabia executar bem devagar. Algum deles até poderia ter sido demonstrados ali, mas não era como se ele fosse capaz de identificar. Havia sido muito rápido. Adrean claramente esperava que o elemento surpresa e a velocidade dessem a ele uma vitória rápida.

Luca, seguindo o ritmo, não lhe deu mais do que algumas respiradas antes de atacar de novo. Seus pés eram incrivelmente rápidos, seu corpo inteiro se movendo como uma fita ao vento para evitar a força de um golpe e atingir a lâmina de Adrean bem no meio com a sua. Não havia alavancagem suficiente para que aquele contato tivesse sido fácil. A maneira como ele conduziu a trajetória do golpe parecia suave, mas Luca deixou escapar um grunhido que o traiu, demonstrando o esforço necessário.

Quando eles se afastaram desta vez, Adrean parecia receoso, seus joelhos meio soltos.

Luca jogou o cabelo para trás. Quando sorriu, não era o sorriso brilhante e malicioso de sempre. Era algo desconhecido, repleto de orgulho e grandiosidade. Até mesmo com a espada em mãos, aquele sorriso o fazia parecer quem ele realmente era: filho de uma Casa rica, herdeiro da autoridade.

— Já está se sentindo inadequado o bastante, sr. Vane? — Era a voz fria e impiedosa que golpeara as feridas abertas de Matti quando eles gritaram insultos um para o outro, e parte de Matti quis se encolher com aquele som, mesmo que o restante de seu corpo parecesse comemorar. — Está achando mais difícil do que esperava vencer este *amador* em questão?

Os lábios de Adrean se curvaram sobre os dentes. Ele fez um movimento hesitante com o pé, mas conseguiu se segurar. Como qualquer bom lutador, claramente sabia que a raiva o deixaria imprudente. Mas era muito difícil, Matti sabia por experiência própria, não ficar furioso quando cada parte de você desejava arruinar a pessoa responsável por destruir seus sonhos.

— Eu sou Lucastian Harte — entoou Luca —, filho de Jacquelle Harte e herdeiro da Casa dela. Imagino que eu possa comprar tudo que você tem com o troco que esqueci no bolso do meu segundo melhor casaco. Você possui alguma coisa? Ou aluga uma casa úmida e barata num bairro ruim, onde guarda os rabiscos medíocres da sua mente criativa fraca?

Matti teve menos de um segundo para admirar a precisão daquele ataque, a mais pura crueldade, antes de Adrean rosnar e se jogar de volta no duelo. Desta vez, a rodada foi mais longa, uma troca de golpes descoordenada e selvagem. Quando se afastaram, Luca estava rindo, mas a risada virou um arquejo quando seu tornozelo cedeu. Durou apenas um momento. Ele ergueu a cabeça de novo com o sorriso intacto.

Adrean semicerrou os olhos. Matti engoliu um xingamento e agarrou a bainha do casaco, esfregando os dedos numa prece silenciosa.

Adrean começou uma série de golpes que forçaram Luca a trocar o peso entre seus pés de forma rápida e constante. O sorriso de Luca titubeava, seus olhos apertados de concentração. *Cuidado com os pés*, disse uma voz dentro de Matti, que era a voz de Luca. Ele olhou para a distância entre os pés de Adrean, uma postura ampla e vantajosa. Viu Luca se apoiar no tornozelo torcido, de novo e de novo, cada vez mais trêmulo.

Então, a recuperação de Luca levou tempo demais, muito do seu peso sustentado pela perna boa, e Adrean estava pronto. Sua lâmina brilhou no alto, descendo pelo canto superior do quadrante de Luca. Luca teria que se esticar para se defender, deixando-se instável e exposto, a menos que...

A menos que ele se lançasse por baixo, a força total do movimento pousando firme em um tornozelo que, de repente, não tremia nem um pouco, e subisse por baixo do braço do oponente, usando a altura de Adrean contra ele mesmo, a espada de Luca terminando numa curva sutil e imbatível, imóvel e segura, com a ponta logo abaixo do braço de Adrean, pronta para ser enfiada entre suas costelas.

O instinto de sobrevivência fez o corpo de Adrean congelar onde estava.

— Retire seu desafio — disse Luca, ofegante, porém firme. Era uma formalidade.

Com o rosto abatido, desacreditado, Adrean abaixou a espada.

Luca também abaixou a sua e a embainhou sem nem se dar ao trabalho de fazer algum floreio. A natureza institucional de sua vitória era, provavelmente, tão irritante quanto todo o resto.

Luca estendeu a palma da mão para Adrean.

— Vai me cumprimentar?

Os anos de treinamento de Adrean devem ter feito com que ele fizesse o movimento. Ele parecia preferir segurar uma cobra pelo rabo, mas apertou a mão de Luca, balançou uma vez num movimento brusco e soltou.

— Minha Sofia — disse, então, se virando para ela. — Saiba que eu tentei. Saiba que eu teria lutado cem duelos para te salvar de ser tratada como um objeto de barganha desta forma.

— Eu não sou sua — replicou Sofia. — Nunca fui *sua*, Adrean. Vai sentar.

— Ainda está com medo de falar abertamente? Depois do que eu acabei de fazer por você?

— Quer que eu fale abertamente? — Sofia fechou os punhos na frente das saias. Ela ergueu a voz. — Muito bem. Eu passei horas incontáveis da minha vida pensando em maneiras de te evitar nas ruas, e tentando ser educada quando você se enfiava no meu caminho mesmo assim. Eu não quero você. Não quis na primeira vez que você perguntou, nem na terceira, nem na quinta. E se você tivesse se feito o favor de acreditar no que eu digo, teria se poupado dessa humilhação na frente de todo mundo.

— Sofia. — Adrean estava pálido, a voz vacilante. — Nunca pensei que você fosse cruel.

— Eu não sou — respondeu Sofia. — Crueldade é decidir que o que alguém quer não importa só porque você quer *este alguém* e acha que por isso merece alguma coisa.

Adrean parecia desnorteado. Sua ficha ainda não tinha caído, Matti percebia, e talvez jamais caísse. Ele ainda estava preso em seja lá qual fosse a história que contara a si mesmo.

— Vai sentar, Adrean — disse Maya. — Acabou.

Alguma parte de Adrean reconhecia o valor de se retirar com dignidade e, felizmente, ele ouviu esta parte. Embainhou a espada e virou as costas. Seus passos ecoaram no chão enquanto ele atravessava o corredor. Matti não ficou prestando atenção se ele permaneceria no salão.

— Está feito. — Duvay respirou fundo. — O desafio foi proposto e vencido. Agora…

— Perdão, senhor — disse Luca. — A pergunta precisa ser repetida. Questão de formalidade.

— A pergunta? Ah. Alguém gostaria de desafiar este casamento?

Houve um farfalhar de seda quando Maya deu um passo adiante e suas saias se aprumaram ao redor dela.

— Sim — disse a irmã de Matti. — Eu gostaria.

Uma rede extraordinária de fios se apertou ao redor do coração de Matti. Ele tentou trocar olhares com Sofia, mas ela estava cuidadosamente alisando os vincos do local onde segurara seu vestido.

Um murmúrio novo e satisfeito, como os piados baixinhos de uma revoada de pássaros, se espalhou da frente do salão até o fundo. Duvay piscou para Maya por detrás dos óculos.

— Srta. Jay?

— Porém, acho que vou precisar de uma espada — acrescentou Maya.

Ela caminhou rapidamente até o canto nos fundos do salão e pegou algo que fora deixado lá: uma bainha dentro de um cobertor dobrado. A espada que ela desembainhou parecia uma das de treino da agência de Tolliver.

Sofia finalmente encarou Matti. Com uma calma proposital que o fez querer rir apesar da incredulidade, ela levantou a mão na altura do ombro e balançou os dedos no gesto da família. Ela ainda não tinha o jeito, mas estava quase lá. Sua expressão tinha um quê de pedido de desculpas, mas nenhum toque de surpresa.

— O que está *acontecendo*? — perguntou Roland num sussurro angustiado.

Maya se posicionou onde Adrean estivera. Ela parecia profundamente estranha e, ainda assim, de alguma forma, gloriosa, segurando a espada no alto, seu braço macio e escuro contra a renda branca que envolvia a manga curta do vestido. Sua postura estava rígida, mas a pegada não, e aí Matti se lembrou, um tanto atrasado: Luca sozinho com Maya antes do jantar. A aula de espadachim que Luca disse que daria naquela manhã.

— É, imagino que dá pra ser assim mesmo — disse Matti, bem baixinho.

— Shhh — replicou Luca, caminhando para enfrentar Maya.

Se o duelo contra Adrean havia sido como ouvir os gêmeos falando em yaghali — algumas palavras compreensíveis aqui e ali, mas sem qualquer noção do sentido geral do que era dito —, o duelo com Maya foi como a primeira página de um livro já conhecido. Postura de prontidão. Guarda. Lenta e cuidadosamente, Maya engajou com a lâmina de Luca usando a ponta de sua espada, se aproximando.

Devagar, Luca permitiu.

Era metal contra metal. Um Corte Sugeen. Deveria terminar com o Luca... Não, *deveria* ter terminado antes mesmo de começar, porque Luca era um profissional.

A espada de Luca se inclinou, se inclinou, e então Maya fez algo com o punho que Matti não conseguiu ver porque o corpo de Luca estava bloqueando sua visão, e aí...

A espada de Luca caiu no chão. E depois, silêncio.

Matti ouviu Roland ou Wynn respirando fundo atrás dele.

— Minha nossa! — disse Luca. — Que vergonha.

Maya colocou a ponta da espada na base do pescoço de Luca. O jeito alarmante como o olhar dele passeou entre o punho e o rosto dela indicou a Matti que aquela parte *não fora* ensaiada antes.

— Lucastian Harte — disse ela. — Essa me parece uma boa oportunidade para te alertar para que você desista.

Luca soltou uma risada agradável.

— Acha que consegue?

— Creio que não — respondeu Maya. — Tentei uma vez e claramente falhei.

Ela lançou um olhar de reprovação para Matti, depois de volta para Luca. Seu braço estava começando a tremer. Matti poderia ter lhe dito que segurar qualquer coisa com o braço estendido era a parte mais cansativa de todas.

— Você não consegue — disse Luca. — E eu não me arrependo.

Maya assentiu.

— Se você machucar ele de novo, vou te deixar com hematomas piores do que os que você tem agora.

— Combinado.

Maya abaixou a espada com um suspiro de alívio. Ela sustentou o olhar de Luca. Depois de um momento, mudou a espada para o outro braço e estendeu a mão; Luca fez o mesmo e eles se cumprimentaram. Os dois embainharam suas espadas.

Duvay parecia completamente perplexo. A boca de Matti se curvava num sorriso impossível de conter. Ele olhou para os pais; Nessa cobria os olhos com a mão e estava recostada no ombro de Tomas, balançando de um jeito que Matti esperava ser uma risada.

Luca se curvou diante de Matti, deu meia-volta e repetiu o gesto na direção dos pais dele.

— Minhas mais sinceras desculpas por não ter sido capaz de te defender contra este desafio. Compreendo as implicações para a Casa Jay. Mas talvez eu ainda consiga te recompensar, se o Vice-Mestre da Guilda me permitir falar por um momento…

Matti mordeu o lábio. É claro, é *claro*, que Luca iria transformar tudo numa produção teatral.

Luca pigarreou. Ele analisou a plateia, talvez procurando por agentes de sua Casa, cujos rostos ele estava prestes a iluminar com fogos de artifício inesperados.

— A Casa Harte adquiriu os direitos e os meios de importar bichos-da-seda de Gália para Thesper — disse Luca.

Fogos de artifício explodiram em todo o salão. Luca levantou as duas mãos em um pedido, até conseguir fazer a multidão passar para um estado que não era bem de silêncio, mas pelo menos de sussurros mais baixinhos. Ele então explicou o que Matti já sabia sobre a carta de Jacquelle: que os Harte haviam feito um contrato com uma das maiores Casas de costura em Cienne, para vender seda de Gália para eles — exclusivamente — por um período de cinco anos.

E, em troca, a mesma Casa iria comprar os tecidos de lã mais caros da Casa Jay.

Exclusivamente. Por cinco anos.

Era aquela a barganha que Luca conseguira para Matti ao retornar para a Casa Harte. Perder um duelo na frente de testemunhas fora apenas um jeito de encerrar de vez aquele capítulo de duelista em sua vida.

— Os detalhes estão aqui. — Luca pegou a carta já desgastada em seu bolso e a entregou para Nessa. — Ela carrega o selo da minha mãe. O contrato é de vocês.

Nessa desdobrou a carta e Tomas leu por cima do ombro dela. Luca perdera o controle do volume do som no salão de novo, mas não pareceu se importar. Ficou parado na frente dos pais de Matti, tamborilando os dedos na coxa, esperando.

Se Matti ainda tinha qualquer dúvida sobre como seus pais reagiriam àquela surpresa pública, ela desapareceu com a alegria chocada que lentamente iluminou o rosto dele.

— Sr. Harte — começou Tomas, mas Luca já estava voltando para o meio do salão, o centro das atenções.

Duvay lançou um olhar para Matti, implorando para que ele controlasse seu padrinho antes que aquilo se transformasse num completo circo. Matti abriu as mãos num gesto de impotência. Duvay bufou.

— Tenho outra história para contar, como parte do meu pedido de desculpas para a Casa Jay — anunciou Luca. — Essa é um pouco mais longa.

A fraude das fibras. As provas de traição no escritório de Corus Vane. Matti se preparou para interferir caso fosse necessário. Não sabia como Luca iria falar sobre a missão de arrombamento dos dois, mas teve plena confiança de que, de alguma forma, ele faria isso.

— Começa — disse Luca. — Com um navio chamado *Isadonna.*

Matti parou de respirar.

Ele estava observando o rosto de Corus Vane, esperando para ver o que aconteceria quando os Kesey fossem desmascarados e sua farsa fosse revelada. Então Matti viu plenamente a expressão do homem congelar quando Luca disse o nome do navio, e o milésimo de segundo de pavor incrédulo antes que Corus pudesse se recompor.

O *Isadonna.*

Uma pequena semente de algo quase pequeno demais e estranho demais para ser definido como esperança foi plantada na altura dos joelhos de Matti. Luca olhou para trás e lançou um sorriso para ele. A semente germinou e desabrochou.

É uma coisa boa. Matti estava esperando... não sabia o quê. Ainda não sabia o quê.

Ele lembrou como fazia para respirar.

— O *Isadonna* — disse Luca, encontrando seu ritmo teatral — foi um navio contratado pela Casa Jay, através da Casa transportadora Lior, para trazer uma carga de lã de libelza negra comprada em leilão na cidade drakana de Hazan. O navio partiu de Fataf. Nunca chegou em Glassport. Foi reportado como perdido, junto com toda a tripulação. — Uma pausa, para que todo mundo acompanhasse. — Mas ele não se perdeu. Foi roubado.

A vinha da esperança se espalhava por todo o corpo de Matti agora. Maya não parecia surpresa. É claro: Luca já havia contado para ela.

Ele continuou:

— É difícil fazer um navio desaparecer. O capitão e a tripulação do

Isadonna foram registrados nos arquivos da Casa Lior sob nomes falsos. Foram instruídos a desviar para o porto de Elluthe com a carga. É difícil manter um segredo tão grande assim, com tantas pessoas envolvidas, mas acredito que tenha sido dito a eles que a Casa contratante queria evitar algum tipo de taxa de importação. Eles devem ter se considerado contrabandistas, não ladrões. E receberam muito bem para não abrirem a boca quando o navio foi relatado como desaparecido e suas identidades falsas desapareceram junto. Deve ter custado uma boa quantia de suborno para alguém com um cargo bem alto na Casa Lior. — Luca terminou com um sorriso desagradável. Ele ergueu a voz. — Admito que estou curioso. Quanto foi exatamente, sr. Kesey?

— *Puta merda* — sussurrou Wynn.

Matti sentiu como se tivesse tomado três copos de genebra ao mesmo tempo.

Cabeças se viraram. Simeon Kesey estava de pé.

— Como *ousa*...

— Como ouso? — A voz de chicote de Luca retomou o controle. — Eu sei como *você* ousou, e quando, e por quê. Lior reformou e renomeou o próprio navio, fingindo ter comprado um novo, e registrou um contrato falso com a Casa Jessamy. O *Lady Jenny* aportou em Glassport e ninguém suspeitou quem ele era antes. Então, você simplesmente descarregou a lã e a guardou num armazém para esperar a poeira baixar. Esperar a Casa Jay se endividar por conta da perda daquele material. Algum dia, muito em breve, você fingiria ter feito uma compra semelhante. Lã de libelza negra cara e luxuosa, para começar a processá-la. *Bens roubados*.

Simeon Kesey ficou vermelho.

— Seu fodido de...

— É um bom esquema — interrompeu Luca. — Levei um tempo para encontrar todas as peças. E começou com a sorte que dei ao ouvir os nomes dos navios sendo ditos juntos.

Ele beijou os dedos e os passou pela bainha da jaqueta verde. Todos sabiam o que aquele gesto significava no salão da Guilda de Huna. Sorte era a voz dos deuses.

O pai de Matti estava encarando o Chefe da Casa Kesey.

— Simeon?

— Isso não faz sentido — retrucou Kesey. — Ele está mentindo, Tomas. Nessa. Esse espião absurdo está inventando histórias. Que tipo de prova ele pode ter?

— Ainda bem que você perguntou! — disse Luca, brilhando como as estrelas.

Ele enfiou a mão no bolso de novo. Matti não conseguiu ver o que era, mas, mais uma vez, Luca foi até Tomas e Nessa e entregou a coisa para eles.

— O armazém fica em Tar Lane — disse Luca. — Foi alugado no nome de Kesey. Eu invadi, dois dias atrás. Eles nem sequer se preocuparam em remover os rótulos da lã. É possível compará-las com os recibos do leilão.

Tomas olhou para a mão de Luca. O que quer que fosse, era pequeno.

— Isso é… isso é libelza negra. — Tomas encarou Luca. Depois, Kesey. Havia um grunhido escondido em sua voz. — Você achava que essa era a única forma de competir com a gente, Sim?

— Isso é pura fantasia! — cuspiu Kesey. — Contrabando, suborno… Tomas, você sabe que não temos todo esse dinheiro.

— Não — disse Matti de repente. Tudo se encaixou. — Mas a Casa Martens tem. — Ele não sabia onde Lysbette estava sentada, mas não precisou procurar. Uma nova onda de murmúrios e cabeças viradas começou, e no centro da onda havia uma cabeleira loira. Matti era parte do teatro de Luca agora, mas um pedaço dele ainda estava na sala de estar, encarando Lysbette. — Foi para *isso* que você gastou dinheiro. Para nos falir. Para tirar meu pai do conselho e fazer com que o dinheiro de Glassport fosse investido na construção daquele maldito canal.

Luca não deu ao salão a chance de entrar em erupção, ou a Lysbette a oportunidade de se defender. Rapidamente, ele disse:

— E eu *acredito* que se procurarmos em um ou dois dos escritórios deles, acharemos um contrato de dívida com pagamento previsto. Dos lucros da libelza, talvez? A Mestra da Guilda Martens pode até não deixar rastros físicos que provem sua interferência nos negócios de outras Guildas, mas ela é conhecida por ser uma mulher de negócios desconfiada. Sem chance que ela gastaria um valor alto desses sem uma garantia por escrito de que teria algum retorno.

Por um momento, Matti pôde ver o rosto de Lysbette no meio da multidão, branco e sem expressão.

— Só estou especulando, é claro — acrescentou Luca.

Matti fitou os olhos brilhantes dele e soube que aquilo era uma linda mentira. Ele guardou aquilo na longa lista de coisas para perguntar a Luca depois.

Simeon Kesey continuava de pé. Deu quase para ouvir o momento em que perdeu a paciência. Furioso, ele se virou para onde Lysbette estava sentada.

— Você! Eu te avisei, não foi? Se você simplesmente aceitasse minha *palavra* — gritou ele —, não haveria *provas!*

Houve um longo silêncio. A voz de Lysbette se ergueu como fumaça num céu limpo.

— E se você fosse capaz de manter a boca calada — replicou ela —, seu *imbecil do caralho*, nós poderíamos dizer que o contrato era sobre mármore bruto para a construção da sua casa de campo.

Era aquilo que Lysbette estava calculando na sala de estar. Quando percebeu que Matti não sabia sobre o navio e que achava que ela era apenas mais uma pessoa enchendo os bolsos de Corus.

Inclusive… Era hora da última verdade ser exposta.

— Quem fez o acordo com a Casa Lior, pai? — perguntou Matti. Ele precisou erguer a voz e repetir a pergunta até o burburinho se acalmar; não tinha a mesma facilidade que Luca para dominar o salão. — Quem foi o responsável por entregar a papelada do seguro que atrasou?

Tomas estava encarando Lysbette. E então, olhou de volta para Matti e franziu a testa.

— Corus? — chamou Matti. — Pode vir aqui um instante?

Luca se moveu para o lado. Os olhos da plateia se voltaram para Corus Vane, que ficou sentado na sua cadeira por tempo o suficiente para entender que continuar ali não era uma opção. Ele se levantou, lentamente, e caminhou até o palanque. Um sussurro renovado tomou conta do salão. Aquilo era um outro tipo de duelo, mas fora reconhecido como um da mesma forma.

— Nenhum dos acordos com os navios teria funcionado sem você — disse Matti. — Seus mestres depositaram muita confiança em você, Corus.

Corus buscou os olhos de Matti. Estava pesando suas lealdades atuais, e Matti percebeu o momento em que ele decidiu jogar do lado errado.

— Independentemente de como você pense em me culpar pelos erros dos outros, Matti…

— *Te culpar*? Você trabalhou contra nós por anos! — rosnou Matti, perdendo toda a compostura de uma só vez. — Posso listar suas traições uma por uma, se você quiser. Vamos começar com a inflação do custo de cáustico de Haxbridge? Que tal a vez em que você minou nossa negociação com o intendente da cidade ao passar nossos termos para nosso principal rival? Já sei! Vamos calcular *exatamente* há quanto tempo você está sendo pago pela Casa Kesey?

Corus abriu a boca. Matti o encarou de cima.

— Ah, *por favor*, pergunte se temos provas — disse Luca.

Era a mesma voz irônica enfurecedora que Luca usara para fazer o filho de Corus titubear, e funcionou com o pai com a mesma facilidade.

Corus caminhou para a frente, a expressão furiosa. Matti não tinha ideia das intenções dele até Corus parar bem na sua frente. Matti estendeu o pescoço para receber um insulto e foi pego de surpresa quando Corus avançou, as mãos como garras segurando sem jeito as lapelas dele para sacudi-lo.

Por um longo e estranho momento, Matti desejou ter uma espada.

E então, Corus foi arrastado para longe dele.

— *Vane* — gritou Roland. Ele tinha agarrado os braços de Corus, o forçando a recuar, e o encarou com profundo desgosto. — O que você pensa que está fazendo?

— Não vou ficar parado enquanto esfregam meu nome na lama — sibilou Corus. — Você vai ouvir o que eu tenho a dizer, Matti.

Matti assentiu para Roland e deixou Corus se aproximar de novo, se afastando dos outros. Tentar ter uma conversa sussurrada pareceria ridículo naquele ponto, considerando as centenas de olhos que os observavam, mas ele estava preparado para ver aonde aquilo ia dar.

— Você vai retirar tudo isso — disse Corus, bem baixinho. — Vai fazer isso agora. Acha que vou hesitar em te puxar para baixo junto comigo? Eu sei todos os seus segredos. Vou contar para toda a Guilda, para toda a *cidade*, que sua Casa está fechando negócios mesmo quebrada. Vou contar que vocês estão falidos.

— Mas não estamos — rebateu Matti. O tamanho daquela verdade continuava se expandindo em seu coração. — Não mais. Não depois de hoje.

Corus riu e abriu a boca, um sorriso de desdém já se formando.

Matti disse:

— Não. Você vai ouvir o que *eu* tenho a dizer, Corus. Não posso te impedir se você estiver determinado a nos expor. E nós vamos lidar com isso. — Sua boca estremeceu. — Nós, Jay, somos bons em lidar com as coisas. Mas considere sua credibilidade enquanto testemunha, depois do que todos neste salão acabaram de ouvir.

Aquilo o pegou. Corus se aprumou, respirando pesado pelas narinas infladas de raiva, mas não estava mais fazendo nenhuma interrupção.

— Considere que está sob meu controle quantos dos seus crimes a Casa Jay pode decidir levar para as autoridades.

— Não banque o inocente, Matti, isso não combina com você — disse Corus, frio. Mas em seus olhos o medo estava em guerra com a fraqueza.

Matti olhou de soslaio. Se Simeon Kesey permanecia ali, estava difícil de encontrá-lo.

— Não sei se você ainda tem algum empregador, mas agora está livre. Você pode sempre fugir. Se mudar para outra cidade. Fiquei sabendo que essa é uma solução bem comum quando se comete um erro desse tamanho.

— Eu…

— Na verdade, talvez você deva até considerar mudar de nome.

— Você está tentando bancar o misericordioso para salvar a própria pele. — Corus parecia começar a se dar conta de como estava encurralado.

— Por que não? Agora que sei que você se vende fácil. — Matti não sorriu. — Pense no seu futuro. Pense no futuro do *Adrean*.

Aquele foi um golpe que Matti não percebeu que ainda estava guardando, e boa parte de sua fúria visceral se dissipou ao colocar aquelas palavras para fora, o fazendo voltar a si. Ele já tinha vencido. Não precisava ser cruel.

Corus o encarava como se nunca o tivesse visto antes. Matti se aproximou.

— Seja esperto, Corus. Reduza os danos.

Parecia ter passado eras até Corus voltar a piscar. Matti estava se preparando para lidar com Corus caso ele resolvesse desafiá-lo, arrastando todo mundo para o buraco junto, só de raiva, quando Corus pigarreou e fez uma reverência curta e rígida.

— Peço desculpas, sr. Jay, por te atacar de maneira tão terrível. Espero que possa me perdoar.

Matti assentiu. Os olhos de Corus estavam cheios de uma fúria líquida por sua própria rendição; forçar ainda mais a barra seria um erro. Com a mesma rigidez, Corus voltou para seu lugar no salão, na fileira atrás dos Jay, e... se sentou. Aquilo lhe exigiu uma coragem forte, de aço. Matti não conseguiu deixar de admirar.

— Se os cavalheiros já *terminaram*... — disse Sofia.

A deixa foi espetacular. O salão se encheu de risadas.

— Perdão pelas interrupções, sr. Duvay — disse Matti, retornando ao seu lugar. — Por favor. — Ele gesticulou para a comitiva de casamento. — Continue.

— Continuar? Mas... espera. — Duvay parecia lutar para colocar com as próprias mãos a cerimônia de volta nos trilhos. — Continuar com o casamento?

— Matti, parte meu coração dizer isso, mas creio que essa união não é abençoada — disse Sofia, com os olhos arregaladíssimos. — Os deuses não estavam por trás da lâmina do seu padrinho.

— Sim. De fato. — Duvay tossiu. — Mayanesh Jay, você desafiou este casamento, enfrentou o padrinho de Mattinesh Jay e... venceu. — Ele estava visivelmente tentando se lembrar de um protocolo pouquíssimo usado. — Você estava... hum... você desafiou o casamento em seu próprio nome?

Matti riu e olhou para a irmã, esperando que ela risse também. Mas Maya estava olhando para Sofia, e não demonstrava estar achando a mínima graça de nada. Ela parecia uma pessoa faminta em um sonho, que hesitava em pegar a comida, com medo de acordar.

— Um momento, por favor! — pediu Sofia, animada.

Ela desceu do palanque, segurando as saias, e foi conversar com seus pais. Matti observou os gestos por apenas um momento antes de voltar a olhar para Maya, torcendo para que ela também olhasse para ele. Quando ela fez isso, ele arqueou a sobrancelha. Maya imitou o movimento que Sofia havia feito para ele mais cedo: *Fazer o quê?* Os olhos dela pareciam gotas de orvalho sob o sol.

Matti se perguntou quantas coisas ele havia deixado passar enquanto seu olhar ficara fixado em suas preocupações e em Luca.

Sofia subiu novamente no palanque e pigarreou de um jeito constrangido. Todos os olhos no salão da Guilda se voltaram para ela.

— Sim, srta. Cooper? — disse Duvay.

— Se Mayanesh Jay desafiou em seu próprio nome — começou Sofia, falando alto —, eu ofereço a ela minha mão e a bênção da minha família. E ofereço também meus serviços à Casa Jay. — Ela deu um sorriso rápido e modesto. — Se ainda estiverem preparados para me receber.

Mais exclamações empolgadas da plateia. Agora, era Maya quem implorava com os olhos para Tomas e Nessa. Ao lado de Matti, Luca vibrava com o que obviamente se tornaria uma risada a qualquer momento. Matti estendeu a mão e segurou com força o punho dele.

— Hum... Tomas? — disse Duvay. — Nessanesh?

A mãe de Matti deu uma cotovelada no pai. Quando o gesto não foi capaz de produzir uma mudança na expressão chocada de Tomas, Nessa pigarreou.

— Nós estamos preparados — declarou ela.

Luca se virou para Matti.

— Você está ocupando o lugar da sua irmã, Mattinesh.

Depois de algumas pequenas mudanças de posição, Matti — com a vertiginosa sensação de ter sido levado por uma corrente, sem escolha a não ser aproveitar o passeio — estava no que se tornara a comitiva de casamento de sua irmã. Respeitosamente, Luca se ofereceu para se juntar à de Sofia, só para equilibrar os números. A combinação de cores ficou uma bagunça.

— Mais alguém — disse o Vice-Mestre da Guilda, num tom leve de desespero. — Gostaria de desafiar *este* casamento?

O silêncio no salão era de empolgação, meio esperançoso, como se todos estivessem esperando o terceiro ato que completaria aquele drama em questão. Luca tocou o cabo da espada, um gesto que parecia mais significativo do que sua inquietude de costume.

Ninguém se manifestou.

Duvay soltou o ar com um alívio visível.

— Sendo *assim*...

A cerimônia seguiu adiante. Quando terminou, Sofia era Sofia Jay, afinal. Em menos de uma hora, ela passara de noiva de Matti a cunhada dele. Ela não derrubou o tecido-da-promessa. Não cometeu um deslize sequer. Agora ela soltava risadinhas, como se não conseguisse acreditar no que havia acontecido. Um pouco do batom vermelho de Maya estava na boca dela, um degradê parecido com uma mancha de vinho.

— Acho que preciso encher a cara — disse Wynn, melancólico. — Ficar bêbado o bastante para que quando Matti explicar o que acabou de acontecer, as coisas façam sentido na minha cabeça.

Roland riu dele.

— Acho que podemos providenciar isso. Pense no vinho, Wynn. A Casa Cooper acabou de casar a filha deles!

Os Cooper, juntamente com os pais de Matti, estavam se encaminhando para o palanque, os primeiros de uma longa fila de pessoas que ofereceriam felicitações formais a um casal diferente daquele que eles haviam chegado ali esperando ver casado.

— As pessoas vão falar disso para sempre — comentou Luca, ecoando os pensamentos de Matti. Ele parecia satisfeito com a ideia. — Qualquer outro casamento que frequentarem será sem graça, comparado a esse. Escreverão poemas épicos sobre o dia de hoje.

— Espero que Adrean não escreva nada — disse Matti.

Luca riu, olhando Matti sem parar, como se ele fosse a única coisa que valesse a pena ser observada naquele salão decorado com os tecidos mais lindos do mundo. Ele enfiou a mão no bolso e tirou mais uma coisa.

— Aqui. — Era o punhado de lã crua. Era *mesmo* inconfundível, quando Matti a pegou. — Considere um presente de casamento. Ou um presente de não casamento.

— Um armazém cheio de libelza negra. É esse o valor que você me deve?

Os olhos de Luca estavam quase prateados, brilhando de felicidade.

— Eu que estou *te* comprando desta vez. Você é meu, Mattinesh Jay.

O sorriso no rosto de Matti parecia estar quase rasgando seus lábios.

— Ao seu dispor, sr. Harte.

— Sério? — Luca deslizou a mão pela nuca de Matti.

As pessoas provavelmente os encaravam. Nada poderia fazer Matti se importar.

— Me beija — disse Luca.

E Matti o beijou.

22

A PORTA DO ESCRITÓRIO DE NESSA ESTAVA ENTREABERTA. Matti deu uma batidinha antes de entrar.

— ... *garfadas exóticas de felicidade, indispensável para os aventureiros culinários* — disse Nessa. — Matti! Matti, querido, você precisa ouvir isso. Nada vai me fazer rir mais que esse negócio esta semana.

Matti sorriu. Sua mãe estava deitada no sofá abaixo da janela, que tinha uma vista de cima dos telhados e chaminés desnivelados de Rose Quarter. O céu da noite era de um azul-acinzentado forte que carregava promessa de chuva, e algumas estrelas adiantadas tentavam brilhar por detrás das nuvens. A cabeça de Nessa estava apoiada no colo de Tomas, sua trança caída, tocando o chão. Ela estava meio escondida atrás do jornal que segurava sobre a cabeça para ler com mais facilidade.

— O quê? — perguntou Matti.

Nessa caiu no riso e sua tenda de jornal colapsou.

Tomas olhou para a esposa com ternura.

— Um dos críticos gastronômicos da *Gazette* acha que foi o primeiro homem a descobrir as *japetas*.

— Aventureiros! Não dou um mês, talvez dois, para que todos os restaurantes da cidade comecem a fazer *japetas* cheias de óleo e cobrem dez pratas — disse Nessa. Ela se sentou, ajeitando o cabelo. — Lucastian já foi embora?

Matti assentiu.

— E eu preciso terminar de fazer as malas. Vim aqui dizer... não sei se vou conseguir te ver amanhã antes de irmos, pai, caso eu durma até mais tarde. Sei que você tem reunião marcada com o intendente da cidade antes da sessão do conselho.

Seus pais trocaram olhares idênticos que misturavam educação e descrença.

— *É bem possível* que eu durma até mais tarde — disse Matti, fraquinho.

Sua mãe deu um tapinha no sofá, a seu lado, e ele foi se sentar com os dois. Nessa jogou o jornal no chão e segurou a mão do filho.

— Talvez seja melhor nos despedirmos agora — disse Tomas. — Assim não vamos precisar gritar de lados opostos da casa de manhã. Você pegou tudo o que precisa? Tudo daquela sua lista?

Luca jogara a lista pela janela mais cedo naquela tarde, declarando que era para ele testar sua espontaneidade. Matti jogou um bronze para ele e disse que estava espontaneamente pagando Luca para descer até a rua e buscar a lista. O rubor nas bochechas de Luca valeu os dez minutos que ele passou reclamando depois.

Em vez de explicar tudo isso, Matti simplesmente assentiu.

— Vamos nos despedir, mas não por muito tempo. Você volta para o Dia do Fuso, é claro — disse Nessa.

Foi como se um músculo se tensionasse na mente de Matti, se preparando para fazer acordos, para mudar as coisas, calcular horários e tempos de viagem e até mesmo começar a listar tudo que precisaria organizar para o dia de trabalho mais importante no calendário de Huna.

Matti respirou. Expirou.

— Não — respondeu ele, sentindo um novo sabor na língua.

— Não? — perguntou Tomas.

— Não. Eu não sei se volto para Glassport até lá. Não quero prometer nada.

— Sinto muito por não estarmos acostumados a te ouvir falando isso — disse Tomas depois de um momento. — O que você quer e o que não quer.

Matti olhou para baixo, para a mão de sua mãe, os dedos dela entrelaçados nos dele. Ela pintara as unhas de dourado para o casamento. O esmalte tinha começado a descascar nas pontas.

— Está ficando mais fácil — comentou ele. — As pessoas estão me perguntando agora.

— Hum — disse Nessa. — Vou te contar uma história.

Matti olhou para ela, surpreso. Nessa encarou Tomas, os olhos brilhando como se ela estivesse prestes a mergulhar um biscoito de fofoca numa xícara de café.

— Em Manisi, eu estudava história na universidade. Dois irmãos e três irmãs meus já tinham feito essa mesma trajetória e eram brilhantes em seus campos de atuação. Eu deveria ser brilhante também.

— Você *é* brilhante — disse Tomas.

— Quieto! — Nessa se virou para ele. — Essa história é sua, por acaso?

— Não está prestes a ser?

Nessa deu as costas para o marido de forma magnífica e voltou a olhar para Matti.

— Uma jovem enterrada nos livros, e um homem do sul aparece do nada e vira o mundo dela de cabeça para baixo, da água para o vinho, dizendo que iria lhe mostrar algo novo. — Seu olhar se suavizou. — E eu fui. Fui porque meu coração me disse que eu me arrependeria se não fosse.

Matti não sabia como responder. Ele disse:

— Ainda bem que você veio?

— Olha... Por muitos dias eu pensei seriamente em me arrepender! — disse Nessa, brincando. — Eu poderia ser vice-chanceler, a esta altura! — Mas ela estava rindo, se recostando em Tomas, e o pai ria junto. Ele beijou a testa dela. — Não. Eu estava certa. Eu sabia o que queria.

— E eu nunca tive dificuldades em dizer — completou Tomas — que eu queria a Nessa mais do que queria fazer qualquer união que beneficiaria a Casa. Eu sabia que meus pais não se importariam, porque era o que *eu* queria. E sinto muito mesmo, Matti. Por termos feito você sentir o contrário, e por não termos percebido como as coisas estavam difíceis para você.

— Por nunca termos perguntado — disse Nessa. Ela soltou a mão e encostou no queixo de Matti. Seus olhos escuros transbordavam tanto afeto que, por um breve momento, Matti quis se aninhar na saia dela, de um jeito que não fazia desde que era muito pequeno. — Nosso maior erro foi nunca te perguntar nada.

— Eu deveria ter... Não, mamãe, eu *deveria* ter sido mais honesto com vocês.

— Acredito que nós recebemos o troco — comentou Tomas, seco —, considerando tudo o que você e sua irmã aprontaram com a gente naquele casamento.

— Então — disse Nessa —, você vai voltar quando quiser voltar. Vá para onde seu coração está.

Matti sentiu um nó quente na garganta. Os Jay talvez estivessem começando a aprender, a passos hesitantes, como expor suas verdades. Não significava que ele sabia o melhor jeito de dizer aos pais palavra por palavra como se sentia. Como Luca fazia com que ele se sentisse.

Ele beijou a bochecha da mãe e se levantou. Tomas se levantou também e envolveu Matti num abraço firme e breve.

— Que Huna sorria para você — disse para o filho mais velho. — E que você teça sua própria sorte.

— Eu vou — respondeu Matti. Parecia verdade. — Nós vamos.

Luca pediu ao cocheiro para descer a algumas casas de distância e fez o resto do caminho até a casa de Matti a pé. Havia chovido na noite anterior, e a rua estava com cheiro de folhas molhadas, em contraste com o interior da carruagem, que cheirava a bolinhos-margarida. Dinah dera a Luca uma cesta cheia deles para a viagem e, em troca, o fez prometer ir visitá-la sempre que retornasse a Glassport.

Matti estava na base da escada de casa, mexendo em uma das malas de couro no degrau acima. Luca passou a andar de forma mais silenciosa ao se aproximar.

— Maya! — chamou Matti pela porta entreaberta da casa. — Sabe se... *Ai!*

Luca o abraçou por trás. O tornozelo de Matti se enroscou com dele assim que o rapaz se virou, e Luca chiou de dor quando sua perna falhou e ele caiu.

— *Porra*, Matti. Meu tornozelo.

— Desculpa, eu… — Matti levou apenas dois segundos encarando Luca, esparramado no chão, para semicerrar os olhos. Luca estava tão orgulhoso dele. — Seu merdinha — disse Matti, rindo.

Luca sorriu se apoiou no cotovelo. Ele tinha calculado certo. Suas costelas doeram um pouquinho ao cair, mas o chão não era tão duro assim. Estava molhado e provavelmente não tão limpo, mas Luca vestia seu casaco marrom velho — uma espécie de despedida nostálgica, antes que voltasse para casa e sua mãe ateasse fogo na peça de roupa.

— Ah, não, você virou meu tornozelo. — Ele bateu os cílios. — Como vou arrumar emprego agora? Ainda mais sendo novo na cidade e tudo mais…

— Ah, entendi. Você quer me fazer pagar. — Matti exibiu as covinhas e estendeu a mão. — Anda, levanta.

Luca ignorou e se colocou de joelhos.

— Tem certeza de que não há mais nada que posso fazer por você enquanto estou aqui embaixo? Por um bronze, talvez. — Simples e direto: — *Senhor.*

— Matti? — Maya empurrou a porta, a abrindo por completo. — Não escutei o que você disse. Ah!

Ela lançou um olhar confuso para Luca, que suspirou e aceitou a mão de Matti, se levantando por fim. O polegar de Matti acariciou as costas da mão dele e depois fincou, com força, prometendo retomar aquela conversa mais tarde.

— Eu ia te perguntar se a mamãe se lembrou de mandar mensagem para Daz Shana Habi — disse Matti —, para se encontrarem na oficina de cardagem. Shana já morou no leste de Draka. Elu conhece libelza melhor do que qualquer pessoa que possamos contratar.

— Mamãe lembrou — respondeu Maya. — E — acrescentou, quando Matti abriu a boca de novo — eu vou encontrar um dos nossos agentes do escritório de Barlow hoje à tarde, para prepararmos tudo para quando o conselho suspender a restrição local. E Sofia tem reuniões marcadas com três casas de moda para discutir a compra de estampas para a coleção de inverno. E mandei Roland e Roberta para a Casa Lourde, para finalizarem o pagamento do empréstimo.

Havia um brilho nas bochechas de Maya conforme ela riscava os itens com os dedos no ar e uma firmeza no queixo que combinava com ela.

A irmã dele tinha todos os motivos para estar daquele jeito. Pouco mais de uma semana antes, a Casa Jay conseguira o valor da união pelo casamento com Sofia, o contrato de exclusividade feito pelos Harte e a lã de libelza negra perdida, tudo num único dia. Sem falar que seu rival mais proeminente no mercado de lã de Glassport teve a reputação destruída por provas de espionagem e produção fraudulenta. E eles ainda tinham demitido de forma dramática um sabotador de longa data.

Huna joga suas moedas, e às vezes elas caem na sua mão, uma mais brilhante que a outra.

Matti franziu a testa.

— Deixei minhas últimas anotações na sua mesa, mas, se tiver qualquer dúvida, me mande mensagem imediatamente. Eu posso...

— Matti — disse Maya. — Você acha que vamos cair em ruínas sem você aqui? É isso?

— Claro que não, mas...

Matti lançou um olhar para Luca. Ele estava evidentemente com medo de estar fazendo com Maya o que Perse fizera com Luca: seguindo o coração e, desta forma, jogando uma responsabilidade no colo da irmã.

— A mãe e o pai não estão decrépitos — argumentou Maya. — Não vão a lugar nenhum, e eu estou planejando ser muito melhor do que você no quesito pedir ajuda. Isso não é algo que eu preciso carregar sozinha. E eu tenho *planos*. — A voz dela se encheu de alegria. — Tantos planos. A gente pode trabalhar muito melhor com cores, e com técnicas de tear. Nunca vou achar que todos os padrões de tecido possíveis já foram descobertos. Libelza negra vai exigir uma trama mais justa de lã penteada, criando uma felpa mais macia. Espera só! Eu e Sofia vamos transformar a Casa Jay no *único* nome quando se fala de lã.

Matti beijou o polegar e deu um peteleco na orelha de Maya.

— Eu acredito em você.

— Por que não acreditaria? — disse Maya, zombando. Ela fez o mesmo gesto que ele e seu tom se suavizou. — Você conseguiu, Matti. Você salvou nossa Casa. Agora vai aproveitar sua vida um pouco.

— Com licença — disse Luca. — *Quem* salvou a Casa de vocês?

— Ah, quase esqueci. — Maya olhou para ele. — Eu e Sofia também merecemos algum crédito. Obrigada por me lembrar.

— O que eu fiz? — Sofia apareceu na porta. Ela vestia calça e botas, que a deixavam parecida com sua irmã mais alta, embora usasse na parte de cima uma blusa com renda nos punhos e uma túnica com uma estampa detalhada de diamantes em tons de rosa. — Oi, Luca. Vocês já estão de partida?

— Assim que eu conseguir arrastar o Matti daqui — respondeu Luca. — Estou começando a achar que vou ter que usar a espada.

Sofia se aproximou e abraçou Matti pela cintura. Ele sorriu.

— Que bom que foi você — disse ele.

— Que bom que não foi você — respondeu Sofia. Ela franziu a testa, pensativa. — Embora talvez eu precise que o Luca te devolva para mim rapidinho quando seus pais começarem a perguntar de netos.

— Eu... você... *quê?* — disse Matti, o horror deixando sua voz aguda.

— Existem casos assim — lembrou Sofia.

— Podemos deixar os netos como missão para Marko e Merri, quando eles forem mais velhos — sugeriu Maya.

As sobrancelhas de Sofia se cerraram, com nuvens carregadas de pensamentos.

— Não sei, não. É muita pressão para eles.

Luca não conseguiu resistir.

— Verdade, Matti. Vou ter que concordar. É seu *dever*.

Houve um silêncio longo e saboroso antes que Matti fechasse a cara.

Ele olhou feio para cada um deles. Maya estava abafando a risada com a mão.

— Eu odeio vocês — disse Matti.

Luca segurou a mão dele.

— Também te odeio, Mattinesh. E agora vou roubar você para mim.

Matti se despediu da irmã pela última vez, e ela e Sofia voltaram para dentro da casa. Matti ficou parado de mãos dadas com Luca, esfregando as juntas dos dedos gentilmente, sem fazer nenhuma menção de soltá-lo para pegar as malas.

— Sabe — disse Matti. — Eu reconsiderei.

— Ahn? — O coração de Luca deu mais do que um pequeno espasmo.

Matti estava com um sorrisinho no rosto.

— A carga de libelza negra já pertencia à Casa Jay. *Você* ainda me deve aquele dinheiro que me roubou com a história do relógio.

— E ninguém nunca vai saber exatamente quanto custou — disse Luca. — Que triste.

— Luca.

— E se eu começar a te dar coisas, e você me avisa quando sentir que já foi o bastante?

— Coisas? — perguntou Matti. — Tipo o quê?

Luca passou a mão pela nuca de Matti, que se inclinou antes mesmo que ele aplicasse mais do que só um pouquinho pressão, fácil como se ajustasse uma postura, e a boca de Matti era quente e familiar. Luca tentou inserir promessas em seus beijos quando Matti o puxou para mais perto. *Tudo isso. Eu todinho.*

— Já é um começo — disse Matti, quando se afastou. Seu sorriso parecia automático, sem esforço algum. Um sorriso que mexeu com o coração de Luca de um jeito feliz. — O que mais?

Com ou sem cheiro de chuva, a cidade e o clima não pareciam nada dramáticos. O sol não estava nem se pondo, nem nascendo, e mesmo se estivesse, não conseguiriam ver, por causa das casas ao redor deles.

Ainda assim, Luca olhou na direção que imaginava ser a do destino deles: Cienne, em algum momento, mas muitas outras estradas e desvios e possibilidades antes de chegarem lá.

— Pensei em começar com o mundo inteiro — disse Luca. — E depois você me diz se já está bom.

Agradecimentos

Ninguém vai ficar surpreso ao saber que, para este livro, fiz muitas pesquisas divertidas sobre a história da indústria de lã e a forma como o material é tratado desde que sai do corpo da ovelha (ou da cabra, ou da alpaca) até chegar no nosso. Peço desculpas de antemão para os inteligentíssimos atuantes da arte das fibras que, com certeza, já perceberam uns vinte erros e estão prontos para apontá-los para mim.

Minha pesquisa sobre espadachins e duelos foi igualmente proveitosa. Agradeço particularmente à coleção do Met de floretes italianos históricos, aos seis meses de aula de esgrima que fiz quando era adolescente e à divertida e informativa história sobre luta de espadas escrita por Richard Cohen, *By the Sword*. Os duelos em Thesper são uma mistura sem vergonha de várias tradições e períodos de tempo diferentes, junto com um punhado de detalhes que eu simplesmente inventei, o que é uma coisa ótima sobre escrever fantasia, mesmo quando não há nenhum dragão.

De maneira similar, a cidade de Glassport deve sua história e suas particularidades a vários lugares, em especial Bruges e Florença, com umas pitadas de Veneza e Amsterdã. A piscina de mar eu roubei de Bondi.

Apesar de ser meu quarto livro publicado, este foi o primeiro romance que escrevi na vida, e precisei que muitas pessoas segurassem minha mão desde a ideia inicial e durante as múltiplas rodadas de edições. Pelo apoio, opiniões e torcida em vários momentos ao longo dos anos, preciso agradecer a Emily, Idrilka, Kelsey, Becca, Anna K, Amanda, Aimee, Iona, Magali, Lauren, Lottie, Everina, Jen U, Alyshondra e Marina.

Para Alex, Macey e Jenn: obrigada por estarem aqui desde o comecinho desta jornada. A fé que tiveram neste livro e a amizade de vocês me trouxeram até onde estou agora.

Muitíssimo obrigada, como de costume, a Diana Fox, que viu o potencial deste livro muito antes de existir um lugar para ele nas prateleiras, e Isabel, Brynn e Ari, da Fox Literary, pelo feedback essencial nas primeiras versões. Obrigada também a Betty-Anne Crawford e David Grossman, que continuam lidando com minhas publicações no Reino Unido e em todo o mundo com tanta destreza.

Minha equipe editorial maravilhosa na Tor Publishing Group segue me apoiando de todas as maneiras possíveis. Obrigada, em especial, a Ruoxi Chen, Oliver Dougherty, Caro Perny, Becky Yeager, Jocelyn Bright, Ariana Carpentieri, Emily Mlynek, Megan Barnard, Yvonne Ye, Andrew Beasley, Megan Kiddoo, Heather Saunders, Jackie Huber-Rodriguez, Melanie Sanders, Kyle Avery, Lauren Riebs e Monique Patterson. E da equipe do Reino Unido: Bella Pagan, Sophie Robinson, Grace Barber, Rebecca Needes, Becky Lushey, Stuart Dwyer, Olivia-Savannah Roach e Bryony Croft.

A capa norte-americana tem arte de Cynthia Sheppard e direção de arte de Christine Foltzer, e o design da capa do Reino Unido é de Daisy Bates.

Um milhão de obrigadas aos livreiros, bibliotecários, leitores e às pessoas que avaliam meus livros em todo o mundo, que me fazem lembrar da sorte e do privilégio que é ser parte desta indústria criativa e de suas tradições, mesmo nos dias de estresse e desespero, quando estou batendo a cabeça no teclado e chorando.

E, como sempre, agradeço a meus amigos e minha família, que sempre acreditaram em mim de forma tão inabalável que nem consigo me lembrar de uma época em que eu não acreditava em mim mesma. Nada do estresse e do choro é culpa de vocês. Prometo.

ESTA OBRA FOI COMPOSTA POR VANESSA LIMA EM BEMBO
E IMPRESSA PELA LIS GRÁFICA EM OFSETE SOBRE PAPEL PÓLEN NATURAL
DA SUZANO S.A. PARA A EDITORA SCHWARCZ EM AGOSTO DE 2025